Frank Westenfelder

Blue Lady in Rot

ein Barcelona-Krimi

Bibliografische Information der Deutschen Bibliothek
Die Deutsche Bibliothek verzeichnet diese Publikation
in der Deutschen Nationalbibliografie; detaillierte bibliografische
Daten sind im Internet über http://dnb.ddb.de abrufbar

TWENTYSIX - Der Self-Publishing-Verlag
Eine Kooperation zwischen der Verlagsgruppe Random House und
BoD - Books on Demand

© 2017 Frank Westenfelder
Umschlaggestaltung: Tere Badia
unter Verwendung eines Aquarells von Eulalia Dalmases

Herstellung und Verlag:
BoD - Books on Demand, Norderstedt

ISBN: 9783740727000

1

Das Konzert entwickelte sich von deprimierend über schlecht in Richtung hundsmiserabel. Konnte man eigentlich von Tiefen sprechen, wenn man sich in einem Abgrund befand? Irgendwie wohl nicht so richtig. Dennoch war heute ein ganz besonders schlechter Abend auf einer äußerst üblen Tour. Tommy hatte gerade damit begonnen Peter Maffay runterzunudeln. Das brachte die Massen ja angeblich zum Kochen. Und eine Scheiße! Weder Massen, noch kochte da etwas. Einige der Grauen Panther im Publikum schunkelten leicht auf ihren Stühlen. Vielleicht brachte er sie ja noch dazu mitzuklatschen.

Nina hatte mehr als genug gesehen und beschloss erst mal eine rauchen zu gehen. Offiziell war sie zum Personenschutz hier. Da es aber nicht danach aussah, als ob jemand mit faulen Eiern werfen würde und schon gar nicht damit zu rechnen war, dass die entfesselte Masse die Bühne stürmen würde, konnte sie sich ruhig noch eine Kippe gönnen, bevor der Abend richtig widerlich wurde. Ihr eigentlicher Job bestand nämlich darin, den Zugang zu Tommy Hinterzartners Garderobe und Hotelzimmer zu kontrollieren. Das hieß, sie sollte ihn vor empörten Vätern, eifersüchtigen Ehemännern, wütenden Freunden und last not least vor abgelegten Liebhaberinnen beschützen. Aber da seine Verehrerinnen meistens schon in den besseren Jahren waren und mehr zum Club der einsamen Herzen gehörten, hielten sich die Attacken gehörnter Ehemänner und empörter Väter ziemlich in Grenzen.

Friedrich, aka Fritze Wiegand, Chef von WASP und ihr momentaner Arbeitgeber hatte ihr den Job in den rosigsten Farben angepriesen. „VIP-Protection, Nina. Das ist ein ganz neuer Markt für uns", hatte er geschwärmt. „Das ist eine ganz andere Klasse als Wachdienst. Da gibt es Glamour und die dicke Kohle. Ich weiß schon; da kann ich nicht jeden schicken. Da braucht man mehr als Muckis. Diskretion, Verhandlungsgeschick und Geduld und nochmals Geduld. Diese VIPs sind wie verwöhnte Kinder. Du musst dich halt ein wenig zusammenreißen. Ab und zu die Klappe halten. Haha. Auf der anderen Seite: Glamour! Von einem Superhotel ins nächste, Backstage mit den Künstlern. Die Medien. Klar Diskretion, aber ich habe natürlich nichts dagegen, wenn mal WASP in der Zeitung erwähnt wird."

Was auch immer Fritze unter „Glamour" verstehen mochte, die ostdeutsche Provinz war auf jeden Fall Lichtjahre davon entfernt. Die Hotels waren so fünftklassig wie die Band, die Fest-, Sänger- und Multifunktionshallen oft noch schlimmer. Die Hallen hatten sicher einst in der DDR oder gar noch bei den Nazis große Zeiten erlebt, irgendwann später waren dann Geld und Publikum ausgegangen. An den pastellgrünen Wänden, die Nina an ein Bahnhofspissoir erinnerten, bröckelten Farbe und Putz, an der Decke gab's Wasserflecken, der Linoleumboden war abgetreten, alles gnadenlos erhellt von kalten Neonröhren. Es roch nach kaltem Rauch und uraltem Schweiß. Das war also Fritzes legendärer Backstage-Glamour.

Trotzdem mochte sie es irgendwie. Ihr gefiel dieses Ambiente aus Trostlosigkeit und Verfall. Die sentimentale Größe von Niederlagen hatte sie schon immer viel mehr angemacht als Horden glücklicher Menschen, die mit Konfetti und Champagner sinnlose Siege, Hochzeiten, Taufen oder gar Karneval feierten. Vielleicht war sie ja ein Fall für den Psych, manisch depressiv und so weiter. Genau genommen war ihr das aber ziemlich scheißegal; sie hatte einfach ein Herz für Loser.

Einer davon, eines dieser Hindernisse auf der Schnellstraße des Fortschritts, wie es irgendwo so schön hieß, war Rudi. Er saß missgelaunt in der Portiersloge am Bühneneingang und besserte sich mit seinen fast 70 Jahren auf diese Weise etwas die magere Rente auf. Er mochte Wessis nicht besonders, und daran hatte sich auch ein Vierteljahrhundert nach der Wiedervereinigung nichts geändert. Zu tun hatte er im Moment rein gar nichts, da vor der Tür niemand aber auch gar niemand wartete, weder Journalisten noch Autogrammjäger, von den, von Tommy so sehnlichst erwarteten, Groupies ganz zu schweigen.

Bevor sie jedoch ihr kurzes Gespräch mit ihm weiter vertiefen konnte, verstummte die Musik, und es wurde Zeit sich kurz bei ihrer Schutzperson sehen zu lassen. Lust hatte sie dazu absolut keine, denn ihr ging diese Mischung aus wichtigtuerischer Angeberei und weinerlichem Selbstmitleid, illustriert mit Anekdoten von „Früher im Bus", „Früher auf Tour", „Früher in der Szene", und diese ganze erbärmliche Nostalgie-Schmalz-Nummer unglaublich auf den Geist. Leider stand in keiner Stellenbeschreibung, dass VIP-Bodyguards in allererster Linie seelische Mülleimer für deren Psychomüll waren.

Während sich die Band einen Raum teilte, hatte „Megastar" Tommy natürlich eine Garderobe für sich allein. Das hätte vielleicht Sinn gemacht, wenn die Groupies Schlange gestanden hätten, aber so verstärkte es nur den Eindruck seiner Einsamkeit. Als Nina reinkam, saß er gerade vor dem Schminkspiegel und prostete sich selbst mit einem reichlich eingeschenkten Whisky zu.

Erfreut drehte er sich um: „Ey mein ultracooler Bodyguard. Komm Nina trink einen mit deinem Schützling."

„Sorry Tommy. Du weißt ja im Dienst, klarer Kopf und so."

„Quatsch! Ich befehle es, ich ordne es an! Ich bin ja nicht nur deine Schutzperson sondern auch dein Boss."

„Ein Scheiß bist du Tommy. Du hast mich für eine genau bestimmte Aufgabe unter Vertrag und kannst mir nicht befehlen, wie ich die zu erledigen habe."

„OK, OK", er winkte großzügig ab, und deutete auf zwei Linien Koks, die er auf der Glasplatte vor sich gezogen hatte. „OK, kein Alk. Hab's kapiert. Aber ein Näschen in Ehren das kann niemand verwehren. Das bringt die grauen Zellen auf Trab."

Sozusagen als gutes Beispiel zog er sich die erste Linie rein, warf dann den Kopf zurück und verkündete theatralisch: „Wow! Das fetzt rein. So, die zweite ist für dich."

Ohne sich auf weitere Diskussionen einzulassen drehte sich Nina um und ging zur Tür.

„OK, stopp Nina, komm zurück. Keine Drogen mehr, ich schwörs. Nur noch ein paar praktische Dinge. Ganz dienstlich sozusagen."

Sie blieb mit dem Rücken an die Tür gelehnt stehen und sah ihn abwartend an.

„Und was machen die Fans? Was Scharfes dabei? So eine kleine versaute Sechzehnjährige wär ungefähr das, was ich heute brauchen könnte."

„Da kann ich dir leider nicht viel Hoffnung machen. Absolute Totenstille am Bühneneingang, nichts, nada. Du wirst wohl zum Abschluss des Konzerts einen öffentlichen Aufruf machen müssen. 'Alle ralligen Schmusekätzchen zum Bühneneingang. Alter Kater hat noch Termine frei.' Aber wer weiß, wenn du dich jetzt noch richtig ins Zeug legst, auf die Schmalztube drückst. Die Toten Hosen 'Alles aus Liebe' oder 'Altes Fieber'. Peter Maffay hattest du ja schon. Aber du wirst das schon hinkriegen. Aber nicht übertreiben, sonst drücken sie mich an der Tür noch flach."

Weit davon verärgert zu sein, lehnte sich Tommy breitbeinig auf seinem Stuhl zurück und massierte sich mit einer Hand im Schritt. „Mann Nina, du kannst ja so gemein sein. Bist du als Lesbe gar eifersüchtig, weil die Mädels nicht für dich die Beine breit machen?"

Nina konnte ein spöttisches Lachen nicht unterdrücken. „Da müsste viel passieren. Zuerst müsste ich mal meine nekrophile Ader entdecken. Denn 'Mädels' ist sicher die Untertreibung des Abends. Nachdem was ich vom Publikum gesehen habe, hast du hier gute Chancen als Beglücker der tanzenden Mumien in die Ortsgeschichte einzugehen."

„Na ja, jetzt mach mal halblang. Einige haben sich ganz gut gehalten. Außerdem habe ich mir vorhin schon mal einen kleinen Mr. Blue eingebaut. Was will ich also machen. Irgendwo muss ich mein dickes Rohr ja verlegen. Und wie sagt man so schön? Im Krieg wird jedes Loch zum Schützengraben."

Er lachte gewollt schmierig und Nina hatte nun endgültig genug. Sie ging. Bevor sie aber ganz aus der Tür war, rief er ihr noch hinterher: „Ich verlass mich ganz auch dich Nina. Du hast den Kennerblick. Such einfach das festeste Fleisch aus."

Was ein Arschloch. Aber mit etwas Glück würde sie ihm schon was raussuchen. So eine gierige Scheintote. Dann konnte Mr. Blue ja mal zeigen, was er so drauf hatte. Schade, dass sie hier in der finstersten Provinz waren. In Berlin hätte sie bestimmt so ein echtes Seuchenhuhn gefunden. Herpes, AIDS und was auch immer. Aber hier, diese Landeier waren alle so gesund.

Unter den nicht ganz wenigen Dingen, die sie an ihrem momentanen Job zum Kotzen fand, nahm Tommy ihre Schutzperson eine unangefochtene Spitzenposition ein. Sie hatte nie verstanden, warum zum Teil ganz attraktive Frauen mit diesem Kotzbrocken ins Bett gingen. Dachten sie, dass ein wenig „Glamour", wie Fritze sagte, oder Starruhm an ihnen kleben blieb? Tommys Starruhm und Glamour waren allerdings mehr als verblichen, tot, vorbei, ranzige Scheiße. Was gab's da zu holen außer der totalen Frustration? Sie hatte auf dieser Tour bereits einige seiner Verehrerinnen mitten in der Nacht oder morgens nach Hause gefahren. Hatte sogar ein paar tröstende Worte dazugegeben, obwohl sie eigentlich der Ansicht war, dass die dummen Hühner wirklich selbst Schuld waren. Was hätte sie auch machen sollen? Sich mit einem Tommy-Poster mit der Aufschrift „Vorsicht Arschloch!" vor den Bühneneingang stellen? So wie die Zeiten heutzutage waren, hätte sie damit vielleicht erst massenweise Kundschaft angelockt.

Für fünf Minuten ein Star, das war ja anscheinend der ganz große Wunschtraum von Millionen. Und wenn's zum Star nicht reichte, wollte man wenigstens von einem Star gefickt werden, und wenn's auch dazu nicht reichte, gab's immer noch solche abgefuckten Leichenfledderer wie Tommy Hinterzartner. Aber es war wie gesagt einfach nicht ihr Bier. Nur manchmal fragte sie sich, ob diese um sich greifende Gehirnerweichung nicht ein Anzeichen für eine kommende Zombie-Apocalypse sein könnte. Schön wär's, aber so viel Glück war ihr sicher nicht im Leben bestimmt. Sie würde also zumindest vorerst weiterhin nicht nur den Psychomülleimer für VIPs spielen, sondern auch hier und da deren amourösen Restmüll entsorgen müssen.

Sie stoppte vor dem großen Getränkeautomaten, der inzwischen die einstige Kantine ersetzte, und zog zwei Bier. Loser aller Länder vereinigt euch. Dann ging sie zu Rudi und stellte ihm eines auf den Tisch. Er nahm's gerne an, und sie unterhielten sich entspannt über bessere Zeiten, Arschlöcher im Allgemeinen und Tommy Hinterzartner im Besonderen. Sie waren sich einig, dass sie beide miese Jobs hatten, aber was sollte man machen.

Erst als ihr ein Blick auf die Uhr verriet, dass das Finale kurz bevorstand, verabschiedete sie sich. Sie machte sich auf den Weg zur Bühne, um bei einem unvorhergesehenen Ansturm die Fans in die richtigen Kanäle zu leiten. Als sie hinter der Bühne ankam, hatte sich Tommy noch einmal kopfüber in das seichte Meer aus Scheiße, Schmalz und Tränen gestürzt, wie Nina für sich diese Art der Unterhaltung getauft hatte. In einem letzten Versuch, die Ossis doch noch von den Sitzen zu reißen, hatte die Band „Über Sieben Brücken Musst Du Gehn" angestimmt, und Tommy wünschte sich sein Schaukelpferd zurück. Aber auch die geballte Ostalgie nützte kaum etwas; lediglich ein Dutzend Zuschauer hatte Feuerzeuge entzündet, die sie mit äußerst verhaltenem Enthusiasmus über ihren Köpfen schwenkten; einige summten mit. Es war so erbärmlich, dass sich Nina nicht zwischen kotzen oder weinen entscheiden konnte und deshalb resigniert beides bleiben ließ.

Gleich nach dem letzten Akkord stürzte Tommy wütend von der Bühne und maulte: „So ein Scheißpublikum. Die können bis zum jüngsten Tag auf eine Zugabe warten. Man sollte den gesamten Osten die Toilette runterspülen."

Nina hatte nicht den Eindruck, dass das Publikum eine Zugabe wünschte, sondern eher den, dass die große Mehrheit recht froh schien, den Abend endlich überstanden zu haben. Sie verkniff sich aber eine entsprechende Bemerkung, da es ein sinnloses Unternehmen war, Künstler oder Chefs aus den Träumen ihrer Selbstüberschätzung zu reißen. Vor allen Dingen aber wollte sie den Rest des lausigen Abends möglichst schnell und reibungslos hinter sich bringen. Also sah sie bei der Bühne nach, ob sie eventuell tatsächlich einen verirrten Fan abwimmeln musste. Aber anscheinend hatten alle etwas Besseres vor, was sie eigentlich nur deshalb überraschte, da sie auf der Tour bereits mehr als genug dumme Hühner kennen gelernt hatte. Vielleicht bestand ja doch noch Hoffnung für die Menschheit. Nachdem sich alles verlaufen hatte, ging sie noch mal zum Bühneneingang. Auch dort absolut tote Hose. Nicht unzufrieden mit der Situation ging sie zur Garderobe um Tommy einzusammeln.

Da er seine Depressionen wie üblich mit Whisky pflegte, war er nach dem kläglichen Rest in der Flasche zu urteilen fast schon suizidgefährdet. Auf die Gefahr hin, ihn damit völlig über die Klippe zu treiben, erzählte ihm Nina kurz und schonungslos von den fehlenden Fans und Groupies. Das sei ihm scheißegal erklärte er wegwerfend, nach diesem Abend sei ihm sowieso die Lust vergangen jede Art von Zonen-Peggy zu bimbern, sollten die es sich doch mit ihren geliebten Bananen selbst besorgen.

„Warum lässt du dir eigentlich keine Nutten kommen?" fragte ihn Nina später im Auto, als sie ihn zum Hotel fuhr. Die Bandmitglieder mussten noch abbauen und würden später mit dem Bus folgen.

„Warum lass ich mir keine Nutten kommen? Saudumme Frage." Tommy lag mehr als er saß auf dem Beifahrersitz und gestikulierte großkotzig. „Erstens einmal, weil ich die aus Berlin oder Dresden einfliegen lassen müsste. Oder meinst du, ich sollte mich in einem Fernfahrerpuff an der A4 bedienen? Ist aber sowieso scheißegal. Ich ficke keine Nutten. Aus Prinzip. Schließlich bin ich ein Star. Amateure Nina! Amateure, die einen mit verklärtem Blick anglotzen. Scheiß auf die Nutten. Normalerweise stehen die Fans Schlange und alles ohne Gummi. Schließlich wollen sie den Star in sich spüren, ihm seinen Samen rauben."

„Hast du eigentlich keine Angst vor AIDS?"

Das war anscheinend eine echt gute Frage, denn Tommy richtete sich etwas auf und hob demonstrativ den Zeigefinger: „Weißt du Nina, was zwei der größten Lügen der Werbung sind?"

„Ich kenn da so viele, dass ich mich wohl kaum entscheiden könnte, aber du wirst es mir jetzt sicher sagen."

„Nummer eins: Ist dieser Orangensaft, schmeckt wie frisch gepresst. Absolut unmöglich. So was von gelogen. Das kann man nur Vollidioten erzählen, die noch nie frisch gepressten Orangensaft getrunken haben."

Er wartete und schließlich tat ihm Nina den Gefallen, da sie ja nicht die ganze Nacht Zeit hatten. „Und Nummer zwei?"

„Das ist genau wie mit dem O-Saft. Gefühlsechte Pariser. Das kann man auch nur jemanden erzählen, der noch nie gefickt hat. Und genauso wenig, wie ich diese schmeckt-wie-frisch-gepresst-Scheiße trinken werde, genauso wenig werde ich mir so ein Ding über meinen Hannes ziehen. Das kommt, nein besser DER kommt absolut nicht in die Tüte." Er lachte triumphierend.

„Aber wenn du dir was holst? Ist ja nicht ganz ungefährlich, was da alles so umgeht."

„Ach was! No risk no fun. Mann, that's Rockn Roll. Ich bin doch keiner dieser Spießer, die sich bei jedem Fick in die Hose scheißen. Bei mir geht's immer um alles und das ohne Netz und doppeltem Boden. Ich hab immer gedacht, dass gerade jemand wie du so was verstehen müsste. Was glaubst du, wie das früher war, auf den Tourneen. Wir haben immer gesagt, Jacutin und

Canesten gehören in jeden Bus, wichtiger noch als Aspirin."

„Was ist Jacutin?"

„Jacutin?" Er lachte. „Wundermittel gegen Filzläuse. Das wisst ihr jungen Leute heute kaum noch. Die sind wahrscheinlich mit der Schambehaarung ausgestorben. Mann, was hatten wir manchmal Filzläuse, echte Sackratten. Diese Groupies damals, ich kann dir sagen. Ich erinnere mich noch an eine Tour durch Süddeutschland, da hat uns ein und dieselbe Filzlausfamilie über einen Monat begleitet." Er lachte wieder. „Weißt du, wenn ich sie und sagen wir mal der Bassist weg hatten, haben ein paar beim Schlagzeuger überlebt. Der hat sie dann dem nächsten Groupie angehängt, und ein paar Tage später wieder alles willkommen im Club. Mann, waren das Zeiten." Er seufzte, bevor er fortfuhr. „Wilde Zeiten. Ich könnt dir Dinger erzählen. Hinten im Bus..."

„Filzläuse können ja ganz witzig sein, aber was ist mit den härteren Sachen?" Unterbrach ihn Nina, die sich einen Scheißdreck für hinten im Bus und so weiter interessierte.

„Was heißt schon härter? Ab und zu ein paar Penicillin und ab dafür. Von AIDS hatten wir alle keine Ahnung, zum Glück."

„Was heißt zum Glück?"

„Ja, das wäre doch der absolute Spaßkiller gewesen. Als da die große Panikmache plötzlich losging. So eine Scheiße. Sogar ich hab ein paar weitgehend monogame Jahre rumgebracht."

„Aber heute kennt man AIDS, und Penicillin wird dir da nicht viel helfen."

„Ja und, wen juckt's? Mich jedenfalls nicht. Erstens stirbt man heute nicht mehr daran. Zweitens bin ich sowieso schon viel zu alt. Wenn ich also noch ein paar Jahre toure und dann an einer Geschlechtskrankheit sterbe, wäre doch ein stilvoller Abgang."

Zum Glück erreichten sie das Hotel, bevor sich Nina noch allzu viele dieser dummen damals-im-Bus-Geschichten anhören musste. Sie verfrachtete Tommy in sein Zimmer. Erleichtert nun auch diesen Tag überstanden zu haben, ließ sie sich von ihm zu einem letzten Absacker überreden. Als sie die Minibar nach

Whisky durchstöberte, wurde sie plötzlich von hinten umfasst und Tommy begann ihre Titten zu kneten.

Sie schnappte sich eine dieser Hände, drehte sich unter dem Arm weg, stand dadurch plötzlich hinter ihm und trat ihm kräftig in den Arsch. Bevor er richtig wusste, was passiert war, lag er keuchend auf dem Boden.

Besoffen wie er war, brauchte er seine Zeit um sich langsam, langsam wieder hochzurappeln. Dies wäre die ideale Gelegenheit für einen schnellen Abgang gewesen, aber irgendwie wollte sie ihm einfach die Chance geben, sich eine echte Tracht Prügel zu verdienen. Nach all dem Ärger, dem Gesülze, dem Ekel hatte sie sich doch auch eine nette Abwechslung verdient. Also sah sie geduldig zu, wie er langsam wieder hochkam.

Als er endlich wieder auf den Beinen war, grinste er sie an. „Dumme Schlampe, das hättest du nicht machen sollen. Jetzt hast du mich richtig in Stimmung gebracht. Du denkst wohl, ich hab's nicht drauf. Aber ich war früher auch mal ein Rocker, hab genug Schlägereien gehabt, sogar manchmal mit Bierflaschen und Stuhlbeinen."

„Ja in deinen pubertären Träumen vielleicht. Solche Luftpumpen wie du verprügeln bestenfalls mal die Freundin. Mach mir den Kachelmann. Welcher Rocker lässt sich denn schon von einer Frau auf seiner Tournee beschützen?"

„Mich muss man nicht beschützen. Ich brauchte nur jemand, der mir die Weiber vom Hals schafft. Aber nebenbei warst du als Notnagel eingeplant. Ich wollte eigentlich was Hübscheres mit mehr Titten, aber das Angebot ist leider echt bescheiden. Also was krieg ich? Eine humorlose, verbiesterte Lesbe, die von Titten und blasen keine Ahnung hat. Aber wenn ich dich dort hinten über dem Sessel hernehme... dein Arsch ist ja ganz OK."

Er bettelte also regelrecht darum. Nina ließ ihn auf sich zukommen und verpasste ihm eine kurze Gerade auf den Mund, nur um ihn anzustacheln. Prompt verzichtete er auch auf seine plumpen Umklammerungsversuche und schlug nun selbst mit der

Faust zu. Sie ließ den Schlag kommen ohne auszuweichen. Er traf sie voll aufs Auge und schleuderte sie ein paar Schritte zurück. Das würde ein dickes Auge geben, war aber nicht weiter schlimm. Rollergirls konnten gut einstecken. Nachdem sie also ihr Teil hatte, duckte sie sich unter seinem nächsten super langsamen Schwinger mit Leichtigkeit weg, und trieb ihm kurz und schmerzhaft den Ellbogen in den Solarplexus. „Hau rein ist Tango", dachte sie zufrieden. Als er dann wie in Zeitlupe runterkam erwischte sie seine Nase voll mit der Faust und hörte mit Entzücken wie es knackte.

2

Ingrid Pölnitz hatte eigentlich mehr als genug für die Uni zu tun. Alles Dinge, zu denen sie sich echt zwingen musste, da sie mit keinerlei Spaß oder Erkenntnisgewinn verbunden waren: gleich mehrere Anträge für neue Fördermittel, Anforderungen für eine Stellenneubesetzung (was im Klartext hieß, Argumente für ein reduziertes Gehalt und praktisch Null Aussichten auf eine Festanstellung), Vorbereitung des Treffens der Fachbereichsleiter. Wenn man eine Karriere als Dozentin für Literaturwissenschaft anstrebte, hatte man leider keine Vorstellung davon, dass die Berufspraxis später zu guten Teilen der eines Verwaltungsfachangestellten oder eines Wirtschaftsingenieurs entsprach. Ihr Vater hatte sie ja immer gewarnt, aber zu dessen Zeiten hatten sich Professoren noch vorwiegend Forschung und Lehre widmen können. Heute dagegen wurde man ständig zertifiziert, musste ISO-Normen für Qualitätsmanagement erfüllen und hatte noch tausend andere Aufgaben am Hals, von denen ihr Vater nie geträumt hatte.

Um diesen Berg an angehäuften Pflichtübungen etwas abzutragen, hatte sie sich seit Tagen eine Art Hausarrest verordnet und wollte deshalb ursprünglich auch auf das wöchentliche Training verzichten. Wenn sie ganz ehrlich war - und sie hielt Ehrlichkeit sich selbst gegenüber für unverzichtbar - , musste sie zugeben, dass Roller Derby trotz aller Faszination doch nicht so ganz das Richtige für sie war. Sie war immer sportlich gewesen und hatte sich auch nie für wehleidig gehalten, aber die Art und Weise wie die Rollergirls ihre Verletzungen zur Schau trugen, animierte sie nicht gerade zur Nachahmung. Blaue Flecken, Prellungen und Abschürfungen waren läppische Kleinigkeiten, über die man bestenfalls beim Duschen scherzte. Aber auch ein paar angebrochene Rippen oder Finger hielten kaum eine vom

„Bier danach" ab. Den Rekord hielt bislang ein Bout gegen die Bristol Harbour Harlots in dem fünf eigene Spielerinnen wegen Knochenbrüchen ausgeschieden waren.

Sie war eine überzeugte und sicher auch kämpferische Feministin, aber genau deshalb konnte und wollte sie nicht einsehen, warum junge Frauen Männer an martialischem Machogehabe übertrumpfen sollten. Aber ganz davon abgesehen, dass es ihr allein schon beim Gedanken an gebrochene Finger oder Abschürfungen flau im Magen wurde, konnte sie ja schlecht zu einer Sitzung mit einem blauen Auge erscheinen, oder bei einer Publikation um Aufschub bitten, da sie sich einen Finger gebrochen hatte. Irgendwie war es ja auch absurd. Da sollte sie mit den kaum 50 Kilo, die sie auf die Waage brachte, so ein Monster von über 70, das mit voller Geschwindigkeit und brutal glücklichem Gesichtsausdruck auf sie zuraste, abblocken. Ein Bodycheck von so jemandem fegte einen von der Bahn, wie einen Brotkrümel vom Tisch. Und wenn man hinterher nur ein paar Prellungen hatte, konnte man von Glück sagen.

Aber echte Rollergirls schreckten davor nicht zurück. Sie waren ja keine „Sissies", „Prissies", „Whiner" - Englisch, besser eigentlich Amerikanisch war ganz groß in Mode - oder zur Not auf Deutsch Warmduscher, Weicheier - unter Frauen? - oder einfach Heulsusen. Obwohl ein halbes Dutzend Schiedsrichter darauf achteten, dass die Sache nicht völlig ausartete, waren Fouls die Regel. Wer nicht eine veritable Zeit auf der Strafbank gesessen hatte, hatte irgendwie nicht richtig gespielt, „prissy" eben. Rollergirls spielten „bitchy", das heißt sie jammerten nicht oder rannten zum Schiedsrichter, sie schlugen lieber zurück und am besten hart. Sie dagegen hatte einfach Schiss und kein Problem damit, dies auch zuzugeben. Deshalb würde sie auch sicher immer „Frischfleisch" oder eben „fresh meat" bleiben, wie die Anfänger beim Roller Derby genannt wurden.

Letzten Endes war das ja auch nicht wichtig; sie hatte ja nur einen tieferen Einblick in die Szene gesucht. In ihrem Projekt

„Frauenräume", das nach einer Reihe von Seminaren auch zu einem erfolgreichen Buch werden sollte, ging es um kulturelle Ausdrucksformen weiblicher Gruppen von den Literarischen Salons der Aufklärung bis zur Gegenwart. Bei der Diskussion in einem Seminar war sie von einer Studentin auf das Phänomen des Roller Derby aufmerksam gemacht worden. Zuerst hatte sie das Ganze für eine ziemliche Luftnummer gehalten; Frauen, die Volleyball spielten, konnte man ja auch noch nicht als Subkultur bezeichnen. Als sie sich später jedoch auf YouTube einige Videos angesehen hatte, war sie sofort von dieser kitschigen Mischung aus White Trash, Punk und Girl Power fasziniert gewesen. Hier hatte sie genau die Prise Subkultur, um ihrem Buch die richtige Würze zu geben. Auch das potentielle Bildmaterial war geradezu unbezahlbar.

Ihre Faszination hatte ausgereicht, dass sie sich fast sofort entschlossen hatte, aktiv mitzumachen. Die Gelegenheit O-Töne im Umkleideraum, in Kneipen und bei privaten Treffen zu sammeln war zu verführerisch. Außerdem wollte sie im Gegensatz zu vielen ihrer Kollegen nie eine reine Schreibtischgelehrte sein; ein paar Feldstudien an der Front waren genau das Richtige für sie. Vor allem wenn die Front so vital und sexy war.

Gleich beim ersten Training war sie Nina begegnet, woraus sich praktisch aus dem Stand eine sehr persönliche Beziehung entwickelt hatte. Da sie beide gut 10 Jahre älter als der Durchschnitt der Rollergirls waren, hatte es sich irgendwie von selbst ergeben, dass sie später in der Kneipe ins Gespräch gekommen waren. Trotz ihres betont antiintellektuellen Gehabes war Nina beeindruckt, dass sich eine „echte" Professorin von der Universität Rollschuhe anschnallte und sich mitten unters „einfache Volk" mischte. Dass Subkulturen von wissenschaftlichem Interesse sein könnten, war ihr noch nie in den Sinn gekommen. Als Ingrid dann auch noch als Beispiel ihr Buch „Zombie Kultur - eine Reaktion auf die Globalisierung" erwähnte, hatte sie rundum gewonnen.

Schnell stellte sich heraus, dass Nina ein absoluter Fan des Genres war und fast jeden Film zum Thema kannte. Ingrid auf bekanntem Terrain kam schnell ins dozieren über Zombies als Reflexionen des kannibalistischen modernen Kapitalismus, was unter anderem ikonographisch dadurch unterstrichen wurde, dass die gotischen Ruinen des klassischen Horrorfilms nun durch Shoppingmalls oder Industriearchitektur ersetzt worden seien. Nina konnte mit einer ganzen Reihe interessanter Details und auch Fragen aufwarten.

Sie hatten sich über Stunden die Köpfe heißgeredet und dabei kaum zur Kenntnis genommen, dass die anderen nach und nach verschwunden waren. Ähnliche Situationen hatte Ingrid nur einige wenige Male während ihrer Studienzeit erlebt. Man wusste irgendwann nicht mehr, ob man vom Alkohol, vom Reden oder vom Zuhören mehr betrunken wurde. Wahrscheinlich arbeitete alles Hand in Hand. Sie sprachen über Zombies, trashige Filme, seltsame Dinge, die einem passieren können, und auch über ihre Familien. Sie hatten viel zu lachen, fühlten sich aber auch unglaublich nah und verstanden. Vor allen Dingen aber erschien ihr Nina immer interessanter, sie erinnerte sie an diese russischen Matrjoschka-Puppen, die immer neue Ansichten zeigten, wenn man dachte, man sei zum Kern der Sache vorgestoßen.

Nina war eigentlich Spanierin und zweisprachig aufgewachsen, zum Teil bei ihrem Opa, einem alten Faschisten und bei ihrer Mutter, die einst als Hippie über Ibiza nach Deutschland gekommen war, und nun eine bessere Deutsche als die Einheimischen sein wollte. Außerdem hatte Nina ein gutes Jahr in England gelebt. Sie war also alles andere als ein unbedarftes Huhn aus der Provinz. Zur Zeit arbeitete sie im Bereich Security, was Ingrid zwar ein wenig anrüchig fand, in dieser Nacht aber ausgesprochen cool klang, ganz besonders da Nina sich recht trocken und witzig über einige ihrer „mit Anabolika aufgepumpten Kollegen" äußerte.

So war es also eigentlich nur der ganz normale Lauf der

Dinge, dass sie irgendwann zusammen im Bett landeten. Ingrid hatte zwar hauptsächlich sexuelle Beziehungen zu Männern gehabt, hielt aber Bisexualität für die einzig adäquate Form eines modernen Lebens. Wenn auch das meiste dieser Nacht durch Alkohol vernebelt war, so blieb ihr doch die Erinnerung an eine der intensivsten Liebesnächte ihres Lebens. Später folgten weitere, dennoch ließ sich der Zauber dieser ersten Nacht nie richtig wiederholen.

Es lag sicher nicht am Sex, der ihre bisherigen - zugegebenermaßen nicht gerade ekstatischen - Erfahrungen um einiges übertraf. Aber so sehr Ingrid das auch genoss, war sie doch nicht bereit, sich von sexuellen Bedürfnissen dominieren zu lassen. Eher im Gegenteil. Sie hatte ihr hübsches Gesicht, ihren schlanken Körper und manchmal eben auch Sex schon gelegentlich dazu benutzt andere Menschen - meistens Männer - ihren Wünschen geneigt zu machen; natürlich nur, wenn dies ihren eigenen Neigungen entsprochen hatte. Frau wäre ja wirklich zu dumm, wenn sie mit der Emanzipation ihre traditionellsten Waffen auf den Müll geworfen hätte. Kurz und gut, sie hatte ein gesundes, wenn auch nicht erschöpfendes Sexualleben. Aber der Volksmund bezeichnete Sex ja nicht ohne Grund als das „Brot der Armen", essentiell wichtig also vor allem für all jene, die kaum interessante Alternativen hatten. Und sie hatte weiß Gott, mehr als genug Alternativen, Pläne, Träume.

Vor allen Dingen erforderte eine echte Beziehung einfach viel, viel mehr als gegenseitige sexuelle Anziehung. Fundamental waren eine emotionale Bindung, Achtung und natürlich eine starke Kongruenz von Interessen und Lebensplanung. Und hierbei war sie in ihrer Beziehung zu Nina recht schnell an unüberwindliche Grenzen gestoßen.

Zuerst hatte ihre Faszination für Nina fast alles überdeckt, hatten sie diese wilde Kompromisslosigkeit, die Aggressivität, der ätzende Zynismus, der Hang zu Selbstzerstörung und Gewalttätigkeit irgendwie in ihren Bann gezogen, da es sich hier um

Phänomene handelte, die sie eigentlich nur aus der Literatur kannte. Doch die glitzernde Fassade hatte schnell erste Risse bekommen, und dann bröckelten nach und nach ganze Stücke ab.

Am meisten störte sie Ninas Bequemlichkeit, das hieß genau genommen ihre massive Faulheit, die gepaart mit einer geradezu unglaublichen Gleichgültigkeit den meisten Dingen gegenüber daherkam. In ihrer eher reichlich bemessenen Freizeit machte Nina mit Begeisterung Sport: Roller Derby und Kickboxen. Beides eher abschreckende Full Contact Sportarten. Die restliche Zeit verbrachte sie bevorzugt vor dem Fernseher oder an der Theke. Ingrid zweifelte inzwischen daran, dass Nina jemals ein ganzes Buch gelesen hatte. Sie war zwar allzeit bereit, sich über die Missstände in Politik und Gesellschaft auszukotzen, blieb dabei aber gerne sehr vage und allgemein. Bei Spielfilmen und TV-Serien, die sie massenweise konsumierte, vermied sie nach Möglichkeit alle anspruchsvolleren Produktionen und bestand ausdrücklich „auf was Flachem mit Action". Zusätzlich verstand sie sich darauf, dieser antiintellektuellen Vorliebe für das Banale einen pseudorevolutionären Anstrich zu geben. Currywurst und Bier waren proletarisch und damit OK, Weißwein und ein etwas elaboriertes Essen dagegen bourgeois.

Zu dieser Faulheit kam ein, zumindest für Ingrid, exzessiver Drogenkonsum. Man konnte hier sicher die Frage nach Ei oder Henne stellen. Nina trank täglich, meistens Bier, allerdings oft erst abends. Diese leichte Zurückhaltung kompensierte sie aber durch ihren Marihuanakonsum. Wenn sie den Nachmittag vor dem Fernseher verbrachte, rauchte sie gerne einen oder auch zwei Joints dazu, wodurch anscheinend auch die schwachsinnigsten Filme unterhaltsam wurden, oder vielleicht gerade diese. Abends, wenn sie Größeres vorhatte, nahm sie gerne Amphetamin, salopp als „Arbeiterkoks" bezeichnet, von dem sie dann morgens mit Bier und Maria langsam wieder runterkommen musste.

Ingrid hatte selbst während ihres Studiums ein paar Mal Haschisch geraucht, sogar Ecstasy probiert, später gelegentlich

Kokain, und Alkohol, wenn auch in Form von Weißwein, was sicher die Standarddroge deutscher Dozenten war. Sie war also alles andere als „spießig", sondern durchaus offen diesen Dingen gegenüber. Sie hatte sich mit Nina oft genug betrunken und auch geraucht. Dennoch gab es für alles Grenzen, man sollte sich nicht von seinem Weg abhalten lassen, die wichtigen Ziele nicht aus den Augen verlieren. Leider schien Nina einfach keine Ziele zu haben, außer dem einen, sich selbst nach und nach zu zerstören.

Sie hatte genug darüber gelesen, „Live Fast, Die Young", die Beat Generation, Rock'n Roll, Punk, Grundge. Als extreme Form des Hedonismus hätte sie es vielleicht - aber nicht sehr wahrscheinlich - akzeptieren können. Leider war aber Nina alles andere als ein glücklicher Mensch. Sie war fast konstant unzufrieden, beim geringsten Anlass bereit zu explodieren und jemandem an den Hals zu gehen. Außerdem hatte Ingrid an ihren Armen eine Menge Narben entdeckt. Viele waren dünne Linien, oft von den Tätowierungen gut überdeckt, andere hatten Form und Größe von Centmünzen. Nina hatte schließlich widerwillig zugegeben dass es Brandnarben von Zigaretten waren, angeblich Mutproben aus der Schulzeit. Ingrid glaubte das nicht so ganz, und sie wollte eigentlich gar nicht wissen, was jemanden dazu brachte sich selbst mit Zigaretten zu verbrennen und mit Rasierklingen zu schneiden.

Wenn Ingrid versuchte diese Probleme anzusprechen, reagierte Nina vollkommen gleichgültig; sie habe einfach eine Menge „mala leche" - schlechte Milch. In Spanien bezeichnete man damit anscheinend eine Stimmung, die über 'schlecht drauf' weit hinausging und eine gehörige Portion aggressiver Bösartigkeit und Gemeinheit mit einschloss. Bei dem Versuch den Begriff zu erklären, hatte Nina selbst gesagt, sie fühle sich manchmal wie ein heimtückischer, bissiger Köter, und schien mit dem Vergleich recht zufrieden.

Das Traurigste aber war, dass Nina überhaupt nicht daran dachte, an ihrer Situation grundlegend etwas zu ändern. Sie war gereist, sprach Fremdsprachen, hatte eine schnelle Auffassungsgabe und war zweifelsohne recht intelligent. Trotzdem zog sie es vor, alle diese Talente brach liegen zu lassen. Viel lieber hasste sie die Reichen und die Schönen, verachtete die Glücklichen und die Schwachen. Auf Fragen und Anregungen reagierte sie mit Aggressivität oder Gleichgültigkeit. Gerne verschanzte sie sich dabei hinter einer Art vorgeschobenem Proletarierstolz - sie mochte alles Mögliche sein aber sicher keine Proletarierin -, und erklärte, dass sie nicht die allergeringste Lust habe, so glatt und schnullig zu werden wie die Masse der deutschen Bevölkerung, die Spanier seien allerdings auch nicht besser.

Dieses proletarisch pseudorevolutionäre Gebaren störte Ingrid zunehmend. Sie hielt es für unausgegorenes Geschwätz, das einzig dazu diente, gegen jeden und alles zu Felde zu ziehen. Mit irgendeiner Art von Analyse war es nie verbunden. Einmal hatte Nina zum Beispiel groß erklärt, dass es doch eine tolle Sache sei, mal in so eine Bankerbar eine Handgranate zu werfen, selbst wenn man ein, zwei Falsche erwische, würde es sich doch sicher lohnen. Außerdem gebe es nichts Geileres als mit Bankerblut besprizte Thekenspiegel, vor allem, wenn das Blut langsam daran herunter laufe. Ingrid hatte daraufhin genervt gefragt, ob sie denn im Ernst glaube, dass so ein Wahnsinn irgendetwas zum Positiven ändere.

„Wenn sich nur jeder zehnte, den diese Schweine ruiniert haben, einen Banker vorknöpfen würde, anstatt sich still und leise aufzuhängen oder mitsamt seiner Familie zu erschießen, würde sich aber todsicher was ändern", war Ninas rotzig coole Antwort gewesen.

„Natürlich würde sich was ändern, wir hätten hier einen Polizeistaat. Du kannst sicher sein, dass sich Banker nicht einfach von irgendwelchen armen Schweinen umlegen lassen. Es gibt genug Staaten, wo solche Verhältnisse herrschen, da bringen sich dann die Armen in den Slums gegenseitig um, und die Mächtigen schlemmen gelassen in ihren abgesicherten Luxusvierteln, nicht selten bewacht von solchen Organisationen wie WASP."

Bei WASP handelte es sich um die Securityfirma, für die Nina arbeitete. Dort vermittelte man vor allem schlecht bezahltes Wachpersonal für Industrieanlagen und dickarmige Türsteher für Diskotheken. Da Nina wahrscheinlich mit Abstand die intelligenteste Person in dem ganzen Laden war - direkt nach ihr rangierten nach Ingrids Meinung die Schäferhunde -, außerdem eine der ganz wenigen Frauen und es auch in puncto Fitness mit einigen der Türsteher aufnehmen konnte, war die Tätigkeit für sie mit keinerlei Stress verbunden. Sie war dort sozusagen die Einäugige unter den Blinden. Den Schichtdienst verbrachte sie meistens in irgendwelchen Überwachungszentralen, wo sie sich ihre Zeit mit hirnlosen Ballerspielen oder Actionfilmen vertrieb. Anscheinend hatte sie auch Wege gefunden ihr Gehalt aufzubessern; ob sie in den alten Fabriken Buntmetall stahl und verkaufte oder vor den Diskotheken mit Drogen handelte, wollte Ingrid lieber nicht ergründen.

Wenn die Sprache auf WASP kam, war Streit praktisch unvermeidbar. Für Ingrid war es nicht nur eine stumpfsinnige und moralisch äußerst zweifelhafte Tätigkeit, sondern auch Ausdruck von Ninas Ambitionslosigkeit und Bequemlichkeit. Diese reagierte jedoch äußerst aggressiv auf jede noch so kleine Kritik an ihrem Refugium. Nach einigen Auseinandersetzungen wurde das Thema WASP von beiden gemieden. Es kam erst vor ein paar Wochen wieder aufs Tapet, als Nina stolz berichtete, dass sie den Sänger Hinterzartner als Bodyguard auf einer Tour durch die östlichen Bundesländer begleiten sollte. Ihr Chef hatte ihr den Auftrag in den leuchtendsten Farben ausgemalt. Er sollte der Einstieg von WASP ins angesehene Bodyguard-Business werden, weg vom reinen Wach- und Türsteherdienst.

Leider hatte Ingrid bereits zu viel Groll wegen WASP angesammelt und irgendwie auch einen schlechten Tag gehabt. Deshalb hatte sie sich nicht ganz beherrschen können und bissig bemerkt, dass Hinterzartner mit Whitney Houston ja nicht gerade viel gemein habe, dafür aber die ostdeutsche Provinz für ihre Kulturereignisse ja sicher berühmt sei, und sie selbst von dem kometenhaften Aufstieg von WASP und Nina tief beeindruckt sei. Nina war darauf auf dem Absatz umgedreht, wortlos gegangen, allerdings nicht ohne die Tür kräftig zugeknallt zu haben.

Das war's dann wohl, hatte Ingrid mit einer seltsamen Mischung aus Erleichterung und Bedauern gedacht. Nina war offensichtlich mit ihrem VIP entschwunden und Ingrid hatte sich nicht weiter den Kopf zerbrochen. Bis ihr dann an einem Kiosk die Schlagzeile der Bild - auch im Zeitalter der neuen Medien immer noch unübersehbar - ins Auge gefallen war. „Hinterzartner von Kampfsport-Lesbe umgehauen!" Wahrscheinlich war es die erste Bildzeitung, die sie in ihrem Leben jemals gekauft hatte, aber wahrscheinlich war ja Nina auch die einzige unter ihren Bekannten die es jemals auf die legendäre Titelseite geschafft hatte. Mein Gott, dachte sie, möglicherweise auch so ziemlich das erste Mal in ihrem Leben, als sie aufgeregt den Artikel überflog.

Viel gab's da allerdings nicht. Nach einem Konzert war Hinterzartner in seinem Hotel von seinem weiblichen Bodyguard, Angehörige einer Berliner Securityfirma übel zusammengeschlagen worden. Anschließend war er wegen einer gebrochenen Nase ins Hospital gekommen. Die Frau, Janina Rossbacher, Spanierin von Geburt, eine „militante Lesbe" nach Aussage eines Bandmitglieds, übte mehrere Kampfsportarten aus. Was genau zu der Tat geführt habe, sei leider nicht bekannt, da sich sowohl der Star wie auch die Securityfirma in Schweigen hüllten und Frau Rossbacher verschwunden sei. Anklage sei bislang nicht erhoben worden.

Ingrid hatte natürlich sofort versucht sich mit Nina in Verbindung zu setzen. Handy, E-Mail, SMS, WhatsApp, alles vergeblich. Das war größtenteils verständlich. Wenn die Reporter der Bild hinter einem her sind, geht man sicher erst mal auf Tauchstation; manche würden ihr Handy sofort in die Spree werfen. Sie hatte mehrere E-Mails geschickt aber auch da keine Antwort erhalten. Es war natürlich möglich, dass Nina im Moment keinen Internet-Zugang hatte. Wahrscheinlicher war allerdings, dass sie immer noch etwas sauer war und einfach keine Lust hatte, sich irgendwelche Moralpredigten nach dem Motto „ich hab recht gehabt", „habs dir gleich gesagt" etc. anzuhören.

Nichts lag Ingrid ferner. Sie war mehr als bereit, die alten Streitereien einfach zu vergessen, wenn Nina nur ein wenig eingesehen hatte, dass ihre Tätigkeit für diese schäbige Securityfirma letztendlich nur in eine Sackgasse führten und weder ihren Talenten noch ihrem eigentlichen Charakter entsprach. Vielleicht waren so ein Skandal, eine Schlagzeile in der Bild ja notwendig gewesen um sie wachzurütteln, sie endlich etwas in Bewegung zu setzen. Ingrid hatte sich deshalb sofort entschlossen, diese Woche pünktlich zum Roller Derby Training zu erscheinen, da eine reale Chance bestand Nina dort anzutreffen, und falls nicht, konnte sie eventuell etwas mehr von den anderen Spielerinnen erfahren.

3

Zur Feier des Abends hatte sich Nina etwas Speed gegönnt und ihren Auftritt zugegebenermaßen mit ein wenig Dramatik geplant. Leicht verspätet, als alle bereits mit Dehnungsübungen angefangen hatten, schoss sie in die Halle und drehte mit erhobenen Armen eine Ehrenrunde. Alle klatschten, manche pfiffen auch durch die Finger. Es war klar, sie war der Star des Abends. Sie hatte natürlich sofort bemerkt, dass auch Ingrid erschienen war und ihr kurz zugenickt. Da Ingrid sofort den Gruß mit einem strahlenden Lächeln erwidert hatte, nahm sie mal an, dass der alte Streit beerdigt war. Das ließ einen perfekten Abend erwarten. Sie konnte erst einmal bei einigen Bieren die ganze Gruppe mit ihren Abenteuern unterhalten. Tja, und anschließend konnte sie sich noch ein wenig intensiver mit Ingrid beschäftigen. Sie war ja wirklich wieder süß heute Abend, so schmal in ihrem Kostümchen als Rollergirl, was sie ja sicher nie werden würde. Die letzten Wochen waren wirklich ein bisschen einsam gewesen, und etwas Frischfleisch auf die Nacht... Es war wie so oft auf Speed, in ihrem Kopf fiel alles an seinen Platz, alle Räder klickten ein und die Maschine zog voll los.

Sie drehte ihre Runde zu Ende und es klickte. Old Schweiß, der Trainer, der ihr wohlwollend zugesehen hatte, rief nun wieder alle zur Ordnung und die Übungen wurden fortgesetzt. Auch Nina reihte sich ein. Voll mit Adrenalin und mit Speed erschien ihr das durchaus harte Training eher wie ein Aufwärmen. Aber sie nahm's mit Schwung und Humor. Auch bei dem Trainingsspiel zum Abschluss war sie ungewohnt gnädig und verhielt sich, zumindest für ihre Verhältnisse, ausgesprochen rücksichtsvoll.

Im Umkleideraum gab's dann erst mal eine Kurzversion. Hinterzartner hatte sie im Hotel massiv angegangen, und als er trotz mehrfacher Ermahnungen seine Finger nicht bei sich behalten hatte, hatte sie halt zugeschlagen. Zuerst mäßig aber als er zu klammern begann und seine über 100 Kilo zum Einsatz bringen wollte, hatte sie wie bei einem dezenten Foul den Ellbogen gebraucht. Voll in den Solarplexus. Der Schlag auf die Nase kam dann praktisch automatisch, mehr ein Reflex. Mehr Details gab's dann in der Kneipe. Dort erklärte sie schließlich auch die folgenden Ereignisse, die rechtlichen Komplikationen und ihren großen Abgang bei WASP.

Nachdem sie Hinterzartner also auf die Bretter geschickt hatte, war sie erst mal nach Berlin zurückgefahren. Sie hatte sich zwei Tage Auszeit gegönnt, bevor sie sich bei Fritze gemeldet hatte. Der hatte inzwischen nicht nur den Bildzeitungsartikel gelesen, sondern auch mit dem Anwalt von Hinterzartner ein längeres Telefonat gehabt und war völlig hysterisch. Anstatt groß ins Geschäft mit der VIP-Security einzusteigen, sah er einen schrecklichen Skandal und immense Schadensersatzforderungen auf sich zukommen. Um aus diesem Desaster mit möglichst geringen Verlusten rauskommen, hatte er, charakterloses Schwein, das er nun mal war, beschlossen, dass Nina den Sündenbock abgeben musste. War ja nur logisch meinte er; im Schach opfert man ja auch reihenweise Bauern um dem König eine Galgenfrist zu verschaffen. Ihren Standpunkt wollte er deshalb gar nicht hören, sie war eine völlig freie Mitarbeiterin, Ausländerin; genau betrachtet kannte er sie eigentlich gar nicht richtig.

Zum Schlachtfest, bei dem Nina ans Messer geliefert werden sollte, wurde für den nächsten Tag ein Treffen mit Hinterzartners Anwalt in Fritzes Büro vereinbart. Als sie dann dort pünktlich und allein eintraf, sah sie sich Fritze, seinem Anwalt und zwei Anwälten von Hinterzartner gegenüber. „Da saß ich also wie das arme Sünderlein, oder wie das Häschen in der Grube", beschrieb sie genussvoll ihrem Publikum die Situation und nahm erst mal einen tiefen Schluck Bier. Rollergirls waren hart im Nehmen und alles andere als feige, aber Anwälten gegenüber wurde den meisten doch eher mulmig.

Während Fritze Wiegand gleich mit einer Art Deklaration begann, in der er alle Schuld und Verantwortlichkeit von WASP zu Nina schob, verhielten sich Hinterzartners Anwälte sehr reserviert und abwartend. Nachdem sie das Geseiere eine Zeit lang angehört hatte, wandte sich Nina direkt an diese, ohne Fritze weiter zu beachten.

„Wir sind uns sicher einig, dass sexuelle Belästigung ein äußerst ernstes Thema ist. Dass zweitens der gute Herr Hinterzartner hierfür ausreichend bekannt ist. Was Sie wahrscheinlich noch nicht wissen, sich aber vielleicht denken können, ist, dass mir die Bild bereits eine fünfstellige Summe für meine Version der Geschichte angeboten hat, natürlich mit allen möglichen schlüpfrigen Details angereichert."

Fritze japste regelrecht nach Luft. Als er jedoch zu einer neuen Tirade anheben wollte, brachte ihn der ältere der beiden Anwälte mit einer kleinen Geste zum Schweigen und sah dann Nina nachdenklich an: „Natürlich ist sexuelle Belästigung ein ernstes Thema. Aber gegen Herrn Hinterzartner liegen hier weder Klagen noch Beschwerden vor. Es gibt dagegen Aussagen von Bandmitgliedern, dass Sie ihm gewisse Avancen gemacht haben sollen und er darauf äußerst korrekt reagiert hat."

Nina lachte spöttisch. „Das sollte noch nicht mal einen Versuch wert sein. Ich bin ja inzwischen bundesweit als Kampfsport-Lesbe bekannt. Da wird wohl kaum ein Richter oder Geschworener glauben, dass ich nur den kleinsten erotischen Gedanken an Hinterzartner verschwendet habe. Außerdem hab ich immer noch das blaue Auge und ein paar Fotos davon, die ich gleich danach mit dem Handy in meinem Hotelzimmer gemacht habe. Aber wahrscheinlich wollten Sie ja nur darauf raus, dass man hier einfach alles behaupten kann, weil's keine echten Beweise oder Aussagen von Dritten gibt. Leider, leider täuschen Sie sich hier gewaltig."

Sie zückte ein kleines schwarzes Notizbuch. „Hier habe ich

Namen und Adressen von genau sieben Frauen, die mir zum Teil nach geradezu traumatischen Nächten mit Hinterzartner die Ohren vollgeweint haben. Morgens am Frühstücksbuffet oder wenn ich sie nachts noch nach Hause gefahren habe. Eine oder zwei von ihnen haben mir sogar blaue Flecken gezeigt. Was glauben Sie, was die vor Gericht erzählen?"

Als der Anwalt auffordernd die Hand ausstreckte, lachte sie nur und steckte das Notizbuch wieder ein. „Damit Sie dort mit dem Scheckbuch auftauchen. Daraus wird leider nichts. Diese Damen sehen Sie erst bei Gericht, oder wenn die Bild eine Serie daraus macht. 'Der Stecher der Weißen Witwen auf Tour im Osten' oder so was in der Art. Aber nur für den Fall, dass Sie wirklich nicht genau wissen, was für einen Kotzbrocken Sie vor Gericht vertreten wollen, hier eine klitzekleine Kostprobe."

Sie zog ein kleines Aufnahmegerät aus der Tasche, hielt es etwas hoch und drückte auf Wiedergabe. Man hörte eine schluchzende Frauenstimme: „Er ist so gemein, so gemein", nach einem weiteren Schluchzen hörte man Ninas Stimme: „Na ja, ganz ruhig. Jetzt trinken Sie das erst mal." Dann hörte man wie eine Zigarette angezündet wurde. „Ich verstehe das nicht, zuerst war er so sympathisch..." Hier stellte Nina das Gerät ab. „Mann, so was im Gerichtssaal. Was glauben Sie, was da an Schadensersatzforderungen auf Sie zukommt? Wenn erst mal eine angefangen hat. Im Moment sind diese Frauen wahrscheinlich alle damit zufrieden, dass ich diesem Schwein auf die Nase gehauen habe. Sie sparen sich also eine Menge Kohle und noch viel mehr Ärger."

Es folgte ein längeres betretenes Schweigen, dann räusperte sich der Anwalt und sagte: „Ich sehe, dass Sie gut vorbereitet zu diesem Treffen erschienen sind, also nehme ich an, dass Sie sich auch schon überlegt haben, wie wir diese ganze unangenehme Angelegenheit zur gegenseitigen Zufriedenheit aus der Welt schaffen können."

Und damit war die Schlacht gewonnen. Nach einigem Feilschen einigten sie sich auf ein ansehnliches Schmerzensgeld, im Gegenzug verzichteten alle Parteien auf weitere Rechtsmittel und Nina verpflichtete sich schriftlich zur Vernichtung aller Unterlagen. Fritze wurde dabei von allen übergangen.

Die Mädels waren von der Wendung der Dinge und Ninas cooler Strategie alle tief beeindruckt. Dennoch blieb eine seltsame Stimmung im Raum. Schließlich brachte es eine von ihnen auf den Punkt: „Aber warum hast du das Schwein nicht angezeigt? Schmerzensgeld hättest du auch vor Gericht rausholen können. Und dann wäre er richtig untergegangen."

„Das stimmt natürlich - theoretisch. Leider hatte ich absolut nichts auf der Hand. Ich habe einfach geblufft. Die hatten alles, Hinterzartners Band hätte einen Meineid nach dem anderen geschworen. Mein schwarzes Notizbuch hatte ich mir am Tag vor dem Treffen gekauft und mit Fantasieadressen gefüllt. Bärbel Stövel aus Ilmenau, Schillerstraße 12. Straßen hab ich bei Google nachgesehen. Der Rest alles Fantasie. Die Tonaufnahme hab ich morgens mit meiner Nachbarin gemacht. Alles gefaket. Und sie haben es gefressen, weil sie wissen, dass der Typ ein Schwein ist. Aber vor Gericht wäre ich im kurzen Hemd dagestanden, aber im ganz kurzen. Und die Bild, na ja, keinen Pfennig."

Jetzt war ihr die ungeminderte Bewunderung sicher. Sie mutterseelenallein gegen drei Anwälte und ihren Chef, und sie hatte alle ausgetrickst. Das Bier floss in Strömen und Nina ließ keinen Zweifel daran, dass heute alles auf ihre Rechnung ging, das hieß genau genommen ja auf die von Hinterzartner. Sie war die ungekrönte Königin des Abends und musste unter allgemeinem Gelächter noch einige Details genauer wiedergeben. Wie zum Beispiel Fritze zaghaft versucht hatte, auch noch etwas von der Entschädigung abzubekommen und sie ihn eiskalt hatte ablaufen lassen und anschließend gekündigt hatte.

Bald löste sich die Runde jedoch auf, einige mussten nach Hause, die übrigen verzogen sich in andere Ecken der Bar und ließen Nina allein mit Ingrid zurück. Obwohl dem ja keineswegs so war und sie auch nie in der Öffentlichkeit als Paar aufgetreten waren, wurden sie von den Mädels als solches wahrgenommen und stillschweigend akzeptiert. Nina hatte sogar gehört, dass manche sie „the Beauty and the Beast" nannten. Das war zwar sicher eher liebevoll gemeint; man musste sich aber nicht den Kopf zerbrechen, wer dabei wohl mit Schöne und wer mit Biest gemeint war.

Egal, heute würde das Biest jedenfalls auf seine wohl verdienten Kosten kommen. Von wegen „Losermentalität", „Schlägertruppe der herrschenden Klassen", laber, laber. Sie hatte Fritze den Job einfach so vor die Füße geworfen. Vor allem aber war sie angetreten gegen eine ganze Bande von Winkeladvokaten, mit ihren Boss-Anzügen, ihren beschissen rosa-gestreiften Hemden, ihren Aktenköfferchen und Organizern. Sie allein wie das tapfere Schneiderlein, nur mit einem gefaketen Notizbuch und einem Billigrekorder. Genau genommen, hatte sie einen guten Teil der Show vor den Mädels hauptsächlich für Ingrid abgezogen. Damit sie endlich einsehen konnte, wie sehr sie sich getäuscht hatte, wie sehr sie ihr Unrecht getan hatte. Scheiß auf das Schmerzensgeld, heute Nacht würde sie ihre echte Belohnung kassieren. Nein, sie erwartete keine Entschuldigung - scheiß auf Entschuldigungen! - aber ein wenig Respekt, einfach so wie's am Anfang war, als sie sich kennen gelernt hatten.

„Ich freue mich wirklich, dass du so gut aus der Sache rausgekommen bist. Ich hatte mir wirklich Sorgen gemacht, als ich die Bild gesehen habe. Ich habe versucht dich anzurufen und überlegt, welchen Anwalt ich dir empfehlen kann. Aber du hast es ja alles alleine hinbekommen. Du bist intelligent genug, wenn's drauf ankommt. Jetzt hast du sogar ganz gut Geld bekommen."

Ingrid sah etwas müde aus, etwas mitgenommen. Na ja, nicht jeder konnte ja auf einem Adrenalinrausch daherschwimmen. Aber möglicherweise konnte sie das ja ändern. Sie legte Ingrid die Hand auf den Arm und sagte: „Ey, es ist erledigt, ich hab gekündigt, hab Kohle, sobald du dir ein paar Tage freimachen kannst, können wir ein wenig rausfahren. Den ganzen Scheiß einfach vergessen."

„Deine Aufnahme da, das war nur ein bedingtes Fake. Du hast solche Gespräche geführt, wahrscheinlich hast du sogar die blauen Flecken gesehen. Warum hast du eigentlich gewartet, bis er dir selbst an die Titten langt?"

Abrupt zog Nina ihre Hand zurück. Dieser unerwartete Vorwurf hatte sie wie ein Tiefschlag getroffen. „Was soll der Scheiß? Musst du hier mit aller Gewalt alles kaputtdiskutieren? Natürlich hat's mir nicht gefallen. Aber was glaubst du, wie das ist? Ich bin am Künstlereingang gestanden und da kamen sie aufgetakelt wie sonst noch was. Ich hab einige weggeschickt, war unfreundlich wie sonst was. Eine, die ich weggeschickt habe, ist dann im Hotelfoyer an Hinterzartners Arm triumphierend an mir vorbeigezogen. Also was geht's mich an? Du kannst Frauen nicht helfen, bevor sie es nicht wirklich satt haben. Und genau hier kommen wir zu unserem Oberarschloch Hinterzartner. Er ist, wenn du mich fragst, genau das richtige Brechmittel, von dem es vielen Frauen schlecht wird, ohne aber bleibenden Schaden anzurichten."

Erst jetzt fiel Nina auf, dass sich Ingrids Gesichtsausdruck merklich verändert hatte. Augen und Munde waren etwas verkniffen und sie schien sich krampfhaft an ihrem Bier festzuhalten. „Es wundert mich immer wieder", begann sie und ihre Stimme klang deutlich verärgert, „wie du dir die Welt zurechtbiegst. Du führst diesem Schwein irgendwelche unbedarften Frauen zu, wirfst sie am 'Morgen danach' wahrscheinlich sogar noch raus. Und dann verkaufst du dies auch noch als notwendige Lehrstunde auf dem steinigen Pfad zur Emanzipation."

„Ich hab ihm überhaupt niemand zugeführt. Ich hab, wie gesagt, im Gegenteil noch einige abgehalten. Aber während ein paar, die vorher ja unbedingt nicht hören wollten, sich nur die Wimperntusche mit ein paar Tränchen ruiniert haben, hab ich dem Schmierlappen gut aufs Maul gegeben. Und das war gar nicht so einfach, wie du vielleicht glaubst. Der bringt mindestens 30 Kilo mehr auf die Waage als ich und war mal ein gefährlicher Rocker." Sie lachte spöttisch. „Entschuldigung, Scherz für Insider. Wirst du leider nie verstehen."

„Das ist so dein Universalmaßstab: aufs Maul schlagen. Wer das macht, ist im Recht, der jämmerliche Rest ist dagegen selbst schuld. Mit dieser Mentalität und deinen einschlägigen Erfahrungen bei Hinterzartner könntest du auch als Madam in einem Bordell arbeiten. Da muss man wahrscheinlich auch manchmal ein wenig hinlangen."

„Weißt du Nina, ich hab dich irgendwann mal für tapfer gehalten, für eine Kämpferin. Heute denke ich, du hast einfach eine kurze Zündschnur, etwa so." Sie hielt Daumen und Zeigefinger maximal einen Millimeter auseinander. „Außerdem stehst du auf Gewalt. Wahrscheinlich geilen dich Schmerzen sogar irgendwie auf. Man sollte es deshalb auch nicht mit 'kämpfen' verwechseln, wenn dir mal wieder der Geduldsfaden reißt und du dich ein wenig prügelst, weil das nun mal die Art ist, wie du Probleme angehst. Für eine echte Auseinandersetzung fehlt dir dagegen leider der Biss, da beschwerst du dich ein wenig und gehst dann einfach den bequemsten Weg. Du spielst den Berufsschläger für WASP und dann noch den Zuhälter für Hinterzartner. Du bist inzwischen deutlich über 30 und hättest irgendwann mal was aus deinem Leben machen können. Aber das wäre ja anstrengend und sicher manchmal auch ein wenig frustrierend gewesen. Also verdingst du dich bei dieser Söldnertruppe und verkaufst das dann der ganzen Welt als schick, als supercool. Marx bezeichnet solche Leute kurz als 'Lumpen', und da ihnen jedes Klassenbewusstsein fehlt, bilden sie das ideale Reservoir aus dem die herrschenden Klassen ihre Schlägertrupps rekrutieren."

„Blah, blah, blah. Deinen Marx ganz du dir ganz tief da reinschieben, wo die Sonne nicht scheint. Und ansonsten muss ich mir ausgerechnet von dir so ein Geschwätz nicht anhören.

Hast du überhaupt auch nur den Schimmer einer Idee, wie viele Frauen im Securitybereich arbeiten, als Bodyguard? Wie viele Frauen Kickboxen mit Fullcontact trainieren, und das länger als ein paar Wochen durchhalten? Da muss man richtig einstecken können, und Schläge sind dabei das allerwenigste. Wenn sie es da auf dich abgesehen haben, und sie haben es garantiert auf dich abgesehen, kannst du nicht wie in deiner Schmuseuni die Frauenbeauftragte anrufen. Und von wegen 'Kämpferin' im Securitybereich werden jedenfalls keine Quotenfrauen eingestellt, da muss man schon selbst für kämpfen."

Die „Quotenfrau" war ein beabsichtigter Tiefschlag, da Ingrid ihre letzte Stelle erst bekommen hatte, nachdem sie nach Absprache mit der Frauenbeauftragten der Fakultät mit Klage gedroht hatte. Aber nach dem dreisten Angriff auf ihre Kämpferqualitäten - auch noch von so einem höheren Töchterchen - wurden keine Gefangenen mehr gemacht.

„Ich habe mich damals nur mit den adäquaten Mitteln gewehrt. Meine Stelle habe ich, weil ich definitiv, und damit meine ich nachweisbar, besser bin, mehr publiziert und bessere Studentenratings habe als alle meine männlichen Mitbewerber. Und bezüglich der Quote sollte man vielleicht anmerken, dass du deine erbärmlichen Türsteherjobs nur bekommen hast, da deine Kollegen, diese Steroidfreaks keine Frauen durchsuchen dürfen. Und aus ähnlichen Gründen durftest du dann bei Hinterzartner die Madam spielen."

„Blas dich ruhig auf. Du bist einfach lächerlich, mit deinem Scheißmarx und deinem verlogenen Klassenbewusstsein. Ich hab sie doch auf deinen Festen gesehen, deine Kolleginnen, die Superfeministinnen. Wie sie mit ihren kleinen Mündchen an ihren beschissenen italienischen Weinen nippen. Und natürlich reden sie sehr gerne darüber, wie man die Frauenbeauftragte etc. für die eigene Karriere einspannen kann. Und natürlich muss die Quote her, damit sie alle so nette wichtige Jobs bekommen. Und fast alle kommen wie du eben auch aus besserem Haus, sind mit dem

berühmten silbernen Löffel im Mund auf die Welt gekommen."
„Eigentlich ist mir die ganze affektierte, verlogene Bande so ziemlich egal. Und mir fehlt tatsächlich jeder Ehrgeiz mich langsam zu diesen Kreisen hochzuschleimen. Es kotzt mich nur an, wenn solche Opportunisten wie du hierherkommen, um sich ein wenig unters gemeine Volk zu mischen, ein bisschen Roller Derby spielen. Ein bisschen verschwitzte Proletarierluft schnuppern, da's bei euch ja so unglaublich öde und langweilig ist. Und dann lasst ihr euch noch ein Tattoo machen, aber bitte nicht zu groß, so dass man es immer noch gut abdecken kann, wenn man wieder in die verschnarchte Zivilisation zurückkehrt. Aber ganz besonders widerlich wird's, wenn sich jemand wie du aufspielt, mir seine verlogene Gutmenschenmoral aufs Auge drücken will. Also lass es einfach, mach dich vom Acker, schleich dich, verpiss dich, oder sonst was, aber lass dich bitte nicht mehr sehen."
Ihrer Natur entsprechend hätte Ingrid sicher gerne das letzte Wort oder eher wohl den letzten Monolog gehabt. Aber anscheinend konnte sie Nina ansehen, dass sie ganz kurz davor stand eine gescheuert zu bekommen. Gewalt gegen Frauen, von Frauen. Ob da wohl auch die Frauenbeauftragte zuständig war? Sie beließ es also bei einem: „Es ist einfach nur schade um dich." Legte einen Zehner auf die Theke und ging.
So war das also. Guter Wille war nicht gefragt und wurde auch nicht honoriert. Nina bestelle sich einen doppelten Whisky und holte ihr Handy raus. Sie hatte mehrere Nachrichten - Anrufe, WhatsApp, E-Mail - von Fritze. Die velogene Ratte schleimte sich wieder mal mächtig ran. In der mail bezeichnete er sie als 'eigenwillig aber eben eine echte Spitzenkraft'. Von 'Schwamm drüber' und einem neuen Superauftrag' war die Rede. Eigentlich hatte sie vorgehabt dieses scheinheilige Gesülze einfach zu ignorieren, Fritze und WASP als erledigte Kapitel abzuheften und zu vergessen. Wenn sie aber jetzt von Fräulein Scheinheilig so dumm angepisst wurde, konnte sie sich ja zumindest anhören was die Schlägertruppe des Großkapitals so zu bieten hatte.

4

Das Führungsteam von WASP war in der beeindruckenden Stärke von vier Personen erschienen und verfolgte mit echtem oder vorgetäuschtem Interesse den Vortrag von Richard Hofstedter, Eigentümer des gleichnamigen Kunsthauses. Da seiner Tochter Uta die Phrasen mehr als geläufig waren, inspizierte sie lieber dezent von der Seite die WASP-Leute, die hier beeindrucken wollten. Da war zuerst einmal der Chef Friedrich Wiegand. Eleganter grauer Anzug, teurer Haarschnitt und manikürte Hände. Fast schon ein wenig übertrieben. Die Assoziation mit einem Zuhälter ließ sich nicht ganz vermeiden. Neben ihm saß Frau Greifhake. Sie managte angeblich den Bereich Museen und Kultur. Was auch immer man darunter verstehen wollte, so repräsentierte sie doch auf jeden Fall die Sachverständige der Truppe. Allzu viel Kunstverstand war von Herrn Hertel dem Abteilungsleiter Security sicher nicht zu erwarten. Er war eindeutig der körperlich, muskulöse Typ. Und schließlich war da noch Janina Rossbacher, die berüchtigte „Kampfsport-Lesbe" der Bildzeitung. Sie gehörte zwar nicht zum Führungsteam, war aber auf ausdrücklichen Wunsch von Utas Vater hier.

Frau Rossbacher trug einen dunklen Hosenanzug mit Nadelstreifen. Vielleicht war ja Marlene ihr großes Idol. Seltsamerweise wirkte die angebliche Spanierin so deutsch wie ihr Name. Sie war sicher ungefähr 1,80, mit Absätzen deutlich darüber und blond, schlank aber gut durchtrainiert. Eine Art urbane Walküre im Kampfanzug. Uta fragte sich, ob sie wohl zu viele Agentenfilme gesehen hatte oder ihre Rolle hier absichtlich ironisch überspielte. Die dünnen Haare trug sie sehr kurz. Ein guter Frisör oder nur etwas Haarfestiger hätten hier sicher Wunder gewirkt. Ähnlich verhielt es sich mit dem fehlenden

Makeup. Da ihre Augen gerade in Relation zur ausgeprägten Nase etwas klein waren, wirkte das Gesicht zu flächig. Ein wenig Lidschatten, Kajal, oder gar Lippenstift hätten hier sicher beachtliche Resultate erzielt. Aber möglicherweise gehörte das ja zur Ideologie einer Kampfsport-Lesbe. In mein Gesicht kommen nur kaltes Wasser und Kernseife, alles andere ist Verrat. Oder sie war ein frustriertes Kind und wollte einfach nur wegen ihrer selbst geliebt werden.

Uta fragte sich zum x-ten Mal, wie ihr so jemand in Barcelona eine große Hilfe sein sollte. Ja, beim Survivaltraining im Dschungel von Nicaragua oder wenn man auf einer dunklen Straße Drogen kaufen wollte, wäre Frau Rossbacher sicher eine wertvolle Hilfe, bei Recherchen und Verhandlungen war dagegen jemand, der seine Frustrationen und Aggressionen so vor sich hertrug, zweifelsohne eher eine Belastung. Als sie ihrem Vater besagte Bildzeitung auf den Tisch gelegt und gefragt hatte, ob dies wohl ein dummer Witz sei, hatte er nur kurz geantwortet, dass dies nun einmal ganz genau die Person sei, die man brauche. Barcelona sei ein gefährliches Pflaster, man müsse vielleicht auch Bargeld transportieren und schließlich seien ja auch solide Sprachkenntnisse nicht zu verachten. Dann hatte er noch süffisant angemerkt, falls sie lediglich damit Probleme habe, dass die gute Frau lesbisch sei, könne er ihr auch Dirty Harry mitgeben, vielleicht fände sie es mit dem unter der Dusche ja angenehmer.

Ihr Vater war ein Schwein, ein sexistisches Schwein in Maßanzug und handgenähten Schuhen. Sex war eine Ware, und Frauen sollten damit wuchern, umso mehr, wenn sie jung und hübsch waren. Taten sie es nicht, waren sie dumme Weiber; taten sie es, waren sie - natürlich - Nutten. Er verachtete sie so oder so. Auch ihr als seiner Tochter und vorgesehenen Nachfolgerin blieb das nicht erspart. Die primitive, man konnte auch sagen die „billige und schmierige", Variante ihres Vaters war Harald Hentze - sie weigerte sich ihn Dirty Harry zu nennen - der Mann fürs Grobe bei Kunsthaus Hofstedter. Hentze zog sie bei jeder

Gelegenheit mit den Augen aus und drängte sie ständig aufs Neue ihn doch wie alle einfach „Harry" zu nennen. So dumm war sie allerdings nicht. Wahrscheinlich würde er ihr kurz hinterher ganz kameradschaftlich an die Brust fassen. Allein mit Hentze in Barcelona: Albträume gehen in Erfüllung. Stundenlanges Dauerduschen und Gerubbel mit Frau Rossbacher, was sich ja ohnehin auf die Fantasien ihres Vaters beschränkte, wären verglichen damit wirklich rosige Aussichten.

Ihr Vater war inzwischen mit seinem Vortrag fast durch. Mit geradezu feierlichem Ernst betete er den Gründungsmythos von Kunsthaus Hofstedter herunter. Seine Ergriffenheit schien so echt, dass sich Uta wieder einmal fragte, wieweit er diese Phrasen schon selbst glaubte. Aber wirklich gute Mythen zeichneten sich ja dadurch aus, dass sie irgendwann als Realität wahrgenommen wurden, wenn sie nur lange genug wiederholt worden waren. Es war die alte Geschichte wie sein Vater, der legendäre Gründer der Galerie, bereits in den Zwanziger Jahren mit dem Sammeln und Handeln moderner Kunst begonnen hatte. Als diese dann von den Nazis als „Entartete Kunst" diffamiert und geächtet wurde, hatte er vielen verfolgten Künstlern geholfen, Katholiken, Sozialisten und natürlich Juden. Der gute Opa hatte, sozusagen als heimlicher Widerstandskämpfer, als eine Art Oskar Schindler im Kulturbereich das Dritte Reich überstanden. Als dann nach Krieg und Diktatur die ehemals verfolgte und entartete Kunst endlich ihren wohlverdienten Platz in Museen, Galerien und last but not least den Privatsammlungen einnahm, war Hofstedter allerbestens gerüstet. Aufgrund der hervorragenden Arbeit über viele Jahrzehnte und der zahlreichen engen persönlichen Kontakte zu Sammlern und Künstlern galt Hofstedter bald auch international als die erste Adresse, wenn es um moderne deutsche Kunst der Zwanziger oder Dreißiger Jahre ging.

Und genau wegen dieses hervorragenden Rufs als Spezialisten für Neue Sachlichkeit hatte man ihnen vor ein paar Jahren Arbeiten des bis dahin weitgehend unbekannten deutschen Malers

Emil Weißgerber angeboten, dessen tragisches Schicksal so charakteristisch war für diese dramatische Epoche, als die großen Diktaturen mit den Demokratien um die Vorherrschaft in Europa rangen. Er wolle hier aber nicht weiter dilettieren, sondern das Feld seiner Tochter Uta überlassen, die, nachdem sie international als die Spezialistin für Weißgerber Anerkennung gefunden hatte, nun ihre Doktorarbeit über ihn schreibe, für deren populärwissenschaftliche Ausgabe bereits die Verlage Schlange stünden. Sie sei außerdem völlig unabhängig, da sie es vorgezogen habe, ihre berufliche Karriere nicht unter väterlicher Protektion, sondern an einem renommierten Frankfurter Museum zu beginnen.

Uta, die wusste was von ihr erwartet wurde, erhob sich, schenkte allen ein freundliches Lächeln und tauschte mit ihrem Vater die Plätze. Nun saß sie den anderen gegenüber und hatte einen kleinen Tisch neben sich, auf dem sie schon vorher ihr Notebook und einen Beamer platziert hatte. Sie war gut vorbereitet und begann mit dem einzig bekannten Bild von Weißgerber, höchstwahrscheinlich von 1937. Es zeigte einen Mann mit hagerem Gesicht und dem typischen Haarschnitt der Dreißiger Jahre.

„Emil Weißgerber", begann sie, „wurde 1894 im bayerischen Rosenheim geboren. Sein Vater war dort Königlich-Bayerischer Förster. Die Familie war sehr konservativ, katholisch und königstreu, wie man ja in Bayern gerne heute noch sagt. Emil war das dritte von fünf Kindern, der zweite Sohn, weshalb ihm dann wahrscheinlich auch erlaubt wurde, seinen Neigungen gemäß an der Münchner Akademie Kunst zu studieren. Er setzte sein Studium noch etwas fort, als der Erste Weltkrieg ausbrach, meldete sich dann aber freiwillig zum zweiten Königlich Bayerischen Reserve-Infanterie-Regiment. In diesem Verband nahm er an den schweren Kämpfen an der Westfront teil, wobei er mehrfach verwundet wurde. Zusammenbruch und Revolution 1918 erlebte er in einem Lazarett und dann in der Oberwiesenfeldkaserne in München."

„Man kann annehmen, dass er im revolutionären München sowohl in den Soldatenräten wie auch in der Roten Armee aktiv war, obwohl dazu bis jetzt konkrete Belege fehlen. Ich bin leider noch nicht dazu gekommen die entsprechenden Archive aufzusuchen. Die Erschießungen und Säuberungen nach der Eroberung Münchens durch die reaktionären Freikorps im Frühling 1919 scheint er unbeschadet überstanden zu haben, da er Anfang der Zwanziger Jahre in Schwabing lebte. Allerdings war wegen seiner revolutionären Aktivitäten der Kontakt zu seiner Familie in Rosenheim völlig abgebrochen."

Sie untermauerte diesen Vortrag mit Bildern von ihrem Notebook. Alle waren mit Beschriftung versehen, so dass immer schön zu sehen war, in welcher Beziehung sie zum Vortrag standen. Da gab es erst mal das elterliche Forsthaus als moderne Farbaufnahme, danach gelbliche Fotos von deutschen Soldaten im Schützengraben. Schließlich sah man Soldatenräte, Barrikaden der Roten Armee und dann Angehörige eines Freikorps, die in Trachtenkleidung triumphierend in München einmarschierten.

Den Abschnitt über die Zwischenkriegszeit, die so genannten „Goldenen" Zwanziger begann sie mit dem Bild „Selbstporträt mit Modell" von Christian Schad. Es zeigte den Künstler in einem transparenten grünen Hemd, hinter ihm auf einem Bett das nackte Modell, das auch gut eine Prostituierte sein konnte, mit dem typischen Pagenschnitt einer Lebedame dieser Zeit.

„Christian Schad", fuhr sie fort, kurz auf das Bild hinter sich deutend, „er studierte mit Weißgerber zusammen in München an der Akademie, war aber später als Maler wesentlich erfolgreicher, was den großen Vorteil hat, dass die meisten seiner Briefe erhalten sind. In einigen davon finden sich kurze Hinweise, bisher leider die einzigen, auf das Leben von Weißgerber im München der Nachkriegszeit. Weißgerber lebte in sehr bescheidenen Verhältnissen als Bohemien in Schwabing, meistens mit Gelegenheitsprostituierten. Man sollte aber dabei daran denken, dass damals die Grenzen zwischen einem Modell, einer Lebensgefährtin und einer Prostituierten sehr fließend waren. Künstlerisch arbeitete er manchmal für kommunistische Zeitschriften wie die AIZ, Die Rote Fahne und sicher noch einige andere. Er konzentrierte sich dabei auf holzschnittartige Karikaturen und Illustrationen. Seinen Lebensunterhalt verdiente er sich aber weit mehr mit pornographischen Illustrationen, die damals in geringer Auflage gedruckt und dann in einigen Schwabinger Geschäften, sozusagen unter der Ladentheke gehandelt wurden."

Zur Illustration projizierte sie zwei eher mäßige Drucke von Weißgerber, die sie in der AIZ gefunden hatte. Da sie bis jetzt leider keine seiner erotischen Arbeiten entdeckt hatte, mussten eben zwei Paul-Émile Bécat ausreichen, bei deren Anblick Herr Hertel anerkennend durch die Zähne pfiff, was ihm einen warnenden Blick seines Chefs einbrachte. Gerade bei einem kunstfremden Publikum war Bécat ein echter Teaser, und dies weniger wegen der deftigen Erotik, dagegen waren heutige Internetnutzer ja ausreichend abgehärtet, sondern wegen der leider oft immer noch überraschenden Einsicht, dass anerkannte Künstler auch Pornographie produziert hatten.

„Diese Arbeiten sind zwar nicht von Weißgerber, sondern von einem französischen Künstler, der allerdings zur selben Zeit und auch teilweise mit ähnlichen Intentionen tätig war. Auf Dauer wurde Weißgerber jedoch seine politische Arbeit zum Verhängnis. Wegen seiner propagandistischen Tätigkeit für die KPD kam er auf die schwarzen Listen der Nazis, die ihn bald nach der Machtergreifung erstmals verhafteten und konstant schikanierten. Wahrscheinlich war er 1935 sogar für einige Monate im Konzentrationslager Dachau inhaftiert. Kurz darauf floh er jedenfalls ohne gültige Papiere nach Frankreich. Er ging nach Paris, wo er mit Hilfe der KPD in der Illegalität überlebte. Er muss dort ein sehr armseliges Leben geführt haben. Paris war voller Flüchtlinge, die Ärmeren teilten sich oft ein Bett in den schäbigsten Pensionen und mussten außerdem ständig die Abschiebung nach Nazideutschland befürchten."

„Es überrascht deshalb nicht, dass sich Weißgerber relativ schnell zum Dienst in Spanien meldete, als die Kommunisten Ende 1936 mit der Werbung von Freiwilligen für die Internationalen Brigaden begannen. Man kann aber mit gutem Grund annehmen, dass er nach seinen Erlebnissen als Frontsoldat und der Kämpfe in München vom Soldatenleben mehr als genug hatte - eine Anmerkungen von Schad unterstreicht das -, außerdem war er ja schon deutlich über 40. Trotzdem muss für ihn die Aussicht auf geregelte Mahlzeiten und vor allen Dingen ordentliche Papiere ausreichend gewesen sein. Es ist auch gut möglich, dass man ihm bereits bei der Anwerbung eine spätere Verwendung als Künstler bei der Propaganda in Aussicht gestellt hat."

„Über seinen Aufenthalt im republikanischen Spanien ist bis jetzt leider so gut wie nichts bekannt. Ich hoffe aber bei meiner geplanten Reise nach Barcelona, bei der mich Frau Rossbacher begleiten und unterstützen soll, einige Dinge herauszufinden oder zumindest anzustoßen. Wenn wir aber bislang nicht viel über Weißgerbers Leben im Exil wissen, so haben wir doch einen kaum hoch genug einzuschätzenden Fund aus der hiesigen Staatsbibliothek, der ursprünglich aus Barcelona stammt. Dazu muss man wissen, dass Barcelona im Bürgerkrieg zunehmend an Bedeutung gewann. Ende 1937 zog sich sogar die Regierung aus dem umkämpften Madrid dorthin zurück. Barcelona war sozusagen das Tor der Republik nach draußen. Hier importierte man Waffen und andere wichtige Dinge, versorgte aber auch die Weltpresse mit Informationen und machte Propaganda für die eigene Sache. Zu diesem Zweck wurden immer wieder kulturelle Veranstaltungen organisiert. Eine davon war die Ausstellung 'Internationale Künstler für die Republik' im Februar 1938."

„In dieser Ausstellung wurden die Werke von 18 internationalen Künstlern präsentiert, einer davon war Emil Weißgerber. Aber das Beste an der Sache ist, dass zu dieser Ausstellung ein kleiner Katalog gedruckt wurde, von dem noch einige wenige Exemplare in verschiedenen Bibliotheken erhalten sind. Jeder

Künstler hat darin ganz egalitär drei Seiten erhalten. Auf der ersten wurde seine Person mit einer kurzen Biographie und einem Foto vorgestellt." Der Beamer zeigte nun eine Kopie dieser Seite. Oben war das Foto von Weißgerber, mit dem sie ihren Vortrag begonnen hatte. Darunter ein kurzer Text in Spanisch. Sie gab ihrem Publikum eine kurze Zusammenfassung. „Hier sehen wir noch einmal das einzig bekannte Foto von Weißgerber als Erwachsenem. In der Biographie darunter werden Geburt, Studium und Militärzeit korrekt angegeben. Dann wird seine aktive Teilnahme an der Räterepublik München erwähnt. 1924 soll er Mitglied der KPD geworden sein, für die er auch künstlerisch tätig war. Dann Verhaftungen durch die Nazis, KZ Dachau, Exil in Paris. Seit Dezember 1936 im Dienst der Spanischen Republik. Auf der nächsten Doppelseite", sie wechselte zur entsprechenden Abbildung, „sehen wir die vier Gemälde, die in Barcelona damals ausgestellt wurden. Auf zweien sind Soldaten im Feld dargestellt, allerdings nicht beim Kampf, sondern rauchend und beim Essen. Die anderen beiden zeigen Barszenen, wie sie in den Zwanziger Jahren in ganz Europa populär waren."

„Besonders interessant ist dieses hier." Sie wechselte nun zu einer farbigen Großaufnahme des Bildes, das sie für sich „Blue Lady" nannte. Es zeigte eine schlanke Frau von hinten alleine an einer Bar. Sie rauchte und trug ein enges blaues Kleid. Es war ein einsames Bild, vielleicht ein wenig nachdenklich, und auf jeden Fall um Klassen besser als die Militärszenen. „Denn es wurde uns vor ein paar Jahren zum Kauf angeboten und hat sozusagen den Stein im Fall Weißgerber erst ins Rollen gebracht. Sie sehen hier eine aktuelle Aufnahme des Originals, das von uns in den Handel gebracht worden ist."

„Was genau Weißgerber in Barcelona gemacht hat, wissen wir bis heute nicht. Möglicherweise arbeitete er nur als Künstler oder er wurde doch noch zum Militär eingezogen. Im Dezember 1938 begannen die Franco Truppen jedenfalls mit ihrer

Katalonienoffensive und trafen dabei nur noch auf geringen Widerstand. Bald flohen die Reste der republikanischen Truppen, die Regierung und viele Zivilisten Richtung französische Grenze. Hunderttausende brachten sich dort in Sicherheit. Weißgerber schaffte dies nicht mehr. Es ist gut möglich, dass er sich beim Zusammenbruch der Front mehr im Landesinneren aufhielt, dienstlich oder bei Freunden. Denn er floh nicht mit der Masse entlang der Küste, sondern weiter westlich Richtung Andorra. Anscheinend waren die Straßen aber schon gesperrt, denn er fand schließlich in den Präpyrenäen bei einer Familie Unterschlupf. Dort in einer sehr ländlichen und abgelegenen Gegend hielt er sich mehrere Jahre versteckt und machte sich erst 1942 auf den Weg nach Frankreich. Damit verlieren sich seine Spuren."

„Während seines Aufenthalts im Versteck in Spanien malte Weißgerber eine ganze Reihe von Bildern, vielleicht als Bezahlung oder auch aus Langeweile. Er ließ sie auf jeden Fall zurück, wie auch das Bild mit der Dame in Blau, das er schon aus Barcelona mitgenommen haben muss. Erst als uns einige dieser Bilder zum Kauf angeboten wurden, haben wir damit begonnen uns mit Weißgerber zu beschäftigen."

Sie machte eine kurze Pause.

„Vielleicht denken nun einige von Ihnen, dass dies geradezu nach Fälschung riecht. Da tauchen plötzlich Bilder eines verschollenen Künstlers auf dem Kunstmarkt auf. Hat es alles schon gegeben. Dazu möchte ich aber erklärend anfügen, wir haben die Bilder aufs Genaueste untersuchen lassen, von Chemikern und sogar einem Kriminologen, und sie haben allen Prüfungen standgehalten. Man muss auch wissen, dass der Verkäufer keine Ahnung hatte, was er da in der Hand hatte. Die ersten beiden Bilder wurden sozusagen für ein Taschengeld verkauft, da niemand wusste, was sich hinter der Signatur „Wg" verbarg. Erst nachdem wir aus eigener Initiative mit intensiveren Nachforschungen begonnen haben, nachdem ich den Katalog der 1938er Ausstellung in der Berliner Staatsbibliothek ausgegraben hatte, als die Person Weißgeber langsam begann Gestalt anzunehmen, da gingen auch die Preise nach oben. Um es kurz zu machen: die Bilder wurden zu einem Zeitpunkt und Preis angeboten, als es sich in keiner Weise gelohnt hätte sie zu fälschen."

Firmenchef Friedrich Wiegand räusperte sich, hob dann aber wie ein braver Schuljunge die Hand. Uta nickte ihm auffordernd zu: „Sehr interessant, wirklich spannend wie ein Roman. Ich frage mich nur, wozu Sie im Moment genau unsere Dienste benötigen."

„Eine gute Frage. Die aber besser mein Vater beantwortet, da ich mit meiner Aufgabe, Sie hier kurz mit dem Leben Emil Weißgerbers vertraut zu machen, zu Ende bin", sagte Uta und erhob sich, um erneut mit ihrem Vater die Plätze zu tauschen.

Dieser erhob sich ebenfalls und klatschte dezent in die Hände, woraufhin auch die anderen artig in den Beifall einfielen. Dann begab er sich mit einem kleinen Lächeln - ganz stolzer, heuchlerischer Vater - wieder an den Platz des Redners.

„Unser Problem lässt sich im Moment unter dem Namen Oriol Puig zusammenfassen", begann er. „Der gute Mann ist irgendwie in der Kulturszene Barcelonas aktiv. Ob er darüber, oder über familiäre Bindungen in Kontakt mit dem Nachlass von Weißgerber gekommen ist, verschweigt er uns leider hartnäckig. Auf jeden Fall steht er in Verbindung mit der Familie, die damals Weißgerber in den Präpyrenäen versteckt hat. Puig hat uns als internationalen Spezialisten für deutsche moderne Kunst 2005 zwei Bilder von Weißgerber angeboten, die wir dann sehr preiswert verkauft haben. Wie meine Tochter schon erklärt hat, haben wir erst anschließend, nach und nach Weißgerbers Geschichte ausgegraben. Als DANACH die Preise stiegen, kam sich Herr Puig irgendwie betrogen vor und verlangte von uns Schadensersatz und so weiter. Dabei sollte man doch bitte nicht vergessen, dass die Preise nur gestiegen waren, weil WIR Zeit und Geld in Nachforschungen investiert haben. Und wenn Herr Puig nicht so geheimniskrämerisch und stattdessen offen und ehrlich gewesen wäre, hätten wir dies alles viel schneller, zur allseitigen Zufriedenheit erreichen können."

„Aber so sind diese Leute nun mal. Anstatt zu kooperieren, fahren sie schwere Geschütze auf, drohen mit Klagen, Gutachten und dergleichen. Allerdings hat der Señor sehr schnell gemerkt, dass es international inzwischen EINE allgemein anerkannte Spezialistin für Weißgerber gibt, und dies ist meine Tochter. Ohne ein Gutachten von ihr, ohne unser OK, verkauft er gar nichts. Er wird auch keine seriöse Galerie finden, die sich hier mit dem Kunsthaus Hofstedter anlegen wird. Das heißt, er hat inzwischen gemerkt, dass er uns braucht. Leider hält ihn das nicht davon ab, unverschämte Forderungen zu stellen und praktisch jede Kooperation zu verweigern. Ich habe bereits erwähnt, dass meine Tochter an einer Dissertation zu Weißgerber arbeitet. Sogar das Fernsehen hat Interesse. Ein deutscher Künstler auf der Flucht vor den Nazis, Mitglied der Internationalen Brigaden, das ist natürlich Stoff für eine wunderbare Reportage. Ich brauche hier wohl nicht weiter zu unterstreichen, dass dies die Preise für Weißgerber beflügeln würde. Leider scheint dies den Herrn aus Spanien nicht zu beeindrucken. Er ist als stolzer Spanier einfach beleidigt und schmollt. Wir brauchen ein Werkverzeichnis. Er muss uns ja nicht alles verkaufen, aber wir müssen es aufnehmen, katalogisieren."

„Dabei ist uns leider der Verdacht gekommen, dass die eigentlichen Besitzer der Werke gar nicht wissen, was da läuft. Herr Puig hält möglicherweise alle im Unklaren und streicht einen Großteil des Geldes selbst ein. Die Aufgabe für die Agentur ist also, diese eigentlichen Besitzer zu ermitteln, Herrn Puig zu umgehen und nach Möglichkeit ganz aus dem Geschäft zu verdrängen. Meine Tochter wird aber auch mit ihm verhandeln müssen, und da er ein unbeherrschter, primitiver Mensch ist, könnte es eventuell notwendig sein, dass meine Tochter irgendjemanden hat, der ihr sozusagen den Rücken stärkt und freihält."

5

Und wenn man diesem Puig ein paar aufs Maul hauen würde, wäre das sicher auch nicht verkehrt, dachte Nina. Konnte ja sein, dass sie nicht immer die Allerhellste war, aber sie war auch nicht „auf der Wurstsuppe daher geschwommen", wie ihre Mutter stets zu sagen pflegte, wenn sie die Kurpfälzerin gab. Natürlich brauchte dieser Hofstedter jemanden, der gut Spanisch sprach, Ortskenntnis von Barcelona auch erwünscht, aber die große Werbung war doch sicher die Bild gewesen: Schlagkräftige Kampfsport-Lesbe.

Nina wartete im Flughafen Schönefeld, inzwischen beim zweiten Kaffee, auf den Last Call und ließ dabei noch einmal die Schmierenkomödie von vor vier Tagen Revue passieren. Fritze schwankte zwischen Enthusiasmus und Hysterie. Eines der größten Kunsthäuser in Deutschland brauchte Security und Recherche. Das war um einige Nummern besser als dieser VIP-Kram für Hinterzartner, das war „direkt von der Regionalliga in die Champions League". Natürlich musste WASP dazu richtig präsentiert werden. Anstelle der schäbigen Klitsche, die mit mies bezahlten Zeitarbeitern vorwiegend Wachdienste erledigte, sollte ein modernes Securityunternehmen gezeigt werden, das selbstredend auch international operieren konnte.

Zum Glück liebte es Fritze „feudal", weshalb WASP im Erdgeschoss einer Jugendstilvilla residierte. Sein gigantisches Chefzimmer wurde kurzerhand in einen Besprechungsraum umdekoriert, den es vorher natürlich nicht gegeben hatte, da bei WASP nie etwas „besprochen" wurde. Anschließend hatte er sich noch das „Führungsteam" aus dem Ärmel gezaubert. Eine beachtliche Leistung für jemanden, der bestenfalls in einem schlimmen Albtraum daran dachte, einen seiner Mitarbeiter um dessen Meinung zu fragen. Versteht sich von selbst, dass Titel und Funktionen auf wenige Stunden begrenzt waren - „dass dies bloß niemand zu Kopf steigt!"

Susi Greifhake, präsentierte er als „unsere Frau aus dem Bereich Museen und Kultur". Sie hatte sich extra in ein teures graues Kostüm gezwängt. Das Korsett darunter musste sicher weh tun. Nina hatte angestrengt überlegt, was Susi wohl denn mit Kultur zu tun hatte. Sie hatte sich jahrelang Videos der Überwachungskameras von Lidl angesehen und dabei Strichlisten angelegt, welche Mitarbeiterin wie oft auf die Toilette ging. Aber vielleicht fiel so was ja bei Fritze unter Kultur.

Ebenso grandios war der Aufstieg von Ernst Hertel: Für wenige, glorreiche Stunden war er zum „Abteilungsleiter Security und Personenüberwachung" ernannt worden. Ernst hatte einen IQ von knapp über Zimmertemperatur und leitete bestenfalls den Zustrom zu Diskotheken, wo er dann mit einer supercoolen Kopfbewegung manchen den Zutritt erlaubte und anderen verwehrte. Er brüstete sich gerne damit, wie oft ihm irgendwelche geilen Schlampen schon einen geblasen hatten, um sich sein wohlwollendes Nicken zu erwerben. Ernst erfüllte hier offensichtlich zwei Kriterien: Er war immer noch unter Fünfzig, ohne Türke zu sein, und zweitens sah er im Anzug ganz passabel aus. Nina war sich sicher, dass ihn Fritze allein deshalb für die Dauer der Konferenz zum Abteilungsleiter erklärt hatte, allerdings mit der strengsten Anweisung unter keinen Umständen - unter gar keinen! - den Mund aufzumachen. Sie selbst hatte von Fritze auch ihren Teil an Anweisungen erhalten: „Dezentes, gepflegtes Erscheinen. Ich will keine Tätowierungen sehen."

Natürlich war alles gelogen, alles Schau. Aber da sollte ihr doch mal jemand sagen, dass die anderen das besser machten. Dieser „Dr. Hofstedter" sah aus wie ein angefetteter Ackermann, mit der gleichen schmierig jovialen Selbstzufriedenheit, die nur so nach Geld, Arroganz und Verlogenheit stank. Natürlich hatten solche Typen heute jüdische Freunde überall auf der Welt, aber doch hauptsächlich nur, weil die Nazis den Krieg verloren hatten.

Da erzählte er doch echt, dass sein Papi bei den Nazis im Widerstand gewesen und dort auch noch reich geworden war. Und das alles ohne rot zu werden.

Sein Töchterlein dagegen irgendwie süß. Hübsch, zierlich, elegant und kühl. Ein wenig Typ Rose Byrne. Sie trug ein schickes Sixties Retro Kostüm im Stil von Jane Fonda oder gar Jackie Kennedy, möglicherweise war's ja sogar von Chanel. Wahrscheinlich war sie mit einem Frankfurter Jungbanker verlobt, der Unsummen für exklusive Geschenke ausgab, um ihrem gelangweilten Gesichtchen ein Lächeln abzuringen. Nina hatte sie insgeheim „Missy Nifty" getauft. Ja süß, aber giftig. Solche Frauen brachten mehr als nur Schwierigkeiten; sie konnten einen in den Wahnsinn treiben. Nina hatte noch genug von Ingrid, und Missy Nifty rangierte mindestens eine Preisklasse höher. Haarschnitt, Kostüm, Make-up, da konnte Ingrid nicht mithalten. Mit der Figur vielleicht schon, aber sie würde, trotz aller Arroganz, niemals diesen leicht gelangweilten Gesichtsausdruck hinbekommen. Aber es machte absolut keinen Sinn, sich in das nächste Töchterlein aus besserer Familie zu vergaffen.

Das war auch der Grund, warum sie sich nach der Gepäckaufgabe hierher zurückgezogen hatte. Sie verspürte nicht die allergeringste Lust mit Missy Nifty im Wartesaal übers Wetter in Barcelona zu labern. Dazu wäre im Flieger noch Zeit genug, und mit etwas Glück könnte sie auch ein wenig schlafen. Wenn sie an die kommenden Tage oder gar Wochen mit Missy Nifty dachte, war ihr alles andere als wohl. Keine Ahnung, was sie mit so jemandem sollte. Andererseits, im Vergleich mit dem abgefuckten Hinterzartner konnte es nur besser werden. Natürlich war WASP ein Saftladen; daran musste sie wirklich niemand erinnern. Trotzdem war dieser Job jetzt doch rundum interessant. In Barcelona über einen verschollenen Künstler recherchieren, für eines der größten Kunsthäuser in Deutschland. Irgendwie hatte sie Lust Ingrid anzurufen, um ihr diese Neuigkeiten zu verkünden. Ging leider nicht. Nicht ums Verrecken würde sie dort anrufen. Aber vielleicht kam mal was in die Zeitung. Ein Artikel über eine große Weißgerber-Ausstellung - Ingrid las immer das Feuilleton - und irgendwo im Hintergrund des Fotos sie als Bodyguard. Das wär nicht schlecht.

Der Last Call für den Flug nach Barcelona riss sie aus ihren Träumereien. In fünf Minuten war sie am Gate, kurz darauf in der Maschine. Und dann Reihe 25 am Fenster saß Missy Nifty, wie immer todschick im Retrolook. Sie lächelte deutlich erleichtert, als sie Nina auf sich zukommen sah. „Sorry", sagte Nina, als sie neben ihr Platz nahm, „hatte leichte Probleme mit dem Gepäck."

Die Sache entwickelte sich dann aber doch besser als sie erwartet hatte. Nach den üblichen Floskeln zu den Unannehmlichkeiten des modernen Flugverkehrs und dem zu erwartenden Wetter in Barcelona wurde die Sache schnell professionell. Uta - das „Du" war Nina ganz beiläufig, des zwangloseren Umgangs wegen, gleich nach dem Wetter angeboten worden - reichte ihr einen Hefter und einen USB-Stick, während sie selbst ihr Notebook zur Hand nahm. „Hier ist so gut wie alles an Unterlagen, die den 'Fall Weißgerber' betreffen. Ich habe hier alles auf dem Notebook und eine Kopie davon auf dem Stick. Der Papierkram ist nur für hier im Flugzeug, und manchmal ist es auch immer noch angenehmer, zu blättern. Vielleicht liebst du ja auch Bettlektüre. Da ist erst der Vortrag, den ich mehr oder weniger so bei WASP gehalten habe. Dann eine Kopie des kleinen Katalogs von 1938. Drei Kopien von grafischen Arbeiten, die in den Zwanziger Jahren in Zeitungen erschienen sind. Seine Immatrikulation an der Akademie München. Fotos der Bilder, die von uns bis jetzt verkauft wurden. Fünf Gutachten, davon zwei von mir - nur der Vollständigkeit halber. Und zu guter letzt noch ein kleines Dossier zu Herrn Puig, dem wir ja unsere besondere Aufmerksamkeit widmen sollen."

Das erweckte sofort Ninas Interesse. Oben waren zwei Fotos. Ein Passfoto und eines zeigte Puig zufrieden mit einem Champagnerkelch vor einem Werk Weißgerbers, offensichtlich bei einer Eröffnung. „Das erste ist aus dem Internet, das andere wurde 2006 bei uns in Köln gemacht, als wir Weißgerber erstmals einem größeren Publikum vorstellten. Er war dazu eingeladen und sehr zufrieden, wie man ja unschwer auf dem Bild erkennen kann, äußerte sich aber leider nicht genauer zu seinen Quellen."

Man sah einen etwas übergewichtigen Herrn in den besten Jahren. Das stimmte auch mit den Daten überein. Geboren 1958 in Barcelona. Kunststudium. Später vor allem aktiv in Künstlerorganisationen, bei der Organisation von Festivals im Bereich Bildender Kunst, Musik und Theater. Es gab eine recht eindrucksvolle Liste davon. Die Namen sagten Nina aber alle nichts. Hervorgehoben war dann allerdings 1995 die Gründung von CAR - Cultura y Arte del Raval - deren Secretario General Puig von Anfang an war.

„CAR ist in diesem Zusammenhang ganz interessant", fügte Uta erklärend hinzu. „Falls nötig müssen wir da noch etwas recherchieren. Aber nur für den Moment und soweit ich das alles verstehe. CAR ist ein Verein von Künstlern, Galeriebesitzern, Betreibern von Theatern und anderen Kulturschaffenden, die irgendwie mit dem Raval verbunden sind. Die Stadt arbeitet seit Jahren daran, dieses Problemviertel zwischen Ramblas und Parallel sozusagen touristengerecht zu gentrifizieren. Dazu wurden vor allem im Kulturbereich große Summen investiert. So wurde zum Beispiel für sehr viel Geld das MACBA, das Museum für moderne Kunst mitten ins Raval gesetzt, dann hat man die Rambla del Raval angelegt, vor Kurzem kam noch die Filmothek hinzu. Dazu Luxushotels, schicke Bars, Läden mit Vintage-Kleidung und viele solche Dinge. Man versucht also das, was man in Berlin-Mitte und vielen anderen Städten mit Erfolg gemacht hat. Wahrscheinlich aber noch mehr als in anderen Städten hat die Kultur hier eine Art Speerspitzenfunktion. Das heißt: Erst große, teure Museen und Kulturzentren, ihnen sollen dann Galerien und Künstler folgen, dann Bars und Hotels..."

„Und dann kommt die große Absahne", fiel Nina ein. „Das

verstehe sogar ich. Erst die Künstler, dann die Spekulanten und zum Schluss die Langweiler. Hab das jeden Tag in Berlin vor Augen."

„Genau darum geht's. Entschuldige, wenn ich etwas abschweifen sollte. Aber irgendwie ist mir dieses Thema auch ein persönliches Anliegen. In Frankfurt kann es dir leicht passieren, dass dir arrogante und ignorante Banker so von oben herab erklären, dass Künstler ja vielleicht das Foyer einer Bank ausmalen könnten, Galeristen Konferenzräume dekorieren und auch gelegentlich eine Vernissage zur Unterhaltung der Ehefrauen organisieren. Politische Bedeutung der Kunst? Lächerlich! Beschäftigt man sich dagegen nur ein wenig mit moderner Stadtplanung, dann ist die Rolle der Kunst ganz entscheidend. Künstler und Galeristen sind unentbehrliche Pioniere, wenn man heruntergekommene Stadtviertel wieder attraktiv machen möchte."

„Aber zurück zu Puig. Ich denke, er war mit seiner Kunst nie erfolgreich, also hat er sich immer stärker auf den politisch-kulturellen Bereich verlegt. Das war sicher so lange keine sehr erfolgversprechende Geschichte, bis Barcelona begann sich mit der Olympiade 1992 neu zu erfinden. Barcelona sollte eine Kultur-, Touristen- und Spaßstadt werden. Es ist sicher kein Zufall, dass er CAR im selben Jahr gründete, in dem das MACBA eröffnet wurde. Nicht dass ich einen direkten Zusammenhang sehe, aber sagen wir mal, er hatte in diesem Ambiente plötzlich Rückenwind. Stadt und Land geben Riesensummen für diese Prestigebauten aus, die ja als Kristallisationskerne der Gentrifikation wirken sollen; da fielen ein paar Zehntausend für CAR nicht ins Gewicht. Puig kam in Mode; er ist plötzlich mit Politikern essen gegangen und bekam auch Geld für kleinere Projekte. Er machte eine Menge Dinge: Von Ausstellungen moderner Maler, die ein Atelier im Raval hatten, bis hin zu Aquarellkursen für Rentnerinnen und der Integration von Sprayern in die Kunstszene."

„Er ist also zumindest in der lokalen Kunst- und Kulturszene eine bekannte Figur. Er gibt sich gerne als Links, fortschrittlich, kritisch. So gesehen ist es nichts besonderes, dass ihm 2004 irgendjemand - und das wüssten wir gerne genauer - eine Geschichte von einem deutschen Künstler erzählt, der nach dem Bürgerkrieg von seinen Großeltern versteckt wurde, und von dem noch ein paar Bilder vorhanden sind. Puig ist interessiert und erhält zwei Bilder für Nachforschungen. Dabei kommt er aber nicht weit. Letzten Endes findet er lediglich heraus, dass das Kunsthaus Hofstedter als Spezialist für deutsche Moderne und Emigranten gilt. Also nimmt er Kontakt auf. Aber auch wir bei Hofstedter wissen nichts zu Weißgerber, sind aber bereit die beiden Bilder in Kommission zu nehmen und einen Käufer zu suchen. Der Besitzer und Puig sind inzwischen zu der Einsicht gelangt, dass die Bilder anscheinend kein großer Fund sind und wollen nur noch schnell Geld sehen. Folglich wurden beide kurz darauf verkauft für insgesamt 6.200 Euro. Puig beschwert sich nicht, sondern ist nur daran interessiert, das Geld möglichst schnell und als Cash zu erhalten."

„Etwas später bin ich dann mit meinen eigenen Nachforschungen fündig geworden, habe zuerst den Katalog in der Staatsbibliothek entdeckt, dann die Immatrikulation in München, das Forsthaus und noch einige Kleinigkeiten. Plötzlich hatten diese Bilder eine Geschichte, ihren festen Platz in der deutschen Moderne. Und da kennt mein Vater natürlich einige sehr potente Interessenten. Ein paar Wochen später wurden die beiden Bilder wiederum von uns für nun 70.000 Euro verkauft."

Als Nina anerkennend durch die Zähne pfiff, fuhr sie fort: „Nur um möglichen Missverständnissen vorzugreifen. WIR haben dieses Geld natürlich nicht verdient. Wir hatten die Arbeit, die Nachforschungen und dann natürlich mehr Provision. Aber den dicken Gewinn machte der erste Käufer. Trotzdem war aber nun Interesse vorhanden. Als mein Vater in Spanien wegen einer anderen Sache zu tun hatte, besuchte er Herrn Puig in Barcelona um etwas mehr über die Dinge herauszufinden und sich nach möglichen anderen Bildern zu erkundigen. Puig wurde dadurch aber nur misstrauisch und forschte selbst noch mal nach. Dabei muss er schnell im Internet auf einen Artikel gestoßen sein, worin der Verkauf der beiden Weißgerber-Bilder erwähnt wurde. Er war, man kann es ja ein wenig verstehen, ziemlich verärgert. Er forderte völlig illusorisch einen Ausgleich für seinen 'Verlust'. Ich meine, woher hätte das mein Vater nehmen sollen? Schließlich scheint sich Puig aber wegen der Aussicht auf kommende Geschäfte beruhigt zu haben. Mein Vater erklärte ihm das Problem. Je mehr man über Weißgerber wisse, desto mehr könne man für seine Bilder erzielen. Erst jetzt rückte Puig mit den Informationen zum Haus in den Präpyrenäen raus. Dass sich Weißgerber dort mindestens bis 1942 versteckt gehalten habe. Leider sei es aber so, dass diese Leute hohe Schulden hätten, das heißt, das Geld nur illegal erhalten wollten. Entweder Schwarzgeld oder gar nichts. Er hätte kein Problem damit als Mittelsmann zu fungieren, er bekäme ja auch sein Teil. Da er allerdings Steuern bezahlen müsse, hätte auch er ein gesteigertes Interesse an Schwarzgeld. Wie ich meinen Vater kenne, wird er ihm erklärt haben, dass Hofstedter neben Kunst auch Spezialisten in Sachen Schwarzgeld sei."

„In den folgenden Monaten hat Puig dann über uns insgesamt neun Bilder von Weißgerber in den Handel gebracht. Darunter das eine spektakuläre Werk aus dem Katalog von 1938. Am Anfang gab es einige Probleme, da er völlig unrealistische Preisvorstellungen hatte. Dennoch kann man sagen, dass sich der Markt für Weißgerber sensationell entwickelt hat, und so hat er dann von uns insgesamt rund 800.000 Euro erhalten."

„800.000! Auch nicht gerade schlecht", sagte Nina. „Und alles direkt an ihn. Möglicherweise wissen die ursprünglichen Besitzer gar nichts von der Summe, und er speist sie mit einem Trinkgeld ab."

„Das ist schon möglich. Wir haben versucht Druck auszuüben, selbst zu recherchieren, alles erfolglos. Wir haben die Bilder untersuchen lassen. Kein Zweifel an ihrer Echtheit. Wenn also jemand betrügt, dann bestenfalls er die Verkäufer um Teile ihres Gewinns. Daran sind wir wirklich unschuldig, haben wir uns anfangs gesagt."

„Und dann?"

„Ja, und dann", Uta seufzte, „dann hat er uns vor einem Jahr noch mal zwei Weißgerber angeboten. Verstehst du, es war ja praktisch sechs Jahre Ruhe, und dann kommt er plötzlich mit zwei neuen Bildern."

„Das stinkt doch irgendwie."

„Sicher, das haben wir auch zuerst gedacht. Jetzt fälscht er, war mein erster Gedanke. Aber es gibt da in den Unterlagen eine ausführliche und - ganz unter uns sehr teure - Expertise, dass die beiden Bilder 100 Prozent, ganz ohne Zweifel echt sind. Auf einem fanden sich Reste eines Fingerabdrucks von Weißgerber. Das Problem ist nur, wo hat er sie her? Ich habe da zum Beispiel das Problem mit meiner Diss. Ich mache das Werkverzeichnis fertig und plötzlich tauchen weitere Bilder auf. OK, ich ändere das Werkverzeichnis, dann kommen vielleicht noch einmal welche. Außerdem scheint er aus der Vergangenheit den Schluss gezogen zu haben, dass sich die Preise alle paar Jahre verdoppeln müssten. Er scheint einer rationalen Argumentation kaum noch zugänglich."

„Ja und was erzählt er? Woher er die Dinger hat? Simsalabim, aus dem Ärmel gezaubert kann er sie ja wohl nicht haben?"

„Das ist auch etwas dubios. Also da ist diese Familie, bei der Weißgerber bis 1942 war. Die Bilder haben wir alle. Gut, jetzt gibt's plötzlich noch eine Cousine, die damals auch dort war, vielleicht sogar eine Geliebte. Schon sehr alt diese Dame inzwischen, aber sie besitzt noch einige Bilder ihres lieben Emil."

„Lass mich mal raten. Sie will auch nicht mit euch sprechen. Will auch das ganze Geld schwarz über Puig?"

„Du hast völlig recht, es stinkt. Und dieser Sache etwas auf den Grund zu gehen ist unsere Hauptaufgabe. Ich muss mit ihm auch verhandeln. Dafür habe ich bereits heute Abend den ersten Termin. Zusätzlich werden wir ihn aber überwachen, wohin fährt er, mit wem hat er Kontakt hat und so weiter. Das ist deine Arbeit. Du kannst dazu jederzeit noch jemanden einstellen oder von einer lokalen Agentur ausleihen. Mit etwas Glück führt uns Puig ja zu der Familie, oder zu dem genialen Fälscher, obwohl ich an letzteren nicht glaube. Des Weiteren werden wir nach Spuren von Weißgerber in Barcelona suchen. In der Bibliothek, in Archiven, in Gesprächen mit Historikern, bei Galeristen, Kunsthändlern und Sammlern. Weißgerber hat wahrscheinlich über zwei Jahre in Barcelona gelebt, da kann doch das eine oder andere Bild bei jemandem in der Wohnung hängen. Und hier bist du zur Diskretion verpflichtet. Weißgerber ist nach wie vor in Spanien praktisch völlig unbekannt. Das heißt, wir könnten so ein Bild für ein-, zweitausend Euro oder sogar ein paar hundert erwerben. Ich bin mir sicher, dass mein Vater in diesem Falle zu einer dicken Prämie bereit wäre."

So überheblich und aufgesetzt das auch klingen mochte, Geld interessierte Nina zwar schon, aber allein dafür hätte sie sich im Moment weder von Hofstedter noch von Fritze anheuern lassen. Barcelona und der „Fall Weißgerber" klangen dagegen echt verlockend und wurden zunehmend besser. Alte Geheimnisse ausgraben, der Bürgerkrieg, die Internationalen Brigaden, irgendwie lagen dort ja auch die Ursachen, an denen ihre eigene Familie zerbrochen war.

„Was sind schon Prämien", sagte sie deshalb, „ich will ein wenig Spaß haben, mich nicht langweilen, und ich denke, da ist bei dieser Arbeit so einiges zu erwarten."

6

Uta hatte Zimmer in dem supermodernen, superdesignten, aber sicher nicht billigen Hotel Barceló direkt an erwähnter Rambla des Raval gebucht. „Da wir uns ja auch mit Kunst im Dienst der Gentrifizierung des Raval beschäftigen, schien es mir genau der adäquate Ort zu sein", hatte sie selbstzufrieden erklärt. „Außerdem ist die Nationalbibliothek mehr oder weniger um die Ecke, Puig wohnt maximal zehn Minuten von hier und das Büro von CAR ist auch nicht viel weiter."

Wirklich schön recherchiert, hatte sich Nina gedacht. Aber es gab einfach einige Dinge, die bei Google Maps, Street View und den netten Webseiten für Touristen nicht auftauchten. Hier im Raval sollte man sich nicht täuschen lassen. Bereits eine Straße hinter der postmodernen Glitzerfassade standen die Nutten, und nicht die allersanftesten. Harte Frauen aus Rumänien und China, die den Pakis in den Hauseingängen für Dumpingpreise einen bliesen. Touristen, die so blöd waren und sich nachts hierher verliefen, hatten gute Chancen, kurz und gründlich ausgeraubt zu werden. In den angrenzenden Straßen wurde so ziemlich alles an Drogen verkauft, was zurzeit auf dem Markt war; man durfte allerdings keine gehobenen Qualitätsansprüche stellen.

Kurz und gut eine Scheißgegend, die durch die edle Fassade des Hotels nur notdürftig kaschiert wurde. Aber so war eben Barcelona. Es gab in der ganzen Altstadt massenweise superschicke Restaurants und Bars; da fiel einem wirklich nichts mehr ein, bis man auf die Toilette ging. Oft konnte man die erbärmlichen Verschläge noch nicht mal abschließen, weil sie sonst von den Drogis blockiert werden würden. Also pisste alle Welt auf die Straße, was in den Gegenden mit den meisten Bars dazu führte, dass die Straßen zumindest in der Hochsaison nachts wie ein Pissoir stanken.

Ihr selbst war das eigentlich egal, aber Uta würde die Perlenkette im Tresor lassen und sich was anderes anziehen müssen. Das Dumme war nur, dass diese Töchter aus gutem Hause alles besser wussten. Sie sei schon in New York, Paris und wer weiß wo nachts alleine unterwegs gewesen und wisse sehr gut, wie man sich in Großstädten verhalten müsse, hatte sie Ninas gemurmelte Einwände großspurig abgewiegelt. Na ja, Nina hatte schon Pferde kotzen sehen. Außerdem war's ja ihr Job auf Missy aufzupassen, vielleicht konnte sie ja wirklich mal was Gescheites für ihr Geld tun.

Nachdem sie geduscht hatte, wählte sie dezente Combatkleidung, wie sie es nannte. Das hieß lockere Hosen, allerdings keine Trainingshosen, die Tritte bis in Brusthöhe problemlos erlaubten, dazu die guten Dr Martens. Die sahen zwar immer ein wenig nach Nazi-Proll aus, waren aber wegen Stahlkappen und Gewicht geradezu unverzichtbar. Außerdem konnte man sie mit der richtigen Hose weitgehend unsichtbar machen. Das wichtigste Detail war ein breiter Nietengürtel, den sie ihren Bedürfnissen angepasst hatte. Er hatte keine Gürtelschnalle mehr, sondern wurde von zwei Druckknöpfen zusammengehalten. Sah ein wenig aus wie der typische Gothic-, Punk-Kitsch, war aber ein äußerst wirkungsvoller Totschläger. Es handelte sich gewissermaßen um das Resultat ihrer kindlichen Erziehung, zumindest eines davon. Manolo hatte ihr bereits mit acht, neun Jahren beigebracht, nie mit der bloßen Hand zuzuschlagen. „Viel zu empfindlich, voller kleiner, zerbrechlicher Knochen." Er hatte ihr damals eine Art Handschuh mit Schrotkugeln gemacht. Ihr Gürtel war sozusagen die moderne Variante davon. Man kam damit in jedes Flugzeug und in jede Disco.

So ausgerüstet fuhr sie mit dem Lift zur Dachterrasse und wartete auf Uta. Da sie ja im Dienst war, begnügte sie sich mit einer Tonica, sozusagen Gin Tonic ohne, und widmete sich der Aussicht. Wirklich beeindruckend, man hatte praktisch alles vor sich: das Meer mit Hafen, Montjuic, Tibidabo, Sagrada Familia, Gran Polla und so weiter. Und zu Füßen das Raval, das ja noch unterworfen, Teil des großen Freizeitparks Barcelona werden sollte. Sie erinnerte sich noch gut. Vor zehn Jahren saßen dort unten nur ein paar Pakis und alte Spanier und genossen die Sonne, die sie in den finsteren Höhlen, die sie als Wohnung gemietet hatten, sonst nie zu sehen bekamen. Heute ein Straßenkaffee am anderen. Backpacker aller Welt...

„Fantastisch, nicht?" Uta war neben sie getreten. Sie war zwar immer noch elegant, aber wesentlich dezenter, wesentlich weniger Jackie K. Graue Jacke, flache Schuhe, keinen auffälligen Schmuck und die Handtasche quer vor der Brust. Immerhin. Die Stadt wimmelte von blöden Touristen, die geradezu darum bettelten, ausgeraubt zu werden. Nach Ninas Theorie musste man deshalb nur leicht unter dem Durchschnittsniveau der allgemeinen Dummheit bleiben und war damit schon ziemlich auf der sicheren Seite.

Sie zogen los. Erst zum Hospital, das heißt dem mittelalterlichen, in dem heute die Nationalbibliothek von Katalonien untergebracht ist. Der große ruhige Innenhof des gotischen Gebäudes von 1401, wie Uta aus dem Reiseführer dozierte, hatte selbst Nina immer gefallen, und sie war nicht gerade ein Mittelalterfan. Uta war jedenfalls ganz begeistert, mehr noch von der wirklich beeindruckenden Bibliothek, wo sie gleich einen provisorischen Benutzerausweis beantragte.

Anschließend suchte Uta ein schickes Restaurant relativ in der Nähe, das sie vorher im Internet ausfindig gemacht hatte. Nina war mehr als erleichtert, dass hier nicht ihre Ortskenntnis gefragt wurde. Sie hatte sich meistens in den billigeren Straßen mit Menüs für 6,90, Raciones oder irgendwelchem Junk zufriedengegeben. Nicht dass sie gutem Essen nichts abgewinnen konnte, aber es hatte nun mal nicht höchste Priorität. Bei ihren früheren Aufenthalten in Barcelona war sie meistens eher knapp bei Kasse gewesen und hatte ihr Geld dann lieber für Alk und weniger legale Drogen ausgegeben. Nun, schicke Hotels und gutes Essen gehörten ja wohl zum Job eines Bodyguards; schließlich bewachte man nicht die Armen dieser Welt. Sie konnte sich für ihr Teil durchaus damit abfinden.

Uta war bester Laune und der Meinung, das geplante Treffen mit Puig am Abend diene erst einmal der Sondierung, außerdem sei ja noch eine Menge Zeit bis dahin, man könne also ruhig zur Feier des Tages gemeinsam eine Flasche Wein trinken. Da konnte Nina nur zustimmen. Sie meinte, für sie als Spanierin, sei ein gutes Essen ohne Wein eigentlich eine absolute Unmöglichkeit. Ganz persönlich war sie sogar der Meinung, dass bei schlechterem Essen Alk noch wichtiger war. Doch das behielt sie für sich.

Als sie dann nach dem Hauptgang entspannt den letzten Wein tranken, fragte Uta eher nebenbei: „Apropos 'als Spanierin', wie ist das eigentlich genauer? Ich meine, du hast einen sehr deutschen Familiennamen, sprichst absolut akzentfrei Deutsch, vielleicht mit einem Hauch Süddeutschland. Dein Spanisch scheint aber auch perfekt zu sein, wie ich im Taxi und im Hotel beobachten konnte. Du musst mir natürlich keine persönlichen Fragen beantworten; ich bin nur ein wenig neugierig."

„Das ist schon OK, die Leute fragen mich oft. Ist eben nur ein wenig kompliziert." Nina hatte die Fragen kommen sehen, da sie ja immer kamen, und hatte sich mental auf die „Version light" eingestellt.

„Meine Eltern waren echte Hippies. Die Kinder von Torremolinos, wie meine Mutter immer so gerne theatralisch sagt. Meine Mutter ist Spanierin und irgendwann zu Hause abgehauen. Ich glaube sie war zuerst sogar mal in Torremolinos, aber dann ist sie im großen Hippieparadies Ibiza gelandet und hat dort meinen Vater kennen gelernt. Der war wiederum aus Deutschland, einem kleinen Kaff am Neckar in der Nähe von Heidelberg. Er war auch von zu Hause abgehauen und auf dem großen Hippietrail nach Indien erst mal in Ibiza hängen geblieben."

„Also richtige Blumenkinder. Das klingt doch ziemlich

romantisch."

„Ja super romantisch", sagte Nina. Wenn man außen vor ließ, dass ihre Mutter hier im Raval erst mal eine Weile angeschafft hatte, und ihr Vater dabei gewesen war den halben Neckarraum mit Dope und Amphetamin zu versorgen. „Meine Mutter war eine echte Hippieschönheit, sah ein wenig aus wie Ali MacGraw. Wirst du nicht kennen, vielleicht aus Love Story; ich persönlich steh' mehr auf The Getaway. Aber egal, war damals jedenfalls echt Kult. Meine Mutter hat natürlich ihr Haar genauso getragen und dunkler getönt. Sie sieht heute noch ganz gut aus, aber damals muss sie ein echter Bringer gewesen sein. Und dann erst mein Daddy, ein blonder Siegfried aus dem Norden. Laut meiner Mutter waren sie das schönste Hippiepärchen auf ganz Ibiza."

„1978 wurde dann ich geboren und hab meine ersten Jahre am Strand und auf dem Hippiemarkt zugebracht. Aber daran erinnere ich mich eigentlich nicht. Denn als ich vier war, sind wir nach Deutschland, genauer gesagt nach Heidelberg gezogen."

„Dann bist du also zweisprachig aufgewachsen?"

„Zweisprachig ist echt gut. Ich bin mit Spanglish aufgewachsen. Meine Mutter hatte und hat zwar kein Problem damit ihre Haare schwarz zu färben und sich als rassige Spanierin aufzuführen - Hippies und Deutsche lieben das, hat sie mir selbst mal gesagt. Auf der anderen Seite aber mag sie die Spanier nicht so besonders. Ich mein, die ist noch in den Sechzigern von zu Hause abgehauen, das war bestimmt nicht lustig. Spanien war da so richtig oberranzig, ein Macho- und Faschistenparadies. Die Hippies in Torremolinos und auf Ibiza waren glaub ich für sie eine regelrechte Offenbarung. Sie spricht heute noch gerne englisch - immer noch mäßig und mit spanischem Akzent. Aber für sie ist das einfach supercool, es war die Sprache des Pop, der Freiheit, einfach alles. Mein Vater hat so recht und schlecht Spanisch gesprochen, und da ihr Englisch damals noch sehr lausig war, gab's bei uns halt damals schon immer diese

Mischung, wie sie heute wahrscheinlich die Immigranten in den USA sprechen. Später hat sie dann richtig gut Deutsch gelernt. Heute hat sie einen deutschen Pass und ist wahrscheinlich deutscher als die meisten Deutschen. Auf Spanisch macht sie wie gesagt nur, da sie gemerkt hat, dass die Alternativen, die Künstler und die alten Hippies, die immer noch leben, Spanier irgendwie toll exotisch finden. Ich mein, eigentlich ist sie Katalanin und irgendwie wahrscheinlich castaña, aber braunhaarige Katalanen sind ja in Deutschland ziemlich langweilig, sind ja so eine Art spanische Deutsche. Also macht sie auf Gitana, Andalusierin."

„Und dein Vater?"

„Der ist schon ewig tot. Hatte einen Unfall." Der hatte sich stilvoll auf einer öffentlichen Mannheimer Toilette, die es damals noch gab, den goldenen Schuss gesetzt. „Ich war damals gerade in die Schule gekommen. Meine Mutter total fertig, allein in einem fremden Land." Auch die war völlig auf H, durchgedreht und hysterisch. „Sie hat mich dann zu meinem Opa hier in Katalonien gebracht, bis sie ihre Sachen geregelt hatte. Dann hat sie mich wieder geholt. Und in der Zeit, bei meinem Opa, da bin ich hier zur Schule gegangen. Da habe ich dann wohl am meisten Spanisch gelernt. Auf jeden Fall viel mehr als von meiner Mutter."

„Hat dir das eigentlich nicht viel ausgemacht? Dass du bei deinem Opa bleiben musstest? Du hast ihn ja anscheinend noch nicht mal gekannt."

Was für eine saudumme Frage war das denn? Natürlich hatte ihr das was ausgemacht. Abgegeben wie ein lästiger Hund im Tierheim. Das nahm sie ihrer Mutter heute noch krumm, wahrscheinlich bis ans Ende ihrer Tage. „Ach mein Opa war super. Und auf dem Land war's auch richtig gut. Ich war ja nicht gerne in Deutschland. Es war irgendwie schwierig. Wir waren Ausländer. Ich erinnere mich aber ehrlich gesagt nicht mehr so gut." Sie erinnerte sich schon an so einiges. Jede Menge Streit, Geschrei ihrer Mutter, nie Geld, manchmal nichts zu essen. Sogar mal den Strom abgestellt. Sie merkte, wie die Wut in ihr hochkam, nahm einen Schluck Wein und gab sich Mühe möglichst ungezwungen zu lächeln. „Was soll's, war für niemand einfach damals, und mein Opa war sicher das Beste, was mir passieren konnte."

„Lebt er noch?"

„Nein, er ist leider vor ungefähr zehn Jahren gestorben. Er fehlt mir sehr. Ich hab ihn immer besucht, als ich später wieder in Deutschland war."

„Und deine Mutter? Ich meine, kommst du gut mit ihr aus?"

„Meine Mutter? Isabel? Das ist schon eine Nummer. Aber so langsam wird sie auch älter, außerdem steh ich ja auf Frauen. Das hat so manches leichter gemacht."

„Wie meinst du das? Du willst doch nicht sagen, dass..."

„Ach was, Blödsinn. Meine Mutter ist auf Männer fixiert und nur auf Männer. Ich meine natürlich nach sich selbst. Aber genau das hätte das Problem sein können. Weiß du, wenn du 17 oder 18 bist, findest du es nicht besonders lustig, wenn deine Mutter kürzere Röcke trägt als du. Sie hat's gehasst, wenn ich sie 'Mutter' genannt habe. Hasst sie eigentlich immer noch. Sie wollte immer nur 'Isabel' sein, eine Art Freundin, ältere Schwester, aber natürlich nicht viel älter."

Als Uta lächelte, hob sie den Zeigefinger und fuhr fort: „Ich find's ja heute auch eher witzig. Und sie kann soo theatralisch sein. Wenn nur ein oder zwei Männer in der Nähe sind, beginnt sie fast automatisch, sich in Szene zu setzen. Und sie hat wirklich super ausgesehen, verstehst du? Fast alle Typen, die ich kannte, waren scharf auf sie. Manchmal denke ich, ich bin nur lesbisch geworden, damit ich Isabel vom Hals habe."

„Und wie hat sie darauf reagiert?"

„Was denkst du wohl? Super! Meine Mutter liebt Lesben. Zuallererst natürlich, weil sie ihr nicht in den Weg kommen. Was gibt's schon besseres, als Frauen, die sich sozusagen selbst aus dem Geschäft nehmen, eventuell noch andere Konkurrenz lahm legen. Ja und dann kann man natürlich immer so schön demonstrieren, wie modern Frau ist. Ja, damals auf Ibiza, da war doch diese Schwedin, wenn mein Vater nicht so toll ausgesehen hätte... Alles der totale Blödsinn. Aber was soll's; sie findet's angeblich toll eine lesbische Tochter zu haben."

„Und Enkel will sie keine?"

Nina lachte. „Ach was! Meine Mutter hatte eine beschissene Kindheit, sonst wär' sie wohl kaum von Zuhause weg, und ich war bestimmt nicht geplant und später auch nicht immer praktisch oder pflegeleicht. Ich glaube, das wäre ein echter Albtraum für sie, wenn ich plötzlich einen Enkel bei ihr abgeben würde, selbst nur fürs Wochenende."

„Trotz allem, glaube ich, du magst sie wirklich gerne."

„Täusch dich da bitte nicht. Isabel ist ein Charakter, wie man so sagt, und das gefällt mir natürlich ein wenig. Aber ansonsten ist sie ein egozentrisches, intrigantes, gelegentlich sogar bösartiges Biest, als Mutter ein absolutes Desaster und als Freundin bestenfalls erträglich, wenn du nicht auf Männer stehst. Lieben kannst du sie nur, wenn es ihr momentan - und das bedeutet, die Sache ist zeitlich begrenzt - in den Kram passt. Wenn gerade innige Mutter-Tochter-Beziehungen angesagt sind, dann bin ich herzlich willkommen. Ansonsten..." Nina machte eine wegwerfende Handbewegung. „Was solls. Wir kommen klar."

7

Das Hotel 1898 hatte Stil. Obwohl es direkt an den Ramblas lag, war der Billigtourismus dank gediegener Preise an seinen Türen gestoppt worden. Puig liebte die Ruhe und die leicht koloniale Atmosphäre der Bar, die melancholisch an längst vergangene Zeiten erinnerte. Er war etwas früher erschienen, um sich hier noch in aller Ruhe zwei Lagavulin zu genehmigen. Leider konnte er sich diesen erlesenen Stoff nur noch erlauben, wenn er die Spesen jemandem aufs Auge drücken konnte. Aber er brauchte dringend was Gutes, um ganz ruhig zu werden, seine Gedanken zu sammeln. Seine Lage war praktisch verzweifelt. Vor zwei Tagen hatte er einen Termin bei seiner Hausbank, der Caixa gehabt. Wenn er nicht bis zum Ende des Monats einen signifikanten Betrag einzahlen könnte, würde man ihm die Wohnung wegnehmen, ihn einfach auf die Straße setzen, und er könnte sich einen Schlafplatz im Cajero an der Ecke suchen.

Es war eine geradezu unglaubliche Schweinerei, wie sie ihn reingelegt hatten. Er war eigentlich ein bescheidener Mensch. Als das Geld aus Deutschland in Strömen auf sein Konto geflossen war, hatte er sich natürlich hier und da ein paar Linien gegönnt, den guten Lagavulin, war gut essen gegangen, hatte ein paar Freunde eingeladen. Und als immer mehr Geld gekommen war, hatte er sich noch die Wohnung im Raval gekauft, ein paar dezente stilvolle Möbel. Aber damit wäre die Sache doch für ihn erledigt gewesen. Klar, hier und da eine Reise, gute Hotels - Mann, er liebte Hotels. Aber dann hatten sie bei ihm angerufen, ihn regelrecht verfolgt, nicht locker gelassen, dieses kriminelle Pack von der Caixa. Sie hatten ihm den roten Teppich ausgerollt, die Eier geschaukelt und das Blaue vom Himmel versprochen. Das ganze Land hatte verrückt gespielt. Da hatten Leute Wohnungen gekauft und nach einem halben Jahr mit 20%

Aufschlag weiterverkauft, ohne sie jemals betreten zu haben. Er hatte zeitweise eine halbe Million auf dem Konto gehabt. Allein beim Gedanken daran schnürte es ihm den Hals zu, und er konnte sich nur mit einem Schluck Lagavulin beruhigen. 20% von einer halben Million wären 100.000 gewesen, in einem halben Jahr, also 200.000 in einem ganzen. Verdient von ihm Oriol Puig! Aber warum nicht das Geschäft mit einer ganzen Million machen, hatten sie ihn gefragt. Die Zinsen lagen bei lächerlichen 5%, gegenüber 20-40% zu erwartendem Jahresgewinn. Jeder Idiot hätte da zugegriffen. Sie hatten ihm die Kredite ja förmlich aufgedrängt und dabei wunderbare Rechnungen aufgemacht. Und er, der Vollidiot, der er war, hatte sich schon als Selfmademillionär gesehen, als großen Kunstmäzen.

Heute war er Besitzer von sechs Apartments, die völlig unverkäuflich waren. Auf der Straße davor wucherte das Unkraut, die ganze Urbanisation verlassen, nur ein paar wilde Hunde streunten durch die Straßen, die langsam wieder von der Natur zurückerobert wurden. Er hätte die Wohnungen sofort für die Hälfte, ein Viertel, für irgendetwas verkauft, aber wer wollte schon in eine Geisterstadt ziehen? Außerdem gehörte jetzt ja alles der Caixa. Selbst damit hätte er sich abfinden können; wie gewonnen so zerronnen. Aber nein, jetzt wollten sie auch noch seine Wohnung. Und selbst wenn sie ihn da rausgeworfen hätten, würden ihm noch knapp 200.000 Euro Schulden bleiben, die natürlich ständig weiterwachsen würden, wegen der Zinsen. Er würde nie mehr was arbeiten können, kein Auto mehr, keine Kreditkarte, nichts. Ein Leben als Loser bis ans Ende seiner Tage.

Die kriminellen Schweine dagegen, die sich diese betrügerischen Projekte ausgedacht hatten, die Makler, die sie verkauft hatten und zuletzt die Betrüger von der Caixa, die ihm das alles aufgeschwätzt hatten, die hatten alle ihre Provisionen kassiert. Und zumindest die Banker, das hatte er ja gerade vor zwei Tagen gesehen, saßen immer noch im selben komfortablen Büro.

Den Betrügerclub hatten sie zwar von Caixa Catalunya in

CatalunyaCaixa umbenannt, angeblich hatte es sogar Entlassungen gegeben. Lächerlich. Da hatte man einige mit fetten Abfindungen vorzeitig in den Ruhestand geschickt. Jetzt spielten sie irgendwo Golf oder saßen mit einem kühlen Cocktail auf einer Terrasse mit Blick aufs Meer im Schatten. Warum waren die nicht im Gefängnis, wo sie hingehörten? Er hätte sie das gerne gefragt, aber stattdessen hatte er um Gnade gewinselt, um ein wenig Aufschub gebettelt.

Als ob das nicht genug wäre, war er auch noch von anderer Seite unter Beschuss gekommen. Diese erbärmlichen Wichte bei CAR wollten plötzlich Rechnungen sehen, Belege. Hielten sie ihn für einen Buchhalter? Er hatte diesen Verein praktisch im Alleingang aufgebaut, und später, als er sich noch als Millionär fühlte, eigenes Kapital zugeschossen. Mal einen Computer gekauft, mal das Team anständig zum Essen ausgeführt. Vom Koks und den Copas für die lieben Künstler ganz zu schweigen. Aber jetzt nachdem der Kulturetat an allen Ecken und Enden gekürzt wurde, sollte er auf einmal Quittungen vorlegen. Er hätte von den lieben Kollegen eigentlich ein wenig Solidarität erwartet, gerade jetzt, wo ihm die Caixa das Fell in Streifen abzog. Aber genau das Gegenteil war der Fall. Wie eine Meute gieriger Bluthunde, die ein verwundetes Wild riechen, waren sie auf einmal hinter ihm her.

Möglicherweise hatte er etwas von der Subvention für CAR für „eigene Zwecke" verwendet. Doch wer hatte früher schon nach der Rechnung im Restaurant gefragt. Er hatte es mehr als satt, sich für eine endlose Bande von Schmarotzern und Ignoranten den Arsch aufzureißen. Künstler, Kunsthändler, Banker alle mästeten sich an seinem Blut. Fast sein ganzes Leben hatte er der Kunst gewidmet, das heißt ihrer politischen Repräsentation, wozu ja Künstler meistens zu blöde oder zu faul waren. Während diese nämlich ihr einfältiges Ego gepflegt und an ihren langweiligen, mediokeren Werken herum gepfuscht hatten, hatte er sich mit Politikern gestritten, Journalisten hofiert,

Pressure-Groups organisiert, Demonstrationen, dem ganzen erst einmal Schwung gegeben. Endlose Treffen mit den Nachbarschaftsorganisationen des Viertels. Sogar Aquarellkurse für ambitionierte Hausfrauen hatte er organisiert. Scheiße gefressen und Scheiße gefressen. Irgendwann lief wirklich viel über ihn, er war eine Art Instanz geworden, aber nur weil er seit Menschen Gedenken jeden Dreck erledigte, der sonst allen zu trivial oder zu anstrengend war.

Während ihn also von der einen Seite die kriminellen Banker am Hals hielten und versuchten ihn langsam zu erwürgen, schnappten von unten auch noch diese erbärmlichen Kreaturen von CAR nach seinen Eiern. Andere wären in dieser Lage wahrscheinlich schon lange vor die Metro gesprungen, die Nachrichten waren voll davon. Doch er war ein Kämpfer. Mit 100.000 könnte er die Banken sicher fürs erste ruhig stellen; die würden ihr Benehmen komplett umstellen, wenn plötzlich wieder eine dicke Überweisung aus Deutschland eintraf. Mit weiteren 30.000 könnte er alle Löcher bei CAR stopfen. Wenn plötzlich wieder Geld in der Kasse war, würden ihm alle aus der Hand fressen; er kannte das Gesindel doch.

Das Problem dabei war dieser arrogante deutsche Ausbeuter, dieser Hofstedter. So wie Merkel ganz Europa im Griff hatte und auspresste, so versuchte es dieser Hofstedter bei ihm. Als ihm durch Zufall die Bilder dieses deutschen Emigranten in die Hände gefallen waren, hatte er sich naiverweise an die beste Galerie zu diesem Thema gewandt. Hatte den Leuten vertraut, deutsche Wertarbeit, Ehrlichkeit. Und dann hatten sie ihn beschissen, wie es auf einem orientalischen Basar nicht schlimmer hätte passieren können. Damit nicht genug. Plötzlich war der vornehme Herr höchstselbst in Barcelona erschienen, hatte bei Händlern und Galeristen, vor allem Antiquaren rumgeschnüffelt, nach Weißgerber-Bildern gesucht. Erst da war ihm aufgegangen, wie sie ihn reingelegt hatten, hatte einen Artikel über eine aktuelle Weißgerber-Versteigerung im Internet gefunden. Eine Bekannte hatte es

ihm übersetzt, obwohl er die Zahlen auch so begriffen hatte.
Später hatte er dann gedacht, er hätte sich seinen Teil wieder zurückgeholt. Denn als er wieder mit Hofstedter ins Geschäft gekommen war, hatte er sich nicht mehr wie ein Idiot über den Tisch ziehen lassen, sondern hart verhandelt und letzten Endes auch gut Geld bekommen. Das hatte er zumindest gedacht! Aber mit diesen Kunsthändlern war es wie mit den Banken, sie wurden von den Provisionen fett, während für Leute wie ihn nur die Brosamen blieben. Die Bilder von Weißgerber waren heute doch alle das Doppelte wert, und einige waren bei Hofstedter bereits zwei, drei Mal über den Tisch gegangen.

300.000 Euro und er wäre alle seine Probleme los, könnte sich einen komfortablen Urlaub gönnen und müsste sich die nächsten paar Jahre keine Sorgen machen. Zur Not würde er sich sogar mit 250.000 zufrieden geben, aber keinen Cent weniger. Das hätte Hofstedter leicht für die letzten beiden Weißgerber erzielen können. Aber nichts. Der wollte ihn hier langsam und elend vor die Hunde gehen lassen. Vielleicht hatten sie in Deutschland von seiner Notlage erfahren. Er konnte sich zwar absolut nicht vorstellen, wie das gelaufen sein sollte, aber wie war diese kalte Arroganz sonst zu erklären. Ja, damals bei der ersten Weißgerber Präsentation, da hatten sie ihm den roten Teppich ausgerollt in Köln. Business Class, Luxushotel direkt am Dom, Spesen. Herr Puig hier und Herr Puig da. Noch ein wenig Champagner? Darf ich ihre Eier schaukeln? Und jetzt? Statt Kohle ständig neue Forderungen. Anstatt des hohen Herrn kam das Töchterlein, die angeblich ganz große Spezialistin. Da konnte er nur lachen. Er hatte sie auf der Präsentation kurz kennen gelernt und in Gedanken als „Art-Hostess" bezeichnet, da ihre Aufgaben ja mehr oder weniger denen der Promo Models auf einer Auto Show zu entsprechen schienen. Statt üppiger Titten und heißer Superminis hatte sie aber nur Designerschick und Make-up zu bieten. Er hatte für so magere Hühner noch nie viel übrig gehabt und sich stattdessen an eine Kölner Kunstliebhaberin gehalten. Die war ganz scharf darauf gewesen, mal einen echten Spanier ins Bett zu kriegen.

Ja, das waren herrliche Zeiten gewesen, aber was sollte er jetzt mit der Art-Hostess, wenn's um wirklich wichtige Dinge ging, 250.000, 300.000 oder mehr. Er verlangte nach dem Bäcker, und sie schickten ihm die Brezel. Das ganze Geschwätz von wegen Doktorarbeit war doch alles ein dummer Vorwand. Im Prinzip wollten sie nur den Preis drücken, und dazu wollte ihn der alte Hofstedter ganz langsam auf kleiner Flamme weich kochen. Die Tochter sollte nur Zeit gewinnen; vielleicht würde sie ja mit ein paar Tränchen ihren Eyeliner verschmieren, oder versuchen ihn mit ihrem Charme einzuseifen. Keine Chance. Zu seinem Bedauern hatte er absolut keine Zeit für diese dummen Spielchen.

Aber wie verhandelt man, wenn man keine Zeit hat? Wie bleibt man cool, wenn man die Blutsauger von der Caixa am Hals hat? Er musste die Situation auf jeden Fall von Anfang an dominieren, nicht den allergeringsten Zweifel daran lassen, wer hier den Ton angab. Jedes Anzeichen von Schwäche wäre Selbstmord. Es wäre doch gelacht, wenn er, Oriol Puig, nicht mit so einem Modepüppchen fertig werden würde. Aber es reichte ja nicht, ihr einfach zu erklären, wie die Sache zu laufen hatte. Man musste diese ganzen unnützen Manöver ein für alle Mal beenden. Der Alte musste hier mit einem Koffer voll Geld auftauchen. Und das ganze Geschwätz von Biografie, Werkverzeichnis und so weiter musste hier und heute in der Versenkung verschwinden.

Er bestellte sich seinen zweiten Single Malt. Der Barkeeper schenkte großzügig ein. Der Stoff war ja auch teuer genug, glitt aber sanft wie Seide den Hals runter und verbreitete sich dann langsam im Körper. In der Ruhe liegt die Kraft; er prostete sich gelassen im Spiegel selbst zu.

Sie kam etwa zehn Minuten später. Gestylt und wichtig wie immer; er fühlte sich nicht beeindruckt. Zur Begrüßung reichte sie ihm geschäftsmäßig die Hand - diese Deutschen! Fast hätte er „jawoll Frollein Hofstedter" gesagt. Wie bei ihrem ersten Treffen in Köln benutzte sie Französisch, da er es wesentlich besser sprach als Englisch, und als Tochter einer reichen Familie sprach sie natürlich alles perfekt. Wahrscheinlich eine teure Schule nach der anderen, dachte er und wartete, bis sie sich neben ihm an der Bar installiert und ihr Tonic bestellt hatte. Wer bei einem abendlichen Geschäftstreffen alkoholfreie Getränke bestellte, war seiner Meinung nach nicht ganz dicht oder wollte betrügen. Bei ihr war höchstwahrscheinlich beides der Fall.

„Mein Geld haben sie ja offensichtlich nicht mitgebracht", kam er dann nach den Begrüßungsfloskeln direkt zur Sache.

Sie versteifte sich sofort und wandte sich ihm direkt zu. „Ich dachte, ich hätte mich in meiner letzten Mail deutlich ausgedrückt. Mal ganz davon abgesehen, dass ihre Preisvorstellungen völlig illusorisch sind, haben wir absolut kein Interesse daran, weiterhin unseren guten Ruf für Bilder äußerst dubioser Herkunft aufs Spiel zu setzen, die sie anscheinend je nach Bedarf aus dem Ärmel zaubern, dabei aber die allergeringste Kooperation verweigern. Um es auf den Punkt zu bringen. Entweder sie haben mir etwas solide Hintergrundinformation anzubieten, oder wir beenden unser Gespräch und ich veranlasse sofort morgen, dass die beiden Bilder an sie zurückgehen."

„Wen wollen Sie denn mit diesem Geschwätz beeindrucken? Meines Wissens wurde der letzte Weißgerber bei Hofstedter für 180.000 Euro verkauft, vor über einem Jahr, Preistendenz steigend. Was soll daran also illusorisch sein? Ihr Vater hat mich bereits einmal beschissen, und jetzt kommen Sie daher und denken, Sie können einfach so damit weitermachen. Und was heißt 'dubiose Herkunft'? Ich bin mir sicher, dass Sie die Bilder aufs Genaueste geprüft haben - Zeit haben Sie sich ja wirklich genug gelassen - und schließlich zu dem Schluss gekommen sind, dass sie echt sind. Denn, wenn nicht, wären Sie doch wohl kaum hier. Also können wir das ganze Geschwätz doch einfach lassen und zum Geschäft kommen?"

„Sie scheinen mich wirklich nicht zu verstehen. Bilder

haben eine Geschichte, ganz besonders solche wie die von Weißgerber. Ohne diese Geschichte sind sie lediglich einen Bruchteil wert. Ich bemühe mich seit Jahren, diese Geschichte aufzuklären und mit Fakten zu untermauern, und erst durch diese Arbeit war es möglich, für die Arbeiten von Weißgerber anständige Preise zu erzielen. Sie selbst haben zu dieser Arbeit nicht nur absolut nichts beigetragen, sondern sie auch noch nach aller Möglichkeit behindert. Und wenn Sie jetzt der Meinung sind, dass ich die ganze Arbeit mache, um Fantasiepreise für Ihre Bilder zu erzielen, dann täuschen Sie sich gewaltig."

„Darum hier unser letztes und einziges Angebot: Wir sind bereit Ihnen die beiden Bilder für einen guten Preis abzunehmen. Aber es werden die absolut letzten sein. Denn ab diesem Zeitpunkt kommen alle Karten auf den Tisch. Wir werden mit den echten Besitzern oder deren Erben direkt verhandeln. Falls Sie bislang Gelder unterschlagen haben oder was auch immer, bewahren wir gerne volle Diskretion. Aber unsere Geschäftsbeziehungen enden hier. Sie bringen mich also in Kontakt mit dieser Kusine, der angeblichen Geliebten Weißgerbers, damit ich endlich meine Arbeit machen kann. Wir übernehmen den Verkauf Ihrer Bilder, zahlen eventuell auch sofort einen Vorschuss. Falls nicht, werden Sie überhaupt nichts mehr verkaufen."

„Was bilden Sie sich eigentlich ein? So können Sie vielleicht mit dem Typen vom Catering für ihre Scheißvernissagen sprechen. So was fällt ja sicher auch mehr in Ihren normalen Aufgabenbereich. Ich habe in meinem Leben genug dumme Weiber kennen gelernt, die glaubten, was von Kunst zu verstehen, weil sie gerne in bunten Zeitschriften blättern. Ihr Vater hätte Sie am Empfang lassen sollen und sich selbst ums Geschäft kümmern. Aber wenn das alles an Interesse ist, was ihre armselige Galerie aufbringen kann, werde ich meine Weißgerber woanders anbieten lassen. Dann können sie mal sehen, was Papi zu Ihrem Verhandlungsgeschick sagt, wenn sich die schönen Kommissionen plötzlich in Luft auflösen."

„Entschuldigen Sie bitte", er erhob sich. „Ich muss mal kurz, bevor ich bei so viel Ignoranz noch völlig die Geduld verliere." Er ging zur Toilette. Die Sache lief tatsächlich noch schlechter als erwartet. Die Art-Hostess war nicht nur dumm und unfähig, sondern auch noch arrogant. Doch er war auf alles vorbereitet, und so würde nun eben Plan B anlaufen. Sie hatte es selbst so gewollt. Er rief Oscar an, der mit einem Kumpel in einer Bar ganz in der Nähe wartete. Beide Quinquis der übelsten Sorte, echte Produkte des Raval. Sie würden der Schlampe schon zeigen, dass Barcelona ein gefährliches Pflaster sein konnte. Als sich Oscar mit einem kurzen „Si" meldete, sagte er: „Sie wird demnächst gehen. Alles wie besprochen. Nur eine Kleinigkeit noch, kauft schnell beim Paki eine Gurke oder Zucchini und schiebt sie ihr rein, dass sie ein wenig Spaß hat."

Oskar brauchte ein paar Minuten, dann lachte er kurz und sagte: „Soll uns ein besonderes Vergnügen sein."

Nachdem Plan B in Marsch gesetzt war, ging er wieder an die Theke, um noch ein wenig auf Zeit zu spielen.

Sie wartete schon auf ihn, und kam auch gleich wieder zum Thema zurück: „Falls Sie sich mit ihren Gemälden an andere Galerien wenden, werden Sie schnell merken, dass Sie ohne uns gar nichts verkaufen. Was ein Weißgerber ist oder nicht, entscheidet letzten Endes Hofstedter. Sie werden keinen Kunsthändler finden, der einen Weißgerber nimmt, ohne vorher bei Hofstedter anzufragen."

„Und noch etwas. Alle Kenner der Materie werden sich natürlich wundern, warum Weißgerber nicht mehr von Hofstedter angeboten wird. Man wird uns fragen, direkt anschreiben, oder ganz nebenbei auf einer Vernissage das Thema anschneiden. Sollten wir dann - nur so ganz im Vertrauen - erwähnen, dass wir an Ihrem letzten Angebot so unsere Zweifel hatten, und deshalb leider unsere Geschäftsbeziehungen mit ihnen abgebrochen haben, bekommen sie kein Bein mehr an die Erde."

„Und noch eine Kleinigkeit. Hier", sie hob ihr iPhone, „habe ich die Telefonnummern von den Direktoren des MACBA, der Reina Sofia, der Fundacio Miro und allen möglichen Galeristen hier in der Stadt. Alle gehen gerne mit mir essen. Ich lasse hier ein Wort fallen, mache da eine Bemerkung, und Sie sind so erledigt, dass sie gar nichts mehr verkaufen, noch nicht mal selbst gefertigte Aquarelle auf den Ramblas."

Puig verspürte eine nicht geringe Lust, dieser arroganten Schlampe so richtig eine zu scheuern. Zu ihrem Glück hatte der Lagavulin eine stark beruhigende Wirkung. Vor allen Dingen aber versetzte ihn die Aussicht auf Plan B in eine geradezu euphorische Stimmung. Es ging also nur noch darum, die eine oder andere Kleinigkeit klarzustellen: „Sie kommen hier so arrogant daher und denken, dass man so Leute wie mich nur ein wenig einschüchtern muss mit eurem Geld, und euren superwichtigen Telefonnummern. Aber da täuschen Sie sich. Mit mir haben sich schon ganz andere angelegt. Und wenn ich tatsächlich untergehe, dann gibt es einen Knall, einen Big Bang, der zerreißt dann auch Ihr sauberes Kunsthaus. Da verschwindet alles im schwarzen Loch."

„Ich verschwinde hier nicht so schnell. Ich werde hier graben, bis ich alles über Weißgerber herausgefunden habe. Und ich werde meine Beziehungen spielen lassen und Dreck über sie ausgraben. Dann werde ich ein paar Journalisten anrufen, die mir gerne einen Gefallen tun. Und dann werde ich ihre dreckige Wäsche zur Schau stellen, und ich bin mir sicher, da gibt es eine Menge."

„Ja träum' schön", sagte er cool, erhob sich und sagte auf Catalan zum Barkeeper: „Die Rechnung geht auf die Dame." Er war sich sicher, dass sie das mit ihrem Französisch schon verstehen würde, aber was wollte sie machen. Er winkte ihr jedenfalls gelassen zu als er rausging. „Fick dich", dachte er und musste leicht lachen.

Draußen überquerte er die Straße und wartete gleich hinter der Ecke. Es war kurz nach Mitternacht; auf den Ramblas waren

77

zwar noch eine Menge Leute unterwegs, aber die Pintor Fortuny war ziemlich ruhig und würde weiter im Raval noch viel ruhiger werden. Sie hatte am Telefon großspurig erklärt, dass sie zu Fuß käme, und wenn sie nur halb so überheblich war, wie sie heute Abend getan hatte, würde sie diesen Weg auch zurück ins Hotel nehmen. Wenn sie ein Taxi nehmen sollte, würden Oscar und sein Kumpel eben auf eine andere Gelegenheit warten müssen.

Doch da kam sie schon, sah sich kurz um und lief direkt die Pintor Fortuny runter. Manche verlangten einfach regelrecht danach. Dieses Schauspiel wollte er zumindest aus der Ferne genießen. Er folgte ihr mit reichlich Abstand auf der anderen Straßenseite, gut verdeckt durch die parkenden Autos. Nach ein paar Blocks folgte ihr plötzlich eine dunkel gekleidete Gestalt. Wahrscheinlich Oskar, der auf seine Chance wartete. Die Straße war so gut wie verlassen, lediglich ein Passant im dunklen Hoodie ging schnell an ihm vorbei, war aber bald weiter vorne verschwunden.

Die beiden schlugen zu, als das Frollein an zwei Müllcontainern vorbeiging. Wahrscheinlich hatte der eine dahinter gewartet, während der andere von hinten aufgeschlossen hatte. Leider konnte er von seiner Straßenseite aus nicht viel erkennen, da die beiden Container die Sicht blockierten. Er hörte jedoch so etwas wie einen kurzen Aufschrei, der aber sofort wieder verstummte. „Ja Frollein Superwichtig jetzt kommt die spanische Salatgurke, mal sehen wie dir das schmeckt." Er lachte zufrieden. Da sah er plötzlich eine dunkle Gestalt im Hoodie über die Straße laufen. Was sollte das? Im Raval mischt man sich nicht in fremde Angelegenheiten! Hatten die beiden vielleicht Verstärkung mitgebracht und wollten jetzt entgegen seinen Instruktionen einen Gang-Rape veranstalten?

Er hörte gedämpfte Schreie, etwas schlug hart an einen Container, dann ein lauter Schmerzensschrei. Plötzlich rannte einer weg; es war nicht der Hoodie. Das sah nicht gut aus; es war höchste Zeit den Rückzug anzutreten.

8

Der Gestank nach Müll und Urin wollte auch nach einer guten halben Stunde unter der heißen Dusche und intensivstem Abschrubben mit verschiedensten Dusch- und Duftgels nicht weichen. Der Gestank nach Angst, Gewalt und Erniedrigung hatte sich viel tiefer festgesetzt, an ihrer Seele, oder was auch immer da unter Verstand und Logik vergraben war. Wahrscheinlich musste sie in den nächsten Jahren ein Vermögen beim Therapeuten lassen, um ihn loszuwerden. Irgendwie dachte man als Frau ja oft an Vergewaltigung. Wenn man nachts allein unterwegs war, ließen sich diese Gedanken ja gar nicht vermeiden. Aber man ging mit ihnen um, rief sich zur Ordnung und wurde damit fertig, wie viele Leute mit Flugangst oder was es sonst noch so an gängigen Phobien gab. Man denkt sogar manchmal ganz kühl und sachlich darüber nach, wie man damit umgehen wird, sollte es mal entgegen aller Statistiken wirklich passieren.

Sie war sogar immer der Ansicht gewesen, damit relativ gut umgehen zu können, da sie ja gewissermaßen Erfahrung auf dem Gebiet hatte. Mindestens zwei ihrer „Erfahrungen" konnte oder musste man als „Vergewaltigungen" bezeichnen, ohne den Begriff allzu sehr zu strapazieren. Aber da hatte sie es kommen sehen, zumindest die Möglichkeit. Manchmal versagten einfach alle Tricks und wohl präparierten Ausreden, dann hieß es eben, um ihren Vater das Schwein zu zitieren: Augen zu und denke an England, was in ihrem Fall wohl eher hieß: denk an Hofstedter. Aber diese Dinge ließen sich tatsächlich - zumindest teilweise - mit der Dusche in Ordnung bringen.

Doch heute Nacht. Da waren nur Angst und der Gestank nach Müll und Urin. Sie hatte nur gedacht: So passiert es also, hier im Dreck auf der Straße, AIDS, Syphilis. Die beiden Hände die ihren Rock hochgeschoben und ihren Slip zerrissen hatten, waren ihr wie eiternde Infektionsherde, Hände eines Leprösen erschienen. Dass der andere, der von hinten ihre Ellenbogen gefasst hatte, mit der anderen Hand ihre eine Brust schmerzhaft presste, hatte sie kaum gestört. Aber die in ihrer Vorstellung unglaublich dreckigen Hände auf ihrer nackten Haut, an ihrem Unterleib...

Und auf einmal war Nina da gewesen. An Details erinnerte sie sich gar nicht richtig. Sie lag plötzlich allein im Dreck, es gab Geschrei. Dann half ihr Nina auf. Einer von den zwei Angreifern wälzte sich wimmernd am Boden, der andere war weg. Nina verpasste ihm noch zwei kräftige Fußtritte, dann führte sie Uta langsam weg und fragte sie, ob sie es ohne Problem bis ins Hotel schaffe oder lieber ein Taxi oder die Polizei rufen wolle.

Auf dem ganzen Weg hielt sie Uta im Arm und redete und redete. Zuerst erzählte sie, wie sie laut Anweisung Puig beschattet habe, der sie dadurch direkt zum Tatort geführt habe. Dann folgte eine etwas detailliertere Schilderung des kurzen Zusammenpralls. Der eine hatte nach zwei Schlägen schnellstens das Weite gesucht, den anderen hatte sie umgehauen und wahrscheinlich das Knie gebrochen. Da sie aber immer noch ein ganzes Stück bis zum Hotel hatten, erzählte sie von den Kneipen an denen sie vorbeikamen oder die ganz in der Nähe waren. Irgendwelche Erlebnisse, reale oder erfundene.

Was ihr Uta wirklich hoch anrechnete war, dass sie mit keinem Wort ihre vorangegangenen Diskussionen bezüglich Sicherheit erwähnte. Sie hatte von Anfang an mehrmals die Gefährlichkeit des Viertels betont, hatte es auch abgelehnt Puig zu beschatten und Uta alleine zurückgehen zu lassen. Uta hatte auf ihre Erfahrungen in anderen Großstädten verwiesen, ihr Pfefferspray vorgezeigt; es hatte Nina wenig beeindruckt. Erst als sich Uta hartnäckig auf ihre Weisungsbefugnis berufen hatte, hatte sie sich unter Protest gefügt. Mit der Ich-habs-gleich-gesagt-Leier wäre also zu rechnen gewesen. Aber kein Wort davon eher im Gegenteil. Als Uta ihre eigene Dummheit zur Sprache bringen wollte, sagte Nina kurz und überzeugend: „Quatsch, das war ein geplanter Überfall. Da hat niemand eine Chance. Dass der Typ in den Krieg ziehen will, konnte wirklich niemand wissen."

Nina war tatsächlich besser als erwartet. Sie hatte nicht nur ihre Aufgabe als Bodyguard voll erfüllt, sie war auch überraschend fürsorglich, aber ohne aufdringlich zu sein. Wenn Hentze mitgekommen wäre, hätte sie die Badezimmertür verrammeln müssen, um ihn vom gemeinsamen Trostduschen abzuhalten.

Als sie endlich mit dem Duschen fertig war und im Bademantel ins Hotelzimmer kam, schaltete Nina sofort den Fernseher aus, kam auf sie zu und nahm sie in den Arm allerdings ohne sie irgendwie zu begrabschen, wie sich das wahrscheinlich ihr Vater so vorstellte.

„Bist ein toughes Mädchen", sagte Nina sanft. „Hast dich ganz gut gewehrt. Da wirst du auch mit dem Rest fertig."

„Ja, wir werden mit allem fertig." Uta drückte Nina einmal fest, dann setzte sie sich in einen der Sessel.

Sie schwiegen eine ganze Zeit lang, schließlich sagte Nina: „Schlafen ist sicher nicht so einfach. Ich mein, ich kann hier auf dem Sofa schlafen, wenn's dich beruhigt. Kein Problem damit. Am besten wär' sicher ein dicker Joint, aber ich hab leider nichts dabei. Ich mein, ich bin ja schließlich offiziell unterwegs, da kann ich kein Dope schmuggeln. Außerdem haben sie hier überall Rauchmelder. Bleibt also nur der legale Stoff."

Sie sprang auf. „Moment. Du rührst dich nicht. Fünf Minuten und I'll be back"

Bevor Uta etwas sagen konnte, war sie aus der Tür, und nach deutlich weniger als 5 Minuten war sie zurück und schwenkte triumphierend eine Flasche Whisky. „Marschverpflegung vom Airport. Glenmorangie single malt Scotch Whisky. Viel besser als uns querbeet durch die Minibar zu saufen."

„Ich weiß nicht, ob es eine gute Idee ist, sich jetzt zu betrinken. Es ist 2 Uhr, morgen haben wir viel zu tun, und möglicherweise wird mir schlecht."

„Scheiß auf Morgen. Du hast gerade die absolut echte Horrorshow erlebt, da hast du jedes Recht ein, zwei Tage krank zu machen. Und wenn dir schlecht wird, raus mit dem Scheiß."

Sie hatte währenddessen zwei Gläser reichlich gefüllt, geradezu liebevoll ein paar Tropfen Wasser hinzugefügt. „Scheiß auf das Eis", dachte Uta und hätte fast hysterisch gelacht.

„Just to take the edge off." Nina reichte ihr ein Glas.

„Just to take the edge off", sagte Uta und stieß mit ihr an.

Der Whisky verbreitete fast sofort eine angenehme Wärme in ihrem Körper. Einige Zeit und Schlucke später breitete er sich auch langsam in ihrem Kopf aus. Sie bemerkte wie sie sich leicht zu entspannen begann. To take the edge off.

„Ist dir mal so was passiert? Ich meine nicht einfach Vergewaltigung, sondern vor allem die Gewalt, die Angst, der Terror? Diese absolute Hilflosigkeit, dass du einfach denkst, das war's jetzt?"

„Vergewaltigung noch nicht. Ich hab natürlich schon Prügel bezogen. Alles keine großen Sachen. Nur ein Mal. Das war richtig schlimm. Aber da war ich noch ein Kind, und es war absolut keine Vergewaltigung."

„Als Kind?"

„Ich war neun Jahre alt und ungefähr zwei Jahre bei meinem Opa." Sie schwieg eine Weile. „Die Sache ist ein wenig kompliziert. Kann man nicht so einfach erzählen."

„Ja und?" Uta hielt ihr das leere Glas hin. „Du hast angefangen. Zum gemeinsamen nächtlichen Trinken gehören schwere Gespräche. Wir haben ja nicht viel vor."

„OK." Nina füllte die Gläser. „Girls-Night. Mein Opa war mit dem ganzen Dorf dort, eigentlich mit der ganzen Gegend verfeindet. Aber richtig verfeindet. Das war alles noch vom Bürgerkrieg. Die Roten haben seinen Vater umgebracht, also meinen Urgroßvater, und mein Opa hat dann später angeblich einen erschossen. Es ist aber nie bewiesen worden, außerdem war's noch unter Franco, da konnten die eh nicht viel machen."

„Deine Familie waren also Faschisten?"
„Nein, eigentlich überhaupt nicht. Das ist ja der Witz. Mein Uropa war sehr fortschrittlich, er war Ingenieur in einer dieser Colonias am Llobregat. Das waren große Textilfabriken aber gleichzeitig auch kleine Dörfer, wo die Arbeiter dann gleich noch gewohnt haben, mit Schule, Kirche, alles was dazugehört eben. Mein Uropa hat weiter weg in einer Masia gewohnt und hatte auch viel Land, das er zum Großteil an die Leute im Dorf verpachtet hatte. Die Familie war aber wie gesagt eher links; der älteste Sohn war bei der Miliz der Sozialisten und ist später am Ebro gefallen. Als aber Franco seinen Putsch gemacht hat, sind überall Todesschwadronen rumgefahren, von den Anarchisten, den Kommunisten, den Trotzkisten. Offiziell haben sie Faschisten gesucht, es war aber für viele einfach eine gute Gelegenheit Leute zu erschießen, ein wenig zu plündern, alles, was man in einem Bürgerkrieg halt so macht. Es hieß 'paseo', also Spaziergang. Normalerweise sind sie einfach mit einem Auto zu den Leuten gekommen und haben sie zu einem 'paseo' mitgenommen, sind mit ihnen aufs Feld gefahren und haben sie erschossen."
„Mein Uropa hatte einfach das Pech, dass er zu viel Land hatte; da waren im Dorf viele scharf drauf. Außerdem war er ja Ingenieur in der Colonia, also irgendwie Stellvertreter vom Patron, dem Oberausbeuter, der es sich zu der Zeit im Exil in Paris bei den Nutten gut gehen ließ. Und sein Sohn war sicher auch in der falschen Miliz. Sie haben ihn also erschossen und meiner Uroma die Felder weggenommen. Mein Opa war noch zu jung. Als dann Franco den Krieg gewonnen hatte, hat er einige denunziert, aber die Hauptschuldigen waren tot oder weg im Exil. Er ist dann freiwillig in die Division Azul, die haben in Russland für die Deutschen gekämpft."
„Später, nach dem Krieg gab's immer noch viele Probleme im Dorf. Seine Mutter und seine Schwester wollten Frieden machen, aber er nicht. Die sind dann weggezogen. Er ist geblieben. Irgendwann kam dann einer der Täter zurück, nach einer

Amnestie oder so was. Er wurde dann erschossen. Mein Opa hatte ein sicheres Alibi, er war in Barcelona. Das hat aber niemand geglaubt."

„Muss schon hart gewesen sein. Meine Oma ist angeblich daran gestorben, sagt jedenfalls meine Mutter immer. Sie hat das meinem Opa nie verziehen. Ist ja dann auch früh abgehauen. Aber egal, das sind alles andere Geschichten. Als ich dahin kam, waren da nur mein Opa und Manolo."

„Und wer war Manolo?"

„Tja Manolo, auch so eine Geschichte. Aber ums kurz zu machen. Er ist ein Ex-Legionär, Ex-Junkie und Ex-Krimineller. Er war so wie der Knecht, aber auch der Kumpel. Er war einfach immer da. Ich glaube im Dorf hatten sie vor Manolo fast so viel Angst wie vor meinem Opa."

„Ich mein, mit der Zeit ist es sicher besser geworden. Manche Leute haben Felder von meinem Opa gepachtet. Man ist irgendwie ausgekommen. Aber es gab einfach immer noch Familien, alte Linke, die waren irgendwie noch genauso im Bürgerkrieg wie mein Opa und Manolo, der ja eigentlich nie im Bürgerkrieg gewesen war. Und als ich dann gekommen bin, da war schon klar, dass ich den anderen Kindern aus dem Weg gehen muss, dass wir einfach die Faschisten aus der Masia sind und die anderen die Roten. Ich hab das nicht so richtig begriffen, das mehr so wie Cowboy und Indianer gesehen, ein Spiel eben."

„Nur es war halt kein Spiel." Nina schwieg eine Weile, füllte dann die Gläser nach. „Einmal haben mir drei Jungs aufgelauert, die waren alle älter als ich. Ich hab mich gewehrt, aber da ist es richtig eskaliert. Ich hatte ein kleines Messer und hab einen gestochen. Da haben sie mich richtig zusammengeschlagen, getreten. Ich hab geblutet und hatte eine angebrochene Rippe. Heute denk ich, die haben nur das nachgemacht, was sie Zuhause immer gehört haben. Aber damals war ich völlig fertig. Ich hatte Angst, hab gedacht jetzt bringen sie mich um. Aber am schlimmsten war die Hilflosigkeit. Ich konnte absolut nichts machen und ich hab auch gar nicht gewusst warum. Es war schlimm, richtig schlimm."

„Und dein Opa und Manolo, was haben die gemacht?"

„Manolo hat mir eine Art Totschläger gebastelt. So eine Binde, die man über die Hand ziehen kann mit Schrotkugeln drin, und später hat er mir Boxunterricht gegeben. Er hat früher mal bei der Legion geboxt, Weltergewicht. Boxen ist fechten mit der Faust, hat er immer gesagt."

„Hat es dann was genützt, der Handschuh oder das Boxtraining?"

„Viel später schon. Heute Nacht zum Beispiel. Mein Nietengürtel ist ja nur eine neue Version von Manolos Binde. Aber damals gab's keine Gelegenheit. Ich glaube, mein Opa hat einen der Nachbarn besucht und ihm gesagt, dass es, wenn mich noch einmal einer anfasst, einen Jagdunfall gibt. Im Klartext, er erschießt den nächsten, auch wenn's ein Kind ist."

„Und du glaubst, das hätte er gemacht?"

„Das weiß ich nicht. Aber die haben es bestimmt geglaubt. Ich mein, der war in Russland im Krieg. Da haben sie bestimmt auch Zivilisten erschossen."

„Hat er das erzählt?"

„So direkt nicht. Aber er war sehr gegen die Kirche und zum Teil wegen dem Krieg. Er hat erzählt, sie hätten immer die Absolution erhalten vor dem Kampf. Dafür gäb's aber keine Absolution, für das, was sie alles gemacht hätten."

„Ist eigentlich schon richtig verrückt", sagte Uta irgendwann. „Ich meine, einem neunjährigen Mädchen Boxunterricht zu geben. Wer macht so was?"

Nina zuckte mit den Achseln. „Klar, das waren keine geschulten Erzieher oder so, noch nicht mal Familienmenschen. Heute, vor allem, wenn ich so Sachen über posttraumatic stress disorder lese, denke ich manchmal, dass Manolo und mein Opa richtig gestört waren. So auf ihre Art eben. Aber als Kind stört dich das nicht; mich hat's im ganz Gegenteil mächtig fasziniert."

Sie schwiegen wieder eine ganze Zeit. Dann füllte Uta wieder die Gläser, auch schön mit ein paar Tropfen Wasser, wie es Nina getan hatte. Sie war inzwischen zumindest leicht betrunken, fühlte sich aber überraschend gut. Girls-Night mit Whisky und Geschichten. Und was für Geschichten. Wenn ihr jemand so etwas auf einer Vernissage erzählt hätte, hätte sie ihn für einen hemmungslosen Lügner gehalten. Aber sie war sich sicher, dass Nina sich absolut nichts ausgedacht hatte. Sie hatte eher noch die Hälfte weggelassen.

„Was ich überhaupt nicht verstehe, ist, warum dich deine Mutter dort sozusagen mitten im Kriegsgebiet gelassen hat. Sie war ja auch auf deinen Opa überhaupt nicht gut zu sprechen."

„Das verstehe ich auch nicht, zumindest nicht ganz. Aber meine Mutter hatte eben Probleme. Und wenn Isabel Probleme hat, dann kann sie keinerlei Rücksichten nehmen." Nina lachte bitter. „Die hätte mich vielleicht sogar bei einem Waisenhaus auf die Türschwelle gelegt, wenn ich nicht schon zu alt dafür gewesen wäre. Aber das sind so alte Rechnungen, die ich mit meiner Mutter noch offen habe. Vor allen Dingen aber...", und hier nickte Nina bedächtig. Auch sie war offensichtlich angetrunken. „... ist das eine andere Geschichte. Und ums mal mit unserem guten alten Freund Hannibal Lecter zu halten: 'quid pro quo'. Das heißt: du bist dran."

„Quid pro quo. Warum eigentlich nicht. Du erzählst von deinem Opa. Ich erzähl dir was von meinem Vater. Wühlen wir ein wenig im Dreck hinter der Glitzerfassade von Hofstedter."

„Mein Vater ist ein Machtmensch, der alles um sich herum unter die Füße tritt. Meine Mutter hat irgendwann hauptsächlich getrunken und geweint. Später die Scheidung. Mein Vater hat sie fertig gemacht, wie er alle fertig macht, die nicht nach seiner Pfeife tanzen. Meine Mutter wusste sicher, dass man ihn besser nicht zum Feind hat. Also hat sie alles unterschrieben, auf die meisten Ansprüche und ihre Kinder - heißt meinen Bruder und mich - verzichtet. Mein Bruder, der ja als Kronprinz eingeplant war, hat das wiederum meinem Vater nicht verziehen. Er war fast schon 18 und ist kurz darauf zu meiner Mutter gezogen. Seither ist er für meinen Vater gestorben, enterbt, soweit das geht. Aber mein Vater hat gute Anwälte."

„Ich war zu klein und hatte keine Wahl. Das haben mir aber mein Bruder und meine Mutter wiederum nicht verziehen. Für sie habe ich mich kaufen lassen. Bin jetzt die Kreatur meines Vaters."

„Ist ja oft so, dass Söhne mehr mit der Mutter sind, und Töchter dagegen Papas Liebling."

„Ich war nie Papas Liebling! Alles Mögliche aber nie das. Mein Bruder war der Kronprinz und ich etwas Inferiores. Mein Vater mag eigentlich keine Frauen. Meine Mutter hat das in langen Jahren lernen müssen; ich habe es schon als Kind kapiert."

„Du meinst er ist eigentlich gay?"

„Nein, natürlich nicht gay. Schwule sind für ihn das allerletzte, noch minderwertiger als Frauen. Nein er liebt eigentlich nur das Projekt Richard Hofstedter. Ich sage bewusst Projekt, da er sich sicher selbst nicht liebt. Es ist das Projekt, das Kunsthaus Hofstedter, Dr. Hofstedter, mit etwas Glück vielleicht demnächst Konsul Hofstedter. Das Bundesverdienstkreuz, Vorsitzender im Jagdverband oder im Kinderschutzbund ganz egal, obwohl ihm der Jagdverband sicher mehr Spaß macht, Hauptsache wichtig."

„Aber du bist doch irgendwie sein Star da bei Hofstedter. Meine tolle Tochter, Spezialistin für dies und das und so weiter."

„Das ist ein wenig komplizierter. Mein Vater hat mich erst einmal behalten, damit mich meine Mutter nicht hat. Weil meine Mutter eine Schlampe ist, und Schlampen von Haus und Hof gejagt werden. Weil der Sieger in der Scheidung immer die Kinder bekommt. Ich war also die Trophäe, aber leider die minderwertige, weit, weit hinter meinem Bruder. Und du kannst mir glauben, dass ich das zu spüren bekommen habe, immer noch spüren darf. Aber irgendwann hat mein Vater bemerkt, dass alle diese wichtigen Leute, so schicke junge Frauen um sich haben. Euer Zapatero hatte eine Verteidigungsministerin, Sarkozy hatte eine Marokkanerin und sogar Merkel hatte diese Kristina Schröder. Zeitweise dachte ich, die kommen irgendwo vom Fließband, aus der Retorte."

„In der Kunst ist das noch viel extremer. Die Direktoren sind natürlich immer noch Männer, aber die Kommuniqués, die Presseverlautbarungen verlesen Assistentinnen, die in der Regel jung, hübsch und gut angezogen sind. Und da muss meinem Vater aufgefallen sein, dass ich ja auch noch da bin. Dass ich seit Jahren Kunstgeschichte studierte, hatte er vorher nie besonders zur Kenntnis genommen. Aber plötzlich hat er mich mitgenommen, vorgestellt. Und gute Tochter, die ich bin, habe ich meine Sache gut gemacht. Habe eloquent referiert, zu den richtigen Witzen gelacht, war charmant und so weiter. Seither darf ich mir nicht nur an schicken Kleidern kaufen, was mein kleines Herz begehrt, nein es ist geradezu eine Verpflichtung. Wenn er mit mir über die Art schlendert, möchte er schon gerne Audrey Hepburn an seiner Seite haben. Aber nicht dass du denkst, mein Vater hätte jemals einen Film mit Audrey Hepburn gesehen oder die Vogue in die Hand genommen. Er hat von Mode keine Ahnung, aber er riecht den Erfolg, wie ein Hai das Blut im Wasser. Und da ich hervorragend funktioniere, wird er viel für mich gelobt, als ob ich sein Produkt sei. Na ja, genau genommen bin ich das ja auch. Er wird also gelobt, eventuell gar bewundert, beneidet, und das gefällt ihm mehr als alles auf der Welt, viel mehr als Geld. Also verhätschelt er mich, stellt mich zur Schau, lobt mich. Aber mit Liebe hat das nichts zu tun, glaub mir. Mich könnte der halbe KGB ficken, wenn Putin dafür sein Saunakumpel würde."

„Und warum machst du das mit? Wegen ein paar schicker Kleider? OK, kommt bestimmt noch ein schickes Auto dazu, Cabrio vermute ich mal. Vielleicht sogar ein Loft in Frankfurt. Ich mein, entweder der ganze Scheiß lohnt sich oder nicht. Und wenn, dann musst du dich nicht beklagen."

„Alle Menschen wollen ja bekanntlich geliebt werden. Und dieses Urbedürfnis, dieser fundamentale Hunger nach Liebe hat seine tiefen Wurzeln in der Beziehung von Eltern zu ihren Kindern. Wahrscheinlich lässt sich ein Großteil unserer Neigungen, unserer Träume, Macken, Perversionen, Ängste und Wünsche damit erklären. Meine Mutter ist wie gesagt verschwunden, als ich noch recht klein war, ja und mein Vater schien mich zu lieben, oder zumindest zu beachten, wenn ich funktioniere, wenn ich Erfolg habe. Und so bin ich ein wenig wie ein Hamster, der auf der Jagd nach Anerkennung und Liebe wie ein Wahnsinniger durch sein Laufrad rast."

„Aber um eines wirklich klarzustellen: Ich beklage mich nicht! Tut mir leid, wenn es sich so angehört hat. Ich wollte nur erklären, dass mein Vater und ich nicht unbedingt ein Herz und eine Seele sind, dass die schicken Kleider und das Cabrio - das Loft muss noch warten - ihren Preis haben. Ich sage mir, dass dies zeitlich begrenzt ist. Ich mache meine Dissertation und werde an einem sehr renommierten Museum eine gute Stelle bekommen. Natürlich weil ich die Tochter vom Hofstedter bin, aber eben auch weil ich gut bin, weil ich ein sehr erfolgreiches Buch über Weißgerber geschrieben habe. Was ich auch nie könnte, wenn ich besagte Tochter nicht wäre. Meine Tage im Dienste von Hofstedter sind gezählt. Heute machen die Leute alles für five minutes of fame, und ich tue eben das, was ich tue. Ich bin nicht stolz drauf." Sie dachte kurz nach. „Nein, wahrscheinlich bin ich sogar stolz drauf. Wenn du meinst, dass ich meine Seele verkaufe, eine Art Nutte bin, nur zu, tu dir keinen Zwang an."

„We're all prostitutes", sagte Nina mit einem Achselzucken. „Vor allen Dingen sind wir aber anscheinend zwei echte Freaks."

„Joou, zwei echte Freaks", kicherte Uta und hob ihr Glas. „Ich glaube, ich bin betrunken. Aber irgendwie auf die gute Art. Ich muss mich jetzt hinlegen." Sie stand leicht schwankend auf.

Auch Nina erhob sich: „Wir sehn uns dann morgen, heißt

heute irgendwann?"

„Ja heute", Uta dachte lange angestrengt nach. „Sagen wir so zum Essen, also zum Aperitif auf der Terrasse um 14 Uhr?"

Uta ging mit Nina zur Tür und umarmte sie innig zum Abschied. „Ich bin wirklich froh, dass du mit mir in Barcelona bist. Und vielen Dank für die Girls-Night, du Freak."

„My pleasure. Und keine Sorge, wir werden schon rausfinden, was du für dein Weißgerber-Buch brauchst. Wie du ja jetzt weißt, bin ich sozusagen in einem der letzten Bunker des Bürgerkrieges groß geworden."

9

„Guckt mal hier, was unsre kleine Schwuchtel, wieder Scharfes gebastelt hat." Tomas hielt triumphierend eine schwarze Latexhose hoch, an der Kike seit Tagen gearbeitet hatte. Ihre Mutter, die dabei war den Tisch zu decken, blickte kurz auf und sagte möglichst streng: „bitte nicht solche Worte in meinem Haus." Ihr Vater sagte wie üblich gar nichts, sondern vertiefte sich nur noch mehr in seine Zeitung. Kike wusste, dass dieses ganze Manöver nur dazu diente ihn zu provozieren und war deshalb fest entschlossen, alles, was von Tomas kam, zu ignorieren.

Dadurch fühlte sich Tomas geradezu verpflichtet, seine Showeinlage noch etwas auszubauen. „Ey du Schwuchtel, du hast den Reißverschluss hinten vergessen. Weißt du, damit sie's dir gut besorgen können." Er hielt die Hose vor seinen Gürtel und begann mit Stoßbewegungen aus der Hüfte. Das war ihrem Vater nun doch ein wenig zu viel. „Schluss damit! Bring das weg Tomas." Es hätte nicht viel gefehlt und er hätte gesagt, „bring den Schweinkram weg", dachte Kike verbittert. Er hatte das alles furchtbar satt. Die schäbigen, vulgären Machoattacken seines widerwärtigen Bruders und das hilflos erbärmliche Verhalten seiner Eltern, ganz besonders das seines Vaters.

Tomas war einfach der ältere Bruder, der Thronfolger, der einmal dafür sorgen sollte, dass der ach so seltene und glorreiche Name Jiménez nicht aussterben würde. Und wie um dieser in die Wiege gelegten Verheißung gerecht zu werden, war bei ihm immer alles glatt und steil nach oben gegangen. Auf dem Höhepunkt des Booms hatte er seinen großen Profiteuren dicke, teure Autos verkauft. Einen guten Teil seiner Provisionen hatte er in Kokain und Frauen mit teilweise enormen Silikonbrüsten investiert. Er sprach selbst von „investiert", da ihm beides auf seinen nächtlichen Exkursionen angeblich beim Fang neuer

Kunden äußerst behilflich war. Seiner Meinung nach sorgten große Titten dafür, dass potentielle Klienten mehr Power unten rum brauchten, und mit dem Kokain gab man ihnen dann einen Vorgeschmack, oder zelebrierte gleich schon mal den Vertragsabschluss. Einen kleineren Teil des Geldes verwandte er für die Anzahlung eines hypermodernen Duplex im Poblenou; großer Balkon, paar hundert Meter bis zum Strand, alles vom Feinsten.

Dann war die Krise gekommen, und der Höhenflug wurde zur Crashlandung. Wie fast alle Spanier hielt Kike die Krise für eine nationale Katastrophe und hatte eine Menge Freunde und Bekannte, die ihre Arbeit verloren hatten oder mit weniger Lohn auskommen mussten. Trotzdem empfand er eine nicht geringe Genugtuung, dass es auch solche Arschlöcher wie seinen Bruder massenweise zerrissen hatte. Das Land und natürlich die Kneipen waren voll davon gewesen. Jeder, der irgendwie versucht hatte mit ehrlicher Arbeit sein Geld zu verdienen, hatte als Loser oder naiver Idiot gegolten. Die Krise hatte hier wie ein erleichterndes Abführmittel gewirkt, und eine Menge Scheiße war tatsächlich auf ihren wohlverdienten Weg geschickt worden.

Seinen Bruder hatte es jedenfalls auch erwischt: Kohle, Kokain, Möpse, Duplex, Job, Auto, alles weg. Das Dumme daran war nur, dass er nach dem Verlust all seiner Statussymbole, randvoll mit Frustrationen in die elterliche Wohnung zurückgekehrt war. Hier betrachtete er es als Selbstverständlichkeit, dass jeder sein Bestes zu tun hatte, um das von ihm erlittene Unrecht zu mildern. Ihre Eltern hatten selbst zu kratzen und konnten nicht viel für ihn tun, außer sich geduldig seine endlosen Hasstiraden anzuhören. Blieb also Kike, der aufgrund seines androgynen Äußeren und mangels Widerspruchs, zur Schwuchtel erklärt worden war, und nun als Sündenbock herhalten musste, wenn Tomas mal wieder Dampf ablassen musste, was praktisch konstant der Fall war.

Die Sache wurde auch dadurch nicht besser, dass Kike von den lächerlichen 600 Euro, die er mit seinem Halbtagesjob verdiente, 300 brav zu Hause ablieferte. Von Tomas kam nichts, im Gegenteil. Er fand immer Mittel und Wege den Eltern noch einen Zwanziger abzupressen. Außerdem musste der alte SEAT weiter unterhalten werden, da der Herr ja ab und zu einen Wagen brauchte, natürlich nicht ohne darüber zu klagen, dass er nun gezwungen sei, mit so einer Schrottkiste rumzufahren.

Kike bedauerte zwar die angespannte wirtschaftliche Lage seiner Eltern, dafür aber, dass sie die Schmarotzerei seines sauberen Bruders so widerspruchslos hinnahmen und ihn dadurch nur zu neuen Unverschämtheiten ermunterten, hatte er absolut kein Verständnis. Dass sie den Attacken seines Bruders meistens tatenlos zuschauten, verletzte ihn tief. Ein paar hundert Euro mehr im Monat und er hätte sich irgendwo ein Zimmer nehmen können. Aber so wie die Lage nun einmal leider war, brauchte er sich keine großen Hoffnungen machen.

Wie die Lage war, wurde schon am Essen deutlich, das seine Mutter dann auf den Tisch brachte: Grüne Bohnen mit Kartoffeln, das Armeleuteessen Spaniens. Wie arm es genau war, hing aber vom zweiten Gang ab. Es gab hinterher entweder Fisch, ein Bistek oder eben wie bei ihnen ein Omelette. Das Omelette war die billigste Variante. Sein Bruder maulte, obwohl er als einziger ein Omelette aus zwei Eiern bekommen hatte. Für Kike war es allerdings reine Strategie. Tomas hatte sich zwar gut vollgefressen, arbeitete aber bereits daran seiner Mutter später noch zehn oder zwanzig Euro abzuschwätzen.

Nach dem Essen half Kike als guter Sohn seiner Mutter in der Küche mit dem Geschirr, während es sich Vater und Bruder als gute spanische Männer vor dem Fernseher bequem machten, wo sie auch ihren Kaffee nahmen. Vielleicht mussten sie ja beweisen nicht schwul zu sein. Er legte sowieso keinen Wert auf ihre Gesellschaft. Anschließend machte er sich direkt auf den Weg zur Arbeit. Kaffee konnte er dort besseren trinken und vor allem mit mehr Ruhe.

Er arbeitete in einem Geschäft für Elektronikzubehör und

allem was man so braucht, um sein Haus möglichst einbruchssicher zu machen. Neben Schlössern, Fenstergittern und Alarmanlagen, hatten sie auch alle möglichen Minikameras und Mikrophone, mit denen man Frau, Freundin, Ehemann, Kunden oder einfach faule Mitarbeiter überwachen konnte. Da Kike von der vier Mann starken Belegschaft der einzige war, der sich wirklich auf die Technik dieser Geräte verstand, hatte er die Werkstatt meistens für sich. Meistens gab es nur wenig zu reparieren, und so hatte er viel Zeit, im Internet nach neuen Spionage- und Security-Gadgets zu suchen oder sein Talent an neuen Sicherheitsschlössern zu versuchen. Mit seiner umfangreichen Sammlung an Einbruchswerkzeugen bekam er die meisten in Rekordzeit auf. Falls sie dennoch Probleme machten, wurden sie aufgesägt und zerlegt, bis klar war, wie man ihnen zu Leibe rücken musste. Lediglich alle paar Tage musste er bei einem Kunden eine Alarmanlage installieren oder ein besonders hartnäckiges Schloss öffnen.

Die Arbeit entsprach ganz seinem introvertierten Naturell, so dass er trotz der miserablen Bezahlung dort ausharrte. Als er einmal seinen ganzen Mut zusammen genommen und um eine Gehaltserhöhung gebeten hatte, hatte ihn sein Chef kühl darauf hingewiesen, dass 600 Euro tatsächlich nicht viel seien, er für dieses Geld zurzeit aber vielleicht sogar einen arbeitslosen Ingenieur einstellen könne. Kike fügte sich widerspruchslos, da er seinen Job auf keinen Fall riskieren wollte. Er fühlte sich als eine Art verrückt-genialer Wissenschaftler, wie Q in James Bond oder Abby in Navy CIS. Er besaß sogar ein komplettes Abby-Outfit einschließlich Zopfperücke, das er aber nur einmal angezogen hatte, als er allein Zuhause gewesen war.

Leider fehlten ihm noch der Mut und sicher auch die richtigen Freunde um in solchen Kostümen auch mal auszugehen. Denn eigentlich war Cosplay seine große Leidenschaft. Er entwarf und schneiderte Kostüme für Personen aus Comics, Fantasyfilmen und Computerspielen. Dabei bevorzugte er eher weibliche Figuren; er hätte ja auch als Batman eine äußerst lächerliche Figur abgegeben. Natürlich fragten Leute, zumindest die wenigen, die sein etwas ausgefallenes Hobby zur Kenntnis nahmen, warum er sich dann nicht als zierlicher maskuliner Held - Robin, Spiderman etc. - kostümiere. Die Antwort war anscheinend nur ihm selbst klar: Da diese ganzen „Superboys", wie er sie nannte - Robin war ja auch nur ein „Batboy" und Spiderman ein „Spiderboy" -, nun wirklich ein Club erbärmlicher Wichte waren, sozusagen echte Schwuchteln. Die toughen girls dagegen wie Baroness, Black Widow, Michonne, Harley Quinn und natürlich Hit-Girl waren einfach super, wild, gefährlich und viel cooler angezogen als diese Superboys in ihren Strampelanzügen.

Es gab natürlich noch zahllose andere, aber er hatte sich auf die Rollen spezialisiert, für die man keine gigantischen Silikonbrüste benötigte. Wirklich nichts gegen Red Sonja, aber er im Metallbikini. Das wäre wirklich eine Lachnummer.

Bei deviantArt hatte er ein paar echt tolle Fotos von sich als Baroness und als Hit-Girl. Kein Mensch würde ihn hinter dieser Maskerade vermuten. Das Problem bei anderen Kostümen war im Moment leider, dass er dazu ein sozusagen silikonverstärktes Model bräuchte, und die waren teuer. Also schlug er sich so durch, als One-Man-Show, Designer, Schneider, Model, Fotograf, Marketing, Vertrieb und Versand. Immerhin hatte er schon drei Sets verkauft. Das war zwar nicht viel, aber ein Anfang, und seine Kontakte bei Facebook und deviantArt wuchsen, wenn auch langsam.

Da es wie so oft nicht viel zu tun gab, surfte er ein wenig, sah sich ein paar Cosplay- und Comic-Seiten an. Er suchte noch immer nach einer Grundidee für ein geniales eigenes Kostüm. Klar, er war kein Kämpfer, er war ein Beobachter, ein unbemerkter Eindringling. So etwas wie ein gefährlicher Nebel. Auf Facebook nannte er sich „Grey Sneaker", aber irgendwie war ihm das zu maskulin, fehlte ihm der richtige Kick. Andersits waren alle Sachen mit „Cat" irgendwie zu kämpferisch. OK, grau war seine Farbe, unauffällig, geheimnisvoll, aber leider auch irgendwie langweilig. Er hatte auch schon an etwas wie Insektenaugen gedacht, in die man Restlichtverstärker, Mikrofone und andere Gadgets zur Verstärkung der Sinne integrieren könnte. Einerseits toll, andererseits waren Insekten einfach widerlich. Oder die Biene Maja, O Gott, O Gott.

Während er sich auf der Suche nach Inspirationen durchs World Wide Web wühlte, klingelte sein Mobil. Er dachte schon es sei seine Mutter, da die Auswahl der möglichen Anrufer recht klein war, als er das Bild von Cassie Hack auf dem Schirm sah.

„Ey Nina mein Schatz, wie geht's, bist du in Barcelona?"

„You talking to me?" antwortete Nina mit der Stimme von Robert De Niro. Sie lachten beide. So hatten sie sich kennen gelernt. Vor Jahren, als er noch eine Designschule bezahlen konnte, hatten ihn mal Kollegen in eine Gay-Bar mitgeschleppt. Sie hatten ihm vorher in den schillerndsten Farben geschildert, dass er dort genau seine Welt finden würde, dass die Gays ihn anbeten würden. Alles Lüge, alles Quatsch. In kürzester Zeit stand er völlig allein an der Theke, und kein Mensch nahm ihn auch nur auf die allergeringste Weise zur Kenntnis. Der Laden war zugegebenermaßen nicht schlecht dekoriert, aber das Publikum hatte eigentlich wenig Interessantes zu bieten. Also stand er dort, wie ein vergessener Regenschirm, ein verlassener Nerd an der Theke einer belebten Bar. Da ein überstürzter Abgang zu sehr nach Flucht ausgesehen hätte, war er fest entschlossen zumindest eine knappe Stunde auszuharren. Zum Zeitvertreib spielte er im Kopf Filmszenen durch. Der Spiegel hinter der Bar animierte zu Robert De Niro in Taxi Driver. Zuerst schräg über die Schulter „You talking to me?", dann noch mal mit dem Finger auf sich selbst deutend. Da hörte er plötzlich die Stimme neben sich: „You talking to me?" und da stand sie.

Sie war so ziemlich das coolste Badass-Chick, das ihm in seiner Nerd-Karriere jemals über den Weg gelaufen war. Einiges über 1,80 und total durchtrainiert, ultrakurzer Mini, Kampfstiefel und jede Menge Tattoos. Wahrscheinlich hätte sie die meisten der anwesenden Lesben problemlos abschleppen können, aber sie blieb einfach den ganzen Abend bei ihm stehen, unterhielt sich mit ihm über Filme und trank ein Bier nach dem anderen. Seither waren sie Freunde. Das hieß für ihn war Nina eigentlich mehr als das; sie war die große Schwester, das leuchtende Idol, die Inkarnation all dessen, was er nie gehabt hatte.

Keine Wunder also, dass er sich vor Begeisterung fast überschlug, als sie ihm sagte, dass sie tatsächlich in Barcelona sei und sich mit ihm am besten gleich nach der Arbeit treffen wolle. Aber es kam noch besser. Sie wollte wissen, wie er Zeit hatte, denn es gab Arbeit, gut bezahlte Arbeit. „Beschatten und bespitzeln, GPS-Überwachung, vielleicht ein wenig einbrechen, genau das Richtige für den Grey Sneaker." Die genaueren Details wollte sie ihm am Abend mitteilen. Sie verabredete sich mit ihm zum Aperitif in einer Bar, anschließend könnten sie dann noch was Essen gehen, ginge alles auf Spesen also keine falsche Bescheidenheit.

Zur Feier des Tages drehte er sich einen Joint, den er dann in dem kleinen Innenhof rauchte. Der Tag hatte ja beschissen genug angefangen, aber jetzt gab's Licht am Ende des Tunnels, wie sie immer sagten. Mit Nina gab's immer eine Menge Spaß; selbstsicher suchte sie die seltsamsten Orte auf. Sie war Bodyguard und außerdem so eine Art Privatdetektiv, aber richtig, nicht so wie diese Idioten, die bei ihm Mikros und Kameras kauften. Allein der Gedanke, dass er jetzt mit ihr an einem echten Fall arbeiten sollte schnürte ihm vor Aufregung die Brust zusammen. Geld war natürlich auch super, aber er hätte für Nina auch jederzeit gratis gearbeitet.

10

„Dein Opa war ein tapferer Mann", auf die Art, wie Coll i Fàbrega dies sagte, klang es wie die absolut höchste Auszeichnung, die er zu vergeben hatte. „Leider furchtbar stur, ein richtiges katalanisches Maultier eben. Er hat noch Krieg geführt, als unsere Regierung längst den Ausgleich mit den alten Gegnern gesucht hat."

„Für Regierungen ist es immer einfacher, praktische Entscheidungen zu treffen", wandte Nina ein. Nicht weil sie plötzlich Interesse an politischen Diskussionen hatte, sondern um nach besten Kräften das Gespräch am Laufen zu halten. Wahrscheinlich wurde von ihr auch der eine oder andere intelligente Beitrag erwartet. „Ich meine, Politiker beschimpfen sich an einem Tag und am nächsten machen sie eine Koalition."

Der Einwand kam gut an bei José Bernal Coll i Fàbrega, Comandante im Ruhestand, der einst zusammen mit ihrem Großvater in der Blauen Division vor Leningrad gekämpft hatte. Nach dem Krieg war er beim Militär geblieben, hatte dort Karriere gemacht und war später nach Barcelona versetzt worden. Nina hatte die leichte Hoffnung über ihn vielleicht mit alten (sehr alten) Polizeioffizieren in Kontakt zu kommen. Sie wusste zwar, dass Polizisten aus Weißgerbers Zeit höchstwahrscheinlich längst tot waren, aber vielleicht gab's irgendwo doch noch einen oder Archive. Uta hatte jedenfalls bisher bei ihren Recherchen in der Nationalbibliothek absolut nichts gefunden.

Den Kontakt zu Coll i Fàbrega hatte Manolo hergestellt. Nach seiner Dienstzeit bei der Legion war Manolo schnell ins Drogenmilieu abgerutscht. Das Kiffen hatte er schon bei der Legion gelernt, danach kam im Raval das Heroin dazu. Er wurde wiederholt wegen kleinerer Delikte verhaftet, dabei musste er irgendwann Coll i Fàbregas Aufmerksamkeit erregt haben. „Der

Comandante", wie er ihn immer noch respektvoll nannte, dachte wahrscheinlich „tapferer Mann" und erinnerte sich gleichzeitig der Schwierigkeiten, die sein alter Waffengefährte Pepe Marull im Berguedá bei seiner Privatfehde hatte. Manolo brauchte militärische Disziplin, Arbeit und Distanz zum Sumpf der Großstadt; und für Pepe war ein absolut loyaler im Kleinkrieg erfahrener Knecht die passende Schützenhilfe. Obwohl sich Manolo nie so genau zu diesen Vorgängen geäußert hatte, war es für Nina doch sehr einfach sich den Rest zusammenzureimen. Sie kannte ihren Opa, sie kannte Manolo, und dem Comandante musste sie nur 10 Minuten zuhören.

Er war inzwischen in Leningrad angekommen und der Blauen Division. Er hatte sicher nicht allzu viel Möglichkeiten davon zu erzählen. Seine Kinder, wie er erwähnt hatte, wohnten alle weit weg. So resigniert wie es geklungen hatte, war der alte Faschist auch nicht sehr populär bei ihnen; also saß er hier in seiner großen dunklen Wohnung nur drei Blocks von der Sagrada Familia und wartete wie die Zeit verging. Immerhin konnte er sich eine „Chica" leisten, Esmeralda eine Peruanerin, die putzte, einmal täglich kochte und auch die meisten Einkäufe erledigte. Und sie kochte hervorragend. Als Vorspeise hatte es ein exzellentes Seeteufel Ceviche gegeben. Jetzt servierte sie Lammbraten mit Koriander, schwarzen Bohnen und Reis.

Im Laufe der Jahre habe er sich einfach an peruanische Küche gewöhnt, sagte Coll i Fàbrega fast entschuldigend, woraufhin ihm Nina versicherte, dass alles ganz hervorragend sei, das Ceviche sogar das Beste ihres ganzen Lebens. Er war todsicher einsam; Esmeralda würden die Geschichten von der Front wohl kaum interessieren. Deshalb hatte er Nina auch sofort zum Essen eingeladen, als sie ihn angerufen hatte. Sie war sich außerdem sicher, dass es nicht jeden Tag Ceviche und Lammbraten gab. Ihr Besuch wurde mit Tafelsilber und Kristallglas zelebriert, in einer Wohnung, wo sonst nur noch sehr wenig passierte.

Den Kaffee nahmen sie dann, wie es sich gehörte, in breiten, bequemen Sesseln im Salon; die Wohnung war ja mehr als groß genug. An den Wänden hingen ein großes Kruzifix, ein Gemälde einer Heiligen oder Jungfrau, Nina war da wirklich nicht bewandert, und - kaum zu überbieten - ein gerahmtes Foto des Generalissimo. Als er ihren Blick bemerkte, sagte er: „Meinen Kindern gefällt es auch nicht. Meine Tochter hat sogar gedroht, das Haus nicht mehr zu betreten, solange es da hängt."

„Und was machen Sie?"

„Ich kann ja schlecht vor meiner Tochter kapitulieren. Aber andererseits bin ich ein alter Mann und will vielleicht noch ein paar Mal meine Enkel sehen."

„Sie könnten es ja mit dem König oder dem Präsidenten versuchen", schlug Nina als Kompromiss vor, und musste sich stark beherrschen, den Spott in ihrer Stimme zu unterdrücken.

„Für diese Bande von Dieben, habe ich keinerlei Sympathien. Die sitzen doch nur in Madrid und mästen sich am Blut unseres Volkes."

Er schien geradezu wütend und Nina dachte, dass sie in ihrer Dummheit mal wieder zu weit gegangen war. Nach einer Pause fragte er: „Du lebst doch in Deutschland. Sind sie dort fleißiger oder ehrlicher als bei uns? Ich meine die normalen Leute."

„Natürlich nicht. Eher im Gegenteil; in Deutschland leben viele vom Staat und beschweren sich auch noch. Auf die Idee kommt hier gar niemand."

„Genau so sehe ich das auch." Er schwieg wieder etwas und fuhr dann fort. „Bei uns ... die Leute sind fleißig und tapfer. Aber oben, da gibt es schon lange keine Ehre mehr. Unsere Seeleute und Konquistadoren haben mit einer Handvoll Männer Imperien erobert. Die spanischen Tercios waren die besten Soldaten der Welt. Ganz Europa hat vor ihnen gezittert. Und weißt du, was dann passiert ist? Dann sind die Politiker gekommen, die Hofschranzen, ihre Verwandten und Günstlinge, so wie heute die Rajoys, Camps, Urdangarins, Millets, Pujols, und das Silber aus Peru hat nicht gereicht, um ihre Taschen zu füllen. Die Tercios in

Flandres haben gehungert und sind in Lumpen gegangen, haben jahrelang keinen Sold bekommen. Kein Feind von außen hat damals Spanien besiegt nur die geldgierigen Lumpen, die Politiker, die Bankiers und die königliche Familie."

„Sagen Sie bloß, sie wählen die Roten?"

„Die sind doch auch nicht besser. Sieh dir doch nur die Schweinerei in Andalucia an. Und Zapatero hat sich, nachdem er das Land richtig in die Krise geritten hatte, mit dem gewissenlosen Grinsen eines Lumpen aus dem Amt gestohlen. Ich kann es noch genau vor mir sehen. Ich sage dir, der Generalissimo hat sicher auch viele Fehler gemacht, aber er war mal an der Front, hat dort die Moros geführt und das Tercio, die Einheiten mit den höchsten Verlusten."

Also auch ein tapferer Mann, dachte Nina und beschloss, zu dem Thema nichts mehr zu sagen. Die Taktik wirkte. Coll i Fàbrega ließ das leidige Thema fallen und bot ihr einen Cognac zum Kaffee an, den sie natürlich dankend annahm. Dann kam er endlich auf den Grund ihres Besuchs. Sie hatte ihm dazu eine Kopie der biografischen Seite des Katalogs von 1938 mitgebracht und erklärte ihm, dass sie für eine große deutsche Galerie versuchte etwas über den Aufenthalt dieses Künstlers in Barcelona zwischen 1936 und 1939 herauszufinden.

Coll i Fàbrega sah sich die Kopie ganz genau an. „Ein turbulentes Leben und eine sehr interessante Aufgabe. Aber es ist leider sehr schwierig. Die Roten haben ja damals viel Material vernichtet, bevor wir es in die Hände bekommen konnten. Wenn ihn unsere Truppen gefangen haben, haben sie ihn als Deutschen bestimmt ausgeliefert. Aber ich glaube nicht, dass es dazu Dokumente gibt. Vielleicht eher bei den Deutschen, die haben ja immer alles aufgeschrieben und Listen gemacht."

„Das kann sein. Möglicherweise sehen wir da auch in Frankreich nach. Was mich aber hier interessiert. Es kann sein, dass er in den Internationalen Brigaden war. Es ist aber auch gut möglich, dass er hier in Barcelona als Künstler gearbeitet hat,

Propaganda und so; das hat er früher schon in München gemacht. Und dann, das ist aber nur so eine Idee, er war ein Bohemien. Bars, Prostituierte, vielleicht auch Drogen. Zumindest in München. Aber ich dachte, er war ja ein paar Jahre hier, ich mein hier hinter der Front, da war doch bestimmt der Teufel los?"

„Da hast du natürlich recht. Das ganze Parallel und das untere Raval waren ein riesiges Bordell. Alkohol, Drogen, Kokain. Das ist erst nach dem Bürgerkrieg etwas zur Ruhe gekommen. Aber das Raval, das haben wir nie richtig kontrolliert."

„Sehen Sie, das meine ich ungefähr. Vielleicht gibt es ja noch jemand, der damals Polizist war oder ein paar Akten."

„Die Akten wurden wie gesagt wahrscheinlich vernichtet. Außerdem glaube ich nicht, dass sich die Polizei damals um einen deutschen Kommunisten gekümmert hätte. Da hätte er schon ein richtig schweres Verbrechen begehen müssen. Nach dem Bürgerkrieg wurde natürlich auch altes Personal übernommen; man kann ja eine Polizei nicht einfach aus dem Nichts aufbauen. Außerdem waren ja nicht alle überzeugte Rote, die für die Generalität gearbeitet haben. Aber die Polizisten aus dieser Zeit sind sicher alle tot. Rechne einfach nach. Wenn ein Polizist 1936 20 Jahre alt war, müsste er heute fast 100 sein."

Anscheinend war ihr die Enttäuschung anzusehen, denn er fuhr gleich beruhigend fort: „Ich kenne aber noch einige alte Offiziere der Guardia Civil, der Secreta und den Grauen. Wir haben uns ja oft getroffen damals. Vielleicht gibt es ja auch noch Akten. Bei der Guardia wird bestimmt nichts weggeworfen. Du kannst mich einfach in ein, zwei Wochen anrufen. Das braucht leider seine Zeit; die alten Herren sind nicht mehr so schnell."

Als Nina dann am Abend Uta von diesem Gespräch berichtete, war die nur leicht enttäuscht, da sie von dem Treffen ohnehin nicht viel erwartet hatte. „Es war ja eigentlich abzusehen, dass das auch eine Sackgasse ist. Schade, aber logisch. Was Weißgerber angeht, greifen wir einfach ins Leere. Und was weißt du von unserem neuen Mitarbeiter, von deinem Freund Kike?"

Wie an jedem der letzten Tagen saßen sie am Abend auf der Dachterrasse des Barceló. Es war schon sehr angenehm hier, aber Nina vermutete, dass sich Uta seit dem Überfall einfach im Hotel sicherer fühlte. Also blieben sie meistens hier, besprachen die Ergebnisse des Tages und planten neue Strategien.

„Mit Kike läuft's hervorragend. Heute Morgen haben wir Puigs Auto in der Garage aufgestöbert und Kike hat einen GPS-Tracker installiert. Den können wir zwar nicht am PC überwachen, so weit sind wir noch nicht. Aber er speichert die Signale und wenn wir uns die Daten alle paar Tage holen, sehen wir wunderbar, wohin er gefahren ist. Sollte er also dieses Dorf in den Pyrenäen oder wo auch immer aufsuchen, werden wir das herausfinden. Ganz genau bis zu dem Haus, wo er geparkt hat."

„Wir haben uns außerdem gedacht, dass wir morgen, sobald er im Büro bei CAR ist, mal in seine Wohnung einbrechen. Wir haben uns die Tür schon mal angesehen, und Kike hat gemeint, mit dem richtigen Werkzeug ist er in fünf Minuten drin. Er ist wirklich ein Meister mit Schlössern."

„Und was wollt ihr in der Wohnung machen?"

„Wir haben erstens an ein, zwei Mikros gedacht. Auch nur zum Aufzeichnen. Dann sehn wir nach, ob irgendwelche Bilder da sind, Dokumente, Fotos. Alles ganz diskret. Vielleicht hast du ja noch ein paar Ideen. Kannst Wünsche äußern."

Uta dachte etwas nach. „Dokumente sind schon gut. Eventuell Fotos machen. Aber das mit den Mikros, wollt ihr jedes Mal einbrechen, nur um an die Aufzeichnungen zu kommen? Das ist doch etwas riskant."

„Das ist viel einfacher. Diese alten Häuser haben alle so eine Art Lichthof, genau genommen sind das mehr Lichtschächte. Vom Treppenhaus aus kann man schön was hinterm Wasserrohr verstecken. Das heißt, wir müssen nur manchmal ins Haus und holen uns dann vom Treppenhaus aus den Chip und fertig. Kein Einbruch mehr. Ganz sauber."

„Kike ist schon gut. Vormittags kümmert er sich um solchen

Kleinkram, wie Chips austauschen. Zu observieren gibt's nicht viel, da Puig lange schläft und vormittags lange braucht, um in Bewegung zu kommen. Mittags ist er meistens bei CAR, da arbeitet Kike. Am Abend observiert er dann richtig. Wenn er wirklich nicht kann, übernehme ich das. Wir werden Puig also auf die Schliche kommen. Aber vorerst gibt's erst mal Payback."

Payback war Ninas neuester Plan. Uta hatte zu ihrer Überraschung schließlich doch eingewilligt, Puig den Überfall zumindest mit einer Tracht Prügel heimzuzahlen und ihm gleichzeitig deutlich zu machen, dass die Angelegenheit auch für ihn ernster geworden war. Geplant war ihn am besten in einer Bar zu stellen, wo Nina ihrer Freundin ganz offen zu Hilfe kommen wollte. Das würde zwar keine neuen Erkenntnisse im Fall Weißgerber bringen, aber vielleicht den generellen Gang der Dinge doch etwas beschleunigen. Außerdem waren solche Typen wie Puig nach Ninas bescheidener Meinung feige Pisser, die sich zwar gerne groß aufbliesen, aber sofort den Schwanz einkniffen, wenn es hart zur Sache ging.

Im Moment saß Puig mit Bekannten in einem Restaurant; einem weniger geeigneten Ort. Kike hatte aber alles unter Kontrolle und würde sie anrufen, sobald sich das Zielobjekt bewegte. Bis dahin konnten sie eigentlich nur warten. Uta war mit ihrem iPhone beschäftigt, las und beantwortete Nachrichten. Nina beschloss sich schon mal ein Bier zu genehmigen, es war ja schon etwas später am Abend. Als sie Utas Blick bemerkte, sagte sie: „Keine Sorge, wegen ein, zwei Bier werd ich an Puig schon nicht vorbeischlagen. Bringt mich im Gegenteil eher ein wenig in die notwendige Stimmung."

Uta legte ihr iPhone weg. „Du kannst trinken, was du für richtig hältst. Seit jener Nacht habe ich vollstes Vertrauen in deine Fähigkeiten. Und wenn Whisky noch besser ist... ich meine, das musst du wissen."

„Whisky macht mich manchmal zu einem ganz gemeinen Schläger. Bringt so richtig das Tier in mir zum Vorschein."

„So Whisky it is", sagte Uta, winkte dem Kellner und bestellte zwei Whisky.

Sie stießen an und sahen hinunter auf die erleuchtete Stadt. Nach einer Weile sagte Nina: „Erzähl mir was von deinem ersten Banker."

Uta lachte leise. „Ich nehme mal, dass du dich nicht speziell auf Banker beziehst, sondern mehr auf das dekadente Sexleben in der Frankfurter City."

„Hört sich schon ganz gut an."

„Ist es aber eigentlich gar nicht. Ich denke das grundlegende Problem ist die Pornografie, die schlichte Masse davon. Wir sind ja praktisch die Porn-Generation. Versteh mich bitte nicht falsch, ich habe absolut nichts gegen Pornografie. Aber irgendwie ist alles auseinandergefallen, Erotik, Lust und so weiter haben oft kaum noch was mit Sex zu tun. Dazu kommt die aktuelle Lust am Exhibitionismus. Heißt, jeder will ein Popstar sein oder zumindest ein Pornstar. Du weißt es ja selbst, wie das heute ist, Popstars leaken private Videos um auch Pornstars zu sein, und manche Pornstars werden irgendwann Kult wie Popstars."

„Sasha Grey ist doch irgendwie cool. Triple Penetration for Dummies."

„Klar, Sasha Grey hat deutlich mehr drauf als Paris Hilton, aber das Buch ist ein Fake, ein guter Gag. Kein Fake ist, dass sie in Talkshows über Würgereflexe bei Blowjobs spricht und Ratschläge zu dem Problem gibt. Wie gesagt Pornografie, Blowjobs, Brazilian Waxing, alles OK. Aber muss ich an einem Workshop von Sasha Grey teilnehmen, um state-of-the-art zu sein?"

„Aber das sagt doch kein Mensch. Du liegst vielleicht nicht ganz falsch, aber übertreibst doch deutlich."

„Keinesfalls. Das scheint vielleicht so im großen Ganzen. Bewegst du dich aber in etwas gehobenen, sagen wir exklusiveren Kreisen - du hast ja nach dem Banker und ähnlichem gefragt -, dann übertreibe ich überhaupt nicht. Dort konsumieren die Leute massenhaft Porn, da sie den ganzen Tag vor dem Bildschirm sitzen. Luxusnutten auf Spesen. Außerdem langweilen sie sich schnell, sind gewohnt, immer das Beste zu bekommen. Also suchen sie einfach Kicks oder inszenieren sie, irgendwann ist alles Inszenierung. Heißt, nur die Verpackung ist wichtig, was drin ist, kann man eigentlich wegwerfen. Beim Sex heißt das, es muss irgendwie zumindest ein wenig abgefahren sein, je mehr desto besser. Dass es auch Spaß machen sollte, spielt schon lange keine Rolle mehr. Ich habe Männer gekannt, die waren so was von scharf drauf es in der Toilette eines Airbus zu machen - manche hatten regelrechte Listen mit Airlines und Flugzielen -, in einem normalen Bett war dagegen nichts mit ihnen anzufangen. Es gibt Frauen, die generell ohne Slip zu Vernissagen gehen, da Frau ja ständig bereit sein muss, in jeder Abstellkammer, hinter jeder Tür, auf Toiletten sowieso. Warum Toiletten immer wieder eine derart zentrale Rolle spielen, darüber könnte man ein Buch schreiben."

„Du bist doch ein ziemlicher Filmfreak?" Als Nina zustimmend mit den Schultern zuckte, fuhr sie fort: „Dann kennst du ja sicher 'The Postman Always Rings Twice'. Dort fällt Nicholson über Jessica Lange auf dem Küchentisch her; das war damals Anfang der Achtziger der absolute Bringer, was man so liest gar der Gipfel der Verruchtheit. Wirklich interessant ist aber, dass sie es nicht auf dem Küchentisch treiben, weil das kinky ist, nein, sondern weil sie es wirklich brauchen, weil sie es nicht bis ins Bett schaffen. Wenn es die Leute heute überhaupt noch mal auf dem Küchentisch machen, dann nur, weil es im Bett zu langweilig ist. Und weißt du, was der Küchentisch von heute ist?"

„Du hast meine komplette Aufmerksamkeit. Ich bin ganz Ohr."

„Du hast ja sicher auch den Film 'The Counselor' gesehen?"
„Natürlich. Super. Cameron Diaz das Raubtier. Ehh, ein Moment." Nina grinste breit. „Die Nummer auf der Windschutzscheibe des Ferrari?"

„Unsere Kandidatin hat 100 Punkte im Filmquiz. Weißt du,

das ist die ultimative Nummer des Jahrzehnts oder für noch länger. Brazilian Waxing übrigens laut Bardem. Es würde mich mal am Rande interessieren wie viele Frauen sich schon die übelsten Zerrungen geholt haben, beim Versuch das nachzumachen. Der Gag dabei, es hat mit dem guten alten Nicholson-Lange-Sex absolut nichts mehr zu tun. Kein Spaß, nur die total abgefahrene Inszenierung. Noch nicht mal der Voyeur hat Spaß, ihm ist es zu gynäkologisch, ihre Muschi erinnert ihn an einen chinesischen Zierfisch, der die Wände des Aquariums abgrast. Man sollte auch nicht denken, dass es sich hier nur um die Ausgeburt der überreichen Fantasie des Autors handelt. Nein, es ist nur die logische Konsequenz dieser Intimfotos, die alle Teenager heute mit ihren Handys verschicken."

Ninas Handy klingelte. Es war Kike. Er war Puig nach Hause gefolgt und nahm an, dass er dort wohl bleiben würde. Nachdem sich Nina kurz mit Uta abgesprochen hatte, sagte sie Kike, dass er Schluss machen könne, sie aber wie ausgemacht am nächsten Tag abholen solle.

„Das war's also für heute." Sagte Nina. „Was ich aber noch wissen wollte. Sex, Porno, Inszenierung. Hab ich kapiert. Aber die Frage war ja eigentlich, was machst du?"

„Ich dachte, das klang zwischen den Zeilen durch. Also, ich nehm' es nicht so wichtig wie viele. Sagen wir, ich glaube an ein Leben jenseits von Porn. Außerdem versuche ich Sex nicht mit Liebe zu verwechseln. Und wenn mich jemand auf seiner Liste abhaken will, dann muss er sich dafür richtig anstrengen. Es muss sich schon lohnen. Brazilian Waxing ist ganz schön schmerzhaft, kannst du mir glauben."

„Irgendwie erinnerst du mich manchmal ziemlich an meine Mutter."

Uta lachte etwas. „Ich weiß nicht, ob das als Kompliment oder als das Gegenteil davon gemeint ist."

„Ich ehrlich gesagt auch nicht. Ich würde mal sagen, irgendwie ambivalent."

11

Die Haustür war für Kike absolut kein Problem. Er öffnete sie mit einem Plastikstreifen schneller als ein normaler Mieter mit dem Hausschlüssel. Dahinter kam ein enges muffiges Treppenhaus, das vor Jahrzehnten mit gelber Ölfarbe gestrichen worden war, die nun in großen Placken abblätterte. Der Treppenaufgang war von zwei dorischen Säulen eingefasst. An der Decke waren noch schöne Stuckarbeiten zu erkennen. Alles war jedoch mit derselben Farbe gestrichen, darauf waren teilweise auf äußerst grobe Weise neuere Kabel angebracht worden.

„Vergangene Pracht", dachte Uta. Ihr war überhaupt nicht wohl, als sie hinter Kike und Nina das Treppenhaus hochschlich. Genau genommen schlich nur sie, während sich die anderen beiden, wie sich das für routinierte Einbrecher gehörte, ganz so benahmen, als ob sie hier zu Hause seien. „Was tun wir, wenn uns jemand auf der Treppe begegnet?" hatte sie Nina vor circa 10 Minuten nervös gefragt. „Alles cool, alles ganz normal", hatte sie Nina beruhigt. In dem Haus gebe es mindestens zwei Wohnungen voll mit Erasmus. Auf die Frage, was das denn sei, hatte sie erklärt, das seien ausländische Studenten, die meistens nur ein paar Monate in Barcelona blieben und sich die Zeit mit Partys und Diskotheken vertrieben. In solchen Häusern gingen ständig fremde Leute die Treppe rauf und runter. „Und wenn dich wirklich jemand fragt, was du willst, sagst du mit deinem besten deutschen Akzent. 'I will visit ze göaman göal', dann ist alles in Butter. Ganz zur Not könnten wir sogar vom Treppenhaus aufs Dach. Alles flach da oben. Über eine kleine Mauer und wir sind auf dem Nachbardach und können dort runter. Wie Über den Dächern von Nizza." Sie lachte.

Ja, Nina amüsierten solche Dinge. Sich mit Leuten zu prügeln und in fremde Wohnungen einzubrechen, war für sie ganz offensichtlich das Salz in der faden Suppe des Lebens. Aber Uta war der Ansicht, dass man diese Dinge, so sie denn wirklich notwendig waren, anderen Leuten überlassen sollte. Leider hatte ihr Vater, als sie ihm vom Fortgang der Überwachung berichtet hatte, ausdrücklich darauf bestanden, dass sie selbst einen Blick in Puigs Wohnung warf, sich dort nach Papieren umsah und die Abhöranlage inspizierte. „Es kann ja nicht sein, dass wir ein derart illegales Vorgehen absegnen und bezahlen, ohne uns genauestens über seine Schwachstellen und Probleme informiert zu haben", war seine Meinung. Als sie daraufhin geantwortet hatte, es sei gerade bei illegalen Dingen meistens besser, wenn man nicht allzu viel darüber wisse, hatte er apodiktisch angeordnet: „Du bist nicht der Präsident der Vereinigten Staaten. Also siehst du dir die Sache an und zwar ganz genau, und damit Schluss und Ende der Debatte."

Es war dumm, von ihrem Vater hier Verständnis zu erwarten. Sie wusste, dass er manchmal mit Hentze wildern ging, obwohl er natürlich einen Jagdschein hatte. Aber das illegale Herumschleichen und Töten im nächtlichen Wald, verschaffte ihm wohl einen ganz besonderen Kick. Wahrscheinlich bemalten sie sich sogar die Gesichter, wie bei einem Commandounternehmen. Die Frage war nur, was sie mit diesen pubertären Machospielchen zu tun hatte. Als moderne, zivilisierte Frau wollte sie eigentlich nur für ihre Doktorarbeit recherchieren und sah sich dabei plötzlich nicht nur nächtlichen Überfällen ausgesetzt, sondern nahm nun auch selbst an kriminellen Handlungen teil.

Inzwischen waren sie oben angekommen. Während Nina seelenruhig an der Wand lehnte, machte sich Kike an den Schlössern zu schaffen. Es dauerte nicht allzu lange und die Tür schwang auf. Er verabschiedete sich daraufhin und ging wieder zurück nach unten, wo er wie vereinbart die Straße überwachen würde. Uta folgte Nina zögernd in die Wohnung.

Die war relativ hell, da sie im obersten Stockwerk lag. Sie war auch vor nicht allzu langer Zeit renoviert worden, wie

Elektroinstallation, Heizkörper, Einbauschränke und der relativ neue Anstrich von Wänden und Türen zeigte. Dennoch stank es nach alter Wäsche, kaltem Zigarettenrauch und vergammeltem Essen.

Nina öffnete kurz ein Fenster zu einem der Lichtschächte und zeigte ihr dort ein Abwasserrohr, das neben einem der Treppenhausfenster verlief. Genau dort, wunderbar vom Treppenhaus erreichbar, sei der Rekorder angebracht. Dann zeigte sie ihr nacheinander in verschiedenen Zimmern zwei Deckenstrahler an denen Kike in der Zwischendecke die Mikros angebracht hatte. „Absolut nicht zu entdecken, solange niemand die Decke rausreißt. Außerdem mit Stromversorgung. Das Signal geht zum Rekorder im Lichtschacht, wo wir alle paar Tage die Ausbeute abholen."

Anschließend sah sie sich die Wohnung genauer an. Das Schlafzimmer war zwar mit teuren Möbeln eingerichtet, die Bettwäsche aber garantiert seit Monaten nicht gewechselt. In der Küche sah es ähnlich aus. Modernste Geräte, durchlaufende Granitplatte, überbreiter Gasherd alles vom Feinsten. Aber in der Spüle stapelte sich das Geschirr, der Herd war mit eingebrannten Speiseresten verkrustet und die Schuhe klebten bei jedem Schritt leicht am Boden. Einige Zimmer waren reine Abstellkammern. Sie sah sich zwar alles an, konnte in dem Gerümpel aber keine Bilder entdecken. Es gab auch so eine Art Büro mit Unmassen teilweise in Ordnern abgehefteten oft aber lediglich gestapelten Papieren.

Sie begann unsystematisch die Papiere zu inspizieren, wobei ihr Nina manchmal bei der Übersetzung behilflich war. Es gab vieles von Banken, Immobiliensachen, einige Ordner zu CAR. Das leidige Problem dabei war allerdings, dass Puig mindestens seit zwei Jahren nichts mehr abgeheftet hatte. Deshalb waren die etwas geordneteren Informationen alles andere als aktuell. Die neueren dagegen in dem Chaos kaum auffindbar oder oft noch in ungeöffneten Kuverts.

„Hab's dir ja gesagt. Ein Schweinestall. Man sieht aber sofort, ohne seine neuesten Kontoauszüge zu lesen, dass der Typ ziemlich pleite ist und hier seine Depressionen pflegt. Ich hab mich mit Kike schon umgesehen, aber absolut nichts Interessantes in Beziehung zu Weißgerber, Dorf in den Pyrenäen, ältere Kunst und so weiter gefunden."

Obwohl Nina ganz offensichtlich recht hatte, kämpfte sich Uta noch eine gute Stunde durch Müll und Papiere. Wenn sie ihrem Vater Rede und Antwort stehen musste, wollte sie wenigstens reinsten Gewissens sagen können, dass die Sache hier in der Wohnung erledigt war. Sie wollte schließlich nicht noch einmal hierher geschickt werden.

Als sie gingen, zog Nina die Tür lediglich zu. Abschließen könne sie nicht, erklärte sie. Das würde später Kike mit seinen Spezialwerkzeugen übernehmen. Den trafen sie auf der Straße, wo ihm Nina noch einmal genauere Anweisungen gab. Er solle zuerst die Wohnung wieder gut abschließen, danach könne er zur Arbeit gehen, und am Abend solle er Puig observieren und wenn möglich eine gute Gelegenheit melden, falls man diesen in einer passenden Kneipe erwischen könne.

Den Nachmittag verbrachte Uta dann wie gewohnt in der Nationalbibliothek zwischen Stapeln alter Kulturzeitschriften aus der Zeit des Bürgerkrieges. Da es ihr nicht gelungen war, irgendetwas über Weißgerber im Dienst der Internationalen Brigaden herauszufinden, war sie auf die Idee verfallen, dass er ja vielleicht einfach nur künstlerisch tätig gewesen war und vielleicht Plakate, Aufrufe oder Zeitungsillustrationen gezeichnet hatte. Sie musste schnell feststellen, dass es geradezu unglaubliche Mengen an Material zu diesem Themenkomplex gab. Zahlreiche hervorragende Kataloge und Bücher waren zum Thema Kunst und Republik erschienen. Auch an Zeitschriften mit politischen Illustrationen mangelte es nicht. Es gab anarchosyndikalistische, kommunistische, republikanische, katalanische, trotzkistische und einige mehr.

Aber die ganz realen Berge an zu bewältigender Arbeit störten sie nicht im Geringsten. Im Gegenteil, das war genau ihre Welt. Sie liebte es, in alten Dokumenten zu stöbern, möglicherweise Unerkanntes zu entdecken. Außerdem waren die Illustrationen oft faszinierend, teilweise viel mehr als das. Während in Deutschland ab 1933 alles Neue unter der feldgrauen Decke des Faschismus erstickt worden war, schien das Spanien des Bürgerkrieges geradezu zu einem Brennpunkt der verschiedensten Strömungen der Moderne geworden zu sein. Da gab es russischen Konstruktivismus, bissige Fotomontagen, wie sie Heartfield nicht hätte besser machen können, Dadaisten, Futuristen, Surrealisten, Neue Sachlichkeit. Oft war alles von dem kühlen Pathos des Art Déco überzogen. Sie hätte sich wochenlang mit diesen Zeitschriften einschließen können.

Das Vergnügen, das ihr die Arbeit bereitete, wurde nur geringfügig durch den Umstand geschmälert, dass sie bislang auch hier keine Spur von Weißgerber entdeckt hatte. Aber sie hatte ja erst mit dieser Arbeit begonnen, und vor ihr lagen wahre Berge an Material. Das Barcelona des Bürgerkrieges bot ein vergleichbares künstlerisches Ambiente wie das, in dem sich Weißgerber in München bewegt hatte. Es gab auch einige Arbeiten, die von ihm hätten sein können. Meistens aber nicht immer verriet dann jedoch das Impressum, dass es sich hier um das Werk eines anderen Künstlers handelte. Allerdings wurden nicht immer die Autoren aller Arbeiten im Impressum oder gar unten auf der Seite angegeben. Sie machte sich auf jeden Fall Notizen, fotografierte auch einzelne Seiten.

Der Tag verging wie im Flug. Als die Bibliothek um 20.00 schloss, wartete schon Nina und begleitete sie ins Hotel. Auf dem Weg und beim späteren Abendessen in einem kleinen Restaurant in der Nähe ihres Hotels erzählte sie ihr begeistert von den Zeitschriften, den Künstlern, der Perspektive, dem Weg zur Abstraktion. Sie zeigte ihr verschiedene Beispiele auf ihrem iPhone. Nina hörte geduldig zu, allerdings war leicht zu bemerken, dass ihr Interesse an Kunst begrenzt war.

Sie schien geradezu ein wenig erleichtert, als Kike anrief und mitteilte, dass Puig an einer Podiumsdiskussion im Kulturzentrum Santa Mònica teilnehme. „Das ist nicht schlecht", teilte sie zufrieden mit. „Die Show geht bis 23 Uhr und Santa Mònica ist unten an den Ramblas. Ich glaub kaum, dass er von dort aus direkt nach Hause geht. Wahrscheinlich nimmt er noch mit ein paar Kollegen die eine oder andere Copa. Gibt eine Menge Bars da unten, und sie sind um die Zeit meistens noch nicht besonders voll. Das heißt, unsere Chancen, ihn heute Abend irgendwo zu erwischen, sind gerade gewaltig gestiegen."

Die fehlende Zeit verbrachten sie fast schon wie gewohnt mit einem Whisky auf der Dachterrasse des Hotels. Nina schien mit ihren Gedanken etwas abwesend. Da Kunst als Konversationsthema ausgeschöpft schien, beschloss Uta auf ihr Gespräch vom Vorabend zurückzukommen. Da sie allerdings wenig Lust hatte ihre eigenen oft genug frustrierenden Erlebnisse hier auszubreiten, musste sie Nina zum Reden bringen, was ja normalerweise nicht so schwierig war.

„Und wie sieht das Liebesleben in der Lesbenszene aus? Wild und dekadent? Wechselt Frau oft ihre Partner oder sucht sie eher feste Beziehungen?"

Nina sah auf und zuckte mit den Schultern. „Eigentlich gibt's alles. Wie überall eben. Manche leben in festen Beziehungen. Andere sind echt wild, springen von einem Bett ins andere."

„Und du?"

„Ich?" Sie wirkte etwas melancholisch. „Ich hatte auch immer mal wieder wilde Zeiten, ziemlich wild manchmal. Sex and Drugs and Rock'n Roll eben. Aber eigentlich, so irgendwie tief drin bin ich monogam wie eine Graugans."

„Ach, der gute alte Lorenz."

„Vielleicht auch Lorenz, aber mehr wie in dumme Gans."

„Du sagst das mit einer gewissen Verbitterung. Treue ist

doch eigentlich nichts Schlechtes."

„Erstens finde ich Monogamie nicht gerade modern, sondern altmodisch und ranzig. Es ist irgendwie so eine bürgerliche Scheiße, die ich eigentlich ablehne. Zweitens, aber vielleicht ist es ja gar kein zweitens, sondern nur die Bestätigung von erstens, hab ich noch nie Glück gehabt mit festen Beziehungen. Häng mich rein, Gefühle, Treue, wie eine junge dumme Gans eben. Und irgendwann, manchmal schneller, manchmal später, bekomme ich eine in die Schnauze. Hier in Spanien sagt man: 'Du bist so dumm, wie ein Haar am Arsch. Du siehst die Scheiße kommen, gehst aber nicht zur Seite.' Genau so fühl ich mich manchmal."

„Und warum gehst du nicht zur Seite?"

„Ich bin eben so programmiert, wie die armen kleinen Gänslein von Lorenz. Ist einfach meine Geschichte."

„Wie meist du das? Was heißt programmiert? Das ist doch Quatsch. Wenn man ein Problem erst mal erkannt hat, kann man es auch lösen."

„Das ist nicht so einfach. Das liegt irgendwie alles tiefer, viel tiefer. Zum Beispiel meine ersten Kindheitserinnerungen in Heidelberg, da waren meine Eltern Junkies, richtig drauf, immer hinter dem Stoff her. Oft gab's nichts zu essen, im Winter keine Heizung. Manchmal war kein Schwein da. Ich denke, meine Mutter hat immer wieder versucht zumindest das Wichtigste auf die Reihe zu kriegen, dann kam mein Vater und hat das Geld geklaut. Ich weiß noch, einmal kamen wir zurück und alles war weg. Ich mein, Stereo, Fernseher, alles was man zu Kohle machen konnte. Der Kühlschrank war wahrscheinlich zu schwer, sonst hätt' er den auch verscheuert. Und dann mitten im Drama hat er sich den goldenen Schuss gesetzt, auf einer öffentlichen Toilette, richtig klassisch, muss man ihm schon lassen. Vielleicht hab ich mich sogar gefreut, dass er tot war. Ich mein, ich mochte ihn schon manchmal, aber oft war's einfach nur Stress, Streiterei, Geschrei mit meiner Mutter. Sie ist dann anscheinend völlig ausgeflippt, allein in einem fremden Land. Die Deutschen sind ja auch nicht immer die Nettesten, und für die Familie meines Vaters war sie nur die spanische Drogenschlampe und ich ihr Balg. Muss echt richtig hart für sie gewesen sein, denk ich heute, früher hab ich das nicht gesehen."

„Tja, und dann hat sie ihren Stolz gefressen. Muss eine der schlimmsten Sachen ihres Lebens gewesen sein, wenn man sie kennt. Sie hat mich geschnappt und zum Opa gebracht. Einfach mit dem Bus mit mir nach Spanien gefahren. Wahrscheinlich total auf Speed. Ich weiß noch, dass sie geraucht hat wie verrückt. Dann zum Opa, bei dem sie 15 Jahre vorher selbst abgehauen war. Am nächsten Tag war sie verschwunden, bevor ich wach war. Du hast keine Vorstellung wie das war. Ich hatte ja keine Ahnung, dass ich dort bleiben sollte und dass sie plötzlich einfach so verschwinden würde. Ich war sieben Jahre alt und plötzlich mit diesen beiden alten Typen, die ich noch nie gesehen hatte, allein in der riesigen, kalten und dunklen Masia. Sieben!"

„Der andere war dieser Ex-Legionär?"

„Ja Manolo. Der war damals eigentlich noch gar nicht so alt, aber tätowiert von oben bis unten, sah aus wie einer von Ali Babas vierzig Räubern. Hatte echt Angst vor ihm." Sie lächelte. „Aber nur kurz. Vielleicht ein, zwei Tage oder so."

„Und was haben die dann mit dir gemacht?"

„Mein Opa hat mir am nächsten Tag einen Hund geschenkt, Pluto, einen kleinen Weimaraner. 'Ist jetzt ganz deine Verantwortung, der braucht dich'. Ich musste ihm Futter machen, ihn bewegen und abrichten. Disziplin ist das allerwichtigste für Hunde. War ein alter Fuchs mein Opa. Er hat dem einsamen Kind einfach ein Hundebaby gegeben und gesagt kümmer dich drum, der braucht dich. Und das hab ich gemacht, mit Eifer."

„Und wie war das dann da. Du allein mit den beiden Alten?"

„Es war die beste Zeit meines Lebens. Weißt du, sie waren immer da, haben mir alles erklärt. Spanisch konnt' ich ja auch nicht so gut. Ich bin mit ihnen auf die Jagd gegangen. Mein Opa

hat mir immer viel erzählt, Geschichten vorgelesen. Und für Manolo war ich einfach nur die Prinzessin, oder das Wildschweinchen."
„Das Wildschweinchen?"
„Ach ja. Das kann man auch irgendwie nicht übersetzen. Im Spanischen sagt man 'Jabato', das ist eigentlich ein kleines Wildschwein, ein Frischling, aber man denkt nicht so an Schmutz und Dreck wie im Deutschen, es bedeutet, dass man wild und tapfer ist. Ich find' Wildschweine toll. Einmal hab ich mit Manolo so einen russischen Tierfilm gesehen. Da verfolgt ein sibirischer Tiger ein Rudel Wildschweine. Weißt du, ein sibirischer Tiger! Die sind riesengroß, da kneift wahrscheinlich jeder Löwe den Schwanz ein und sieht zu, dass er Land gewinnt. Der Keiler nicht, der hat sich gestellt. Ist gegen einen Tiger angetreten, der mehr als doppelt so groß war."
„Und? Wie ist es ausgegangen?"
„Wie es ausgegangen ist? Ist doch klar, der hatte nicht die Spur einer Chance. Aber das ist ja gerade der Witz. Er hat den Rückzug des Rudels gedeckt, ist einfach auf diesen Tiger losgegangen und hat gut gekämpft. Ein Jabato eben. Manolo und ich waren uns völlig einig, dass das der beste Heldentod im Film ist. Best last stand ever. John Wayne kann da einfach abstinken."
Sie schwiegen eine ganze Weile. Schließlich sagte Uta: „Aber mit anderen Kindern war nicht viel? Du hast schon gesagt, dass es da Probleme gab."
„Genau betrachtet, eigentlich gar nicht so viel. Zur Schule bin ich in Berga gegangen, das ist eine Stadt in der Nähe, da haben sie mich jeden Tag gefahren. War schon OK dort bei den Nonnen, ich hatte auch so was wie Freundinnen. Aber abends und am Wochenende war ich mit den zwei Alten und den Hunden. Aber das war echt nicht schlecht."
Sie dachte ein wenig nach und fuhr dann mit einem entschuldigenden Schulterzucken fort:
„Wenn man es genau betrachtet aus der Distanz, waren mein

Opa und Manolo schon irgendwie gestört, heute würde man vielleicht sagen traumatisiert. Teilweise waren die immer noch im Krieg. Für meine Mutter waren es einfach Psychopathen. Manolo nennt sie 'Igorr' wie dieses Faktotum in Frankenstein Junior."

„Und trotzdem hat sie dich dort gelassen? Das verstehe ich wirklich nicht."

„Meine Mutter ist eine eigene Geschichte. Aber ums kurz zu machen. Sie ist egozentrisch, manipulativ und gnadenlos hart, wenn's sein muss. Damals war sie wahrscheinlich einfach völlig am Ende. Mich hätte die Fürsorge geschnappt, und bei meinem Opa war ich sicher. Der hätte alles für mich gemacht; das hat sie einfach gewusst.

Aber egal, für mich als Kind war das OK, es war super. Ich war die Prinzessin, und sie waren meine Familie. Und jetzt kommen wir wieder zur Graugans, zur Programmierung. Als alles so richtig gut lief, ich war ungefähr vier Jahre dort, kam meine Mutter und hat mich wieder nach Heidelberg geholt."

„Und das hat dir nicht gefallen?"

„Nein, das hat mir überhaupt nicht gefallen. Ich wollte nicht nach Deutschland und schon gar nicht nach Heidelberg. Massenweise schlechte Erinnerungen. Und ich wollte natürlich auch nicht bei meiner Mutter bleiben. Ihr habe ich überhaupt nicht getraut. Schließlich hatte sie mich ja schon mal mit auf eine Reise genommen und dann wie einen alten Koffer einfach stehen lassen."

„Und was hat dein Opa gesagt?"

„Er hat gesagt, dass ich mitgehen muss. Dass Kinder zuerst bei ihrer Mutter sein müssen und so weiter und so fort. Es war grausam, aber wir sind irgendwann gefahren."

„Und du hattest sie vier Jahre nicht gesehen?"

„Doch schon, sie ist ein paar Mal gekommen. Hat mich aber immer wie zum Urlaub mitgenommen ans Meer ein paar Tage und dann wieder zurückgebracht. Sie ist nie dort geblieben in der Masia. Das wollte sie nicht."

„Und Heidelberg?"
„War beschissen. Ich hab's gehasst. Ich mein, Isabel hat sich wahrscheinlich Mühe gegeben, so eine Art Mutter zu sein, was aber nicht gerade ihr Ding ist. War völlig sauber, was Drogen anging. Gekifft hat sie schon noch, aber absolut nichts Hartes mehr. Sie hatte einen Laden mit spanischen Sachen, ein bisschen alternativ. Manchmal hat sie mittags sogar gekocht, und sogar mal gefragt ob ich meine Hausaufgaben mache. Am besten war sie aber, wenn sie sich allein gefühlt und eine Freundin gebraucht hat, dann haben wir zusammen vor dem Fernseher gelegen und Chips gegessen. Auf Dauer hat das natürlich nicht so richtig funktioniert. Wir hatten viel Streit, dazu Ärger in der Schule. Das einzig echte Druckmittel, das sie hatte, waren meine jährlichen Ferien beim Opa in Spanien. Irgendwann hat das aber auch nichts mehr gebracht und ich bin von der Schule geflogen. Da war ich schon 17. Ich habe einfach meine Sachen gepackt, mir ein Ticket gekauft und bin alleine nach Spanien gefahren. Hab gedacht, jetzt bleibe ich einfach dort bei meinem Opa."

„Und?"

Nina dachte lange nach. „Er hat mich abends mitgenommen zur Jagd. Wir sind aber nicht jagen gegangen, sondern zu einem seiner Lieblingsplätze auf einem Hügel. Du kennst das nicht. Das Land ist dort so weit, der Himmel wie in einem Western, endlos. Es war so schön und so ruhig und friedlich, dass ich mir schon dachte, dass jetzt was Böses kommt. Gut, vielleicht hab ich mir das auch später eingebildet. Keine Ahnung."

„Und was kam Böses?"

„Er hat mich weggeschickt. Hat gesagt, ich bin eine junge Frau, hab mein ganzes Leben noch vor mir. Er und Manolo sind alte böse Männer. Überall ist nur Hass und Streit, alte Feindschaften. Ich kann natürlich immer im Urlaub kommen, sie lieben mich, aber ich kann dort nicht leben. Ich muss mein eigenes Leben führen, selbst meinen Weg suchen. Bla, bla, bla eben."

Als Uta sah, dass Nina feuchte Augen hatte, nahm sie instinktiv ihre Hand und drückte sie zärtlich ohne etwas zu sagen.

„Sorry." Nina lächelte traurig, drückte Utas Hand und fuhr sich mit der anderen durchs Gesicht. „Indianer weinen nicht, hat Manolo immer gesagt."

„Aber egal." fuhr sie nach einer längeren Pause fort. „Das ist wahrscheinlich die Lorenz-Prägung meiner Graugans-Psyche. Vater verpisst sich mit dem goldenen Schuss ins Junkie-Nirwana, Mutter schiebt mich ab zum Psycho-Opa. Als es dort gut ist, holt sie mich zurück auf eine Scheißschule in Heidelberg. Als ich das nicht mehr aushalte und nach Spanien flüchte, schickt mich mein Opa weg. Ich könnte die Geschichte noch mit ein paar Details späterer gescheiterter Beziehungen ausmalen. Aber du siehst die Grundstruktur."

Sie saßen beide schweigend da und blickten auf die erleuchtete Stadt. Irgendwann klingelte Ninas Handy. Es war Kike. Nina hörte zu, sagte ein paar kurze Sätze auf Spanisch und war sofort wie ausgewechselt. „Er ist ins Kentucky gegangen. Das ist unten im Raval in der Carrer de l'Arc del Teatre, groß, dunkel, verwinkelt. Absolut ideal für uns."

Jetzt ging alles so schnell, dass Uta kaum hinterher kam. Fahrstuhl nach unten und auf der Straße ein Taxi. Auch die Fahrt war viel schneller vorbei, als Uta gehofft hatte. Von einer relativ großen Straße ging's zu Fuß in immer kleinere, dunklere Gassen. Sie blieb dicht bei Nina, aber bei dem zunehmenden Geruch nach Urin ließen sich die Gedanken an ihr jüngstes Erlebnis nicht unterdrücken. An einer Kreuzung wartete Kike, den Motorradhelm locker am Arm. Nina wechselte ein paar Worte mit ihm und wandte sich dann an Uta: „Ich gehe vor und checke die Lage. Kike passt solange auf dich auf. Wenn ich in zehn Minuten nicht zurück bin, ist alles OK und du kannst nachkommen. Wenn du reinkommst, ist rechts eine lange Theke. Ich sitze da weiter hinten. Du gehst an mir vorbei, als ob du mich nicht kennst, und setzt dich auch. Lass aber etwas Platz, damit es nicht sofort so aussieht, als ob wir zusammen sind. Du bestellst irgendwas und dann suchst du Augenkontakt mit Puig. Kike sagt, er steht mit zwei Kumpels ziemlich am Eingang. Du musst ihn ansehen, als ob du heimlich was mit ihm besprechen willst. Dann gehst du nach hinten zur Toilette. Die ist links um die Ecke. Da ist um die Uhrzeit normalerweise niemand, aber ich check das vorher. Wenn er dir nachkommt, schlägst du ihn möglichst gemein ins Gesicht und schreist. Ab da übernehme ich die Regie."

Sie fasste Uta an den Schultern und sah ihr in die Augen: „Absolut kein Problem. OK?" Bevor Uta auch nur nicken konnte, fuhr sie fort: „Super, let's kick some ass." Und weg war sie.

Weiter vorne kamen zwei dunkle Gestalten in der Gasse langsam näher. Sie sprachen Englisch. Touristen, dachte sie etwas beruhigt. Sie betrachtete Kike ihren Beschützer; besonders tapfer oder zuverlässig sah er nicht aus. Er war noch ein paar Zentimeter kleiner als sie und sicher auch nicht viel schwerer. Trotzdem stand er leicht vor ihr; ob diese Position allerdings ihrem Schutz dienen oder eine schnellere Flucht ermöglichen sollte, war ihr mehr als unklar. Zum x-ten Mal an diesem Tag fragte sie sich, wie es nur dazu hatte kommen können, dass sie als zivilisierte und gebildete Frau nachts in einer finsteren, verpissten - hier schien Ninas Sprachgebrauch wirklich angebracht - Gasse in einem mehr als dubiosen Viertel einen Überfall vorbereitete.

Kike stieß sie leicht an und gab ihr durch Zeichen zu verstehen, dass es Zeit sei. Sie raffte sich zusammen, marschierte direkt auf die Tür zu und ohne anzuhalten einfach rein. Sie passierte eine Gruppe von mehreren Leuten, die sich laut unterhielten. Nur nicht umdrehen. Weiter hinten sah sie Nina locker an der weitgehend leeren Bar stehen. Sie ging schnurstracks an ihr vorbei und ließ sich zwei Schritte weiter auf einem Barhocker nieder. Nachdem sie ein Mineralwasser bestellt hatte, konnte sie einen kurzen Blick Richtung Eingang nicht länger vermeiden. Puig starrte sie mit leicht offenem Mund an, während sich seine beiden Begleiter nicht in ihrer Unterhaltung stören ließen. Es war leicht zu sehen, wie er sich den Kopf zerbrach, ob sie ihm vom Santa Mònica gefolgt war, was sie hier von ihm wollte.

Nachdem sie seine Glotzerei mehr als ausreichend ertragen hatte, nickte sie leicht und ging nach hinten, dort ging das Lokal um die Ecke, so dass man vom Tresen nicht zu sehen war. Sie ging weiter und drehte sich um. Bereits nach wenigen Sekunden kam Puig hinter ihr her. Offensichtlich rechnete er mit einem verschwörerischen Angebot, vielleicht sogar damit, dass sie ihre erotischen Reize zum Einsatz bringen wollte. Als er sich mit einem dummen Grinsen vor ihr aufbaute, schlug sie ihm mit voller Kraft ins Gesicht. Es war sicher absolut nicht ihre Art und sie hatte auch eine Menge Angst vor dem, was in den nächsten Minuten passieren würde. Aber das Grinsen hatte sozusagen die letzten Barrieren weggeräumt. Sie war so verblüfft, wie einfach es war und welche Befriedigung ihr der Schlag verschaffte, dass sie ein, zwei Sekunden verlor, bevor sie laut aufschrie und zum zweiten Schlag ansetzte.

Diese Zeit reichte Puig um ihre Hand zu fassen. Sein Gesicht wechselte von Fassungslosigkeit zu Wut. Er holte nun seinerseits aus und schlug ihr mit der Rückhand mit voller Kraft ins Gesicht. Weiter kam er nicht, denn nun stand Nina hinter ihm und tippte ihm auf die Schulter. Puig drehte sich um und dann ging alles so schnell, dass Uta die Einzelheiten nicht auseinanderhalten konnte. Sie hörte dumpfe Schläge, Puigs Grunzen, sah wie er sich nach vorne krümmte und dann langsam auf den Boden stürzte. Nina versetzte ihm noch mehrere kräftige Fußtritte, wobei sie ihn auf Spanisch beschimpfte, anschließend zerriss sie Uta zuerst die Bluse und zog sie dann hinter sich her. Richtung Ausgang stießen sie auf den Wirt und Puigs Bekannte. Nina überzog sie mit einer wahren Schimpfkanonade wobei sie auf Utas gerötetes Gesicht und ihre zerrissene Bluse deutete.

Uta verstand nur das Wort „Policia", das Nina mehrmals verwendete und einmal „Lesbianas" von der anderen Seite. Aber anscheinend hatte niemand Lust, die Polizei zu rufen, nur weil Puig offensichtlich so dumm gewesen war eine Lesbe anzumachen. Der Wirt machte ihnen aber klar, dass sie schnellstens verschwinden sollten, die beiden anderen sahen nach Puig und die wenigen übrigen Kunden wandten sich wieder ihren Getränken zu.

Draußen wartete Kike. Nina hielt Uta immer noch im Arm und führte sie schnell von der Bar weg. Dabei lachte sie laut und gab Kike eine kurze Schilderung der Ereignisse. Dann wandte sie sich beim gehen an Uta und fragte: „Und, wie war's?"

„Gut, weit besser als ich jemals gedacht hätte."

12

Das Handy klingelte um sieben. Und da war die Stimme in ihrem Kopf, die flüsterte: „Scheiß drauf". Drei oder vielleicht nur zwei Stunden Schlaf waren eindeutig viel zu wenig. Aber sie musste irgendwie in die Gänge kommen. Wer feiern kann, kann auch aufstehen. Kurz dachte sie an das Speed, das würde jetzt so den richtigen Kick geben, voll reinfegen. Sie setzte sich auf und stöhnte kurz als sich ihr Kopf mit pochenden, eher schon dröhnenden Schmerzen meldete. Schmerzen lassen nicht so schnell nach, aber der Körper gewöhnt sich überraschend schnell daran. Deshalb wartete sie ein paar Minuten, bevor sie in dem dämmrigen Licht nach ihren Kleidern suchte, die irgendwo auf dem Fußboden verstreut lagen.

Mit mehreren kleinen Pausen schaffte sie es schließlich, sich anzuziehen. Anschließend kam sie sogar mit der Hilfe eines neben dem Bett stehenden Stuhls auf die Beine. Sie drehte sich um. Ana schlief wie ein Stein. Ein weißer Rücken mit roten Rosen und dunkelblauen Totenköpfen. Ana war einfach süß, und so gesehen war es absolut nicht OK, was sie hier am abziehen war. „Love Is A Battlefield. No promises, no demands". So war aber nun mal leider der alltägliche Kleinkrieg des Lebens, einer gegen alle und alle gegen einen.

Sie verzichtete also auf zärtliche Gesten des Abschieds, kleine Zettelchen oder was sonst hätte angebracht sein können, schlich stattdessen möglichst leise aus der Wohnung. Auf der Straße zündete sie sich erst mal eine Zigarette an, die ihr nach einem kurzen Hustenanfall tatsächlich etwas Besserung verschaffte. Von hier aus ins Hotel konnte sie es zu Fuß in einer knappen Viertelstunde schaffen, dann zackig unter die Dusche und runter zum Frühstück. Allein beim Gedanken an die normalerweise von ihr so geschätzten Cholesterinbomben wie

Eier und Bacon wurde ihr schlecht. Also voll gesund heute, nur Kaffee und Orangensaft.

Eigentlich hätte sie locker auf das Frühstück verzichten können und Uta einfach viertel vor neun auf ihrem Zimmer abholen und zur Bibliothek begleiten können. Sie hätte Ana auch gleich ins Hotel abschleppen können; das wäre heute Nacht der deutlich kürzere Weg gewesen. Fast eine Stunde länger schlafen und dann alle zusammen beim Frühstück. „Ach, Schatz, reich mir doch mal bitte das Salz." Das wäre natürlich alles andere als professionell. Sie konnte als Bodyguard nicht mit ihren nächtlichen Eroberungen zum Frühstück erscheinen. So hatte sie sich zumindest Ana gegenüber gerechtfertigt, da die die Idee, die Nacht in einem bekannten Luxushotel zu verbringen, ausgesprochen erregend fand.

Wenn sie aber ganz ehrlich war, und zumindest sich selbst gegenüber versuchte sie das von Zeit zu Zeit, musste sie zugeben, dass sie vor allen Dingen die Reaktion von Uta vermeiden wollte. Sie konnte sich ohne jede Anstrengung ihren kühlen abwertenden Blick vorstellen, vielleicht eine ganz dezent angehobene Augenbraue. Die Kampfsport-Lesbe war wie zu erwarten nachts um die Häuser gezogen und hatte ein harmloses Gothic-Girlie abgeschleppt. Normalerweise hatte sie mit solchen Reaktionen nicht die allergeringsten Probleme. Ganz im Gegenteil hätte sie sich vielleicht eher provoziert gefühlt, beim Frühstück eine kleine Lesbenshow abzuziehen. Bei Uta traute sie sich dagegen nicht, wäre fast wie Fremdgehen gewesen. Was natürlich der totale Quatsch war, da ja absolut nichts aber auch wirklich gar nichts gelaufen war und auch nicht laufen würde. Es war so gesehen ihr gutes Recht ins Bett zu gehen, mit wem sie wollte. Mehr noch, es war eigentlich zu erwarten. A girl's got her needs. Konnte ja gut sein, dass Uta einen Orgasmus am anderen hatte, wenn sie in der Bibliothek ein vergilbtes Poster von Weißgerber entdeckte. Sorry, aber sie war leider nicht so vergeistigt, sie brauchte was mit Fleisch, geiles wildes Fleisch.

Außerdem war es noch nicht einmal der Sex allein. Ganz so einfach gestrickt war sie nun auch wieder nicht. Sie war schlicht und ergreifend nicht ausgelastet, komplett unterfordert. Tja, als sie Puig die wohlverdiente Abreibung verpasst hatte, real horrorshow, super, super. Aber am nächsten Tag hatte Uta dann in der Bibliothek in einer alten Zeitschrift ein Bild von Weißgerber entdeckt. Nichts Besonderes, wenn man sie fragte, der übliche patriotische Scheiß, alles arbeitet für die Front, den Endsieg. In ihren Augen war das alles Verarsche. Aber Uta war hin und weg. Ja, Weißgerber war tatsächlich hier gewesen und hatte künstlerisch gearbeitet; als ob sie das nicht schon vorher gewusst hätten. In den nächsten Tagen hatte sie dann noch zwei weitere Bilder gefunden, und die ganze Geschichte lief jetzt eine gute Woche so. Uta verschwand morgens um 9 in der Bibliothek und kam erst wieder zum Vorschein, wenn diese um 20 Uhr geschlossen wurde; wahrscheinlich mussten sie sie zur Tür rausschieben.

Beim gemeinsamen Abendessen - meistens im Hotel oder in der nächsten Umgebung - hörte sich Uta dann kurz an, was sie und Kike so herausgefunden hatten, bis jetzt leider nichts Neues. Von Puig nur die übliche Routine und dummes Gelabere auf dem Rekorder; Coll i Fàbrega hatte sich auch nicht mehr gemeldet. Am liebsten referierte Uta aber über Weißgerber und die revolutionäre Kunst in Spanien. Aber selbst das war recht begrenzt, denn nach dem Essen verabschiedete sie sich regelmäßig, ging auf ihr Zimmer, wo sie an ihrem Laptop ihre Arbeit fortsetzte. Nina konnte sich dann alleine an der Hotelbar betrinken oder mit Kike irgendwo ein paar Joints rauchen und anschließend in einer Bar über Cosplay und Zombiefilme diskutieren.

Genau genommen konnte sie sich nicht beschweren, da sie im Moment weitgehend fürs Nichtstun bezahlt wurde und das gar nicht so schlecht. Vor ein paar Tagen hatte sie angefangen, das gut ausgestattete Fitness Center im Hotel regelmäßig aufzusuchen. Gutes hartes Training hatte sie seit Tagen vermisst, da es immer noch die beste Methode war, sich körperliche und seelische Gifte aus dem Leib zu schaffen. Danach gönnte sie sich zwei Runden Sauna, und zum krönenden Abschluss eine ausgedehnte Siesta im angenehm abgedunkelten Hotelzimmer. Die meiste Zeit des Tages stand ihr zum freien Abhängen zur Verfügung, ohne dass irgendjemand daran Anstoß nahm. Sie hatte sogar Kike dazu aufgefordert ihre gemeinsamen Exkursionen auf seinem Stundenzettel zu führen, waren ja auch Besprechungen und Teambildung eben.

So gesehen war's ja nicht gerade erstaunlich, dass sie irgendwann von fehlender Action angeödet aber gut ausgeschlafen abends losgezogen war. Tja, und da war ihr dann eben die süße Ana über den Weg gelaufen. Groß, bleich, melancholischer Weltschmerz in Schwarz. Sie selbst hatte cool die Bierflasche in der Hand im Tanktop Muskeln und Tattoos vorgeführt - beides natürlich hervorragend ausgearbeitet. Die toughe Mischung aus Corky und Sarah Connor war immer noch nicht aus der Mode gekommen. Ana war ein Fan von Tattoos und von Muskeln. „Hey girl what's your style. Where do you get your kicks for living."

Alles war so problemlos und glatt über die Bühne gegangen, und Ana hatte alle Erwartungen weit übertroffen. Ein absolutes Monster im Bett; da könnte sich Ingrid - auch so ein Griff ins Klo - mal eine Scheibe abschneiden. Also alles super. Wenn sie's nur bei dem unkompliziert coolen One-Night-Stand belassen hätte, no promises, no demands. Aber unausgelastet und rallig war sie gleich am nächsten Abend wieder in dieselbe Bar gegangen. Und da stand - sicher alles andere als zufällig - Ana an der Theke und begrüßte sie mit einem breiten Lächeln und strahlenden Augen, wie sie Kinder nur im Werbespot unter dem Weihnachtsbaum haben. Ihr war jedenfalls das Herz warm geworden aber nicht nur das. Da Ana mindestens genauso rallig war wie sie, hatten sie das Paarungsritual auf ein Minimum begrenzt und hatten sich eng umschlungen in Richtung Anas Wohnung abgesetzt. „Hey babe, take a walk on the wild side And the colored girls go, doo doo doo doo ..."

Ihre Laune besserte sich merklich, als sie in die Rambla del Raval einbog und das Hotel vor sich sah. 20 vor acht, eine Express-Power-Dusche, frische Sachen und alles fest im Griff. Tatsächlich schaffte sie es noch vor Uta zum Frühstück. Die kam einige Minuten später und begrüßte sie mit den freundlichen Küsschen, die seit dem nächtlichen Überfall zwischen ihnen üblich geworden waren. Sie setzte sich mit Kaffee, Orangensaft und Müsli gegenüber an den Tisch und musterte dann mit erstauntem Blick Ninas ungewöhnlich mageres Frühstück. Als ihr schließlich auch noch Ninas Augenringe auffielen, pfiff sie anerkennend durch die Zähne: „Harte Nacht?"

„Halb so wild", grummelte Nina vor sich hin.

Uta kicherte gut gelaunt: „Dann würde mich aber wirklich interessieren, wie wild aussieht. Aber ist doch wunderbar, wenn du die Gelegenheit hier ein wenig nützt, um dich etwas zu amüsieren. Ich habe leider absolut keine Zeit. Es gibt sooo viel Material, dass ich mir beim besten Willen nicht vorstellen kann, wie ich das alles noch bewältigen soll."

Dummes Theater, dachte Nina und wünschte sich auf einmal sie hätte Ana doch mit hierher geschleppt. Aber so was ließ sich ja immer noch nachholen. Mal sehen, wenn Ana hier wie eine lüsterne Katze um den Tisch schlich, ob Uta nicht etwas von ihrem coolen Geschwätz im Hals stecken bliebe.

„Ey, hallo", Uta schnippte mit den Fingern vor ihrem Gesicht. Anscheinend war sie ein wenig abgedriftet. „Ich weiß, dass es ein wenig langweilig für dich sein muss. Aber es scheint, dass wir zu einem Abschluss kommen."

Nina fühlte sich plötzlich hellwach. „Abschluss, was heißt das? Wir haben doch noch gar keine konkreten Ergebnisse."

„Das sagst du." Uta ergriff ihre Hand. „Es scheint aber, dass die Prügel, die er von dir bezogen hat, doch einen gewissen Denkprozess in Herrn Puig ausgelöst haben. Er hat das Handtuch geworfen, wie mein Vater sagt."

„Aber was hat dein Vater plötzlich damit zu tun. Der Typ hat sich doch überhaupt nicht geregt. Immer das Gleiche, Kike und ich wir waren jeden Tag dran."

„Schon, aber er hat meinen Vater direkt angerufen, was ab einer gewissen Summe auch völlig richtig ist."

„Und was ist die richtige Summe?"

„Puig erhält von uns insgesamt 200.000 Euro für die beiden Bilder, zusätzliche Informationen hat er bereits meinem Vater geschickt. Er ist in Zukunft als Zwischenhändler völlig raus. Wir machen jetzt alles direkt."

„Und das war's. Das ist alles?"

Uta schien ihre Enttäuschung zu bemerken, denn sie fuhr gleich beruhigend fort: „Natürlich nicht. Ich werde vielleicht noch eine Woche hier in der Bibliothek sein können. Irgendwann werde ich dieses Dorf aufsuchen und gehe davon aus, dass du mich dabei begleitest als Dolmetscherin, Beschützerin und natürlich auch als Freundin. Kike werden wir aber ab sofort nicht mehr benötigen, da wir die Überwachung von Puig einstellen. Wir werden ihm aber eine angemessene Prämie bezahlen, da er wirklich gut gearbeitet hat. Ganz besonders wichtig ist aber das Geld. Puig will es cash und du wirst es ihm übergeben."

„Ich? 200.000 Euro? Und wann genau soll das sein?"

„Heute Abend, wenn alles glatt geht, um 22 Uhr in Puigs Wohnung."

Eine Nacht, Sex and Drugs und schon überschlugen sich die Ereignisse, und sie hatte eine Matschbirne wie ein Softeis. „Ich soll mit 200.000 Euro nachts durchs Raval rennen? Und wo haben wir denn eigentlich plötzlich die Kohle her?"

„Du sollst nicht durchs Raval rennen. Du nimmst von hier ein Taxi zu Puigs Wohnung, gibst ihm das Geld und lässt ihn einen Vertrag unterschreiben. Eine halbe Stunde, wenn es lange dauert. Das Geld bringt heute Nachmittag Herr Hentze, das ist der Securitymann bei Hofstedter. Er kommt direkt aus Frankfurt. Dann warte ich auf letzte Anweisungen von meinem Vater. Wenn wir grünes Licht bekommen, gehst du los und hinterher machen wir eine Flasche Champagner auf."

„Und warum bringt nicht euer Securitymensch, dieser Hentze da, die Kohle zu Puig. Der bringt's ja schon aus Frankfurt. Na ja, und ist euer Mann."

„Das ist theoretisch richtig", seufzte Uta. „Aber Hentze - er sieht es nicht ungern, wenn man ihn Dirty Harry nennt - hat gleich mehrere Handicaps. Er ist sicher recht kräftig und zuverlässig, aber nicht besonders helle, seine Englischkenntnisse sind so rudimentär, dass ich froh bin, wenn er es mit dem Taxi bis hierher ins Hotel schafft. Das schlimmste aber, er ist ein übler mit Testosteron aufgeblasener Macho. Heißt, er und Puig in einem Zimmer... dumpfe Brunftschreie. Puig hat sicher Schläge verdient, aber jetzt muss er einen Vertrag unterschreiben. Da brauchen wir jemanden wie dich, selbstsicher, energisch aber eben auch Frau und deshalb diplomatisch."

„Hmm", brummte Nina. Die Idee mit den 200.000 Euro gefiel ihr zwar immer noch nicht; andererseits war es aber auch ein Vertauensbeweis. „Und wie soll das konkret ablaufen? Soll ich diesen Hentze am Flughafen abholen?"

„Mit Hentze brauchst du dich nicht zu belasten. Die letzte Entscheidung trifft wie gesagt mein Vater, wenn er von Puig alles hat, was zugesagt wurde. Du hast fast den ganzen Tag für dich. Du kannst vielleicht schon mal mit Kike abrechnen. Falls du nichts anderes hörst, kommst du einfach so gegen 21.30 in mein Zimmer, nimmst das Geld und bringst es zu Puig. Und hinterher feiern wir ein wenig - natürlich ohne Hentze. OK?"

Natürlich war das OK. Das würde ihr vor allem reichlich Gelegenheit geben mit einigen Stunden Schlaf ihren Kopf wieder klar zu bekommen. Dass Kikes Auftrag beendet wurde, tat ihr leid; der Junge konnte das Geld wirklich gebrauchen, aber irgendwie war ja von vorneherein klar gewesen, dass solche Dinge nicht für ewig sind.

Sie brachte also Uta erst mal zur Bibliothek. Zurück im Hotel verabredete sie sich mit Kike zum Mittagessen, hängte dann das „Don't Disturb" Schild an die Tür, machte es sich erleichtert auf ihrem breiten Bett bequem und schlief sofort ein. Als sie nach nahezu vier Stunden von ihrem Handy geweckt wurde, fühlte sie sich fast schon wie ein neuer Mensch. Kopfschmerzen und Übelkeit waren einem gesunden Hunger gewichen. Dieses Mal duschte sie warm und äußerst ausgiebig. Sie liebte diese luxuriösen Hotelduschen, wo man nach Herzenslust heißes Wasser verschwenden konnte, ohne sich um Energiekosten zu sorgen, mit flauschigen Handtüchern und Bademänteln. Und das allerbeste war, man musste sich absolut keine Gedanken machen, wie man all diese Glasflächen, Spiegel, Fließen und Metallteile wieder fleckenlos sauber bekam. Ein wahres Heer unsichtbarer Helfer kümmerte sich darum, während man sich anderswo angenehm die Zeit vertrieb. Wenn sie da an ihre lausige Bude in Marzahn dachte, mäßig Wasser und abgegriffene Handtücher, das alles im runtergekommenen DDR-Schick.

Da sie schon mal dabei war, sich zu verwöhnen schleppte sie Kike anschließend in ein anständiges Restaurant und spendierte ihm ein gigantische Entrecot. Kike war von der Nachricht vom Ende ihrer Mission deutlich mitgenommen. Es war klar, dass er das Geld gut gebrauchen konnte, aber vor allem schien er jetzt schon die Spionagespiele, die „Action" mit Nina zu vermissen. Er war deshalb auch sofort bereit Nina am Abend bei der Geldübergabe zu begleiten. Das entsprach zwar keinesfalls Uta's Vorstellungen von Diskretion aber ein wenig Rückendeckung konnte nie schaden.

Nachdem sie sich von Kike verabschiedet hatte, war sie trotz des Weins immer noch total überdreht. Geldübergabe bei Nacht und Nebel, der erfolgreiche Abschluss ihres ersten Auslandseinsatzes, Siegesfeier und so weiter. Sie überlegte kurz, ob sie die Maschinen im Fitness Center etwas bearbeiten sollte, aber irgendwie stand ihr der Kopf deutlich nach menschlichem Kontakt, Gelaber. Kike war aber zur Arbeit, Uta in der Bibliothek oder mit diesem Hentze beschäftigt. Automatisch fiel ihr Ana ein.

Das heißt, wahrscheinlich hatte sie Ana latent seit ihrem überstürzten Aufbruch am frühen Morgen im Kopf, und hatte jetzt nur schnell die Alternativen abgehakt.

Dummerweise hatte sie von Ana keine Telefonnummer. So was tauscht man ja nicht zwangsläufig aus, selbst wenn aus dem geplanten One-Night- ein Two-Night-Stand wird. Allerdings wusste sie, dass Ana nachmittags in einem dieser Gothic Läden in der Carrer dels Tallers arbeitete, und so lang war Tallers auch wieder nicht. Zufrieden beschleunigte sie ihren Gang; der kleine Fußmarsch wäre genau das Richtige um das Entrecote in ihrem Magen anzugehen.

In der Tallers gab es nicht wenige Punk, Retro und Gothic-Läden, aber bereits im dritten sah sie weiter hinter eine große schwarz gekleidete Gestalt mit einer Kundin reden. Die Rosen auf dem einen Oberarm waren eindeutig. Nachdem die Kundin auf eigene Faust weiterstöberte, drehte Ana sich um, und da war wieder dieses ultrabreite Lächeln, dieses Strahlen. Und dann hing sie ihr am Hals und zwei Hände begrabschten sie mit kaum verhohlenen lüsternen Absichten.

„Ich hab schon gedacht, ich seh' dich nie wieder. Du warst einfach weg heute Morgen."

„Ich musste zur Arbeit. War wirklich wichtig, sonst wär ich nie rausgekommen. Du hast geschlafen wie eine Leiche. Ich hätte dich angerufen, hatte aber keine Nummer gar nichts." Sie zuckte mit den Achseln und grinste. „Aber schließlich bin ich ja auch ein wenig Detektiv, und so hab ich dich eben aufgestöbert. Weißt du... , es ist nur wegen heute Abend, wir haben irgendwie eine wichtige Operation und da wollte ich nicht..."

„Dass ich auf die warte?"

„Ja, so ähnlich. Ich wollte wahrscheinlich nicht, dass du denkst, dass ich einfach so verschwinde, wie heute Morgen."

„Moment." Entschuldigte sich Ana und entschwand zur Kasse. Nachdem sie dort eine Kundin bedient hatte, kam sie wieder zurück. „Sorry, aber ich bin allein heute. Aber ich find's toll, dass du gekommen bist. Du kannst mich morgen anrufen, oder auch heute Nacht, wie du willst."

Sie tauschten schließlich ihre Nummern und Nina trollte sich ins Hotel. Einerseits hatte sie das kurze Treffen mit Ana mit einem weiteren Adrenalinschub versorgt, andererseits war ihr total unklar, was sie da in Bewegung setzte. „Scheiß drauf", sagte sie sich. Man lebte nur einmal. Heute Nacht ging die Mission zu Ende. Dann vielleicht eine neue Reise mit Uta oder wieder Berlin, oder auch eine Zeit lang Barcelona. Warum nicht?

Um sich wieder etwas auf Normalniveau zu bringen, verbrachte sie den Rest des Nachmittags im Fitness Center des Hotels, die letzte halbe Stunde auf dem Laufband. Obwohl sie sich dabei gut verausgabte, war sie hinterher immer noch unruhig und nervös. Anschließend zappte sie lustlos durch die Kanäle und blieb schließlich bei einem mittelschlechten Actionfilm hängen. Gegen neun begann sie dann langsam sich fertig zu machen. Sie entschied sich für schnelle leichte Schuhe, Jeans und ein Jackett. Dummerweise konnte sie ihren Nietengürtel nicht finden. Vielleicht hatte sie ihn bei Ana vergessen, oder ein diebisches Zimmermädchen hatte ihn mitgehen lassen. Aber, wenn es wirklich dazu kommen sollte, würde sie mit Puig auch so fertig werden.

Zwanzig nach neun klopfte sie einsatzbereit bei Uta. Die empfing sie herzlich und ebenfalls leicht aufgeregt. Von dem Securitymenschen war nichts zu sehen. Das Geld befand sich in einem schwarzen Aktenkoffer, wie sie das schon in tausend Filmen gesehen hatte. Uta hatte außerdem eine Quittung vorbereitet und sie sollte darauf achten, dass Puig neben seiner Unterschrift auch die korrekte Nummer seines Ausweises eintrug.

Nachdem alles geklärt war, begleitete Uta sie noch nach unten und verabschiedete sich von ihr mit einer herzlichen Umarmung neben einem Taxi. „Also, viel Glück. Lass dich auf keinen Streit oder lange Diskussionen ein. Er nimmt das Geld, unterschreibt und du kommst umgehend zurück. Der Champagner wartet schon."

Als das Taxi ein Stück gefahren war, sah sie wie sich ein Moto an sie hängte, der Fahrer grüßte leicht mit der Linken. Auf Kike war einfach Verlass. Während sie dann vor Puigs Haus den Taxifahrer bezahlte, öffnete Kike schon mal in gewohnter Weise die Haustür. Sie klingelte trotzdem und ging dann direkt hoch, während Kike auf der Straße auf sie wartete.

Oben klingelte sie noch einmal. Es rührte sich nichts, sie wartete und klingelte wieder. Vielleicht hatte er es sich plötzlich anders überlegt, wollte mehr Geld oder bessere Konditionen. Irgendwie schien die Siegesfeier ins Wasser zu fallen. Als sie sich wartend an die Tür lehnte, ging die plötzlich auf und ein gefaltetes Stück Karton fiel zu Boden. Anscheinend hatte es jemand in die Tür geklemmt, damit diese nicht richtig schloss. Seltsam. Vielleicht hatte Puig seine Schlüssel verlegt und war kurz nach unten gegangen, um noch ein paar Besorgungen zu machen. Etwas leichtsinnig, außerdem geht man ja nicht schnell noch ein Sixpack kaufen, wenn man auf 200.000 Euro wartet.

Sie ging langsam in die Wohnung. Alles war hell erleuchtet. „Hola, ich bin hier von Hofstedter", rief sie. Keine Antwort. Sie rief nochmal und ging weiter. In der Küche war niemand. Das Wohnzimmer... Verdammte Scheiße!

Es sah aus wie ein Schlachtfeld Ein Sessel und ein Bücherregal waren umgestürzt Puig lag auf dem Boden und rührte sich nicht. Sie ging zu ihm, konzentrierte sich aber sofort darauf nichts anzufassen. Er hatte gut Schläge bezogen und war offensichtlich tot. Zwei Finger seiner rechten Hand standen seltsam ab. Gebrochen. Man hatte ihn ein wenig gefoltert, und schließlich erwürgt... mit ihrem Nietengürtel! Instinktiv wollte sie ihren Gürtel an sich nehmen und das Weite suchen. Denn es war klar, dass man ihr die Geschichte anhängen wollte. Eine Woge aus Enttäuschung und Wut überfluteten sie, als ihr richtig klar wurde, wer sie da reingelegt hatte. Uta, die kleine unschuldige Intellektuellenschlampe, hatte ihren Gürtel geklaut und dann Puig erledigen lassen. Natürlich lassen, diese Leute machen ja nichts selbst. Dafür hatte sie ja sicher diesen Securitytypen, diesen Dirty Harry. Den und Nina, die dussliche Kuh, den Sündenbock. Sie fühlte kurz Puigs Halsschlagader: tot aber noch warm.

Der Rekorder! Mit ein wenig Glück war der Mord ja aufgezeichnet worden. Sie lief zum Treppenhaus, riss das Fenster auf und fingerte hinter dem Abwasserrohr. Natürlich war der Rekorder weg. Uta! Sie hatte so eine Wut, dass sie sich beherrschen musste mit ihrer Faust nicht das Fenster zu zerschlagen. Was hatte die Schlampe für ein Interesse geheuchelt und war hier mit hochgeschlichen. Klar, die wollte nur wissen, wo der Rekorder war. Damals alles schon klar. Dann Operation Payback im Kentucky. Nina hätte ihm überall aufs Maul gehauen, wär einfacher gewesen, aber irgendwie hatte Uta den Plan in Richtung Kneipe gelenkt. Jetzt gab's Zeugen für ihr inniges Verhältnis; die Leiche im Wohnzimmer war ja nur die logische Konsequenz von der Nummer im Kentucky. So eine Scheiße. Und sie war so blöd, so blöd.

Von unten kamen mehrere Personen in Stiefeln die Treppe hochgelaufen. Die Bullen. Wahrscheinlich wurde jetzt von ihr erwartet, dass sie mit ihrem Gürtel über die Dächer floh. Sozusagen als Eingeständnis ihrer Schuld. Sie war zwar blöd, hatte aber zum Glück noch nicht den letzten Rest Verstand verloren. Also rief sie nach unten: „Hilfe, Hilfe Polizei!" Das hörte sich zwar auch saublöd an. Aber sie wollte hier ja nicht als mutmaßlicher Mörder erschossen werden. Könnte ja Uta's Plan B sein. Danach stellte sie sich gut sichtbar hin und hob ihre Hände auf Schulterhöhe.

13

Die ganze Geschichte war mehr als ärgerlich, und so war ihr letzten Endes nichts anderes übrig geblieben, als die Sache selbst in die Hand zu nehmen. Nina - das naive Kind! - tat immer so selbstsicher, wusste immer alles besser. Bei den wichtigen Entscheidungen des Lebens aber, wie zum Beispiel Partner- oder Berufswahl, folgte ein Desaster dem anderen. Wie konnte ein halbwegs intelligenter Mensch, jemand, der auch nur über rudimentäre Menschenkenntnis verfügte, für so einen öligen Schleimlappen wie diesen Wiegand arbeiten?

Isabel hatte ihm deutlich die Meinung gesagt. Aber was nützte das schon? Es war, als ob man in der Badewanne ein Stück Seife einfangen wollte. Otto Glitschig aus der Tube! Nina habe wieder einmal alles ruiniert, den wichtigsten Kunden von WASP, das ach so bedeutende Kunsthaus Hofstedter, in einen schrecklichen Skandal verwickelt. Gar einen Geschäftspartner von Hofstedter erschlagen. Jetzt sei sie in Barcelona in Haft, und wenn es nach ihm ginge, könne sie dort verrotten. Er habe sich schon mit seinen Anwälten beraten, ob eine Anzeige wegen geschäftsschädlichem Verhalten Sinn mache. Aber nach diesem Skandal mit Hinterzartner könne er es sich nicht erlauben seine Firma schon wieder auf der Titelseite von Bild zu sehen.

Bei dem ganzen Gezeter ging es natürlich darum, sich die Anwaltskosten im Ausland zu sparen, möglicherweise auch noch dem Prestigekunden Hofstedter ein wenig in den Arsch zu kriechen. Nina war bei ihrer Arbeit für WASP in Schwierigkeiten gekommen; dass sie jemanden umgebracht hatte, war absoluter Quatsch. Aber ihr sauberer Chef trat sofort den Rückzug an, warf sie den Wölfen zum Fraß vor. Ach ja, er rief noch kurz die Mutter an, sie möge sich doch bitte um ihre Tochter kümmern. Vielleicht rief ja demnächst auch der Verteidigungsminister die Mütter verwundeter und gefallener Soldaten an, um ihnen mitzuteilen, wo sie die sterblichen Überreste abholen könnten. Ist ja schließlich das, was man von Müttern erwartet.

Das ungefähr hatte sie ihm gesagt, allerdings nicht ohne ihn noch mit einigen äußerst derben Schimpfworten zu beleidigen. Davon abgesehen, dass Beleidigungen immer ein wenig befreien, hatten sie an der Situation natürlich nichts geändert. Nina saß im Knast, und der, der sie dahin geschickt hatte, machte auf Pontius Pilatus und wusch seine Hände in Unschuld. Also hatte sie getan, was Mütter in solchen Situationen tun: sie hatte ihre Koffer gepackt und einen Flug nach Barcelona gebucht. Damit nicht genug hatte sie das Anwaltsbüro Sánchez & Herrera angerufen. Da sie ihr seit Jahren mit dem Nachlass des Alten auf die Nerven gingen, konnten sie vielleicht endlich mal was Vernünftiges für ihr Geld tun. Und tatsächlich war Herr Ignacio Herrera auf Strafrecht spezialisiert und auch sofort bereit gewesen den Fall zu übernehmen. Isabel hatte ihm deutlich gemacht, dass sie absolut keine Lust hatte ihre Tochter im Gefängnis zu besuchen, sondern erwarte diese auf freiem Fuß anzutreffen, wenn sie in zwei, drei Tagen in Barcelona eintreffe.

Von der Raben- zur Löwenmutter. Der Gedanke gefiel ihr nicht schlecht. Sie hatte sich im Laufe ihres nicht gerade unkomplizierten Lebens mehr als genug dummes Geschwätz bezüglich ihrer fehlenden mütterlichen Qualitäten anhören müssen. Und das oft genug von solch hohlen, selbstgerechten Tussen, die sich für wahre Vorbilder mütterlicher Selbstaufopferung hielten, wenn sie ihre Sprösslinge regelmäßig in den Kindergarten oder zum Sport brachten. Der Gipfel aller Notfälle, ein verschluckter Knopf. „Da habe ich sofort alles stehen und liegen lassen, und habe Annemarie zum Arzt gebracht." Was hatte die gute Susanne denn bitte stehen und liegen lassen? Das Essen auf dem Herd? Schöner Wohnen auf dem Couchtisch? Die wilden Abenteuer deutscher Mütter aus besseren Kreisen. Little boxes on the hillside. Desperate Housewives in Dossenheim.

Aber sie hatte nie jemanden kritisiert, lediglich manchmal ein klein wenig Respekt erwartet. Ihre Situation war nie so bequem und unkompliziert gewesen. Sie konnte nicht einfach alles stehen und liegen lassen und schnell um die Ecke zum Onkel Doktor laufen. Nein, sie musste eine Vertretung für ihr Geschäft organisieren, einen Flug buchen und ihre Tochter in Barcelona aus dem Gefängnis holen, wo diese wegen Totschlags einsaß. Das war doch ganz ohne Zweifel ein ganz klein wenig komplizierter als ein verschluckter Knopf.

Jetzt saß sie schon eine knappe Stunde im Flugzeug und hätte gerne eine Zigarette geraucht, während all die Erinnerungen wieder hochkamen. Erinnerungen an die Strecke, an Barcelona, an Spanien; alles war wie in einem Netz aus alten Spinnweben verwoben. Weit unten waren die Alpen zu sehen, idyllisch von hier oben. Und alles zog so schnell vorbei. Früher war sie mit dem Europabus die ganze Nacht durchgefahren. Man konnte sogar im Bus rauchen. Geradezu unglaublich heute. Leider kein Haschisch. Sie hatte sich noch nicht mal einen kleinen Joint auf den Parkplätzen genehmigt. War ja nur logisch, wenn man den Koffer voll mit Amphetas hatte. Bustaid, Dexedrina, Centramina, Minilip und wie die guten Dinge alle so hießen. Manche fuhren runter zum Moro, holten Haschisch und wurden irgendwann mal damit geschnappt, landeten in irgendeinem Knast in Spanien, Frankreich oder Deutschland. Sie dagegen fuhren nur bis nach Barcelona, kauften dort alles ganz legal und dann zurück. Günther hatte es wirklich gut organisiert. Hatte ein paar Leute, die das ganze Material nach und nach aufkauften, und wenn sie dann ankam, war der Koffer schnell gefüllt. Auch die Rückfahrt war hervorragend organisiert. Sie gaben einfach einen zweiten identischen Koffer mit Damenwäsche mit. Tja und wenn man sie denn wirklich mal an der deutschen Grenze mit den Amfetas kontrolliert hätte. Oh mein Gott, das ist ja gar nicht mein Koffer. Da schauen wir doch mal nach, liebe Frau. Und dann wäre der andere aufgetaucht, ganz sauber und legal. Wer weiß, wer diese ganzen Drogen mitgegeben hat. War aber nie nötig gewesen. Sie sah immer wie eine elegante Spanierin aus. Natürlich musste jeder Hippielook vermieden werden. War nicht schwer.

Ja, sie war diese Strecke oft gefahren. Nervenkitzel. Hatte immer gutes Geld gebracht. Bevor das dann vom H schneller aufgebraucht wurde, als man Amfetas beischaffen konnte. Bevor eben alles vor die Hunde ging. Dann war sie lange nicht mehr runtergefahren. Amfetas waren aus der Mode gekommen, alles drehte sich um H. Damit blieb auch Barcelona außen vor. Kleine Junkiewelten, ein schwarzes Loch, das immer enger wird, sich selbst aufsaugt, oder so ähnlich. Auf jeden Fall schwarz und immer enger. Man sitzt zu Hause wie in einer dunklen Höhle oder streift durch die Szene auf der Jagd nach Kohle, H oder irgendeinem Substitut.

In den Europabus war sie erst wieder 85 gestiegen, als Günther sich den goldenen Schuss gesetzt hatte und die letzten Dämme dem Druck nachzugeben drohten. Nina warf ihr das immer noch vor. Das war ihr klar, auch wenn es praktisch nie ausgesprochen wurde. Wahrscheinlich hatte kaum jemand Verständnis dafür. Junkienutte parkt ihr Kind beim Psychoopa in Spanien ab, damit sie's so richtig abgehen lassen kann. Männer durften das natürlich, machten es mehr oder weniger regelmäßig. „Was schert mich Weib, was schert mich Kind, lass sie betteln gehen, wenn sie hungrig sind", hatte ihr Günther mal großkotzig vorgetragen. Das kannte er noch aus der Schule. Bei ihr hatte sich der Spruch auch eingegraben, eingebrannt irgendwo ins Gehirn. Sie hatte dutzende Typen von dieser Sorte kennen gelernt, die Szene wimmelte damals geradezu davon. Aber als Mutter kam man damit natürlich nicht durch. Rabenmutter.

Dabei konnte sich überhaupt niemand vorstellen, was dazu gehörte, nach 16 Jahren bei dem Alten aufzukreuzen. Weil ihn niemand kannte, weil niemand, aber auch gar niemand auch nur die allergeringste Ahnung hatte, wie es dort war in der einsamen Masia. Sie hatte sich irgendwann geschworen nie mehr, unter keinen Umständen jemals wieder dahin zurückzukehren. Und dann hatte sie zu Kreuze kriechen müssen bei dem Alten. Das war sicher das Schlimmste gewesen. Vor der Tür zu stehen. Die verlorene Tochter, die Missratene, die Nutte kehrt mit ihrem Balg zurück. Eigentlich hatte sie nur auf ein böses Wort gewartet, auf irgendeinen Vorwand, sich umzudrehen und zu gehen, stolz weggehen. Sie hätte nicht gestritten, nur umgedreht und gegangen.

Aber er hatte nichts gesagt. Er hatte einige Minuten gebraucht, hatte Nina lange angesehen. Dann hatte er sie mit einer Kopfbewegung ins Haus gewunken, war vor Nina in die Knie gegangen und gesagt „Hola Nina, encantado conocerte por fin." Und Nina, die ja wirklich nicht immer ein Herzchen war, hatte ihm zwei besos gegeben.

So wickelte man böse, alte Männer um den Finger. OK, die Küsschen waren natürlich nicht ganz spontan. Dazu hatte sie Nina vorher explizit instruiert und sogar geprobt, und mehr als einmal. Wenn der Abi dich freundlich begrüßt, gibst du ihm zwei Küsschen. Aber wenn er mich nicht begrüßt, hatte Nina gefragt. Dann ist er immer noch der böse Mann von früher und wir lassen ihn dort einfach stehen, in seinem großen, alten Haus. Wir werden nie mehr ein Wort mit ihm sprechen. Aber das ist unser Geheimnis. Man könnte also sagen, dass sie es gemeinsam durchgezogen hatten. Ihre Strategie und der Charme eines unschuldigen Kindes.

Aber er hatte sich auch geändert. Ein wenig zumindest. Unter der kalten, harten Oberfläche war er müde und vielleicht auch ein wenig weise geworden. Es war ihr nach dem Essen klar geworden. Manolo hatte gekocht, Estofado. An was man sich noch so erinnern konnte, nach all den Jahren. Nina war fast am Tisch eingeschlafen. Da hatten sie sie ins Bett gebracht und Manolo hatte sich verständnisvoll zurückgezogen. Sie waren allein, in der großen dunklen Küche. Auf dem schweren Holztisch standen nur noch die Weinflasche und ihre zwei Gläser. Und natürlich der Aschenbecher, sie musste manisch geraucht haben. Der Alte rauchte auch aber mäßig, immer noch seine Ducados.

Aber sie hatte Entzug, war hypernervös, schwitzte. Und er sah sie nur an mit seinen eiskalten hellblauen Augen.

„Ich nehme mal an, dass es größere Probleme gibt, wenn du hier nach all den Jahren plötzlich mit deiner Kleinen auftauchst", sagte er schließlich, als sie sich gerade eine neue Zigarette ansteckte.

„Wegen mir wäre ich nie gekommen; ich denke, das weißt du. Aber Nina braucht einen sicheren Platz. Günther ist tot und ich bin krank. Wenn es so weitergeht, nehmen sie sie mir weg. Wie gesagt, für mich will ich nichts, absolut nichts. Aber trotzdem schuldest du mir was."

„Ich schulde dir was?" Seine Augen waren wie zwei Stücke Eis. Er beobachtete sie mit einem gewissen Interesse, wie ein Wissenschaftler im Labor eine auffällige Ratte. „Und was soll das sein? Die Aussteuer deiner Mutter?"

„Nein, aber eine Kindheit vielleicht. Meine hast du ja in deinem Partisanenkrieg hier verheizt." Sie war wütend. Früher hatten sie diese Augen hypnotisiert, wie ein Kaninchen, das zitternd auf den Biss der Schlange wartet. Aber irgendwie war das alles lange vorbei, es war ihr scheißegal. Sie verschüttete zwar eine Menge Wein, als sie sich nachschenkte, aber das war der Turkey, nicht die Angst. Sie war eigentlich nur wütend, wenn sie an ihre Kindheit dachte.

Dann überraschte er sie völlig. Er stand auf, ging zu einem Schrank, kam mit einer Flasche Whisky und einem neuen Glas zurück. „Ich glaube, du brauchst was Stärkeres." Dann rief er nach Manolo, und als dieser kam, sagte er zu ihm. „Bring ihr etwas von deinem Gras". Er sagte aber nicht Gras oder Maria, sondern „Grifa", wie man die Sache vor 20, 30 Jahren genannt hatte. Und Manolo verschwand kurz und kam mit einer Tüte Maria zurück, die er vor ihr mit einer Packung Papier auf dem Tisch platzierte.

Waren der Alte und Igorr sein Faktotum jetzt ins Drogengeschäft eingestiegen? Bauten die hier die Berguedà-Connection auf? War ihr dann aber doch egal. Ihr Körper schrie nach Whisky, irgendetwas Hartem. Also schüttete sie sich erst mal ein Glas ein und kippte es. Nach einem Zweiten ging es ihr schon besser, und sie begann sich mit Manolos „Grifa" einen guten Joint zu drehen.

„Was ist hier passiert? Früher hast du mich eine Woche hier eingesperrt, weil ich ein wenig nach Tabak gerochen habe, und jetzt versorgst du mich mit Gras und Whisky, als ob das in jeder katalanischen Masia nach dem Essen auf den Tisch käme."

„Früher warst du ein Kind, und ich dachte, dass ich... Egal ich habe eben auch Fehler gemacht." Er machte eine kurze Pause. „Als Manolo hier ankam, war er heroinabhängig. Sehr. Passiert vielen Legionären. Alkohol, Tabletten, Heroin, Grifa. Ich weiß also, wie Süchtige aussehen, und ich weiß, wie sie wieder halbwegs normal werden. Manolo baut heute das Zeug hinter dem Haus an, es beruhigt ihn. Aber das und Wein ist alles. Sonst ist er sauber."

„Aber das ist nicht alles. Ich habe viele so wie dich gesehen. Im Krieg, wenn sie zurückkamen, das heißt, wenn nur noch ein paar zurückkamen. Wenn das Adrenalin verbraucht war. Ganz junge Kerle. Der Tod und das Grauen klebten an ihnen; man sah es an den Augen. Du erinnerst mich ein wenig an sie, und glaub mir, so sehen keine Sieger aus, noch nicht einmal Überlebende. Das sind Leichen auf Urlaub, die nur ein wenig Zeit gewonnen haben."

Viel später, als sie einmal an diese Szene dachte, an diesen Vergleich mit dem Krieg, kam ihr Eric Burdon, Sky Pilot in den Sinn: „In the morning they return. With tears in their eyes. The stench of death drifts up to the skies..." Das war ja ihre Musik gewesen, Vietnam, Drogen. How high can you fly? Damals hatte sie wie gesagt andere Probleme, aber heute dachte sie manchmal, dass es vielleicht ja wirklich egal war, ein Schützengraben bei Leningrad oder das Mekong Delta, oder eine Toilette in Mannheim. Jugend verbrennt sich. Man musste sich ja nur Nina ansehen, was für eine Selbstzerstörungskraft wohnte in diesem

Kind.

Sie hatte sich nur ihren Vater, den Alten, nie jung vorgestellt. Aber irgendwie war er ja gerade Anfang 20 gewesen damals in Russland. Als sich Günther den Goldenen Schuss setzte, war er sogar 10 Jahre älter. Der „Alte" war also viel jünger und wahrscheinlich auch viel dümmer gewesen, auf jeden Fall viel sturer. Katalane eben.

Trotz allem hatte er sich anscheinend etwas, ein klein wenig geändert. Er wartete, bis der Whisky und das Gras ihre beruhigende Wirkung taten. „Eine Kindheit also, und wie soll ich dir die zurückgeben?"

„Mir sollst du überhaupt nichts zurückgeben. Es geht um Nina. Ich kann sie nicht behalten. Ich bin krank, ich habe Schulden, Probleme ohne Ende. Wenn ich wieder auf die Beine komme, hole ich sie zurück, aber sie kann jetzt nicht bei mir bleiben in all dem Chaos. Das Jugendamt wird sie abholen."

„Und was soll sie hier? Manolo helfen die Schweine zu füttern, oder mit mir auf die Jagd gehen? Wir sind hier zwei alte Männer, und wir sind nicht beliebt im Dorf, wie du vielleicht noch weißt. Wir trinken unseren Wein, spielen ein wenig Domino. Ich weiß gar nicht, was Kinder machen, was sie essen, was sie anziehen. Aber vor allen Dingen, was ich absolut nicht verstehe, warum willst du sie ausgerechnet hierher bringen. Schließlich bist du hier weggelaufen; dir war alles lieber als hier."

„Das stimmt natürlich schon, oberflächlich betrachtet. Aber als Kind war es hier so schlecht nicht, meine Probleme gingen erst mit 12, 13 los, und ich hoffe bis dahin habe ich Nina längst wieder geholt. Außerdem weiß jeder, der nur ein bisschen was von Erziehung versteht, dass Großeltern völlig was anderes sind als Eltern. Wenn du sie nach Berga in die Schule bringst, - die Nonnen sind eigentlich ganz OK - ist sie nur am Abend und am Wochenende da. Und sie isst so ziemlich alles, und was sie anziehen möchte, wird sie dir schon sagen. Aber letzten Endes bist du im Moment alles, was sie außer mir an Familie hat. Wenn du denkst, dass sie bei einer deutschen Familie, die sich mit einem Pflegekind die Sozialhilfe aufbessert, besser dran ist, dann täuschst du dich gewaltig. Und wenn du die Unruhe fürchtest, die hier vielleicht in deine bequeme Routine einzieht, solltest du auch mal daran denken, dass sie auch alles ist, was du außer mir noch hast, und mich können wir ja getrost vergessen."

Damit war die Sache eigentlich erledigt. Whisky und Maria hatten sie angenehm entspannt und sie musste an sich halten, nicht sentimental zu werden. Familie! Sie und ihr Vater in Tränen und in den Armen, das hätte noch gefehlt. Sie besprachen noch zwei, drei praktische Dinge, dann nahm sie eine Decke und legte sich im Salon auf dem Sofa schlafen. Er hielt sie nicht davon ab. Am nächsten Morgen war er schon in der Küche und gab ihr einen Kaffee. Sie sprachen nur ein paar Worte und dann ging sie, ohne sich von Nina zu verabschieden. Es war besser so. Hit the road Jack and don't you come back no more, no more.

Die gesamte Operation war eigentlich ein Geniestreich gewesen. Und was hatte sie Prügel dafür bezogen, von Bekannten - die lieben, sensiblen Alternativen - und natürlich vor allem von Nina. Welche Mutter lässt ihr Kind einfach so bei einem alten Faschisten zurück? Dort von wo sie selbst einst abgehauen war. Dabei wusste doch jeder Idiot, der sich ein wenig mit Erziehung beschäftigte, dass Großeltern weicher werden. Bei ihren Enkeln schmelzen sie dahin. Ganze Legionen in Ungnade gefallener Söhne und Töchter hatten sich auf diese Weise doch noch ihr Erbe gesichert. Aus ihrer Ibiza-Zeit erinnerte sie sich mindestens an ein halbes Dutzend. Zum Beispiel Ulrike die falsche Schlange, immer eine der radikalsten Feministinnen. Die Monogamie ist der Kannibalismus unserer Zeit, und was noch alles an endlosem Scheißgelabere. Aber als die Zeiten dann härter wurden und so manch einer merkte, dass eine Krankenversicherung doch nicht ganz des Teufels war, da hatte sie ihre Bälger geschrubbt und Opi und Omi - beide erfolgreiche Ärzte, um diese kleine Detail nicht ganz zu vergessen - vorgeführt. Die waren so gerührt, dass Ulrike bald eine großzügige Eigentumswohnung beziehen konnte - irgendwo mussten die süßen Kleinen ja wohnen -, ein flottes Auto fuhr - irgendwie mussten die Kleinen ja zur Schule kommen - und eine schicke Boutique eröffnete - irgendwie musste die Hippiemutter ja ins bürgerliche Leben zurückgeholt werden.

Heidelberg war voll von solchen Fällen, und erst die Toskana. Wahrscheinlich hatte die Hälfte aller Deutschen dort ihre stilvollen Landhäuser durch die Vorführung eines Enkels erworben, zumindest die letzen Hypotheken damit abbezahlt. Sie hatte absolut nichts dagegen; einige ihrer besten Freundinnen waren darunter. Aber warum musste sie sich dann diese Vorwürfe anhören? War sie hinter dem Geld des Alten her gewesen? Sie hätte es ihm vor die Füße geworfen. Trotzdem hatte sie ihren Stolz beugen müssen, war zu Kreuze gekrochen, hatte sich das eigene Kind, das sie natürlich innig liebte, obwohl es anscheinend niemand glaubte, vom Herzen gerissen.

Man musste manchmal einfach Entscheidungen treffen und dann dabei bleiben, auch wenn es wehtat und unpopulär war. Aber das hatten diese deutschen Mädchen noch nie verstanden. Sie hielten sich ja schon für Superfeministinnen, wenn sie ihre Männer dazu brachten, sich beim Pinkeln hinzusetzen. Trotzdem waren die Männer immer da, wenn Frau sie brauchte. Früher stand Papa im Hintergrund, immer bereit dem Töchterchen unter die Arme zu greifen. Später waren es dann die gut dressierten Ehemänner, die brav das Geld ablieferten. Oft nach der Scheidung noch für Jahrzehnte zahlten. Und wenn alles nichts half, dann blieb immer noch der verachtete Sozialstaat. Stipendien, Umschulungen, Mutter Kind, Sozialhilfe, Harz IV und was noch alles. Davon konnten spanische Frauen nicht einmal träumen.

Keine von denen hätte damals auch nur eine Woche auf dem Strich in Barcelona überlebt. Da laberten sie Abende lang - bei einem guten Wein selbstverständlich - über Gewalt gegen Frauen. Dabei war ein Klaps von Papi wahrscheinlich der härteste körperliche Gewaltakt, den sie je am eigenen Leib erfahren hatten. Ulrike kannte sogar persönlich (!) eine, die einmal vergewaltigt worden war. Musste jahrelang in Therapie. Da hätte sie mit anderen Geschichten aushelfen können. Aber so dumm war sie auch nicht, hatte sich zum Glück immer beherrschen können. Bei diesen Hühnern war man mit einer Vergewaltigung ein tragisches Opfer, bei mehreren dagegen wahrscheinlich doch irgendwie selbst schuld, eine Nutte eben. Natürlich wären sie immer voll scheinheiliger Sympathie gewesen, aber untereinander hätten sie doch ein wenig den Kopf geschüttelt. Scheinheilige Schlangen, dasselbe falsche Verständnis heuchelten sie, wenn die Rede darauf kam, dass sie Nina ein paar Jahre bei ihrem Opa gelassen hatte.

Seit einiger Zeit hatte sie die Geschichte deshalb ein wenig überarbeitet. Wenn sie Leute nicht wirklich persönlich damals vor 30 Jahren gekannt hatten, erzählte sie am besten gar nichts, oder einfach, dass Nina ein paar Jahre auf eine spanische Privatschule gegangen sei, Zweisprachigkeit, kulturelle Wurzeln, enge Bindung an ihre Familie und so weiter den ganzen progressiven verlogenen Sermon eben. Kam immer super an.

Leider half dies alles bei Nina absolut nichts. Wenn sie auch so gut wie nie darüber sprachen, war doch einfach klar, dass ihr Nina die Sache bis heute nicht verziehen hatte. Dabei war sie mit dem Alten glänzend ausgekommen, viel besser noch als sie sich das je vorgestellt hatte. Nina hatte ihren Abi geliebt, vergöttert. Was für ein Theater, als sie sie dann wieder nach Deutschland geholt hatte. War natürlich auch so eine Art Bestrafung.

14

Was für ein Getümmel! Man hatte ihr zwar schon oft erzählt, dass sich Barcelona seit der Olympiade gewaltig verändert hatte, was sich aber hier am Flughafen abspielte, übertraf ihre wildesten Fantasien, besser gesagt ihre Albträume, um Längen. Horden völlig entfesselter Touristen. Rosige Engländer, geschmacklos gekleidete Deutsche mit noch schrecklicherem Haarschnitt - vorne kurz, hinten lang -, picklige Teenager, die verzweifelt versuchten ihre Unsicherheit mit einem Übermaß an Tätowierungen und Piercings zu verdecken, schreiende Kinder und überforderte Eltern. Die Italiener waren zwar in der Regel viel besser gekleidet als die Deutschen, machten dies aber in der Regel durch lautstarkes Gekreische wieder wett. An der Gepäckausgabe kamen dann noch einige große Gruppen Japaner hinzu, die weder durch Kleidung noch durch Geschrei unangenehm auffielen, dafür aber so verzückt in die Gegend starrten, dass sich Isabel allen Ernstes fragte, was sie sich denn eingebaut hatten.

Die Situation wurde aber noch deutlich schlimmer, als sie sich endlich mit ihrem Koffer zur Vorhalle durchgekämpft hatte. Massen an Abholern drängten sich hinter der Absperrung, Reiseführer suchten verzweifelt ihre Schäfchen. All die Scheußlichkeiten, die sie im Fernsehen über Lloret de Mar, Benidorm und ähnliche Plätze gesehen hatte, schienen auch auf Barcelona übergegriffen zu haben. Sie hätte es nie für möglich gehalten und fragte sich, was diese Massen eigentlich vorhatten: Hunderttausend stehen Schlange vor der Sagrada Familia, trinken danach einen ruhigen Wermut auf der Plaza Real und schlendern dann noch entspannt die Ramblas hoch? Konnte ja wohl kaum sein. Sie verspürte das immense Bedürfnis auf dem Absatz kehrt zu machen und in ihr verschnarchtes Heidelberg zurückzukehren, dessen touristenverseuchtes Zentrum sie seit Jahren nicht aufgesucht hatte.

Während sie noch darüber nachdachte, wie man in diesem Chaos wohl ein Taxi auftreiben könnte, verdeckte ihr plötzlich von hinten jemand mit den Händen die Augen. Und dann hing ihr Nina am Hals.

„Mama! Du bist tatsächlich gekommen."

Isabel hasste zugegebenermaßen recht viele Dinge, aber Mama, Mutti oder Mutter rangierten dabei ziemlich weit oben. Zum Glück gehörten diese Worte auch nicht gerade zu Ninas Aktivwortschatz. Aber heute - das Kind hatte ja richtig feuchte Augen - wollte sie mal ausnahmsweise darüber hinwegsehen. Nina hatte sie hochgehoben und schwenkte sie vergnügt durch die Luft. Diese Gefühlsausbrüche war sie tatsächlich nicht gewohnt, aber irgendwie war sie doch gerührt, und sie hatte auch nichts dagegen, wenn sie der halbe Flughafen für ein frisch verliebtes Lesbenpaar hielt. Für die übliche Mutter-Tochter-Umarmung war die Szene einfach etwas zu wild, und sie war sich sicher, dass sie durchaus als die zwar etwas ältere aber dafür auch elegantere und erfahrenere Partnerin ihrer Tochter durchgehen würde. Es gab Schlimmeres.

Nina kümmerte sich um ihren Koffer und bahnte ihnen zielsicher einen Weg durchs Gewühl. Vor dem Gebäude stellten sie sich dann in einer scheinbar endlosen Schlange von Touristen an, die mehr oder weniger enthusiastisch auf ein Taxi warteten.

„Wie kommt es, dass du schon wieder draußen bist und mich hier am Flughafen abholen kannst? Woher wusstest eigentlich, wann ich komme?"

„Hat mir der Anwalt gesagt, den du mir da organisiert hast, dieser Herrera. Der ist anscheinend wirklich fit und übereifrig. Du musst ihn stark beeindruckt haben. Er hat mich heute Morgen rausgeholt. Na ja, und hier bin ich."

„Ja und der Fall? Ist das Verfahren eingestellt. Haben sie den richtigen Mörder?"

„Einen Scheiß haben sie. Bullerei eben. Aber ich habe einen

Zeugen, dass Puig schon tot war, als wir dort ankamen. Aber nicht nur das. Ihr wichtigstes Beweismittel war ein angeblicher Gürtel von mir. Und den haben sie jetzt offensichtlich wieder von der Liste gestrichen. Sieht so aus, als ob er doch nicht von mir ist. Heißt, ich bin immer noch verdächtig, es reicht aber nicht, um mich drin zu behalten, zumindest nicht, wenn man einen bissigen Anwalt hat. Im Moment darf ich das Land nicht verlassen. Herrera meint, in ein paar Wochen oder so ist wahrscheinlich alles eingestellt. Aber man weiß ja nie; spanische Justiz eben."

„Dann habe ich mich also ganz umsonst diesem Martyrium unterzogen." Isabel blickte seufzend auf die Schlange vor ihnen, die allerdings deutlich kürzer geworden war.

Nina nahm sie in den Arm. „Das darfst du nicht sagen. Es ist immerhin ein Zeichen mütterlicher Liebe und Fürsorge, und davon kann ich ja nie genug bekommen."

„Und wie war's in den Kerkern der Inquisition? Haben sie immer noch Daumenschrauben?"

„Ach eigentlich gar nicht so schlecht. Du weißt ja, dass wir Lesben uns da manchmal regelrecht zu Hause fühlen. Feurige rumänische Huren, katzengleiche chinesische Taschendiebinnen und blonde Russinnen mit gestählten Körpern."

„Ich hatte schon befürchtet, dass du so etwas sagen würdest."

„Ja, beim Duschen hab ich immer gehofft, dass jetzt endlich Wendy O. Williams reinkommen würde. WOW! Reform School Girls. Als aber leider absolut nichts in dieser Richtung passierte, ist's mir doch ein wenig langweilig geworden."

Inzwischen hatten sie ein Taxi bestiegen und wechselten automatisch die Sprache. In der Schlange zwischen deutschen und englischen Touristen hatten sie Spanisch benutzt, im Taxi setzten sie die Unterhaltung auf Deutsch fort.

„Du bist jetzt also erst mal draußen. Und was willst du nun machen? Warten bis die Sache eingestellt wird? Von den Fähigkeiten der Polizei scheinst du ja nicht sehr überzeugt zu

sein. Eine sehr vernünftige Einstellung übrigens. Oder willst du dich nach Deutschland absetzen? Das kann nicht sehr schwierig sein, wenn man sich diesen Zirkus hier ansieht."
„Ich, nach Deutschland?" Nina schien verärgert. „Das könnte denen so passen."
„Den Bullen? Klar, die machen die Akte zu. Aber ob du hier bist oder nicht, das wird sie nicht bei der Siesta stören."
„Ach die Bullen. So lange Herrera mir die vom Hals hält, interessieren mich die nicht im allergeringsten. Nein, diese Schweine von Hofstedter, der alte Drecksack und seine saubere Tochter, die haben mich reingelegt. Die warten nur drauf, dass ich jetzt abhaue. Wahrscheinlich hätte ich das schon am Tatort machen sollen. Die wollen keinen Prozess. Eine flüchtige Mordverdächtige ist dagegen das Allerbeste."
„Moment." Isabel starrte sie überrascht an. „Du sagst, die haben diesen Puig ermordet und du sollst den Sündenbock spielen."
„Genau das sage ich. Ich hatte die letzten Tage mehr als genug Zeit, um in aller Ruhe darüber nachzudenken. Sogar manchmal die Nächte, weil ich vor Wut nicht schlafen konnte. Aber Wut auf mich, meine eigene Blödheit. Weißt du, ich seh's richtig vor mir, wie dieser Hofstedter in seinem Büro sitzt. Panoramafenster hinter sich, vor sich so einen scheiß George-Clooney-Kaffee, und in der Hand hat er die Bild mit der Schlagzeile 'Hinterzartner von Kampfsport-Lesbe umgehauen!'. Dann hat er noch was von Spanierin und Kampfsport gelesen und gedacht: Wow! Hier habe ich genau die dumme Kuh, die ich brauche, um sie in Barcelona die Scheiße auslöffeln zu lassen. Dann hat er da noch sein süßes Töchterlein, das er wahrscheinlich jedem Großkunden ins Bett legt. So was zieht doch auch bei Lesben, denkt er sich und sagt zu ihr: 'Immer an den Beschützerinstinkt appellieren, und stell dich nicht so an, das erweitert den Horizont'. Möglicherweise hat er sie ja schon mal mit einer lesbischen Galeristin aus New York verkuppelt. Weißt du, ich war

so blöd. Es macht mich richtig krank."
„Ja und, hast du?"
„Was?"
„Na, die süße Tochter. Hattet ihr ein Verhältnis?" Isabel war Feuer und Flamme.
„Zum Glück war ich nicht ganz so blöd."
„Was heißt zum Glück? Wenn du schon den Kopf hinhältst, hättest du auch den Bonus mitnehmen können."
„Für dich ist immer alles so einfach", erwiderte Nina verärgert. „Man nimmt mit, was man kriegen kann, und den Rest vergisst man am besten sofort."
„Entschuldige bitte. Ich wollte kein Salz in offene Wunden reiben", sagte Isabel schnippisch. „Ist sie wenigstens hübsch, die falsche Schlange?"
„Sie ist ein wenig wie du."
„Was heißt wie ich?"
„Im Ernst. Ich hab mir schon überlegt, ob ich mal zum Psychiater sollte. Ich meine, kann man als Lesbe ödipale Probleme haben? Nicht dass ich sexuelle Fantasien mit dir hätte, aber irgendwie hat ein gewisser Frauentyp eine verhängnisvolle Anziehungskraft auf mich. Zierliche, elegante, verlogene Schlampen. Erbarmungslos logisch, praktisch und vor allem unglaublich egozentrisch."

Isabel fühlte sich weit mehr geschmeichelt als beleidigt. Großzügig nahm sie ihre Tochter in den Arm und sagte: „Also über die 'Schlampe' will ich ausnahmsweise mal hinwegsehen. Und 'verlogen', was heißt das schon? Für mich ist lügen - ich meine natürlich gutes lügen - eher ein Ausdruck von Intelligenz. Leute, vor allem Frauen, die immer so aufrichtig sind, alles gestehen, alles beichten sind doch so was von langweilig. Aber mit Ödipus musst du dir keine Gedanken machen. Damit hat das nichts zu tun. Du hast einfach Geschmack, an dem ich sicher nicht ganz unschuldig bin."

Obwohl ihr Aussehen immer noch zu ihren Lieblingsthemen

zählte, beschloss Isabel die Sache nicht weiter breitzutreten, das Wort 'egozentrisch' war ja bereits gefallen, außerdem war das ja alles ein wenig Glanz von gestern und es machte wenig Sinn sich mit jungen Hühnern zu vergleichen, die vielleicht gerade die Dreißig überrundet hatten. Also ließ sie sich willig von den zahllosen modernen Bauwerken ablenken, die in den letzten Jahren - oder waren es schon Jahrzehnte? - hier an der Granvia hochgezogen worden waren.

Das letzte Mal war sie diese Strecke im Juli 1989 gefahren, zu einem relativ kleinen Provinzflughafen, der mit dem heutigen Massenbetrieb praktisch gar nichts gemeinsam hatte. Und hier an der Straße wo sich heute ein Designerhochhaus an das andere reihte, standen runtergekommene Fabrikgebäude, Gärtnereien, sogar offene Felder. Sie war damals eher mit dem Bus gereist, teilweise wegen des problematischen Gepäcks, aber es war einfach auch eine andere Zeit gewesen, ohne Handys, fast noch mit Postkutschen. Sie hatte sich damals eigentlich nur für den Flug entschieden, um ihrer Tochter was Neues, Besonderes zu bieten. Aber die saß mit ihren elf Jahren trotzig und schweigsam neben ihr, seit sie begriffen hatte, dass Tränen nichts nützten, dass sie die Masia ihres geliebten Opas nun gegen eine Mietwohnung im verabscheuten Deutschland würde eintauschen müssen.

Es war das Beste gewesen für alle. Und selbst wenn, wenn sie tatsächlich Fehler gemacht haben sollte. Wer machte keine? Außerdem war sie jetzt schließlich hier; das zählte doch auch für was. Sie fragte sich, ob Nina auch an die fatale Taxifahrt von damals dachte, und lenkte das Gespräch auf die gewaltigen Veränderungen die hier so stattgefunden hatten.

Nina war zwar in den letzten Jahren immer mal wieder hier gewesen, meinte aber auch, dass sich bei jedem Besuch etwas verändert hatte. Geradezu symptomatisch für diesen Wechsel war die alte Stierkampfarena Las Arenas an der Plaza de España aus der inzwischen eine Shopping Mall geworden war.

Als Isabel nur staunend meinte, dass zu ihrer Zeit dort sogar noch Stierkämpfe stattgefunden hätten, meinte Nina zynisch: „Es ist irgendwie wie die ganze Stadt. Die alte schöne Fassade steht noch, aber dahinter ist eine beschissene Shopping Mall mit Zara, McDonalds, Tapas und Sushi, wie du sie in Berlin und wahrscheinlich auch in Wladiwostok findest."

„Ja, vom Multi-Kulti zum Uni-Kulti. Irgendwann brauchen wir nicht mehr zu verreisen."

Inzwischen waren sie bei Isabels Hotel in der Nähe des Mercado San Antonio angekommen. Isabel hatte ein günstiges Angebot bei Booking gefunden, es aber auch ausgewählt, da sie an den alten Markt von früher nostalgische Erinnerungen hatte. Jetzt wurde ihr aber von Nina erklärt, dass der Markt seit Jahren eine Baustelle sei, auf dem besten Weg in irgendetwas Schickes mit Austern, Champagner und so weiter verwandelt zu werden. Natürlich, man musste es inzwischen eigentlich gar nicht mehr erwähnen, hauptsächlich für Touristen.

Nachdem Isabel ihren Koffer ausgeräumt und eine knappe Stunde im Bad verbracht hatte, war es immer noch früh am Nachmittag. Da beide inzwischen recht hungrig waren, gingen sie in der Nähe etwas essen und diskutierten dabei ihre weiteren Pläne.

„Wie lange möchtest du jetzt eigentlich hierbleiben?" begann Nina.

„Na ja, Rückflug habe ich noch keinen, und das Zimmer habe ich für eine Woche gebucht. Ich wusste ja nicht, wie lange sich das mit dir hinziehen würde. Hab mich schon im Geiste einsam mit einem Plakat 'Freiheit für Nina!' vor dem Frauengefängnis demonstrieren sehen. Aber jetzt", sie drückte lächelnd Ninas Hand, „hat sich das ja alles fast schon erledigt. Ich kann mir also die Stadt noch zwei, drei Tage in Begleitung meiner liebreizenden Tochter ansehen. Ja und dann werde ich wohl wieder verschwinden und die wunderbare Ruhe und gesunde Luft am Fuße des Odenwaldes genießen. Und du? Genau, und du, wo wohnst du eigentlich?"

Nina rutschte etwas nervös auf ihrem Stuhl. „Auf Dauer

werde ich mir ein Zimmer nehmen. Jetzt beginnen langsam die Ferien, da fahren viele Studenten nach Hause und wenn du etwas für zwei, drei Monate brauchst und gleich alles bezahlst, hast du wahrscheinlich recht schnell was. Ich bin außerdem ziemlich bescheiden."

„Ein Zimmer in einer Studenten-WG, das klingt vernünftig. Aber was machst du heute und die nächsten paar Tage?"

„Ich kann wahrscheinlich ein paar Tage bei einer Freundin unterkommen. Aber ich habe gedacht, vielleicht kann ich ja auch bei dir schlafen, am Anfang."

„Herzchen, das ist mir ehrlich gesagt nicht so recht. Ich kann dir aber ein eigenes Zimmer im Hotel buchen."

„Ein Zimmer kann ich selbst buchen. Aber was hast du plötzlich dagegen, wenn ich bei dir übernachte? Das haben wir früher oft genug gemacht. Hast du einen heimlichen Liebhaber hier, oder ist dir auf einmal deine lesbische Tochter unangenehm?"

„Liebhaber. Du hast schon bessere Witze gemacht. Und ich habe absolut kein Problem damit, mit dir schön kuschelig einzuschlafen." Isabel lächelte etwas verlegen. „Aber leider, leider, möchte ich nicht mit dir aufwachen. Nina, ich bin eine alte Frau. Das ist schon schlimm genug. Aber niemand, und schon gar nicht meine geliebte Tochter, sieht mich morgens ohne Kriegsbemalung."

„Du bist einfach behämmert und zwar zunehmend", sagte Nina, war aber deutlich entspannt. „Wir sind, was wir sind. Und wir sind so alt, wie wir sind. Und irgendwann sind wir tot. Vielleicht muss ich dich irgendwann im Altersheim besuchen."

„Dann hoffen wir mal, dass mir ein gnädiges Schicksal hilft so eine Situation zu vermeiden. Aber was soll's. Sag mir lieber, was du jetzt vorhast," lenkte Isabel ab, für die das Thema Alter ziemlich weit hinten rangierte. „Du hast gesagt, diese Hofstedters hätten dich reingelegt. Machst du dir Hoffnungen, dass die Polizei was Neues rausfindet? Hast du irgendwelche Beweise?"

„Nein, ich habe absolut gar nichts. Die Polizei kannst du getrost vergessen. Die denken, sie haben mich sozusagen fast auf frischer Tat erwischt, ihre Akte ruck zuck fertig gemacht und dann alles zufrieden zum Staatsanwalt. Wenn der es jetzt zurückschickt, weil's plötzlich vorne und hinten nicht reicht, haben sie natürlich Lust mir so lange Maulschellen zu geben, bis ich das Geständnis unterschreibe. Da genau dies aber inzwischen der gute Herr Herrera verhindert, sind sie beleidigt und machen keinen Finger mehr krumm. Ich bin mir aber trotzdem sicher, wie das so ungefähr abgelaufen ist, und irgendwie werde ich das diesen Schweinen heimzahlen."

„Du also hier allein auf Kreuzzug gegen die gesamte Polizei und Hofstedter mit seinen Millionen, Anwälten und Beziehungen. Das ist doch naiver Schwachsinn."

„Ich bezahle meine Rechnungen, im Guten wie im Schlechten", erwiderte Nina trotzig. „Natürlich sieht das alles schlecht aus. Aber überleg mal. Die haben diesen Puig doch nicht zum Spaß ermordet. Da wurde irgendein Dreck vertuscht. Ich sollte panisch ins Ausland flüchten. Ha! Ich bin aber noch hier, und ich schnüffle rum. Damit haben sie nicht gerechnet. Die sind jetzt nämlich weit weg und haben gedacht, dass hier alles sauber beerdigt ist. Dumm von ihnen. Denn sie haben sich einfach in mir getäuscht. Und ich habe vielleicht auch schon was. Während ich in U-Haft war, hat mir Coll i Fàbrega eine Nachricht hinterlassen. Das ist so ein alter Kriegskamerad von Opa; er ist danach bei der Armee geblieben, kennt aber auch einige alte Polizisten. Er hat mir versprochen nach Informationen zu Weißgerber zu suchen. OK, den habe ich also heute Morgen zurückgerufen und er hat gesagt, er hat Beweise, dass Weißgerber nach dem Bürgerkrieg hier in Barcelona geblieben ist. Verstehst du, er war immer hier!"

„Ja und? Da war irgend so ein deutscher Exilant in Barcelona. Und was soll dir dieser alte Kram bei deinen ganz konkreten Problemen nützen? Zum Teil erinnert mich das an deinen geliebten Opa, der war auch immer mit dem Bürgerkrieg

beschäftigt und hat dabei seine ganze Familie ruiniert. Ein Leben für die Rache! Genau da hast du es doch her."
„Opa war eben stolz und tapfer."
„Was heißt schon 'stolz und tapfer'?" Isabel lachte bitter. „Wenn dein Großvater und sein Igorr tapfer waren, dann waren sie es doch nur aus absolutem Mangel an Fantasie. Man fängt etwas an und dann bleibt man nicht nur bis zum bitteren Ende dabei, sondern noch länger. Das gehört mit zum Schwachsinnigsten, was ich mir so vorstellen kann. Der Alte hat sich einfach geweigert, zur Kenntnis zu nehmen, dass der Krieg zu Ende war, und so machte er weiter und weiter. Und Igorr, der tut sowieso nur, was sein Sergeant sagt; der war wahrscheinlich froh, als er wieder zu solch klaren Verhältnissen zurückkehren konnte. Die erinnerten mich immer an diese Japaner, die sie im Zweiten Weltkrieg auf irgendwelchen Inseln vergessen haben. Stell dir mal vor, man vergisst dich in einem Schützengraben. Ich meine, wenn du nach einem Monat immer noch dort bist, musst du doch ziemlich bescheuert sein, von einem Jahr oder so ganz zu schweigen. Und die haben das 40 - VIERZIG - Jahre durchgehalten."

„Außerdem wir wollen nicht vergessen, was er dabei seiner Familie angetan hat. Was schert mich Weib, was schert mich Kind, lass sie betteln gehen wenn sie hungrig sind. Seine Mutter - meine Oma! - und seine Schwester sind von Haus und Hof geflüchtet. Meine Mutter ist durch die Feindschaft und die Einsamkeit krank geworden und gestorben als ich ein Jahr alt war. Ich war der Faschistenbalg von der Masia, bis ich mit 17 endlich die Kurve gekriegt habe. Und jetzt kommst du mir mit genau demselben kranken Schwachsinn."

„Aber DU bist genau so", sagte Nina sanft und nahm Isabels Hände. „Opa hat zu mir nie von Rache gesprochen. Er hat sogar manchmal gesagt, er habe viel falsch gemacht. Nein, von Opa hab ich das nicht. Du bist rachsüchtig. Du hast mir immer gesagt, wir lassen uns nichts gefallen. Rache wird am besten kalt serviert. Das bist du! Ich weiß noch genau die Geschichte mit dem Acid, oder als du diesen Langweiler abgeschleppt hast. Später hast du dann ganz cool zu mir gesagt, das sei eine erzieherische Maßnahme für Judith gewesen. Wow, hab ich gedacht."

„Möglicherweise bin ich schon ein wenig bösartig," räumte Isabel halbwegs versöhnt ein.

„Wir wollen auch Schneewittchen nicht vergessen."

„Was ist mit Schneewittchen? Hab ich das arme Kind auch vergiftet?"

„So ungefähr. Während normale Mädchen Schneewittchen lieben, hast du mir beigebracht, dass Schneewittchen ja so was von öde ist, die böse Königin dagegen, die lässt sich nichts gefallen. So wurde die Evil Queen eine der großen Identifikationsfiguren meiner Kindheit."

Isabel lachte. „Ich fand's schon immer reichlich armselig, für 7 Zwerge den Haushalt zu führen und dann im Sarg auf einen dummen Prinzen zu warten, der natürlich auch nur hinter einem schönen Gesichtchen her ist. Ja, die Königin, nimmt wenigstens ihr Schicksal in die Hand und schreckt auch nicht davor zurück, sich ein wenig die Hände dreckig zu machen."

„Also gut, du willst es ihnen heimzahlen", nahm Isabel nach einer längeren Zeit die Unterhaltung wieder auf. „Ich verstehe trotzdem nicht, wie dir dabei der alte Faschistenfreund des Alten helfen soll. Ich glaube nicht, dass pensionierte Militärs hier in Katalonien großen Einfluss bei der Polizei haben."

„Verstehst du denn nicht? Weißgerber war die ganze Zeit hier in Barcelona. Hofstedter hat für eine große Menge Geld Bilder aus seinem Versteck in den Pyrenäen verkauft. Angeblich alle echt, geprüft mit Zertifikat. OK, kann ja sein, dass nur die Geschichte dahinter falsch ist. Aber ich denke, da ist viel, viel mehr faul. Ja, und dann die gute Uta mit ihrer ach so wichtigen Doktorarbeit, Werkverzeichnis. Der Künstler in seinem Versteck in den Präpyrenäen. Alles Fantasie. Wenn ich gute Beweise finde und die veröffentliche, kann sie sich ihre Scheiß-Doktorarbeit in die Haare schmieren oder ganz tief wo reinstecken."

„Wenn! Ich sage nur, wenn du recht hast, kann das ganz schön gefährlich werden. Denn in diesem Fall haben sie ja schon einen Mord begangen, um ihre schmutzigen Geschichten unter den Teppich zu kehren. Was soll sie jetzt also davon abhalten, mit dir genau so zu verfahren."

„Aha, jetzt merkst du was. Erst bin ich absolut chancenlos und jetzt sind die Auftragskiller hinter mir her. Aber gut. Im Gegensatz zu diesem Puig weiß ich ja, mit wem ich mich einlasse und bin sicher einige Nummern cleverer und härter im Nehmen."

„Der Fisch stirbt durch sein Maul, sagen sie hier."

„Ach was, man kann sich absichern. Das mit Puig konnten sie doch nur machen, weil der arme Idiot absolut keine Ahnung hatte. Außerdem fühlen sie sich im Moment ja völlig sicher. Haben wahrscheinlich mit einer edlen Flasche Champagner auf meine Verhaftung angestoßen. Sie haben ihr Ding durchgezogen, und die dumme Kampfsport-Lesbe ist dafür geschlachtet worden. Während sie also ihren Triumph genießen, fange ich an zu wühlen, sammle Fakten und Beweise. Nicht zum Mord, da kann ich zumindest im Moment nicht viel machen, nein, zu Weißgerber, zum Geschäft, zur Kohle. Follow the money, heißt es doch immer. Und wenn ich genug Material habe, sichere ich mich gut ab und lass die Bombe hochgehen, dass ihnen die Scheiße nur so um die Ohren fliegt."

15

Es gab kaum Zweifel auf den Fotos das musste Weißgerber sein. Dieser typische quadratische bayrische Bauernschädel, helle Augen, leichte Segelohren, wobei das linke etwas mehr abstand. Als Name war Ernesto Blanc angegeben, Geburtsort Valencia. Aber das Datum der 22.10.1896 war bei Tag und Monat absolut identisch. Er hatte sich lediglich zwei Jahre jünger gemacht. Um Nachforschungen zu erschweren oder aus Eitelkeit, wer konnte das heute noch sagen. Als Vergehen waren „asoziales Verhalten", „Vagabundismus" und „Verkauf von Drogen" aufgeführt. Viel mehr Informationen gab es nicht. Noch eine Adresse: Carrer de les Carretes. Das war im Raval. Und dann das allerbeste: zwei vollständige Sätze von Fingerabdrücken. Wenn sie ihre Weißgerber-Unterlagen mitgebracht hätte, hätte sie durch den Vergleich der Fingerabdrücke sofort den endgültigen Beweis führen können. Aber ihre Unterlagen lagen gut in ihrem Koffer, und der stand bei Ana. Sie hatte lediglich einen kleinen Faltprospekt zu einer Weißgerber-Ausstellung dabei, der gut in ihre Jackentasche passte, und eine Plastiktüte mit einer Flasche Whisky und einer Stange Camel. Coll i Fàbrega hatte ihr am Telefon erklärt, dass sie Whisky und Zigaretten als Geschenk für einen alten Polizisten mitbringen solle.

Nina saß mit ihm in einer kleinen Bar in der Nähe seiner Wohnung und studierte aufmerksam das vergilbte Aktenblatt vor sich auf dem Tisch. Er hatte diesen Treffpunkt am späten Vormittag vorgeschlagen, da sie vor dem Mittagessen noch jemanden in Horta besuchen müssten. Die Art wie er ganz langsam mit seinen zwei Krücken in die Bar gekommen war, hatte deutlich gezeigt, dass er solche Exkursionen nur noch sehr selten unternahm. Gleich nach der Begrüßung hatte er ihr einen Umschlag mit dem Aktenblatt auf den Tisch gelegt.

„Hierbei dürfte es sich um deinen deutschen Künstler handeln. Ich habe mit vielen Leuten telefoniert. Das heißt relativ viele, von den wenigen, die noch leben. Zuerst war es völlig fruchtlos, da niemand mehr da ist, der während des Bürgerkrieges hier bei der Polizei war. Aber als ich dann mehrmals diesen deutschen Künstler erwähnte, erinnerte sich einer, dass die Geheimen einen deutschen Informanten gehabt hätten, aber nach dem Krieg. Er war sich ganz sicher, da er selbst erst nach dem Krieg zur Polizei gegangen ist, und mit nach dem Krieg meine ich nach 1945! Also habe ich bei den Geheimen nachgefragt, ob noch jemand am Leben sei, der kurz nach 45 im Raval gearbeitet hat. Da kam dann bald der Name Ernesto Blanc. Einer sagte, er sei ein deutscher Spion gewesen, ein, zwei andere ein deutscher Kommunist. Niemand wusste etwas Genaues, nur eben, dass man da mal so einen deutschen Spitzel hatte. Es gibt aber noch jemanden, der ihn gekannt hat. Ein alter Inspector namens Luis Camacho. Camacho war erst Ende der Vierziger Jahre hier in Barcelona tätig, hat aber Ernesto Blanc als Spitzel betreut. Heute ist er fast 90 und sitzt in einem Altersheim in Horta. Du hättest natürlich auch alleine dort hochfahren können, aber ich vermute, dass Camacho ein relativ schwieriger Mensch ist, und da ist es wohl besser, wenn ich mitkomme."

Sie freue sich natürlich über jede Hilfe, wolle aber auf keinen Fall Schwierigkeiten verursachen erklärte Nina und fragte ob sie eine Kopie des Blattes machen dürfe.

„Mach dir wegen der Schwierigkeiten mal keine Gedanken. Für mich ist das ein guter Grund mal wieder aus meiner Höhle zu kriechen. Und das Blatt kannst du gerne behalten. Es stammt aus einem Archiv der Guardia Civil, das schon lange gar nicht mehr existieren dürfte. Es ist eben nur manchmal so, dass Leute, besonders Beamte, die Archive unter sich haben, nie etwas wegwerfen. Wenn sie vielleicht irgendwann diesen Raum brauchen, kommt alles in den Reißwolf. Aber egal, was man davon hält, macht es absolut keinen Sinn, Akten von Informanten aufzubewahren, die seit mehr als einem halben Jahrhundert tot sind."

„Sie wissen, wann er gestorben ist?"

„Ich habe nur kurz mit Camacho am Telefon gesprochen. Aber er war sich sicher, dass Blanc 1953 oder 54, spätestens 55 gestorben ist."

„Ein Grab gibt's dann wohl nicht?"

„Wenn er, wie Camacho sagt, als Süchtiger ohne Familie im Raval gestorben ist, ist er wahrscheinlich auf dem Seziertisch der medizinischen Fakultät gelandet."

Im Taxi nach Horta fragte sie nach diesem Camacho. Er kenne ihn persönlich nicht, erklärte ihr Coll i Fàbrega, aber irgendwer kenne schließlich immer irgendjemanden und so sei er schließlich bei Camacho gelandet. Der habe in den Fünfzigern bei der Brigada Político-Social gearbeitet in der berüchtigten Comisaría in der Via Laietana. „Das waren andere Zeiten damals", sagte er irgendwie entschuldigend. „Das kann man sich heute kaum noch vorstellen. Da sind manchmal Leute aus dem Fenster gesprungen. Häftlinge, meine ich, um sich umzubringen. Das hat man zumindest erzählt. Na ja, vielleicht haben sie sie auch rausgeworfen." Er schüttelte nachdenklich den Kopf.

Das Altersheim in Horta war ein großer, beeindruckender Bau, aber dennoch oder vielleicht gerade deshalb deprimierend. Alles war alt und weitläufig, kalt und muffig. Überall saßen alte Leute, meistens allein, selten mit etwas beschäftigt. Nur in einem großen Raum spielten drei Domino, die anderen starrten meistens vor sich hin, zwei blätterten in der Zeitung, und in einer Ecke verfolgte eine kleine Gruppe die Werbung im Fernsehen.

Nachdem ihnen zwei Nonnen den Weg gewiesen hatten, fanden sie Camacho in dem Garten hinter dem Hauptgebäude, ein kleiner, vertrockneter alter Mann in einem Rollstuhl. Er begrüßte sie misstrauisch und lud sie mit einer Handbewegung ein, auf einer Parkbank an seiner Seite Platz zu nehmen. Über Whisky und Zigaretten schien er sich tatsächlich zu freuen, öffnete auch sofort eine Schachtel Camel und ließ sich von Nina Feuer geben. Er inhalierte tief und erklärte dann: „Sie weigern sich hier hartnäckig, mir Zigaretten zu besorgen." Er wies auf sein linkes Bein, das am Knie amputiert war. „Das andere ist wohl auch bald fällig. Aber man sollte einem alten Mann, die freie Wahl lassen, wie er sterben möchte."

Bevor jemand etwas dazu sagen konnte, wischte er mögliche Einwände weg und sagte: „Spart euch euer Mitleid, ich habe in meinem Leben zu viele Lügen gehört, und es möglicherweise auch gar nicht verdient. Ich bekomme nur selten Besuch, und möchte bald wieder zu meiner alltäglichen Routine zurückkehren. Also kommen wir am besten schnell zur Sache."

Coll i Fàbrega räusperte sich deutlich verärgert, beherrschte sich aber und nickte Nina auffordernd zu.

„Ich arbeite zurzeit für eine große deutsche Galerie und untersuche das Schicksal eines deutschen Künstlers namens Emil Weißgerber, der Ende 1936 nach Barcelona gekommen ist. Bisher ging man davon aus, dass er sich 1939 in den Präpyrenäen versteckt hatte und dann irgendwann nach Frankreich geflohen ist. Jetzt hat mir aber Herr Coll i Fàbrega mitgeteilt, dass Weißgerber wahrscheinlich unter dem Namen Ernesto Blanc in Barcelona gelebt hat." Sie reichte Camacho den Faltprospekt. Der kurze Text war in Englischer Sprache, für die internationalen Besucher einer Weißgerber-Ausstellung. Sie bezweifelte zwar, dass Camacho Englisch lesen konnte, aber da war das Foto von Weißgerber, die wenigen biographischen Daten und zwei schöne bunte Fotos seiner Bilder und ein repräsentatives der Ausstellungsräume von Hofstedter. Sie hoffte, dass ihn der Hochglanzprospekt etwas beeindrucken und damit redseliger machen würde.

Er studierte den Prospekt aufmerksam, schien sogar den Text zu lesen und nickte geradezu zustimmend bei der abschließenden Betrachtung der Titelseite. „Vanished and Recovered - Emil Weißgerber - Revolutionary, Emigrant, Antifascist, Artist." Stand da reißerisch, darunter das protzige Logo von Kunsthaus Hofstedter.

„Wahrscheinlich denkst du ja", sagte er zu Nina, „dass ich nur ein dummer Spanier bin und kein Englisch lesen kann. Aber du täuschst dich. Wir sind damals vom FBI geschult worden, wie man mit dem roten Gesindel umzugehen hat. Ich habe zwar viel vergessen, aber ich verstehe immer noch genug. Und das hier." Er hob den Prospekt hoch. „Ist eine widerliche Scheiße. Zuerst sind die Deutschen den Juden in den Arsch gekrochen und jetzt machen sie aus jeder roten Ratte einen Helden. Zum kotzen! Aber das ist ja die liberale Mode heute, die wir inzwischen auch in Spanien haben. Alles, was mal einen Wert hatte, Vaterland, Religion, Familie, Ehre, wird in den Dreck gezogen, mit Wollust zerstört. Und stattdessen holt man dann solche Kreaturen aus den Kloaken der Geschichte, und verkauft sie dem Volk als die neuen Helden und Vorbilder."

„Langsam, langsam", sagte Coll i Fàbrega beschwichtigend. „Der Krieg ist lange vorbei. Und damals haben viele auf der falschen Seite gekämpft, sind unter die Räder gekommen, mussten ins Exil fliehen. Von allen Parteien. Man kann doch heute über diese Sachen sprechen, ohne ein Kommunist zu sein. Es war eine tragische Zeit, und ich finde überhaupt nichts dabei, wenn man heute darüber spricht, über die ganze Problematik."

„Pa!" Camacho schnaubte abfällig. „Ehrlich gesagt, hatte ich für euch hohe Herren vom Militär noch nie viel übrig. Während wir uns die Hände schmutzig gemacht haben, habt ihr eure geschniegelten Uniformen spazieren getragen. Und als endlich einige aufrechte Patrioten den Versuch gemacht haben, die verfahrene Situation in letzter Minute doch noch zu retten, da seid ihr in euren Kasernen auf dem Arsch gesessen. Habt erst mal einen Cafelito getrunken und gewartet. Als dann immer noch nichts passiert ist, habt ihr schon mal mit dem Aperitif angefangen. Schließlich seid ihr dann doch ins Casino und habt gut gegessen, ihr wart ja inzwischen alle hungrig. Also ist nichts passiert, da ihr ja alle nichts gemacht habt. Und als dann der

König gesprochen hat, wart ihr alle schon ziemlich betrunken, und habt auf den König angestoßen und bis zum Morgen weitergesoffen."

„Komm, wir gehen", Coll i Fàbrega erhob sich. „Wir müssen uns hier nicht beleidigen lassen von einem alten Idioten, der leider immer noch nichts begriffen hat."

„Einen Moment bitte", sagte Nina und erhob sich ebenfalls. „Ich glaube hier gibt's ein Missverständnis, das ich vielleicht erklären kann. Sie haben hier doch bestimmt noch die Zeitungen der letzten Tage?" wandte sie sich fragend an Camacho.

Der nickte gleichgültig und sie fuhr fort. „Also einen Moment bitte. Keinen weiteren Streit. Ich bin sofort wieder da." Sie machte sich auf den Weg zum Aufenthaltsraum, wo sie auch relativ schnell einen Tisch mit einem großen Berg Tageszeitungen entdeckte. Nach kurzer Suche hatte sie die Vanguardia von vor einer Woche in der Hand und nach kurzem Blättern einen kurzen Artikel zum Mord an Puig und ihrer Verhaftung. Sie überflog ihn kurz, damit ihr kein neuer Lapsus unterlief: „der politisch äußerst aktive Gründer von CAR ermordet ... gewaltbereite Leibwächterin unter Verdacht ... die Repräsentantin der renommierten deutschen Galerie Hofstedter äußert Abscheu und Entsetzen ... seit Jahren beste Beziehungen zwischen Puig und Hofstedter ... Puig und Hofstedter arbeiteten am gemeinsamen kulturellen Erbe des Bürgerkrieges ... bla, bla, bla." Zum Glück stand da nichts von Kampfsport-Lesbe, dachte Nina erleichtert.

Als sie mit der aufgeschlagenen Zeitung zurückkam, saßen die beiden Alten schweigend da und starten vor sich hin. Sie drückte Camacho die Zeitung in die Hand und deutete auf den Artikel: „Das hier ist über mich, genauer gesagt über meine engen Beziehungen zu Hofstedter und so weiter."

Camacho nahm die Zeitung eher widerwillig, las aber den Artikel und blickte dann überrascht auf: „Was soll das? Du bist wegen Mordes angeklagt? Ich verstehe das alles nicht richtig."

„Erst einmal. Ich habe natürlich niemanden ermordet",

erklärte Nina, war sich aber fast sicher, dass für Camacho der Mord an einer roten Ratte wie Puig kein großes Problem darstellte. „Puig und Hofstedter haben eine Menge Geld mit dem Verkauf der Kunst des angeblichen Bürgerkriegshelden gemacht. Irgendwie haben sie dann bei der Verteilung des Gewinns Probleme bekommen. Hofstedter hat mich extra eingestellt, um naiv unwissend den Sündenbock zu spielen."

„Aber wie auch immer. Ich verlange gar nicht, dass Sie mir glauben. Was Sie aber ruhig glauben können, das sind die Fakten hier: Hofstedter verkauft den Revolutionär und Interbrigadisten Weißgerber als Helden und macht damit das große Geld. Ich habe eine Menge Ärger mit Hofstedter und jeden Grund sein glamouröses Lügengebäude zum Einsturz zu bringen. Wenn Sie also etwas über Weißgerber/Blanc wissen, was nicht zu der Hochglanz-Legende hier passt", sie deutete auf den Prospekt. „Dann sollten Sie mir ihre Version der Geschichte erzählen. Sie können sicher sein, dass ich jede Gelegenheit nutzen werde um Hofstedter ans Bein zu pinkeln."

Camacho zündete sich erst einmal eine neue Zigarette an und dachte nach. Coll i Fàbrega schnappte sich währenddessen die Zeitung und überflog den Artikel.

Nachdem er die Zigarette fertig geraucht hatte, räusperte sich Camacho und sagte: „Möglicherweise habe ich mich in dir getäuscht. Aber du hättest mich auch nicht belügen sollen."

„Das tut mir leid. Aber Sie verstehen sicher, dass ich schlecht einen ehemaligen Polizisten besuche und ihm sofort erzähle, dass ich unter dem Verdacht stehe einen Kunsthändler ermordet zu haben und einem anderen mit einem Skandal das Geschäft zerstören möchte. Dass ich natürlich völlig unschuldig bin und es sich bei allem nur um eine Intrige des bedeutenden Kunsthauses Hofstedter handelt."

„Ja, das verstehe ich. Aber wahrscheinlich hätte ich dir geglaubt. Das heißt, ich glaube dir und bin eigentlich auch bereit dir zu helfen. Nur noch eine Frage. Was möchtest du mit den

Informationen machen, was kannst du gegen diese Leute ausrichten?"

„Das ist vielleicht einfacher als es auf den ersten Blick aussieht." Erklärte Nina ruhig. Sie fühlte sich nun ganz in ihrem Element, und wie man sich Hofstedters - Vater und Tochter - vornehmen könnte, hatte sie sich oft genug überlegt. „Das ganze Geschäft mit den teuren Weißgerber-Bildern beruht darauf, dass sie Weißgerber in seinem Versteck in einem Dorf in den Präpyrenäen gemalt hat. Kann man nun beweisen, dass er gar nicht dort war, sondern hier im Raval, dass er kein tapferer Interbrigadist, sondern ein schäbiger Spitzel der Secreta war, dann sind nicht nur die schönen Bilder alles Fälschungen, nein, auch der heroische Mythos des Idealisten und Revolutionärs platzt wie eine Seifenblase und sie können ihr ganzes betrügerisches Geschäft vergessen."

Camacho nickte zufrieden. „Das hört sich wirklich gut an. Also dieser Blanc hat manchmal für mich gearbeitet. War aber nicht viel wert..."

„Halt, halt", unterbrach ihn Nina und zeigte ihm ihr kleines Aufnahmegerät. Als er zustimmend nickte, schaltete sie es ein. „Langsam. Wir müssen möglichst von vorne beginnen. Das heißt natürlich beim Bürgerkrieg. Was wissen Sie über die Anfänge von Weißgerber? Wie ist er hier untergetaucht? Wie wurde er Spitzel?"

„Über die Anfänge weiß ich nicht viel. Ich bin ja erst 1948 nach Barcelona gekommen, und da hat er schon für uns gearbeitet. Soviel ich weiß, hat er schon während des Bürgerkrieges im dreckigsten Viertel der Altstadt, dem Chino gelebt. Huren, Bars, Kokain, Alkohol, das war seine Welt. Er war nie irgendwo an der Front. Der hat den ganzen Krieg im Bordell und an der Theke verbracht. Wahrscheinlich fühlte er sich da so sicher, dass er einfach dageblieben ist, als unsere Truppen im Januar in Barcelona eingezogen sind. Oder er war so besoffen, dass er von allem nichts mitbekommen hat."

„Wie ist er dann aber von Ihnen rekrutiert worden? Eigentlich hätten sie ihn doch an die Deutschen ausliefern müssen?"
„Ja schon. Wir hatten da dieses Sonderabkommen mit Himmler. Alle Deutschen, die gegen das Regime waren, wurden an die Gestapo in Frankreich übergeben. Ich denke, er hatte Glück und hat sich recht erfolgreich im Chino versteckt. Wahrscheinlich bis Ende 42. Wir hatten ja zu der Zeit noch genug andere Probleme. Als er dann gefasst wurde, gab es jedenfalls schon leichte Spannungen mit den Deutschen."
„Was für Spannungen?"
„Die Deutschen übten zu der Zeit ungeheuren Druck auf Spanien aus, damit wir in den Krieg eintreten. Aber der Generalissimo war klug genug, sich neutral zu verhalten. Die Gestapo intrigierte deshalb mit einigen faschistischen Fanatikern um den Generalissimo zu stürzen. Ob es nur Drohgebärden waren oder wirkliche Pläne gab, wie wollten wir das wissen? Barcelona war zu der Zeit voll mit Deutschen, einige tausend, dazu hunderte Firmen, die kriegswichtige Güter kauften, Gestapo, Spione. Dazu jede Menge alliierte Spione. Das wichtigste waren aber die U-Boote.
„Es gab hier deutsche U-Boote?"
„Eben nicht. Wir waren strikt neutral, und die deutschen U-Boote durften nicht in spanische Häfen einlaufen und sich dort versorgen. Das heißt sie wurden von spanischen Fischern vor der Küste versorgt. Dort auf hoher See luden die U-Boote dann Treibstoff, Essen und Torpedos. Zumindest die Torpedos mussten aus Deutschland geliefert werden. Meistens gingen die zwar im Norden bei Irun über die Grenze, es passierte aber auch, dass hier in Barcelona Waggons mit deutschen Landmaschinen standen, in denen sich aber in Wirklichkeit Torpedos und Granaten befanden. Uns wäre das normalerweise egal gewesen, aber manchmal sprengten alliierte Agenten so einen Zug. Es gab Schießereien, politische Morde. Vor allen Dingen aber informierten uns die Deutschen praktisch gar nicht. Sie benahmen sich hier fast wie in

einem besetzten Land, und wir mussten auf unsere Neutralität achten."

„Als wir Weißgerber schließlich eher zufällig verhafteten, hat sich Comisario Quintela - der führte damals die Brigada Político Social - wahrscheinlich gedacht, dass ihm dieser verkommene Deutsche viel mehr als Spitzel nützt. Er nannte sich damals schon Ernesto Blanc und kannte sich bestens im Chino aus, kannte all die Huren, Kokainhändler, Diebe, Betrüger und das ganze andere Gesindel dort. Da die Deutschen Offiziere und Geschäftsleute natürlich auch gerne einige dieser Etablissements aufsuchten, versorgte er sie als Landsmann mit Frauen und Drogen. Das war wahrscheinlich seine Haupteinnahmequelle. Für uns war es natürlich interessant die Deutschen Kameraden da ein wenig unter Kontrolle zu haben und auch ein wenig schmutziges Material zu sammeln - du verstehst, was ich meine. Wir haben Blanc mit gültigen Papieren und gelegentlich auch mit Drogen versorgt, und er erwies sich dafür als recht ergiebige Informationsquelle."

„Leider hatte er viel von seinem Nutzen eingebüßt, als ich mit ihm in Kontakt kam. Damals hatten die Deutschen den Krieg und damit ihre Bedeutung verloren. Sie waren zwar immer noch recht aktiv, brachten Flüchtlinge hierher - viele Ehemalige von der SS und der Gestapo. Von hier fuhren sie dann mit dem Schiff meistens nach Argentinien und arbeiteten für Peron. Die 'Rattenlinie' haben sie es später genannt. Wir haben dabei geholfen, so gut wir konnten. Dieser SS-Mann Skorzeny hatte ja später ein großes Büro in Madrid, aber wir wollten natürlich auch genau wissen, was da so vor sich ging. Hier hat Blanc ein paar Informationen beschafft."

„Für uns wäre es aber viel wichtiger gewesen, die anarchistischen Gruppen zu infiltrieren, die damals meistens aus Andalusien hierhergekommen waren. Die planten und verübten eine ganze Reihe von terroristischen Anschlägen, 1949 beschossen sie sogar den Wagen von Quintela mitten in der Stadt mit einem Maschinengewehr. Wir dachten Blanc könnte als ehemaliger Roter diese Gruppen infiltrieren und wir haben deshalb auch starken Druck auf ihn ausgeübt. Aber diese Gruppen waren total abgeschlossen, achteten viel mehr auf ihre Sicherheit als die Nazis, die immer so arrogant und selbstsicher auftraten, selbst als sie schon auf der Flucht waren. Ich weiß nicht, ob Blanc einfach zu ungeschickt oder nur zu feige war; jedenfalls ist er diesen Anarchisten nie nahe gekommen. Es kann auch gut sein, dass er einfach zu nichts Richtigem mehr in der Lage war. Er war ein vollkommenes Wrack, abhängig von Alkohol, Kokain und vor allem Morphium. Eben alles, was diese Leute so machen. Furchtbar. Einfach ein Stück Dreck. Wir haben deshalb sogar überlegt, ihn fallen zu lassen. Das Problem war nur, was man mit ihm hätte machen sollen. Die Gestapo war ja inzwischen selbst auf der Flucht." Er lachte ein wenig.

„Also haben wir ihn behalten. Das heißt, wir haben ihn zumindest teilweise an die Polizei abgetreten. Er war ja im Chino gut bekannt und konnte deshalb immer mal Hinweise wegen irgendeines Einbruchs oder anderer Delikte geben. Das hat uns bei der Brigada aber nicht interessiert. Wir haben ihn immer mal wieder wegen der Anarchisten vernommen, aber da kam einfach nichts. Obwohl wir es ihm bestimmt nicht leicht gemacht haben." Er lachte wieder und zündete sich eine Zigarette an. „Es wird immer behauptet, wir hätten diese Leute gefoltert. Aber das war ja meistens gar nicht nötig, es reichte schon, wenn man sie ohne ihre Drogen ein paar Tage in ein Loch sperrte. Eigentlich hätten sie uns dankbar sein sollen. Denn schließlich war es so eine Art erzwungener Entzug."

Nina musste sich ein wenig beherrschen. Es lag ihr mehr als eine bösartige Bemerkung bezüglich Sucht, Drogen oder Folter auf der Zunge. Irgendwie war es schon der Gipfel, dass dieses alte Arschloch so dreist über Süchtige schwallerte, dabei selbst so am Nikotin hing, dass sie ihm die Beine in Salamitaktik amputierten. Aber sie hatte sich im Leben mehr als genug durch ihr vorlautes Geschwätz versaut, und da sie im Moment Camacho gut am Haken hatte, war sie fest entschlossen, den Fang auch wirklich einzuholen.

Sie versuchte die Informationen etwas zu konkretisieren, wo Weißgerber gewohnt habe, was seine bevorzugten Kneipen gewesen seien und ob Camacho vielleicht etwas über verbliebene Bilder wisse.

„Bilder!" Camacho lachte kurz, was dann aber in einen Hustenanfall überging. „Das Schwein hat doch nur Wichsvorlagen gemalt. Der saß oft den ganzen Tag in der Taverne La Mina, eine lange finstere Höhle in der Arc del Teatre. Dort hat er jedem, der ihm ein Glas Wein bezahlt hat, nackte Frauen in jeder gewünschten Position gezeichnet. Theoretisch konnte er das sogar ganz gut, aber meistens war er so besoffen, zitterte so, dass wenig Ansehnliches dabei rauskam. Eine Art festen Wohnsitz hatte er nach dem Krieg auch keinen mehr. Meistens hat er in einem der Schlafhäuser dort unten im Chino geschlafen. Furchtbare, stinkende Löcher, ohne Belüftung oder Tageslicht, dafür voller Ungeziefer. Dort haben sie in drei Schichten zu acht Stunden geschlafen. So lange Weißgerber die Nazis mit Drogen und Nutten versorgte, hatte er wahrscheinlich ein recht komfortables Leben. Aber das war mit dem Krieg vorbei. Danach überlebte er praktisch von einem Tag auf den anderen."

Schließlich war von Camacho nicht mehr viel Brauchbares zu erfahren. Er war sich ziemlich sicher, dass Blanc im Januar oder Februar 1954 gestorben sei. Die meisten Kneipen und Bordelle, wo er sich sonst noch aufgehalten haben konnte, gebe es ohnehin nicht mehr. Der allergrößte Teil des alten Chino sei flach gemacht worden und das sei gut so. In den wenigen verbleibenden Bars habe sich seines Wissens nach meistens asiatisches Gesindel breitgemacht, neuerdings sicher auch Rumänen, Russen, Araber. Er sei froh, dass er sich damit nicht mehr herumärgern müsse.

16

Als die zweite Flasche Wein geöffnet wurde, kam die Runde noch mehr in Schwung. Der Alkohol hatte allerdings nur sehr mäßig dazu beigetragen, denn offensichtlich handelte es sich um erfahrene Trinker. Isabel hatte sich mit Nina in einem kleinen Restaurant getroffen, um dort beim Mittagessen die weitere Vorgehensweise zu planen. Kike war nach etwa zehn Minuten zu ihnen gestoßen und hatte dabei eine recht intensive Wolke von Marihuana hinter sich hergezogen. Anscheinend hatte er vor dem Restaurant noch hastig einen Joint geraucht, um in die richtige Stimmung zu kommen. Etwas später folgte Ana, um nach kurzer Begrüßung mit Nina auf der Toilette zu verschwinden. Dort hatten sie sich offensichtlich intensiv die Nasen gepudert. Nach den roboterartigen Bewegungen und den geweiteten Pupillen zu urteilen tippte Isabel auf Amphetamin.

Überhaupt diese Ana Aguilar. Zweifelsohne ein hübsches Kind und schwer verliebt in Nina, aber leider, leider total durchgeknallt. Geschminkt und angezogen wie ein Vampir oder besser das ausgelutschte Opfer eines solchen. Aber daran hatte Isabel eigentlich gar nichts auszusetzen. Jugend war nun mal rebellisch; das wusste niemand besser als sie. Aber dann diese Tätowierungen von oben bis unten und zurück, bevorzugt Rosen und Totenköpfe. Nina war bei ihrer ganzen Begeisterung für diese Dinge immerhin so intelligent, dass sie die ihren zur Not mit einer langärmligen Bluse bedecken konnte. Am verrücktesten waren aber ihre Augen, wie zwei Scheinwerfer, allerdings mit leichtem Wackelkontakt. Isabel hatte in ihrem langen drogengeschwängerten Leben nur sehr wenige Frauen mit solch verrückten Augen kennen gelernt, und von denen waren die meisten inzwischen wahrscheinlich tot, abgebrannt wie Wunderkerzen. Sie erinnerte sich noch vage an die eine Amerikanerin, die bei jedem Konzert direkt vor den Boxen getanzt hatte, natürlich bis unters Dach voll mit Acid. Die war keine dreißig geworden.

Kike, der kleine süße Schwule, schien zumindest auf den ersten Blick normaler. Das lag aber vielleicht nur daran, dass er schüchterner war und eben ein Kiffer. Denn nachdem er bemerkt hatte, dass Ana sich auch - wenn auch wesentlich weniger fanatisch als er - für Cosplay, Latexfashion und irgendwelche seltsamen Filme und Fernsehserien interessierte, taute er zusehends auf.

Für Isabel gab es grob gesehen drei Klassen von Filmfreaks. Die erste, zu der sie sich selbst rechnete, ging oft ins Kino und merkte sich die eine oder andere Szene aus ihren Lieblingsfilmen. Die zweite sah sich eigentlich so ziemlich alles an, den guten Stoff am besten mehrmals; mit dem Resultat, dass sie zahllose Filmszenen präsent hatte und auch daraus zitieren konnte. Dazu gehörte wahrscheinlich Nina. Die dritte Klasse - sie wusste nicht, wo jemand die Zeit dafür hernahm - kannte eigentlich alles: Filme, Regisseure, Musik, Schauspieler, natürlich auch die zweite und dritte Riege, und sie konnte ganze Passagen sozusagen im O-Ton zitieren. Kike gehörte ganz ohne Zweifel hierzu. Bei „Wetten dass?" hätte er sicher groß absahnen können.

Bei der Suche nach Informationen zu Weißgerber dürften allerdings weder Kike noch Ana von irgendwelchem Nutzen sein. Kike war zu schüchtern, um irgendwelche wildfremden Leute zu befragen, und Blanc war leider schon lange vor dem Internet verstorben und vergessen worden, sodass dort wohl auch nichts zu finden war. Ana dagegen war so durch den Wind, dass ihr wahrscheinlich der nächste Paki an der Ecke seinen Kalender als echten Blanc verkaufen konnte.

So gesehen diente das Essen weniger der Strategieplanung als Ninas moralischer Aufrüstung. Als sie Blancs altes Aktenblatt erhalten und mit diesem Typen von der Secreta gesprochen hatte, war sie noch völlig enthusiastisch gewesen. Sie hatte Isabel mit allen guten und üblen Tricks dazu überredet noch einige Tage länger in Barcelona zu bleiben und mit ihr das Raval nach Spuren von Weißgerber umzugraben. „Er war die ganze Zeit hier", hatte Nina mit Feuereifer verkündet und dabei mit dem Aktenblatt gewedelt. „Alles Beschiss mit den Bildern aus den Präpyrenäen. Jetzt hab ich sie am Arsch. Ich werd auf ihre Gräber pissen."

Das war allerdings vor vier Tagen gewesen, und seither hatte sich die Stimmung deutlich eingetrübt, um es vorsichtig zu formulieren. Erstens hatten sie nun im Detail feststellen müssen, was Isabel schon lange klar war, dass von dem alten Raval praktisch nichts mehr übrig war. Die alten Tanzcafés, Bars, Bordelle waren alle verschwunden. Es gab zwar hier und da noch Bars, die in altem Glanz erstrahlten. Das war jedoch meistens vorgetäuschter Retro-Schick für Touristen, geführt von Argentiniern, Nordeuropäern oder jungen Spaniern, deren Beziehung zur Tradition sich auf die Innendekoration beschränkte.

Nina war von dem Gedanken besessen „Blancs Hausbar" zu finden, möglicherweise, weil sie in ihm so eine Art Toulouse-Lautrec für Arme sah, oder weil es ihr einfach die Gelegenheit bot, bei ihrer Recherche von einer Bar zur nächsten zu ziehen. Isabel begleitete sie zwar manchmal versuchte aber, die Nachforschungen auf die kleinen Geschäfte auszudehnen, die ihrer Meinung nach genau so typisch für ein Viertel waren wie seine Bars. Leider waren die kleinen Geschäfte wie die Bars und Bordelle dem Zahn der Zeit zum Opfer gefallen. Weiter oben im Raval machte sich zunehmend eine Szene aus Designerklamotten, Fifties-Möbeln, Skaterbedarf und ähnlichen Dingen breit. Dort, wo das Raval noch finsterer war, dominierten pakistanische Gemüsehändler und Metzgereien. Dazwischen einzelne Latinos und Chinesen. Alte Katalanen, die schon zu Francos Tagen ihren Salat verkauft hatten, hatte sie bislang keine gefunden.

Noch frustrierender als die erfolglose Suche war für Nina aber, dass die Blanc Fingerabdrücke von dem Aktenblatt absolut nicht mit denen der Expertise, die Hofstedter für viel Geld in Auftrag gegeben hatte, übereinstimmten. Also alles gefälscht, war

Ninas erste These gewesen. Doch die beiden Fingerabdrücke der Expertise stammten von dem Bild aus dem alten Katalog, das auch als „Blue Lady" bezeichnet wurde. Das hieß, sie mussten echt sein. Was wiederum bedeutete, dass es sich bei Blanc und Weißgerber um zwei verschiedene Personen handelte. Aber selbst wenn die beiden identisch und alle Bilder gefälscht waren, was hatte Nina auf der Hand? Ein Aktenblatt, auf dem ein Spitzel namens Blanc geführt wurde. Dazu die Aussage eines alten, senilen Geheimpolizisten, der der Ansicht war, dass Blanc ursprünglich Deutscher gewesen sei. Dazu musste sie einräumen, dass während des Bürgerkrieges einige tausend Deutsche hier gewesen waren, darunter sicher ein paar Dutzend Künstler. Ohne die Sache mit dem fast identischen Geburtsdatum und die Ähnlichkeit beim Namen - E. Weißgerber wird zu E. Blanc - hätte Nina die Flinte wahrscheinlich ins Korn geworfen.

Vor Gericht oder selbst für die Presse waren solche Hinweise und Ahnungen rein gar nichts wert. Vor allen Dingen da Hofstedter ja über hochoffizielle Gutachten verfügte. Möglicherweise hätte sogar jemand den Verdacht konstruieren können, dass Nina Puig ermordet habe, um mit ihrer eigenen Version von Weißgerbers Leben eigene Bilder auf dem Markt unterzubringen. Nina brauchte also dringendst irgendetwas Handfestes. Die Frage war nur, wo das herkommen sollte. Die mit so viel Schwung begonnenen Ermittlungen waren ja gerade dabei sich in einer gigantischen Wolke von Alkohol, Speed und Maria aufzulösen. Kike, der inzwischen deutlich an Fahrt und Selbstvertrauen gewonnen hatte, erklärte Ana gerade, dass „Lost Girl" so ziemlich der allerletzte Mist sei, da könne er gleich „Buffy" gucken. Woraufhin Nina sich einmischte und meinte, sie sei seinerzeit ein großer Buffy-Fan gewesen. Buffy sei ganz schön badass gewesen, außerdem sei dort wahrscheinlich erstmals eine lesbische Beziehung in einer TV-Show thematisiert worden. Kike kniff darauf sofort den Schwanz ein und räumte ein, dass Buffy zu ihrer Zeit tatsächlich wahrscheinlich gar nicht so schlecht gewesen sei.

Die Wolke aus Alk und Drogen gebar also - Wunder oh Wunder - ein Übermaß an dummem Geschwätz, und Isabel überlegte sich, ob sie wohl schon zu Deutsch geworden war, da ihr diese Art der Strategieplanung doch etwas auf die Nerven ging. Da das Essen inzwischen mit dem Nachtisch abgeschlossen war, kam man auf gute spanische Art zum Cafe und damit zu den Licores. Nina bestellte einen Carajillo mit Cognac; Ana einen Cortado mit einem Whisky - nach kurzer Überlegung entschied sie sich für einen Glenlivet - extra; Kike nahm einen Trifásico mit Rum, und Isabel bestellte einen Cortado mit einem Orujo extra. Irgendwie versöhnte sie das sofort wieder mit den Spaniern. Ein deutscher Kellner wäre wahrscheinlich nach der zweiten Variante ausgeflippt oder hätte einfach gesagt „ham wer nich". Hier nahmen sie das Leben einfach lockerer. Und wenn die Lage auch hoffnungslos war, wurde trotzdem oder gar erst recht gefressen, gesoffen und gekifft.

Nach einer weiteren Runde beglich Nina die Rechnung und sie machten sich langsam auf den Weg. Ana und Kike verabschiedeten sich, da sie beide noch zur Arbeit mussten. Nina und Isabel beschlossen an der Rambla del Raval noch einen Cafe - ohne Extras - zu nehmen und vielleicht doch noch die weitere Vorgehensweise zu besprechen.

Dort angekommen suchten sie sich einen schattigen Platz und saßen dann schweigend bei ihrem Kaffee. Nina war sichtlich deprimiert. Schließlich raffte sich Isabel nach einiger Zeit zu einem letzten Anlauf auf. „Gut, wie nutzen wir also sinnvoll den angebrochenen Nachmittag. Mehr Bars ist zwar nicht völlig verkehrt, aber wir brauchen noch andere Ansatzpunkte."

„OK, an die Arbeit." Nina zündete sich eine Zigarette an und dachte nach. „Das Problem, oder eines der Probleme sind die Fingerabdrücke. Ich fahre anschließend noch zu Coll i Fàbrega; er müsste seine Siesta inzwischen beendet haben. Ich bringe ihm die Fingerabdrücke aus dem Gutachten und er soll sie an seine

Polizeikontakte weiterreichen. Wenn es nicht die von Weißgerber sind, was ja meine Theorie ist, könnte der Computer ja was ausspucken. Zur Sicherheit schicke ich die Abdrücke auch noch nach Berlin an einen alten Kollegen von WASP. Der hat Kontakte zur deutschen Polizei und soll sie dort mal checken lassen. Heute Abend skype ich mit meiner alten Freundin Ingrid, hab ich schon telefonisch ausgemacht. Die ist Dozentin für Literatur an der FU und kennt dort alle möglichen Leute im Bereich Kunst und Kultur. Ich denke, die kann mir vielleicht jemanden empfehlen, der etwas Hintergrundinformation zu Hofstedter hat. Ich mein, mehr den Dreck, die schmutzigen Geschichten. Das ganze Geseiere über die hohen Ideale, Kunst und Widerstand das können sie auf ihre Hochglanzprospekte drucken. Solche Typen haben immer Dreck am Stecken."

„Das hört sich doch sehr gut an. Irgendwo werden wir schon weiter kommen. Sonst noch was?"

„Es gibt tatsächlich noch was, wofür du als Frau von Welt viel besser geeignet bist als ich."

„Und das wäre?"

„Die Antiquare und Auktionshäuser. Das muss eine der besten Fundgruben für alte Bilder sein. Ich weiß, dass die Hofstedters dort alles umgegraben haben aber eben nach Weißgerber. Von Ernesto Blanc wussten die ja gar nichts. Wir müssen aber aufpassen dass nicht plötzlich das Gerücht umgeht, jemand sucht Bilder eines Ernesto Blanc, denn das könnte über seine zahllosen Kontakte bis zu Hofstedter dringen. Es ist aber viel besser, wenn sich dieses arrogante Arschloch schön zufrieden in Sicherheit wiegt."

Frisch motiviert trennten sie sich. Nina versprach die Liste der Antiquare am Abend in Isabels Hotel vorbeizubringen, um danach vielleicht noch ein paar Tapitas zu nehmen. Nina ging zu Anas Wohnung, da sie dort zurzeit ihre Zelte aufgeschlagen hatte. Isabel nahm einige kleinere Straßen Richtung Ronda de Sant Pau. Die Gegend dort war ein wenig abseits und sie hatten die

Kneipen dort noch nie in Augenschein genommen. Wie aber nicht anders zu erwarten fand sie auch dort nur pakistanische Imbisse und relativ neu eröffnete Kneipen, die Backpacker und Studenten als Publikum erwarteten. Von dem alten Raval der Fünfziger Jahre war auch hier kaum eine Spur geblieben.

Als sie Borrell erreichte, beschloss sie zu ihrem Hotel zurückzugehen und noch eine kleinere Siesta einzulegen. Sie musste ja mit diesen jungen Leuten nicht auf allen Ebenen mithalten. Auf ihrem Weg kam sie an einer Art Second-Hand-Kaufhaus vorbei, wo Möbel vor allem aber professionelle Küchengeräte zu sehen waren. Auch so ein Friedhof der gescheiterten Träume dachte sie, und fragte sich, wie viele wohl ihre letzten Ersparnisse in ein kleines Restaurant gesteckt und dann ein, zwei Jahre gegen den Bankrott angekämpft hatten, bevor die teuer erworbene Einrichtung dann hier im Schaufenster gelandet war. Sie wusste aus eigener Erfahrung, wie hart es manchmal werden konnte, aber Heidelberg war sicher das reinste Zuckerschlecken verglichen mit dem Krisenspanien von heute.

Mehr aus Sentimentalität denn aus Neugier betrat sie den Laden. Er war deutlich größer als erwartet. Hinter den Küchengeräten folgten Möbel, altes Geschirr, Gläser. Zum Teil ganz nette Sachen, aber keine Kostbarkeiten. Die räumten hier sicher regelmäßig die Profis ab. Es war wie ein riesiger Flohmarkt, aus der Zeit als es in Deutschland noch echte Flohmärkte gab, auf denen die Reste aus Haushaltsauflösungen noch dominierten, vor dem Billigramsch aus China und den teuren Antiquitäten der Profis. Sie kam an einer Art Rezeption vorbei, wo zwei Kunden im Gespräch mit einem Angestellten waren, der etwas am Bildschirm überprüfte. Wie sie aus der Situation und Gesprächsfetzen entnehmen konnte, wollten die Leute nichts kaufen, sondern hatten Waren in Kommission gegeben und kamen nun alle paar Tage vorbei, um nach eventuellen Einkünften zu fragen, offensichtlich mit geringem Erfolg.

Es schien ihr eine gute Idee, da sie nun schon mal hier war, nach Bildern zu sehen. Außerdem beschloss sie, sich in der Gegend nach anderen Second Hand Geschäften umzusehen. Alte Bilder mussten ja nicht immer im Kunsthandel oder beim Antiquitätenhändler landen. Weiter hinten waren mehr Möbel, Esstische, Schränke, Kommoden - alles ein wenig schäbig, billig, keine Qualität. An den Wänden hingen Bilder die dem entsprachen. Kitschige Sonnenuntergänge, die üblichen Zigeunerinnen, sogar ein zwei chinesische Landschaften. Zwei Matrosen erregten ihre Aufmerksamkeit. Auch nicht gerade gut gearbeitet aber der Stil kam so ungefähr hin. Sie sah es sich genauer an. An einer Theke starrten zwei Matrosen in ihre Gläser, alles sehr grob gemalt, ein wenig wie für ein Plakat.

Plötzlich schlug ihr das Herz im Hals und sie musste sich beherrschen, das Bild nicht von der Wand zu reißen oder sofort Nina anzurufen. Rechts unten stand klein aber deutlich „E. Blanc". Cool bleiben, auf jeden Fall ganz cool bleiben, sagte sie sich. Das Bild war für 80 Euro zu haben. Kein Problem, aber zuerst wollte sie sich noch etwas umsehen. Mit dem Bild unterm Arm durchstreifte sie das ganze Geschäft, beide Stockwerke. Aber es war kein anderer Blanc zu finden, schon gar kein Weißgerber, oder etwas was ihnen auch nur entfernt ähnlich kam.

Also ging sie zur Kasse und bezahlte die 80 Euro bar. Als sie aber nach der Adresse des Anbieters fragte, erklärte ihr der Angestellte, dass er diese Daten leider nicht rausgeben dürfe. Sie seien verpflichtet die Anonymität ihrer Kunden zu schützen.

„Das verstehe ich natürlich", stimmte ihm Isabel betrübt zu. Natürlich sollte hier nicht die Anonymität der Kunden sondern die Provision geschützt werden. Also musste man mit ein wenig Kohle locken, aber auf keinen Fall zu viel. „Schade, schade. Ich suche nämlich gerade etwas Dekoration für meine neue Bar in Berlin. Weißt du, so ein wenig Cabaret, Chanson, verraucht, falscher Rauch natürlich." Sie lachte rauchig, eine ihrer leichtesten Übungen. „Absinth. Du glaubst gar nicht wie die Berliner auf so was abfahren. Und die Touristen erst. Liza

Minelli. Für die Dekoration sind solche Bilder ideal. Ich habe bereits sechs. Aber weißt du, man muss die Wände richtig voll machen. Nichts teures, nur ein bisschen alt, wenn dick Nikotin drauf ist umso besser."

„Komm einfach in ein paar Tagen noch mal vorbei. Dieser Typ bringt öfter was. Ich kann ihm sagen, dass sich jemand für Bilder interessiert."

„Ja." Isabel seufzte verzweifelt. „Das Problem ist nur, ich fliege übermorgen wieder nach Berlin. Morgen mache ich noch einen ausgedehnten Streifzug durch alle Gebrauchtläden und dann sind meine Koffer hoffentlich voll genug. Aber vielleicht..." Sie nahm einen der Notizzettel von der Theke und notierte ihre Handynummer. Dann reichte sie die Nummer samt einem Fünfzigeuroschein dem Angestellten. „kannst du dem Besitzer ja einfach meine Nummer durchgeben, vielleicht heute noch. Das wäre wirklich super."

Der Angestellte dachte ungefähr zwei Sekunden nach, dann war der Geldschein verschwunden. Mit einem freundlichen Lächeln erklärte er Isabel, dass er auf jeden Fall alles versuchen werde, um den Vorbesitzer des Bildes zu informieren. Er könne aber leider nichts versprechen.

Das war auch nicht nötig. Isabel hatte es sich eine halbe Stunde später gerade auf ihrem Hotelbett bequem gemacht, als ein gewisser Jordi anrief und fragte ob sie an weiteren Bildern interessiert sei. Da ihrer Erfahrung nach ein allzu starkes Interesse immer schlecht fürs Geschäft war, erklärte sie ihm, dass sie Bilder zur Dekoration einer Bar benötige und deshalb vor allem die Motive und natürlich der Preis entscheidend seien. Er meinte daraufhin, dass sie es sich eben ansehen müsse und über den Preis werde man sich dann schon einigen. Sie verabredeten für den nächsten Tag um 15 Uhr in einer Bar an der Rambla del Raval, da die leicht zu finden und nicht sehr weit von seiner Wohnung weg sei.

17

Nina war empört, sah aber dennoch keine Möglichkeit ihren Willen durchzusetzen. „Das ist einfach nicht fair", protestierte sie und wusste gleichzeitig, dass sie ein wenig wie ein Kind klang. Aber es war einfach zu viel verlangt. Da lag die Lösung praktisch zum Greifen nah, und ausgerechnet sie sollte nicht dabei sein.

„Was heißt schon fair. Es ist vernünftig. Und das ist das Einzige, was uns jetzt zu interessieren hat." Redete Isabel beruhigend auf sie ein. „Das Geschäft muss cool ablaufen, oder wir können alles vergessen."

„Ich bin super cool."

„Cool ist nicht gerade deine dominierende Charaktereigenschaft. Wenn der Typ auch nur die geringste Idee bekommt, dass die Bilder etwas wert sind, ist er eine Stunde später beim ersten Kunsthändler und dann beim zweiten. Dann dauert es nicht lange, bis bei Hofstedter das Telefon klingelt, und du kannst deine schönen Rachepläne einfach vergessen. Außerdem, wenn ich mich nicht völlig täusche, bist du wieder auf Speed. Absolut nichts dagegen, aber für ein cooles Geschäft völlig untauglich. Es kann durchaus sein, dass ich, wenn er zu geldgierig ist, erst mal aus der Wohnung laufen muss. Verstehst du? Einfach cool gehen, nicht aufs Maul hauen, wie du das gerne so formulierst."

Nina schwieg trotzig, aber sie wusste, dass ihre Mutter einfach die besseren Argumente hatte. Ein bisschen Arbeiterkoks war zwar genau das richtige um ihr Gehirn voll auf Touren zu bringen, aber für coole Verhandlungen war es vielleicht tatsächlich nicht das Beste.

Also fügte sie sich und begleitete ihre Mutter bis kurz vor die als Treffpunkt vereinbarte Bar. Während Isabel reinging, schlenderte sie langsam weiter, rauchte gemütlich eine Zigarette und machte dann an der nächsten Ecke wieder kehrt. In diesem

Augenblick kam Isabel in Begleitung eines älteren Typen mit Halbglatze wieder raus. Nina folgte den beiden in sicherem Abstand. Nach etwa zehn Minuten betraten sie in einer engen Gasse ein Haus. Da Nina nicht auffällig auf der Straße stehen wollte, was hier eine exzellente Methode war, Dealer anzulocken, ging sie weiter bis zur nächsten Bar und setzte sich dort an die Theke.

Sie bestellte sich einen Carajillo mit Cognac und verfluchte das Rauchverbot. Warten war echt nicht ihr Ding. Ihre Gedanken rasten, und sie beobachtete, wie der Sekundenzeiger an der Uhr hinter der Bar übers Ziffernblatt schlich. Nach zehn unendlich langen Minuten rief sie an. Isabel antwortete nach dem zweiten Klingen. Alles OK im Moment; es würde aber noch etwas dauern. Sie sprachen deutsch, wie sich das für Touristen gehörte, und Nina erklärte noch schnell, dass sie etwa fünfzig Meter weiter in einer Bar sitze.

Während sie wartete, dachte sie an ihr gestriges Gespräch via Skype. Ingrid war auffallend herzlich gewesen, geradezu liebevoll. Die Geschichte mit Weißgerber und Hofstedter schien sie brennend zu interessieren. Kunsthaus Hofstedter kannte eben doch jeder, zumindest Kultursnobs wie Ingrid, und dann Ermittlungen zu einem deutschen Emigranten. Nina war deutlich in ihrer Achtung gestiegen. Champions League eben, wie der Schleimlappen Fritze gesagt hatte. Natürlich hatte Ingrid nicht den allergeringsten Zweifel an Ninas Unschuld. Wenn sie Geld für einen Anwalt bräuchte, kein Problem. Sie hatte sogar angeboten übers Wochenende runterzufliegen. Wozu eigentlich? Tröstendes Kuscheln? Nina hatte mit dem Hinweis auf ihre Mutter dankend abgelehnt.

Von dieser nicht ganz geringen Genugtuung abgesehen hatte das Gespräch aber auch etwas Konkretes ergeben. Ingrid hatte einen alten Studienkollegen, einen verkrachten Kunsthistoriker namens Erich Kleinert. Da er es nie an die Uni oder in eine feste Anstellung geschafft hatte, schlug er sich als freier Journalist durch und pflegte massive Ressentiments auf das Kulturestablishment. Ingrid war sich sicher, dass dieser Erich genau der richtige Mann war um Dreck über Hofstedter auszugraben.

„Der liebt solche Geschichten, und Leute wie Hofstedter entsprechen genau seinem Feindbild", hatte Ingrid erklärt. „Ich ruf ihn morgen gleich an und sage ihm, um was es geht. Dann kann er sich schon mal ein wenig schlau machen, und du kannst in zwei, drei Tagen mit ihm skypen. Wenn er richtig recherchieren muss, müsstest du ihm vielleicht etwas Geld geben, da er chronisch knapp ist. Wenn es aber so aussieht, dass es da einen Skandal mit Hofstedter geben könnte, macht der alles gratis, du musst ihm nur die Story versprechen."

Das hörte sich doch hervorragend an. Ein hungriger Journalist, den man Hofstedter wie einen Bluthund auf den Hals hetzen konnte. Bei Ingrid hatte sie schon mal diese schicke Zeitschrift art in der Hand gehabt. Ob er auch für art schreibe, hatte sie deshalb gefragt. So eine Geschichte kann er überall verkaufen, hatte ihr Ingrid begeistert versichert. Na dann, dachte Nina, vielleicht auch ein Interview mit ihr in art, oder ein Artikel, „Privatdetektivin deckt großen Kunstskandal auf". Und das Beste daran, die glorreiche Krönung wäre, dass es Uta die allseits so geschätzte Weißgerber-Koryphäe völlig zerreißen würde. Den Alten würde der Skandal sicher gut schädigen, eben Geld und Einfluss kosten, aber das liebe Töchterlein, die ehrgeizige Schlampe, die könnte nach so einer Geschichte gleich eine Umschulung machen.

Mann kam das gut. Sie bestellte sich noch einen Cognac - ohne Kaffee, „puro y duro" - und nahm ihn mit vor die Tür, wo sie erst mal eine Zigarette rauchte. Ja, Rache wurde einfach am besten kalt serviert. Sie fühlte sich großartig, alle ihre Sinne arbeiteten 200 Prozent. Fast konnte sie die Unterhaltung der Dealer verstehen, die an der nächsten Kreuzung standen. Eigentlich sollten ihr die Hofstedters ja leidtun, die hatten wirklich keine Ahnung mit wem sie sich hier eingelassen hatten.

Die Zigarette war fertig und sie ging wieder rein. Isabel war fast eine Stunde weg. Wenn sie sich in den nächsten 15 Minuten nicht blicken ließ, würde sie zur Aktion schreiten müssen. Vielleicht als Briefträger klingeln, dann den ersten Mieter nach Jordi fragen. Aber Quatsch, mit Isabel legte man sich nicht so einfach an. Die war mit ganz anderen Typen fertig geworden. Nur so der Backup-Plan um die Zeit zu überbrücken.

Es klopfte an die Scheibe. Draußen stand Isabel, glücklich mit einem großen Paket in den Armen. Nina zahlte hastig und stürzte raus.

„Und?"

„Alles super. Du wirst Augen machen."

„Ja, dann zeig endlich her."

Aber nein, Isabel war durch absolut nichts dazu zu bewegen, sie ihre Beute hier auf der Straße ansehen zu lassen. In aller Ruhe und Sicherheit im Hotel. Nina zügelte also ihre Ungeduld, zumal Isabel ja einiges zu erzählen hatte.

Also dieser Jordi Grau war irgendwie ein armer Hund, entweder ein mieser Job oder arbeitslos. Jedenfalls war er auch nicht mehr jung und lebte dort in einer völlig runtergekommenen Wohnung mit seiner Mutter. Die Mutter ging auf die Neunzig zu, war völlig dement und lag als Pflegefall im Bett. Leider nicht mehr ansprechbar, musste Blanc aber gekannt haben. Ihre Familie hatte früher in der Doctor Dou selbst eine Bar gehabt. War aber schon lange nichts mehr davon übrig. Sie hatte dort selbst gearbeitet und die Bar nach dem Tod ihres Vaters weitergeführt, Anfang der Neunziger aber aufgegeben. Aus der Bar hatte sie noch eine Menge Bilder, die überall im Salon hingen. Nichts Besonderes, Andenken halt. Da die Familie echte Geldprobleme hatte, hatte Jordi vor einiger Zeit damit angefangen die besseren Möbel aber eben auch Bilder zu verkaufen.

Isabel hatte sich alle angesehen und eigentlich nur zwei Interessante entdeckt. Um Jordi aber keinen Hinweis zu geben, hatte sie schließlich vier Bilder mit Kneipenszenen ausgesucht.

Na ja, räumte sie ein, auch ein wenig um ihr schlechtes Gewissen zu beruhigen. Er hatte versucht ein wenig zu handeln, aber als sie ihm schließlich für das ganze Paket 500 Euro angeboten hatte, konnte er einfach nicht mehr nein sagen.

Schließlich kamen sie zu Isabels Hotel. In ihrem Zimmer platzierte sie Nina auf dem einzigen Stuhl. Offensichtlich wollte sie die Show genießen. Zuerst kamen die beiden Bilder, die sie sozusagen als Ballast gekauft hatte. Nina musste sich wirklich beherrschen, die große auf dem Bett liegende Tüte nicht an sich zu reißen. Dann ein relativ dunkles Bild, ein einsamer Trinker saß an einem Tisch und starrte in sein Weinglas, aber, und das war das Beste, rechts unten befand sich die Signatur „E. Blanc".

„Tatata Taaa!" schmetterte Isabel und präsentierte stolz das letzte Bild. Nina hatte noch die Signatur studiert und blickte überrascht auf. Da war die „Blue Lady", die schlanke, elegante Frau an der Theke. Unverkennbar. Nur dass es eben keine „Blue", sondern eine „Red Lady" war.

„Was soll das? Die Blue Lady in Rot?"

„Keine Ahnung. Aber es scheint echt zu sein." Isabel deutete auf die Signatur „E. Wg". „Ich meine diese Künstler haben wahrscheinlich oft verschiedene Versionen gemalt, vor allem wenn sich irgendein Bild gut verkauft hat."

„Hm." Nina suchte auf ihrem Handy die Abbildung der Blue Lady. Dann hielt sie die beiden Bilder nebeneinander. Vergrößerte einzelne Ausschnitte. Schließlich studierte sie besonders intensiv die Signatur. „Die Farben sind seltsam. Fast alle verschieden. Andererseits ist alles perfekt an seinem Platz. Die Signatur stimmt praktisch auf den Millimeter."

„Ich weiß nicht, wie die damals Kopien gemacht haben. Vielleicht hatten sie schon so was wie Diaprojektoren und haben es dann nachgezeichnet."

„Das weiß ich leider auch nicht. Aber ich hab so eine Art Idee. Ich brauche auf jeden Fall meine Unterlagen. Das mit dem Handy ist ja ganz nett, bringt uns aber hier nicht weiter. Dann brauchen wir einen Computer mit Photoshop oder so was."

Sie rief Kike an. Er war bei der Arbeit und hatte wie so oft nicht besonders viel zu tun. Er habe zwar nicht den ganzen Nachmittag Zeit, aber sie könnten gerne auf ein Stündlein vorbeikommen, wenn's wichtig sei.

Endlich Action. Nina schnappte sich das Bild und ihre Mutter und auf der Straße das erste Taxi. Damit fuhren sie erst in Anas Wohnung vorbei, wo Nina ihre Weißgerber Unterlagen holte. Sie nutze die Gelegenheit um sich aus Anas Speedvorrat eine kleine Linie zu legen. Denn das war genau das, was sie jetzt brauchte, um die grauen Zellen so richtig auf Trab zu bringen. Anschließend ging's direkt weiter zu Kikes Securityladen.

Kike wartete schon. Er scannte die Bilder aus Ninas Unterlagen und fotografierte die „Red Lady". Kurz darauf hatte er alles in Photoshop vor sich. Er manipulierte ein wenig die Größe und legte dann Blue und Red Lady als Ebenen übereinander. Er nahm die Farben raus, verstärkte die Kontraste, bis schließlich fast nur noch die Konturen sichtbar waren. Die beiden Bilder waren absolut deckungsgleich.

„Ich glaube nicht, dass die damals so was wie Diaprojektoren hatten", meinte Kike. „Außerdem, warum hätte ein Künstler, der eine Kopie eines seiner Bilder macht, seine Signatur exakt an dieselbe Stelle setzen sollen? Ist doch sowieso sein Bild."

„Mach mal alle schwarz-weiß und nebeneinander", sagte Nina. „Alle drei."

Kurz darauf hatten sie auf dem Bildschirm das Bild des Katalogs von 1938 gefolgt von der Blue und der Red Lady.

Plötzlich schien es Nina, als ginge in ihrem Kopf ein Licht an. Ach was. Es war, als ob sich die Schädeldecke öffnete - wie die Eier bei Alien - und von oben ein UFO mit einer Strahlenkanone hineinleuchte. „Wow! Ich hab das Licht gesehen. Das Licht", sagte sie grinsend.

„Ihr seht es nicht?" fuhr sie fort. „Der alte Katalog war in schwarz-weiß. Logisch auch, Farbdruck war bestimmt noch teuer. Ja, und als der gute Puig vor ein paar Jahren angefangen hat, Weißgerber zu fälschen, fiel ihm irgendwann der Katalog bei seinen Recherchen in die Hände. 'Nettes Motiv', hat er sich vielleicht gedacht. Wirkt umso echter, wenn ich diesen Idioten auch noch das Bild aus dem Katalog anbiete. Er hatte dann natürlich auch einen Projektor - heute hat das ja jeder -, weshalb alles so 100 Prozent genau stimmt. Das heißt bis auf die Farben. Da hatte er ja nur die Grauwerte und musste sich was einfallen lassen. War ja aber auch scheißegal, solange das Original nicht auftaucht."

„Aber das Original haben jetzt wir." Isabel nickte zustimmend.

„Genau! Das Original haben wir. Und damit haben wir Hofstedter so was von am Arsch. Er hat natürlich alle diese Supergutachter. Scheiß drauf! Sag ich. Ich bin mir sicher, wenn irgendein Spezialist diese beiden Bilder vergleicht, bleibt nichts mehr zu diskutieren. Dann ist die Sache klar. Und klar heißt, Puig hat über Jahre Hofstedter für eine Menge Kohle Fälschungen untergejubelt, und Hofstedter hat sie für noch viel mehr Kohle weiterverkauft. Mann, das wird teuer. Aber mehr als das. Sein Ruf ist am Arsch, und nicht nur seiner. Meine allerliebste Freundin Uta. Die Blue Lady war schließlich so was wie ihr Lieblingsbild, wahrscheinlich das Rückgrat ihrer Dissertation. Tja, die kann sie jetzt als Toilettenpapier benutzen. Wow, ist das geil!"

Sie umarmte begeistert ihre Mutter und dann Kike. „Wir haben sie im Sack."

„Nina, pass bloß auf!" Isabel hatte sie am Arm gefasst und sah sie todernst an. „Diese Leute sind gefährlich. Die gehen über Leichen. Wir müssen uns das alles ganz genau überlegen."

„Ich pass schon auf Mama. Ich bin nicht blöd. Aber ich muss sie aus ihren Löchern jagen."

„Was heißt aus den Löchern jagen? Das ist doch absoluter Blödsinn. Wir sollten das ganze Material zu einem Anwalt bringen. Einen Gutachter bestellen, vielleicht mit einem Notar oder so. Und dann gibt man das an die Presse. Unsere Arbeit ist gemacht. Ich denke, es ist sogar viel besser, wenn du den Stein ins Rollen bringst, ohne dass sie bei Hofstedter was davon wissen. Weißt du, die müssen das ganz überraschend morgens beim Frühstück in der Zeitung lesen. Oder plötzlich klingelt's und die Bullen stehen vor der Tür und nehmen alle Geschäftsunterlagen mit. So muss das laufen."

„Ja, ja, du hast schon irgendwie recht. Das mit der Presse habe ich schon angekurbelt." Wiegelte Nina ab. „Aber es ist doch so, dass so eine schnelle Kugel für diese Leute viel zu gut ist. Weißt du, ich will den Angstschweiß auf ihrer Stirn sehen. Wie sie sich winden, Panik bekommen, wenn sie sehen, was auf sie zukommt."

„Oh mein Gott. Kann man nur so behämmert sein," stöhnte Isabel.

„Ich glaubte deine Mutter hat recht", mischte sich auch noch Kike ein. „Du machst denselben Fehler, wie sie ihn immer in den Filmen machen. Wenn sie den anderen am Boden haben, halten sie noch so lange Vorträge, müssen einfach ihren Triumph genießen, bis der andere dann doch noch gewinnt. Nina, man darf ihnen keine Chance lassen. Mach sie fertig, von hinten. Egal, aber gib ihnen keine Chance!"

Das ganze Gespräch nahm eine Wendung, die ihr überhaupt nicht gefiel. OK, Kike war kein Kämpfer. Aber Isabel? Wahrscheinlich machten sich Mütter einfach immer Sorgen. Also würde sie gute Miene zum dummen Spiel machen. Nur schade eben. Sie hatte ein wenig mehr Begeisterung erwartet. Gemeinsam in die Schlacht. Das war wie beim Roller Derby, da konnte man vorher auch nicht groß über mögliche Verletzungen nachdenken. Da musste man ran, voll zur Sache. Nichts für Warmduscher, Bedenkenträger. Sollte der Hofstedter nur seinen Securitywichser schicken oder gar selbst kommen, sie war eigentlich richtig scharf drauf.

Da sie aber im Moment nicht viel Verständnis erwarten konnte, wiegelte sie erst mal ab. Zum Glück erschien dann Kike's Chef mit Arbeit, bevor die Sache ausarten konnte. Also zogen sie wieder ab. Sie brachte Isabel mit dem Taxi zu ihrem Hotel und ging dann in Anas Wohnung. Es blieben ihr noch ein paar Stunden bis Ana von der Arbeit kommen würde. Die letzten Tage war sie meistens mit der Suche nach Spuren von Weißgerber beschäftigt gewesen. Jetzt schien dies alles vorbei, erfolgreich zum Abschluss gebracht.

Sie fühlte sich seltsam leer. Die Euphorie von vor zwei Stunden war verflogen, trotzdem war sie völlig überdreht. Ihr Pulsschlag pochte in ihren Schläfen und ihr Gehirn ratterte auf Hochtouren. Zur Beruhigung drehte sie sich erst mal einen Joint und schaltete den Fernseher ein. Überall die übliche Talk-Show- und Soap-Scheiße. Cartoons, aber so bekifft war sie nun auch wieder nicht.

Das war's also gewesen? Den ganzen Scheiß zum Anwalt bringen, dann das fertige Paket einem Journalisten in die Hand drücken und zusehen, was der draus macht. Sie überlegte, ob sie diesen Erich Kleinert anrufen sollte. Vielleicht hatte der ja ein paar gute Ideen zu Hofstedter. Der würde sicher ein paar Augen machen, wenn sie ihm die Bilder zeigte und erklärte. Das Aktenblatt der Secreta, Foto und Fingerabdrücke von Weißgerber. Das waren Fakten. Nach solchen Dingen leckten sie sich die Finger bei den Zeitungen. Aber irgendwie widerstrebte es ihr, die Sache einfach so aus der Hand zu geben. Dieser Kleinert würde sich womöglich hinterher wie ein Popstar aufführen, und sie und Isabel, die ja schließlich die wirkliche Arbeit gemacht hatten, würden in die Röhre blicken.

Sie stellte sich Utas Gesicht vor, wenn sie morgens in der Zeitung oder auf ihrem schicken iPad den Artikel zu Weißgerber entdeckte. Das wäre einfach das Allerbeste! Vielleicht würde sie aber auch gar nichts lesen, sondern einfach morgens in ihrem Designerkostümchen in ihr Designermuseum stolzieren und sich irgendwann wundern, warum die Kollegen sie alle so seltsam anstarrten, was sie alle so zu tuscheln hatten. Ja, und dann: „Frau Hofstedter bitte zum Direktor." „Dr. Mabuse zum OP!" Sie lachte vor sich hin und zündete den ausgegangenen Joint noch mal an.

Vielleicht würde sie weinen. Nina versuchte, sich an die besten Weinszenen aus Filmen zu erinnern. Audrey Hepburn würde gut passen, hatte sie aber leider nicht so vor ihrem inneren Auge parat. Michelle Pfeiffer, in Dangerous Liaisons eine ganz großartige Weinerin. Sogar in Catwoman einige Superszenen. Aber Michelle Pfeiffer war fast schon zu gut. Cate Blanchett! Natürlich Cate Blanchett in Blue Jasmin, so eine verlogene, selbstgerechte Schlampe. Beim Direktor würde sich Uta diese Blöße zwar nicht geben, aber vielleicht zu Hause? Wenn sie darüber nachdenken konnte, wie ihre Träume zerplatzten? Plop, Plop, machen die Träume, wie Seifenblasen.

Und plötzlich war sie da die Idee, klar und deutlich: sie würde Uta anrufen. Nicht morgen, oder nächste Woche, sondern jetzt. „Mach keinen Scheiß Nina", sagte eine innere Stimme. „Was wird Isabel sagen? Wie willst du ihr das erklären?" sagte eine andere.

„Scheiß drauf", sagte Nina laut. „Ich brauch's einfach. Ich hab's verdient. Ich war schließlich im Knast. Eine kleine Belohnung, das ist doch das Minimum." Isabel würde sie einfach nichts sagen. Schließlich musste man sich nicht für jeden Dreck rechtfertigen.

„OK." Sie machte es sich bequem, zündete sich eine Zigarette an, nahm in Ruhe drei Züge und schnappte sich dann ihr Handy. Die Nummer war noch gespeichert. Es klingelte fünf Mal, dann meldete sich Uta: „Nina? Was willst du?"

„Oi, oi, oi. Kein wie geht's meine Liebe? Wie war das Essen im Gefängnis? Sind die Lesben dort wirklich so scharf wie in den WiP-Filmen? Oder: Es tut mir alles furchtbar leid. Meine Schuldgefühle bringen mich um. Aber es war alles mein böser, böser Vater. Er hat mich zu allem gezwungen. Irgendwie hatte ich ein wenig mehr erwartet. Die Jungs da in der Pintor Fortuny hatten eine echt dicke Salatgurke dabei. Und dann Girls-Night mit Whisky. Das war doch echter BFF-Stoff, und jetzt tust du so, als ob dir jemand am Telefon was verkaufen wollte."

Es folgte eine Denkpause. Nina hörte regelrecht Utas Gehirn rattern. „Das wusste ich nicht und es tut mir wirklich leid, dass du da mit reingezogen wurdest. Ich meine... wenn du unschuldig bist. Aber es sah leider nicht so aus. Wir konnten uns doch nicht gegen die spanische Justiz stellen."

„Ach spar dir doch bitte das Geseiere. Ich zeichne das Gespräch nicht auf. Wir sind ganz unter uns. Aber ich wollte dich eigentlich nach ganz was anderem fragen, nach deiner Dissertation. Kommst du gut voran? Oder musst du noch mal hierher kommen, ins Archiv?"

Noch eine Denkpause. Dann Uta äußerst zögernd und misstrauisch. „Ich werde wegen meiner Dissertation nicht mehr nach Spanien müsscn. Die Zeit drängt, und ich habe viel auf dem Tablett. Deshalb habe ich mich entschlossen, die Angelegenheit möglichst rasch durchzuziehen und habe letzte Woche abgegeben."

Nina pfiff anerkennend durch die Zähne. „Das ist ja toll. Ich bin wirklich tief beeindruckt. Aber nur noch eine Frage in dem Zusammenhang. Interessiert mich wirklich. Was schreibst du eigentlich zur Blue Lady?"

„Zur Blue Lady? Was soll das Nina? Das ist immerhin das zentrale Werk von Weißgerber. Es verbindet ihn über den Katalog mit seiner Arbeit für die Republik; die Kneipenszene zieht eine Linie zu seinem Leben als Bohemien in München. Davon ganz abgesehen halte ich es für seine beste Arbeit, zumindest von den bekannten. Die dargestellte Einsamkeit, das melancholische Blau.... Aber was rede ich. Es ist ein zentrales Kapitel meiner Arbeit. Das kann ich dir hier nicht so im Detail erklären. Wenn's dich wirklich interessiert, schicke ich dir gerne das Kapitel per Mail."

„Das ist aber lieb. Mach das doch bitte. Ich hab auch was für dich. Moment, ich schick dir's sofort auf's Handy." Sie legte auf, und wusch ab ging die Red Lady. Voll rein, direkt unter die Gürtellinie. Zugegeben ein wenig unfair. Aber wenn grad mal kein Schiedsrichter guckt.

Sie wartete. Beherrschte sich, nicht selbst wieder anzurufen. Aber sie war durchaus zur Geduld fähig. Sie zündete sich noch eine Zigarette an, rauchte kontrolliert langsam. Sie war längst damit fertig - insgesamt hatte es siebeneinhalb Minuten gedauert -, als ihr Handy klingelte.

„Was ist das? Woher hast du das?" Diese neuen Handys wurden immer besser. Jetzt übertrugen sie sogar Spannung und Aufregung. Utas Stimme zitterte ja richtig. Das arme Kind.

„Was das ist?" Nina genoss jede Sekunde. Bevor sie fortfuhr, steckte sie sich deshalb gleich noch mal in aller Ruhe eine Zigarette an. „Was das ist? Ja, ich denke, das ist der Nagel zum Sarg deiner Doktorarbeit. Das ist, wie es der Zufall so will, die echte Blue Lady. Die, selbst für Kunstbanausen wie mich leicht zu erkennen, gar nicht blue ist. Und das, was du hast, das zentrale Kapitel deiner Doktorarbeit, das ist eine armselige Scheiße, die der gute Puig - Gott sei seiner Seele gnädig - zusammengepinselt hat."

„Puig hat einfach das Bild aus dem Katalog gefälscht. Dumm für ihn, ich meine, dumm für euch, war der Katalog leider nur in schwarz-weiß. Also musste er seine Fantasie anstrengen. Besonders gut war er da aber nicht; wahrscheinlich fehlte ihm dein Feeling. Ich mein, Rot mit Blau zu verwechseln. OK, die Grautöne kommen hin. Aber sonst? Ich sag dir..."

„Woher hast du das? Ist es echt? Es könnte auch eine Kopie von Weißgerber selbst sein?"

„Die Kopie hast du. Aber leider nicht die von Weißgerber sondern von Puig. Das sieht jeder Idiot, wenn man die Bilder übereinander legt. Und natürlich ist das echt. Ich hab noch ein paar andere, sogar Dokumente. Eure ganze Geschichte vom braven Exilanten, dem Versteck in den Präpyrenäen, deine beschissene Doktorarbeit, nichts als ein Haufen Lügen. Gebrüder Grimm für Kunstidioten."

„Und was willst du damit Nina?"

„Was ich will?" Nina lachte spöttisch. „Ich will, dass euch euer ganzer falscher, großkotziger Scheißladen nur so um die Ohren fliegt. Dein Vater, der ehrenwerte Herr Oberwichtig kann sein Kunsthaus vergessen, Bundesverdienstkreuz ade, und du kannst dir nicht nur deine Doktorarbeit in den Arsch schieben, du kannst auch deiner geliebten Karriere Lebewohl sagen. Die große Weißgerber-Spezialistin hat nichts als billige Fälschungen verramscht. Verstehst du, das will ich. Ich will auf eure Gräber pissen."

„Nina. Langsam, langsam. Ich verstehe, dass du verletzt bist, dass du dich im Stich gelassen fühlst. Mach aber bitte nichts Unüberlegtes. Du weißt nicht, auf was du dich einlässt. Mein Vater... Lass uns darüber reden, persönlich, nicht hier am Telefon. Man kann für alles eine Lösung finden. Ich denke, ich kann dir einiges erklären, und möglicherweise bin ich dir das schuldig. Aber bitte, bitte mach keine unüberlegten Aktionen."

Nina schnaubte verächtlich. „Soll ich mir jetzt wegen deinem Vater ins Höschen machen? Der wusste doch offensichtlich nicht, mit wem ER sich eingelassen hat. Aber immerhin, es war mal wieder schön mit dir zu plauschen. Vor allem jetzt, wo es scheint, als ob du dein Mitgefühl für mich wieder gefunden hast. Einfach toll so, alte Freundinnen unter sich. Darum geb ich dir den heißen Tipp, hol deine Doktorarbeit zurück. Ich mein, wenn das noch geht."

Sie lachte und legte auf. Einfach superaffengeil!

18

„Irgendwie erinnert mich das an Miami Beach, das heißt, wie ich Miami Beach aus dem Fernsehen kenne. Beach, Palmen, Surfer, Boardwalk, viel braune Haut. Geradezu unglaublich", stellte Isabel beeindruckt fest. Sie flanierte mit Nina auf dem Paseo Marítimo an der Seeseite von Barceloneta. Da sie für den kommenden Tag ihren Flug nach Frankfurt gebucht hatte, wollte sie heute in aller Ruhe mit ihrer Tochter ihren Abschied feiern. Alleine und auch mit Nina hatte sie noch zwei Tage Kunsthändler und Auktionshäuser abgeklappert. Alles ohne Erfolg. Deshalb wollte sie jetzt noch ein wenig flanieren - aber bitte nicht die Ramblas -, gut essen, dazu guten Wein trinken, möglicherweise vorher schon den einen oder anderen Aperitif.

Als Nina Barceloneta vorgeschlagen hatte, hatte sie zwar zuerst protestiert, sich dann aber doch mit dem Argument überzeugen lassen, dass man wohl nirgends die Auswirkungen der Olympiade deutlicher betrachten könne. „Miami Beach", wiederholte sie. „Sie müssen noch ein bisschen an der Skyline arbeiten. Aber sonst."

„Ja, alles ein wenig Disney- oder Fantasialand. Die Skyline werden sie wohl in Barceloneta unterbringen. Sie müssen nur noch ein paar alte Mieter rauswerfen, die letzten Hindernisse auf dem Weg zum ganz großen Reibach für wenige."

„Es ist nicht immer alles so schlecht", protestierte Isabel. „Als ich das letzte Mal hier war - muss so 83 oder 84 gewesen sein - da hat man noch Abwasserrohre gesehen. Alles völlig versifft und verdreckt. Baden war nur was für abgehärtete Einheimische."

„Sicher, da kann man wirklich nicht viel dagegen sagen. Mir stinkt nur, dass man hier so tut, als ob man das alles für die Leute macht. Toller Strand, schöne Häuser, schicke Restaurants. Aber wahrscheinlich ist es doch so, dass die Einheimischen heute froh sein können, wenn sie in einem der Restaurants als Kellner arbeiten dürfen - unter Tarif natürlich -, oder als Putzfrau oder Zimmermädchen. Der Strand und die renovierten Häuser sind ja eh für die Touristen. Natürlich wird dabei eine Menge Geld verdient, aber das kassieren ganz andere. In Berlin kannst du dir die gleiche Scheiße ansehen. Nur hier ist es noch viel hübscher, noch viel krasser."

„Und weil du hübsch noch nie ausstehen konntest, bist du zumindest in Berlin ausgerechnet nach Marzahn gezogen."

„Was hast du gegen Marzahn?"

„Das sind doch diese schrecklichen DDR-Häuser. 'Platte' sagt man glaube ich?"

Sie hatten sich auf eine Bank gesetzt und rauchten gemeinsam einen Joint. Nachdem Nina ein paar Züge genommen hatte, sagte sie: „Weißt du, nach einem Jahr in Mitte hab ich all die schwangeren und glücklichen Muttis nicht mehr ertragen, war alles so milchig. Blöde Schwaben! Da hab ich mir das Viertel ausgesucht, was am meisten nach Clockwork Orange aussah."

„Du bist doch selbst Schwäbin, im Sinne von süddeutsch, und so meinen sie das ja wohl in Berlin."

„Ich bin erstens Spanierin, aber selbst, wenn ich irgendwie aus Heidelberg komme, meinte ich mentale Schwaben."

„Mentale Schwaben?"

„Genau. Und zwar die, die vom Bio- zum Drittweltladen sausen und deren Brut in irgendwelchen selbstverwalteten Kindergärten zu kleinen verzogenen Monstern mutiert. Ein Häppchen beim Türken, einen Prosecco beim Italiener. Multikultimischpoke."

„Aber du bist doch mindestens genauso Multikulti wie Schwäbin."

„So ein Blödsinn." Nina lehnte sich zufrieden in ihrem Stuhl zurück und begann zu dozieren, wobei sie die Punkte an ihren Fingern abzählte: „Ich bin Ausländer, ich bin lesbisch, ich bin

Frau. Ich bin Gesindel und wohne in Marzahn. Verstehst du? Ich bin echt."

Sie blieben noch sitzen und lästerten gemeinsam über Touristen, die in großen Scharen an ihnen vorbei defilierten, dabei viel nackte und verbrannte Haut, schwabbelndes Fett und geschmacklose Kleidung, die allerdings meist nur rudimentär, zur Schau stellten. Sie kamen übereinstimmend zu der Meinung, dass einige der schlimmsten Fälle Schmerzensgeld bezahlen sollten.

Nachdem sie sich so eine Zeit amüsiert hatten, zogen sie weiter und fanden schließlich einen schattigen Tisch in einem der Strandcafes, wo sie als Aperitif einen Vermouth und ein paar Tapas bestellten.

„Salud", sagte Isabelle und stieß mit Nina an, als sie ihre Getränke hatten. „Was willst du jetzt eigentlich machen? Ich meine etwas längerfristig, wenn die Sache mit Hofstedter und so weiter erledigt ist. Wieder nach Berlin? Und wenn ja, was dann? Zu deinem Securityclub kannst du ja wahrscheinlich nicht mehr?"

„Ich habe absolut keine Ahnung. Ich fühl mich ehrlich gesagt im Moment ein wenig überflüssig."

„Überlegst du dir hierzubleiben?"

„Auch schon mal. Aber weißt du, guck dich um. Man raucht einen Joint am Strand, chillt dann ein wenig bei einem Vermouth, ein paar Tapitas, guckt den Surfern zu. Auf Dauer ist das nichts für mich. Da fehlt mir einfach die mala leche, die für Berlin so typisch ist."

„Und ohne ausreichend mala leche kannst du mal leider nicht existieren, wie wir wissen."

„Irgendwie vielleicht. Mir ist das alles ein wenig zu schick hier, zu hip. Mir fehlt das beschissene Wetter, die Loser, die mittags schon Flaschbier auf der Straße trinken und Currywurst für den Gipfel der internationalen Küche halten."

„Und was ist mit Ana?"

„Mit Ana? Was soll mit Ana sein? Das ist temporär. Wir sind jung und haben eine gute Zeit. Aber irgendwie hat jeder sein

Leben, seine Pläne."

„Hätte ja sein können, dass du oder sie, oder gar beide verliebt seid."

„You talking to me? Are you talking to me?" Nina spielte mal wieder Robert De Niro. „Das muss doch ein Witz sein. Ich kann mich nämlich nicht erinnern, dich jemals verliebt erlebt zu haben."

„Deinen Vater habe ich geliebt."

Nina lachte laut und schlug sich übertrieben auf den Schenkel: „Das muss aber lange vor meiner bewussten Wahrnehmung der Welt gewesen sein. Denn ich kann mich nur vage an eine Menge Geschrei und Theater erinnern."

„Weil du dich an Ibiza nicht mehr erinnerst. Zugegeben, die letzten Jahre waren wirklich sehr schwierig. Aber das ändert alles nichts an meinen Gefühlen." Isabel war nicht bereit, sich aus der Ruhe bringen zu lassen. Sie nippte an ihrem Vermouth und beobachtete die Surfer.

„Vor allen Dingen aber ist er schon ungefähr tausend Jahre tot. Die große dramatische Liebe. Wenn von mir mal eine Freundin mit dem Flugzeug abgestürzt wäre, würde ich ihr auch jeden Abend eine Kerze anzünden. So ein wenig dramatische Liebe in meiner Vergangenheit fänd ich echt super."

„Bleib du ruhig bei deinem Zynismus. Ich weiß, was ich hatte." Isabel dachte gar nicht daran, sich provozieren zu lassen und widmete sich wieder dem Geschehen am Strand.

Nach einer längeren Pause meinte Nina etwas trotzig: „Es ist nicht ganz so einfach wie du denkst. Ich mein, es ist schon OK, aber so für länger, passen wir nicht richtig."

„Und wieso das? Denn, wenn man sich eure Tattoos ansieht oder eure Vorliebe für Amphetamine und schlechte Filme, seid ihr ja geradezu ein Traumpaar."

„Das sieht nur so aus. Weißt du Ana ist absolut auf ihren Körper fixiert. Wäsche, Korsagen, Leder, Latex. Steampunk-Scheiß vorne, Gothic hinten. Jetzt spart sie für einen Boob Job, aber das ist nur die Number One auf ihrer Wunschliste der kosmetischen Operationen."

„Na ja, wenn sich jemand verbessern will. Ein paar Startvorteile im alltäglichen Gerangel um die besten Plätze auf der Sonnenseite des Lebens. Was kann man da schon sagen."

„Was man da sagen kann? Zum Beispiel, dass ich bin, was ich bin, und gerne so akzeptiert werden möchte. Dass ich Kreaturen wie Paris Hilton oder Scarlett Johansson erbärmlich finde."

„Mein liebes Kind," Isabel schüttelte indigniert den Kopf. „Ich weiß nicht, wer dir diesen Schwachsinn in den Kopf gesetzt hat. Ich war's todsicher nicht. Du verlangst doch nicht etwa, dass dich jemand wegen deiner 'inneren Werte' liebt? Habe ich vielleicht mit dir Grimms Märchen gelesen? Nein! Natürlich nicht. Aber da du dich ja offensichtlich irgendwo damit infiziert hast, will ich was klarstellen. Selbst im Märchen sind die Schönen auch immer die Guten. Bei Aschenputtel muss man nur den Dreck abwaschen und schon kann man die Schwestern vergessen.

Schöne Menschen gelten nun mal als intelligent und ganz besonders als sensibel. Die Leute lieben Pferde und Eichhörnchen, finden Schweine dagegen oder Ratten, einfach furchtbar, ekelhaft. Dabei gehören Ratten und Schweine zu den intelligentesten Säugetieren. Nützt ihnen das was? Es interessiert einfach niemanden!"

„Du kannst hier groß daherreden. Du hast immer super ausgesehen, und immer gerne Witze gemacht über deine Freundinnen, wenn sie sich etwas ungeschickt angezogen haben, weil sie einfach nicht mithalten konnten."

„Ja sicher, ich beschwer mich nicht. Wo auch? Aber ich habe auch immer was dafür gemacht. Ich hab mich schon depiliert als all meine Hippiefreundinnen das noch als Verrat am Feminismus betrachtet haben. Und dann wollen wir mal nicht vergessen, dass du mich als die erste Cosplayerin deines Lebens bezeichnet hast.

Meinst du vielleicht, dein Vater hat mich geliebt, weil er mir tief in die Augen gesehen hat und dann ganz tief drin meine inneren Werte entdeckt hat." Sie lachte. „Da ist nämlich leider nicht viel zu finden. Nur ein großes schwarzes Loch! Ich bin egozentrisch, faul, rachsüchtig, eine schlechte Tochter, eine noch schlechtere Mutter, eine passionierte Lügnerin, aber ich bin schön, zumindest war ich es früher mal. Und darum hat mich dein Vater geliebt, nicht wegen meiner schönen Seele."

„Aber..."

„Nichts aber." Isabel winkte ab. „Jetzt hörst du mir zu. Ich habe mir jahrelang das Gezeter wegen meines kurzen Minirocks angehört. Ja, die Welt ist ungerecht. Daran kannst du nichts ändern, find dich also damit ab. Ich werde alt, und die jungen Männer auf der Straße sehen einfach durch mich durch. Meinst du, ich finde das lustig."

„Genau genommen hast du auch gar keinen Grund dich zu beschweren. Du hast Beine bis zum Hals, geradezu unglaubliche Beine. Du bist schlank und wirst es bleiben, zumindest solange du viel Sport machst. Deine Haare könnten etwas mehr Volumen vertragen, aber das bringt selbst ein drittklassiger Frisör schnell in Ordnung. Dazu etwas Makeup, Augen und Wangenknochen hervorheben. Ich wette, wenn du so mit einem Mini durch die Stadt gehst fallen die Bauarbeiter von Gerüst. Dass du mich aber nicht falsch verstehst, deine Ana ist durch den Wind. Ich finde nur deine Argumentation lächerlich. Wie ein Teenager! Und das in deinem Alter. Wenn du nur halbwegs meine Tochter bist und dazu noch irgendwie die Enkelin deines geliebten Opas, dann solltest du wirklich alles dafür tun, dass deine inneren Werte, dein ureigenes Selbst sozusagen, der restlichen Welt verborgen bleibt. Und damit Schluss mit den Belehrungen! Ich habe Hunger, gehen wir essen."

Weitgehend schweigsam gingen sie in ein Restaurant, wo Nina einen Tisch reserviert hatte. Sie einigten sich problemlos auf zwei Vorspeisen, anschließend einen schwarzen Reis und eine

Flasche kühlen Weißwein. Isabel war sofort wieder mit sich, ihrer Tochter und der Welt versöhnt. Schließlich verkaufte sie spanischen Wein und Spezialitäten. Das Elend dabei war nur, dass die Spanier so gewaltig ihrer Zeit hinterherhinkten. Die Italiener dagegen verdienten sich in Deutschland seit Jahrzehnten mit ihrer Meinung nach oft eher mittelmäßigen Produkten dumm und dämlich. Als ob zum Beispiel irgendein Parmaschinken auch nur am Rande mit einem echten Ibérico mithalten könne, von einem Ibérico de Bellota ganz zu schweigen. Dann das Olivenöl, das kauften die Italiener zu Hektolitern in Spanien füllten es dann in Designerfläschchen aus Muranoglas und verlangten ein Heidengeld dafür. Mit dem weit überschätzten Grappa, dem Käse, genau das Gleiche, es war ein Drama. Beim Wein hatten sie zum Glück in den letzten Jahren ganz gute Fortschritte gemacht.

Als sie schließlich entspannt beim Kaffee angekommen waren, ergriff Isabel plötzlich Ninas Hand. „Hör zu mein Schatz. Ich weiß, dass du rachsüchtig und unbeherrscht bist. Und morgen früh sitze ich wieder im Flugzeug und niemand wird hier mehr auf dich aufpassen. Also versprich mir hoch und heilig, dass du vorsichtig bist, dass du deine Schritte sorgfältig überlegst. Ich werde sonst keine ruhige Minute mehr haben."

Nina legte ihre andere Hand dazu und sagte. „Ich schwöre es Mama. Ganz großes Ehrenwort."

Isabel wusste wann sie angelogen wurde. Aber was sollte sie machen? Der Apfel fällt ja nicht weit vom Stamm. Trotzdem wünschte sie sich, sie wäre nur ein wenig religiös. Dann hätte sie in eine Kirche gehen können und dort bei irgendeiner Virgen für ihre verbohrte Tochter beten können.

19

„Hofstedter ist eine dieser unappetitlichen Figuren, die man leider in der deutschen Kunstszene immer wieder antrifft. Besonders widerlich daran ist, wie es diese Familie ehemaliger Nazis und Kriegsgewinnler nach dem Krieg geschafft hat, sich selbst als die großen Antifaschisten und Judenfreunde in Szene zu setzen. Der erste Hofstedter hieß auch Richard und war sicher kein Dummkopf, denn er hat schon in den Zwanziger Jahren mit Expressionisten Geschäfte gemacht. Er ist dann aber sofort zu den Nazis umgeschwenkt, als die an die Macht kamen. Allerdings hat er sich nie auf Nazikunst spezialisiert; das war ihm wahrscheinlich doch zu primitiv. Man konnte ja auch viel bessere Geschäfte machen, wenn man beim heimlichen Export entarteter Kunst behilflich war. Wenn sich so ein fetter Parteibonze eine jüdische Villa samt Inventar unter den Nagel gerissen hatte, wollte er sie vielleicht schon mit seinem Nazischeiß dekorieren, was ihn ja aber nicht davon abhalten musste den verkommenen, entarteten Dreck für gute Devisen ins Ausland zu verschieben. Dafür brauchte man natürlich jemanden."

„Und dieser jemand war Hofstedter?" fragte Nina fasziniert. Sie unterhielt sich über Skype mit Erich Kleinert, dem Kunsthistoriker, den ihr Ingrid empfohlen hatte. Kleinert war ihr von Anfang an sympathisch gewesen. Er war direkt und nahm kein Blatt vor den Mund.

„Genau. Aber er war ja nicht nur den Nazis behilflich. Als sich in den ersten Jahren die meisten reichen Juden ins Ausland absetzten, brauchten sie vor allem dringend Bargeld. Ihre moderne Kunst konnten sie offiziell kaum verkaufen, da sie ja 'entartet' war, mitnehmen war aber trotzdem verboten. Wahrscheinlich haben sie ihm manchmal mit Tränen in den Augen fast noch die Füße geküsst, wenn er ihnen für einen Appel und ein Ei so einen

Max Ernst, einen Corinth oder Marc abgenommen hat. Wenn's richtig was zu holen gab, half er sicher auch mit den Papieren. Pass, Visa, alles kein Problem für einen Mann mit den besten Beziehungen. Einige waren echt dankbar, und so kann er sich noch heute damit brüsten, dass er jüdische Freunde überall auf der Welt hat. Dass es da einige Prozesse mit Erben gibt, wird dabei stillschweigend unter den Teppich gekehrt.

Wie gesagt, er hat richtig Geld verdient. Später kam dann der Krieg und die Raubkunst, da hat er dann noch mal groß abgesahnt. Und als der Krieg vorbei war, stand er da mit seinen internationalen Beziehungen, der Sammler und Förderer der entarteten Kunst. Nazi war er natürlich nie gewesen, zumindest nicht freiwillig oder mit dem Herzen. Man musste halt mit den Wölfen heulen, um nicht gefressen zu werden. Und das Widerlichste an der Geschichte ist, dass sich diese Typen, das auch noch oft selbst glauben."

„Und der heutige Hofstedter, Richard der Zweite?"

„Richard der Dritte wäre noch besser." Kleinert lachte. „Über den weiß ich bislang nicht so viel. Der konnte sich wahrscheinlich nie richtig aus dem Schatten seines übergroßen Vaters befreien. War ja alles da: Geld, das Kunsthaus, internationales Renommee, eine beeindruckende Sammlung und so weiter. Er hat vor allen Dingen weitergemacht und dabei versucht sich zu profilieren. Hat angeblich einen Doktor von der Universität Tiflis, was ja unter Akademikern ziemlich anrüchig ist. Aber er verkehrt sicher mehr mit Politikern und reichen Sammlern als mit Professoren. Kann ihm auch egal sein. Denn wenn man heute in Deutschland was mit klassischer Moderne zu tun hat, kommt man an Hofstedter kaum vorbei."

„Und welche Rolle spielt die Tochter? Uta Hofstedter?"

„Da weiß ich noch weniger. Die hat sich immer brav im Hintergrund gehalten, hat eine Stelle in Frankfurt und ein paar Artikel geschrieben. Ob sie eine eigene Karriere anstrebt oder mal richtig ins Familienunternehmen einsteigen möchte, ist nicht so klar. Andererseits, wenn man schon Uta heißt, kann man seinem Schicksal wohl kaum entfliehen."

„Wieso das?"

„Na ja, die Uta von Naumburg, so eine gotische Statue dort im Dom. Für einige die schönste Frau der deutschen Kunstgeschichte. Für die Nazis war sie absoluter Kult, sozusagen das Urbild der deutschen Frau. Selbst Umberto Eco hat von ihr geschwärmt in seiner 'Geschichte der Schönheit'. Aber, vergiss Eco. Dass der Altnazi Hofstedter die Tochter Uta nennt, spricht dagegen Bände. Das arrogante Pack verrät sich halt noch immer bei den Details." Er lachte. „Ach, noch eine Kleinigkeit am Rande, die dir wahrscheinlich gefallen wird. Walt Disney diente die Uta von Naumburg als grafisches Vorbild für die Evil Queen in Schneewittchen."

Das gefiel Nina tatsächlich ungemein. Herzchen Uta war die Evil Queen! Irgendwie hatte sie doch immer schon das Gefühl gehabt, dass es da zwischen Isabel und Uta so die eine oder andere Beziehung gab.

Da Kleinert zur Familie Hofstedter bislang nicht mehr in Erfahrung gebracht hatte, erkundigte sich Nina bei ihm noch generell nach Kunstfälschungen, speziell den Zwanziger und Dreißiger Jahren, den Sachen eben, auf die sich Hofstedter spezialisiert hatte. Sie erzählte, dass ihrer Meinung nach einige der Weißgerber-Arbeiten in Barcelona gefälscht worden sein müssten, allerdings erwähnte sie die bislang gesammelten Beweise mit keinem Wort. Man musste ja nicht gleich mit der Tür ins Haus fallen. Also deutete sie lediglich an, dass sie einige Ermittlungen am Laufen habe und sich ziemlich sicher sei, in absehbarer Zeit konkrete Beweise in den Händen zu halten.

„Das wäre natürlich eine Sensation", versicherte ihr Kleinert begeistert. „Aber diese Beweise müssen wirklich gut sein, absolut hieb- und stichfest. Wir haben es ja hier mit Hofstedter zu tun. Weißt du, diese Fälscherei ist inzwischen ein Riesengeschäft und ganz besonders Bilder des Zwanzigsten Jahrhunderts. Erstens sind sie leichter zu fälschen; zweitens - und das ist sicher das Allerwichtigste - bringen sie am meisten Geld. Es gibt natürlich Methoden und Gutachter, aber oft ist das alles fragwürdig bis lächerlich. Viele hoch bezahlte Gutachter - ich rede hier von angesehenen Professoren und Museumsdirektoren - 'fühlen' einfach, ob ein Bild echt ist."

„Sagen wir mal, der Fälscher ist kein Pfuscher. Das heißt, er nimmt keine modernen Farben, die man mit einer einfachen chemischen Analyse nachweisen kann - aber nicht vergessen, dass diese Analysen sehr selten gemacht werden. Dann weiß er noch, wie er eine schöne Rissbildung hinbekommt, zum Teil mit schnell trocknenden Lösungsmitteln, im Backofen oder einfach mit etwas Geduld. Dann ist das Resultat so echt, dass kaum jemand das Gegenteil beweisen kann. Allerdings braucht man dann noch zwei ganz wichtige Dinge, um das Produkt für viel Geld auf den Markt zu bringen."

Er machte eine effektvolle Pause und Nina tat ihm den Gefallen und fragte gespannt: „Welche zwei Dinge?"

„Erstens braucht man einen dieser 'Fühler', einen dieser ganz wichtigen Spezialisten, dieser Koryphäen, der mit dem ganzen Gewicht seiner Autorität bescheinigt, dass das Bild echt ist. Wenn es so ist, wie du erzählst, hat es Hofstedter geschafft, die eigene Tochter da zu platzieren. Das heißt, er hat gewissermaßen die Lizenz zum Geld drucken.

Kommen wir zu zweitens. Und das ist eigentlich die Basis, von der aus die große Koryphäe erst agieren kann. Ein richtiges Kunstwerk, heißt ein teures, braucht eine Legende, eine Art Stammbaum. Ich rede von der 'Provenienz', der Herkunft eines Bildes. Am besten ist natürlich, man kann seine Geschichte lückenlos mit alten Rechnungen und Inventarlisten von anerkannten Sammlungen belegen. Da können Fälscher tatsächlich wenig machen, aber andererseits kommen solche Werke ja auch kaum auf den Markt, da sie meistens im Museum hängen. Besonders beliebt sind deshalb Künstler der russischen

Avantgarde, der deutschen entarteten Kunst oder auch Spanier, die nach 39 ins Exil mussten. Aber nicht, weil sie künstlerisch so gut sind - was sie zweifelsohne auch sind - nein, vor allem weil sie aus chaotischen Verhältnissen kamen. Das Europa zwischen den Weltkriegen war ein wahrer Hexenkessel: Verfolgung, Flucht, Exil. Berlin, Paris, vielleicht Madrid, Barcelona, schließlich Buenos Aires oder New York. Wer will da nach einem Stammbaum fragen. Eventuell genügt eine Hotelrechnung aus Paris als Beleg, dass Kandinsky, dort eine Woche verbracht hat, vielleicht noch ein Brief, eine Widmung, und plötzlich kann man die Herkunft eines Kandinsky erklären. Jetzt braucht man nur noch die Expertise eines Spezialisten. Mit Beziehungen ist die manchmal gar nicht so schwer zu bekommen. Sagen wir der Herr Professor bekommt 5 oder 10.000 Euro für seine Bemühungen. Kein schlechtes Geld für einen schnellen Auftritt und einen kurzen Text. Oft ist es aber so, dass dieser Gutachter später Prozente erhält. Das heißt, wenn er sagt, dass das Gemälde echt ist, bekommt er ein Vielfaches. Das ist ein wenig, als ob man Gutachter für Falschgeld hätte, und für jeden falschen Hunderter, den sie finden, bekommen sie fünf Euro. Wenn sie dagegen feststellen, dass er echt ist, 50. Was glaubst du, wie viel Falschgeld da plötzlich auf dem Markt wäre. Ja, ich weiß, das klingt unglaublich, aber so ist es leider nun mal. Diese Leute machen den Bock tatsächlich zum Gärtner."

Kleinert lachte bitter. „Was glaubst du, wie viele Artikel und Rezensionen ich schreiben muss, um 5.000 zu verdienen. Und diese Leute sahnen dermaßen unverschämt ab, dass einem schwindlig werden kann. Ich sag dir eines, wenn du Material findest - wie gesagt gutes Material - um diesen Hofstedter ans Kreuz zu nageln, dann kannst du mit mir rechnen. Auf so eine Chance habe ich mein halbes Leben gewartet. Ich schreibe regelmäßig für eine ganze Reihe von Zeitschriften. Natürlich will sich von den Redakteuren keiner mit Hofstedter anlegen. Aber wenn wir was haben, was Richtiges, dann werden die wild. Das sag ich dir. So einen Skandal lässt sich keiner durch die Lappen gehen. Wir kreuzigen diese Schweinebande auf dem Titelblatt. Kunst hat die noch nie interessiert. Die hängen sich bloß große gerahmte Wertpapiere an die Wand, oder packen sie gleich in den Tresor. Natürlich könnte einem das alles egal sein, aber es tut schon weh, diese Ignoranz gepaart mit Gier, die alles in den Schmutz tritt."

So ging es noch eine Weile weiter und Nina gefiel dieser verkrachte Kunsthistoriker immer besser. Der hatte eine gesunde Wut im Bauch und schien außerdem wirklich etwas von seinem Fach zu verstehen. Das war genau der Bluthund, den sie brauchte um ihn auf Hofstedter loszulassen. Aber das würde später kommen. Jetzt hatte er erst mal Witterung aufgenommen, und man würde sehen, was er selbst so aufstöberte.

Nachdem sie die Skypesitzung beendet hatte, war sie ausgesprochen guter Dinge. Es war erst so gegen 16 Uhr, irgendwie eine dumme Zeit hier. Also drehte sie sich erst mal einen Joint und spielte in Ruhe ein paar Szenarien durch, wie sie gemeinsam mit Kleinert die saubere Familie Hofstedter aufmischen könnte. Als sie überlegte, ob sie Ana kurz anrufen sollte, bemerkte sie, dass sie innerhalb der letzten beiden Stunden drei Anrufe von Uta erhalten hatte.

„Wenn man vom Teufel spricht, oder nur an ihn denkt", murmelte sie. Das musste ja wirklich wichtig sein. Sie überlegte sich ob sie die Evil Queen - der Vergleich gefiel ihr ungemein - noch etwas zappeln lassen sollte. Aber möglicherweise bildete die sich dann noch ein, sie hätte Angst vor ihren Anrufen. Zwei Stunden waren gerade eine reichliche Siesta-Pause, außerdem fühlte sie sich nach dem Joint auch ganz gut in Stimmung, mit dem verlogenen Geschwätz umzugehen.

Uta meldete sich bereits nach dem zweiten Klingeln. „Hallo Nina. Schön, dass du anrufst. Hör zu, ich bin hier in Barcelona und muss dringend mit dir reden. Können wir uns heute Abend treffen?"

Das war ja ein Hammer. Nina fühlte sich überrumpelt und musste sich beherrschen, nicht sofort zuzusagen. Denn irgendwie träumte sie ja seit Wochen davon, dieser Schlange von Angesicht zu Angesicht ihre Meinung zu sagen. Aber zuerst hieß es mal, cool bleiben. „Ich wüsste eigentlich nicht, was wir beide groß zu besprechen hätten. Ich meine, falls du ganz wider Erwarten eingesehen haben solltest, was für eine Riesenschweinerei ihr da abgezogen habt, kannst du ja erst einmal zur Polizei gehen und eine neue Aussage machen. So in dem Sinne: mea culpa, mea maxima culpa."

„Sei nicht kindisch Nina. Du weißt, dass ich das nicht machen kann. Das heißt aber nicht, dass mir nicht vieles leid tut. Aber bevor wir uns wieder am Telefon gegenseitig in Sackgassen verrennen, da jede nur auf ihre eigenen Probleme fixiert ist, sollten wir miteinander reden, direkt, nur wir beide. Ich bin dir nicht nur einige Erklärungen schuldig; ich kann dir sicher auch ein paar ganz konkrete Angebote machen, die du dir zumindest anhören solltest."

„Angebote? Hast du wieder einen Koffer Geld dabei, wie für Puig, und um die Ecke lauert Dirty Harry euer Hausscherge?"

„Nina!" Uta klang deutlich genervt. „Ich möchte mich mit dir in einer öffentlichen Bar treffen und zwar alleine; das heißt, nur wir beide. Ich bin wieder im Barceló und dachte, wir könnten uns in der einen Bar schräg gegenüber an der Ecke um neun Uhr treffen. Dann ist es dort noch ziemlich ruhig aber öffentlich. Ich werde auf jeden Fall dort sein. Wenn du lieber in den Krieg ziehen möchtest, ohne mich anzuhören, werde ich morgen wieder im Flugzeug sitzen und den Rest einfach dir und meinem Vater überlassen." Damit legte sie auf.

Dumme, arrogante Schlampe, dachte Nina verärgert. Eigentlich sollte sie sie heute Abend sitzen lassen. Mal sehen, ob sie immer noch so cool wäre, wenn Kleinert seinen ersten Artikel veröffentlicht hatte. Doch sie wusste gleichzeitig, dass sie unter keinen Umständen auf dieses Treffen verzichten konnte. Mal sehen, was sie anzubieten hatte. Höchstwahrscheinlich Geld, darum drehte sich bei diesen Leuten ja immer alles. Zu dumm, dass es nichts bringen würde.

Sie versuchte die restliche Zeit zuerst mit Fernsehen totzuschlagen, konnte sich aber überhaupt nicht konzentrieren. Also rauchte sie noch einen kleinen Joint zur Entspannung, döste erfolgreich eine Runde und unternahm dann einen ausgedehnten Spaziergang durch die Stadt. Dabei spielte sie alle möglichen Varianten des zu erwartenden Dialogs mit Uta durch. Mehr aus Langeweile rief sie irgendwann Kike an und fragte ihn, ob er ihr bei dem Treffen Rückendeckung geben könne. Wie nicht anders zu erwarten, war er sofort begeistert. Sie musste ihn regelrecht bremsen. Er solle nur dezent die Bar beobachten und anschließend Uta folgen, ob sie wirklich zu ihrem Hotel ginge und wenn, mindestens noch eine Stunde warten, ob sie auch dort bliebe. Möglicherweise hatte sie ja noch andere Kontakte in Barcelona.

So gegen halb neun war sie schon in der Gegend und suchte sich eine ruhige Bar. Dort bestellte sie sich ein kleines Bier und ging dann auf die Toilette, wo sie sich eine kleine Linie Speed gönnte. Genau die richtige Ration, um bei dem kommenden Treffen einen glasklaren Kopf zu haben. Als sie schließlich kurz nach neun die von Uta vorgeschlagene Bar erreichte, war sie die Ruhe selbst, während ihr Kopf auf Hochtouren arbeitete.

Uta saß alleine an einem Tisch im Hintergrund, einen großen Whisky vor sich. Als Nina auf sie zukam, erhob sie sich, breitete leicht die Arme aus und sagte: „Keine Angst, nur eine kurze Umarmung zur Sicherheit."

Nina hatte nichts dagegen, ganz im Gegenteil. Sie fand das eher ungewöhnlich professionell. Also umarmten sie sich und tasteten sich dabei schnell nach Mikrofonen, Rekordern und Ähnlichem ab. Geradezu herausgefordert von Utas Whisky besorgte sich Nina an der Bar dasselbe. Schließlich konnte ja kein Zweifel daran bestehen, wer hier im Ernstfall wen unter den Tisch trinken würde, außerdem macht Speed recht immun gegen Alkohol.

„Salut also." Uta hob ihr Glas und nippte daran. „Ich will nicht lange um den heißen Brei rumreden. Da du möglicherweise neue Quellen zu Weißgerbers Aufenthalt hier in Barcelona entdeckt hast, kann ich dir im Auftrag meines Vaters eine Pauschalsumme von 100.000 Euro anbieten. Du übergibst uns dafür alles Material und klärst uns genauestens über die Herkunft auf. Anschließend verpflichtest du dich schriftlich, diese Untersuchung als abgeschlossen zu betrachten und komplett uns zu überlassen."

Vor Überraschung hätte sich Nina fast an ihrem Whisky verschluckt. „100.000! Du kannst doch nicht ganz dicht sein. Ich mein, die Kohle ist mir sowieso ziemlich scheißegal. Du hättest mir hier ein unterschriebenes Geständnis eures Firmenkillers anbieten können, abgerundet mit einer ausführlichen, tränenreichen Entschuldigung deinerseits. Vielleicht, aber nur vielleicht, hätten wir dann über eine Art Schmerzensgeld reden können. Aber 100.000, das ist eine Beleidigung meiner Intelligenz. Denkst du denn, ich bin zu blöd, im Internet einen Artikel zu lesen? Den letzten Weißgerber habt ihr höchstselbst für 180.000 verkauft. Und dabei reden wir von einem langweiligen Bildchen, nicht der Blue Lady, seinem 'zentralen Werk', wie du das immer so schön sagst. Dabei wollen wir bitte nicht vergessen, dass dein zentrales Werk eine lumpige Fälschung ist, während ich das Original habe. Des weiteren sollte man an den Skandal denken, deine schöne Doktorarbeit und so weiter, und du kommst mir mit einem lächerlichen Trinkgeld."

„Du hast nichts Nina. Wenn man es genau betrachtet, hast du ein paar Bilder, eventuell Fälschungen, eventuell Falschzuschreibungen. Was weiß ich; ich müsste sie mir genauer ansehen. Du schätzt die Situation völlig falsch ein. Mein Vater und seine Anwälte essen dich zum Frühstück ohne sich den Mund fettig zu machen."

„Und darum bist du hier? Damit sie sich nicht den Mund fettig machen? Oder um mich zu warnen, wegen unserer engen, alten Freundschaft?"

„Natürlich kannst du Ärger machen, ein wenig Staub aufwirbeln, eventuell ein Skandälchen. Wir bei Hofstedter lieben keinen Lärm, wir tätigen unsere Geschäfte am liebsten in aller Stille. Und nur das, die Ruhe, die Diskretion sind uns eine gewisse Summe wert, nicht Bilder unbekannter Provenienz oder genauso zweifelhafte Dokumente."

„Ach ja? Weiß du was? Ich glaub dir einen Scheißdreck. Bei Provenienz - du denkst ja sicher, ich weiß gar nicht, was das ist - fällt mir nämlich so nebenbei ein, dass ich mich schon ein wenig mit der Presse unterhalten habe. Die sind richtig scharf auf einen fetten Skandal rund um euer sauberes Kunsthaus. Das ganze Geschwätz von Antifaschismus, jüdischen Freunden, dem Opa im Widerstand ist nämlich nichts als heiße Luft. Dein Opa war so ein richtiger Nazi und hat sich am Elend der Emigration dumm und dämlich verdient."

Uta war aufgestanden und schwenkte ihr leeres Whiskyglas. „Noch einen?" Nina nickte überrascht. Anscheinend brauchte die Evil Queen einen starken Schluck auf den Schreck, oder eine Denkpause, eine Auszeit. Aber zur Not würde sie sie halt unter den Tisch saufen.

Kurz darauf war Uta wieder mit zwei gut gefüllten Gläsern zurück. Nachdem sie sich gesetzt hatte, erhob sie das ihre: „Auf unsere Opas also. Anscheinend waren beide Faschos. Wenn wir so weitermachen, entdecken wir vielleicht noch mehr Gemeinsamkeiten."

„Das sind keine Gemeinsamkeiten. Meiner hat sein ganzes Leben für seine Überzeugung gekämpft, deiner hat sein Mäntelchen immer schön nach dem Wind gehängt und dabei gut abgesahnt."

„Willst du mir jetzt mit Ehre, Führer und Vaterland kommen? Ausgerechnet du? Ich finde es nicht gerade ein Zeichen von Intelligenz, dass dein Opa Jahrzehnte an seinen Idealen festgehalten hat. Meiner war einfach flexibel. Willst du ihm vorwerfen, dass er nach 45 kein Nazi geblieben ist? Wenn ich das richtig verstanden habe, hat dein Opa ja sein ganzes Leben und seine Familie für seinen absurden Rachefeldzug geopfert. Willst du da weitermachen, Nina? Glaub mir: Rache ist für Loser! Für Leute, die mit ihrem Leben nichts anderes anfangen können. Nimm die 100.000 und mach was damit. Du hattest einen netten Abenteuerurlaub im Knast; dafür ist das eine Menge Geld. Wenn du es nicht nimmst, machen dich mein Vater und seine Anwälte fertig. Du wirst bankrott bis an dein Lebensende sein, nie mehr eine Kreditkarte, keine anständige Arbeit. Nichts wird dir bleiben, rein gar nichts."

„Abenteuerurlaub!" Nina war zuerst von der Dreistigkeit verblüfft, dann eigentlich nur noch sauer. „Ich glaube, dir haben sie in den Kopf geschissen und vergessen zu ziehen. Machst dich hier wichtig in deinem Kostümchen, traust dich über meinen Opa zu urteilen, laberst über Faschisten. Ihr habt diesen Puig doch umbringen lassen, aber nicht nur umbringen. Der wurde auch gefoltert. Richtig wie bei der Gestapo. Dein Papi trägt doch immer noch schwarze Anzüge von Hugo Boss. Die sollen ja auch schon für die SS geschneidert haben, aber wahrscheinlich kauft er genau deshalb dort ein."

Wut schwappte wie eine große Woge in ihr hoch. So viel Wut, dass ihr regelrecht schwindlig davon wurde. Es war wohl besser sie ging, bevor ihr die Hand ausrutschte. Als sie aufstand, bemerkte sie, dass sie tatsächlich kaum gerade stehen konnte. Scheiß Drogen! Vielleicht vertrug sich das Amphetamin doch nicht so gut mit dem Whisky. Sie schüttelte den Kopf und versuchte sich zu konzentrieren. Es half nichts. Das haute voll rein, als ob man ihr den Stecker rausgezogen hätte. Sie musste sich wieder hinsetzen. Uta beobachtete sie neugierig und von links hinten schob sich ein rosiger Muskelberg ins Bild. Das sah nach Security aus. Die kleine hinterlistige Schlange hatte ihr was in den Whisky gemischt. Die Evil Queen mit dem Apfel!

Von ganz, ganz weit weg machte sich eine Stimme

bemerkbar: „Hey, Schatzi aufwachen!" Ihr Gesicht und ihre Haare waren nass und sie hatte absolut keinen blassen Schimmer davon, wo sie sich befand. Als sie versuchte sich aufzusetzen, bemerkte sie, dass Arme und Beine gefesselt waren. Anscheinend befand sie sich hinten in einem kleinen Transporter oder Bus. An der Decke hing eine Campinglampe und vor ihr kniete der blonde Muskelprotz eine Wasserflasche in der Hand.

Als er bemerkte, dass sie aufgewacht war, zog er sie etwas hoch und lehnte ihren Oberkörper an die Außenwand, dann grinste er sie an: „Hallo, aufgewacht? Dann können wir ja endlich zur Sache kommen. Du hast da ein paar Bilder und Dokumente, die wir gerne von dir hätten. Dummerweise hast du das großzügige Angebot unserer kleinen Chefin abgelehnt. Jetzt wirst du uns den Kram eben gratis geben. Wie sagen sie immer? Wir können das auf die leichte, oder auf die harte Tour machen? Die kleine Hofstedter war sozusagen der gute Bulle. Ich dagegen bin der böse, böse Typ und ein echter Fan der harten Tour. Aber ich will auch nach Hause und hab eigentlich nicht die ganze Nacht Zeit. Also um die Sache etwas abzukürzen."

Er nahm ihre Hände, die er mit Klebeband vor ihrem Körper an den Handgelenken gefesselt hatte. Während er ihre Handgelenke mit einer Hand hielt, nahm er mit der anderen einen Finger und bog ihn um. Es tat höllisch weh, aber was bildete sich das Arschloch ein. Rollergirls brachen sich Finger zum Aufwärmen und traten sich danach ein paar Rippen ein. Sie zwang sich zu einem Grinsen und sah wie sich auf seinem Gesicht leichtes Erstaunen breit machte. Dann bleckte er wütend die Zähne und ein furchtbarer Schmerz raste ihren Arm hoch. Das Schwein hatte ihren Finger gebrochen.

Mit aller Willenskraft presste sie die Zähne zusammen um einen Aufschrei zu unterdrücken. Das Grinsen war nun wieder zu ihm zurückgekehrt. Er sah sie lauernd an, als warte er auf etwas, seine Anerkennung. Aber Indianer weinen nicht, und Rollergirls waren noch einige Nummern härter.

„Ist das alles, was du erbärmliche Schwuchtel drauf hast", sagte sie so cool wie möglich und wischte ihm damit mal wieder das Grinsen aus der Fresse.

Er schlug ihr voll ins Gesicht. Ihr Kopf schlug gegen die Außenwand und sie schmeckte Blut im Mund. Plötzlich musste sie an Mickey Rourke in Sin City denken. Wie er von den Bullen gefoltert wurde und nichts als coole Sprüche drauf hatte. Das war schon immer eine ihrer Lieblingsstellen gewesen. Sie musste lachen und sagte: „Ist dir der Arm eingeschlafen?"

Jetzt hagelte es Schläge, schmerzhafte Körpertreffer. Sie schmeckte Blut im Mund und versuchte es ihm ins Gesicht zu spucken. Schließlich fiel sie um und er richtete ihren Oberkörper wieder auf. Er sah sie an, holte dann eine Packung Zigaretten raus und zündete eine an. „Weißt du, ich rauche eigentlich gar nicht. Aber für Sexspiele sind Zigaretten einfach immer wieder gut." Er hielt die Glut an ihre Hand.

Zigaretten schmerzen nur sehr begrenzt. Wenn erst mal die Nervenzellen in der obersten Hautschicht verbrannt sind, spürt man eigentlich nicht mehr viel. Also hielt sie einfach still und sah ihn voller Verachtung an: „Du bist ja so ein Langweiler. Bei der SS hätten sie dich noch nicht mal als Pförtner genommen. Ach was sag ich, noch nicht mal die Aufnahmeprüfung der Guardia Civil würdest du mit so einem billigen Scheiß bestehen. OK, vielleicht bei den Mossos, aber auch nur als Arschfickerlehrling."

„Dir werd ich mal was zeigen von wegen Arschficker-lehrling. Leider werde ich dich knebeln müssen, wenn ich dir mein Gemächt hinten reinschiebe, weil man dein Geschrei sonst bis zu den Ramblas hört. Aber wer weiß, vielleicht wirst du ja noch normal, wenn du mal so einen abgeschossenen Soldatenarm hinten drin hast. Um warm zu werden kannst du mir zuerst aber mal einen blasen. Mit dem Mund sollt ihr Leckschwestern ja ganz gut sein, da ihr sonst wenig zu bieten habt."

„Da musst du vielleicht mal deine 'kleine Chefin' fragen. Die ist tatsächlich nicht untalentiert."

Dieses Mal kam der Schlag noch härter, was ihr nur verriet, dass sie nicht so ganz danebengelegen hatte.

„Halt die Klappe, dumme Schlampe und warte ab." Er stand auf und holte seinen Penis aus der Hose. Genüsslich fingerte er etwas daran herum, bis er eine volle Erektion hatte und stellte sich dann der besseren Ansicht wegen etwas seitlich. „Na, hast du so ein Prachtstück schon mal gesehen?"

„Du bist wirklich noch billiger als ich gedacht habe. Weißt du, wir Lesben benutzen ja auch mal Dildos. Aber du glaubst doch nicht, dass sich eine trauen würde mit so einem armseligen ...Ding zu erscheinen. In keinem anständigen Sexshop verkaufen sie so was. Das kommt von den vielen Anabolika. Da schrumpelt alles zusammen."

„Dir läuft hoffentlich schon das Wasser im Munde zusammen. Denn wir beiden Hübschen haben jetzt eine Deepthroat-Session."

Sie entblößte ihre Zähne und grinste. „Wenn ich nur daran denke, dir die Nille abzubeißen, läuft mir tatsächlich das Wasser im Munde zusammen."

Er schreckte zurück und sein Penis verlor zusehends an Spannkraft. Dann zog er ein Messer aus der Tasche und hielt es ihr an den Hals. „Das, oder ich schneid dir den Hals ab. Musst nicht denken, dass mir das viel ausmacht. Also ganz schön brav die Klappe auf."

„Du glaubst doch nicht, dass mich das beeindruckt. Du musst wissen, wenn wir Hardcorelesben mit einem abgebissenen Penis im Mund sterben, geht's direkt ab ins Paradies zur großen Mutter."

Wütend drückte er ihr das Messer unter das Kinn, sie fühlte, wie es ihre Haut ritzte, und Blut an ihrem Hals runter lief. Sie spuckte, traf aber nur sein Hosenbein. Dann trat er einen Schritt zurück, packte seinen geschrumpften Penis wieder ein und beobachtete sie nachdenklich. Sie konnte förmlich sehen, wie die Zahnräder in seinem Gehirn leer liefen. Er hob das Messer: „Ich

befürchte, das wird eine lange, schwierige Nacht..."
  Bevor er weitersprechen konnte, hämmerte es von draußen an die Hintertür: „Policía! Abra la maldita puerta!" Weiteres Klopfen. „Policía! Abra la puta puerta!"
  Der Muskelprotz klebte ihr hastig einen Streifen Klebeband über den Mund, warf eine Decke über sie und löschte dann das Licht. Dabei rief er laut: „One Moment please. One Moment."
  Weiteres Klopfen: „Policía! Abra la maldita puerta!"
  Nina hörte, wie die Tür geöffnet wurde, dann ein seltsames Zischen gefolgt von einem schweren Fall. Kurz darauf wurde die Decke weggerissen neben ihr kniete Kike, den sie trotz seines Motorradhelms sofort erkannte. Er hielt ein Klappmesser, mit dem er hastig das Isolierband an ihren Hand- und Fußgelenken durchschnitt. Der Muskelprotz lag bewegungslos auf dem Rücken vor der geöffneten Hintertür in seinem Muscle-Shirt steckten zwei Taserpfeile. Viel Zeit würde ihnen also nicht bleiben, und Nina war nicht so naiv mit einem gebrochenen Finger gegen einen durchtrainierten 110-Kilo-Anabolika-Koloss anzutreten. Sie ließ es sich trotzdem nicht nehmen, ihm zwei kräftige Tritte in die Rippen zu verpassen, bevor sie über ihn stieg und aus dem Bus kletterte.
  Sie befanden sich in einem ausgedehnten Industriegebiet. Vereinzelt parkten LKWs vor großen Hallen, alles spärlich erleuchtet von hohen Straßenlaternen; keine Menschenseele weit und breit. Im Hintergrund erhob sich der Schatten von Montjuic. Es war die Zone am Hafen, wo tatsächlich niemand ihr Geschrei zur Kenntnis genommen hätte. Kike hatte sein Moto etwas weg im Schatten geparkt. Sie schwang sich hinter ihm drauf, und sie sahen zu, dass sie wegkamen, bevor sich der Muskelprotz hochrappeln konnte.

20

Alle waren bester Laune, und Kike reichte den Joint an Nina weiter. Die nahm einen tiefen Zug und gab ihn dann an Kike zurück. In dem Touran waberte eine ziemlich dicke Wolke und Ana, die sich als Fahrerin etwas zurückhalten sollte, öffnete wie aus leichtem Protest ihr Seitenfenster. Kike fühlte ein warmes Vibrieren in seinem Bauch. In seinem ganzen Leben, war er noch nie so im Mittelpunkt gestanden. Nachdem er Nina unten am Hafen vor diesem Monster gerettet hatte, hatte sie ihm versprochen, ihm sozusagen als Dankeschön ein wenig bei seiner Cosplay-Geschichte unter die Arme zu greifen. Er wollte eigentlich gar keine Belohnung. Dass er da am Hafen so über sich selbst hinausgewachsen war und dieses Monster allein mit seinem Taser angegriffen hatte, war für ihn bereits mehr als genug. Jedes Mal wenn sie sich trafen, durfte er seine Geschichte aufs neue erzählen, und Nina sah ihn mit großen Augen an, oder präsentierte ihn zum Beispiel Ana gegenüber als ihren „Retter". Immer wieder musste er erzählen, wie er an die Tür geschlagen und „Abra la puta puerta!" gerufen hatte.

Allerdings hatte er Nina seit Jahren erfolglos mit dem Wunsch belästigt, sich ihm doch mal als Cosplay-Model zur Verfügung zu stellen. Sie hatte eine super Figur, war durchtrainiert und elastisch. Dummerweise hatte er einmal auf ihren Einwand, dass sie für so was nicht hübsch genug sei, vorschnell geantwortet, dass die meisten Cosplayer maskiert seien. Er hätte sich zwar gerne sofort die Zunge abgebissen, aber die Sache war damit erledigt. Erledigt, bis jetzt. Vor ein paar Tagen hatte sie ihn gefragt, ob er immer noch an Cosplay-Fotos interessiert sei. Auf seine vorsichtige Zustimmung, hatte sie ihm mit erhobenen Zeigefinger erklärt: „OK. Aber maskiert, und glaub bloß nicht, dass ich irgendwie halb nackt im Metallbikini als Red Sonja oder Sklavin Leia posiere."

Er hatte sie sofort beruhigt. Natürlich maskiert, nur Leder und Latex. Wenn sie vielleicht passende Stiefel am besten mit hohen Absätzen oder Plateausohlen organisieren könne. Das sei absolut kein Problem, sie hatte alles schon fest geplant. Er solle am Freitag freimachen; sie würde ein Auto mieten, und dann würden sie übers Wochenende in die Masia ihres Opas fahren. Dort am Llobregat gebe es einige verlassene Textilfabriken. Geradezu ideal für postapokalyptische Fotos, Steampunk oder was auch immer. Sie wollte auch noch Ana rekrutieren. Die habe eine Menge scharfer Sachen und könne auch gleich noch einen Sack geiler Sado-Maso-Stiefel aus ihrem Laden mitbringen. Außerdem sei sie ja auch gut gebaut und sicher absolut scharf darauf ein paar abgefahrene Fotos zu machen. Er solle also alles, was er an guten Sachen habe, eine Kamera und eine Zahnbürste einpacken. Um den Rest - Auto, Unterkunft mit Vollpension, Entertainment, Drogen - würde sie sich kümmern. „All inclusive", hatte sie gesagt.

Zum Glück hatte Nina einen geräumigen Touran gemietet, der aber trotzdem schnell gefüllt war. Kike allein hatte zwei große Reisetaschen mit Kostümen angeschleppt und Ana noch einmal fast doppelt so viel. Ana hatte selbst ein Steampunk-Fashion-Blog, allerdings bislang keine anständigen Fotos von sich selbst. Die Aussicht auf einen Wochenendausflug mit Steampunk Photo Shoot, Sex und Drogen hatte sie seit Tagen in eine euphorische Stimmung versetzt.

Auch Nina war völlig aufgedreht. Sie freute sich ganz offensichtlich riesig, ihren alten Freund Manolo wieder zu sehen. Manolo kümmerte sich als Verwalter um die Masia und lebte dort seit dem Tod von Ninas Opa, zuerst allein und seit ein paar Jahren mit seiner Lebensgefährtin aus Bolivien. Ihr nächtliches Abenteuer am Hafen hatte Nina in keinster Weise eingeschüchtert, ganz im Gegenteil. Die Entführung war für sie nur der Beweis, dass sie auf dem richtigen Weg war. „Sie haben Angst.

Sie wissen, dass ich echtes Material habe. Sonst hätten sie so einen Scheiß nie gemacht", hatte sie Kike begeistert erklärt. Den ganz großen Schub hatte sie aber von Coll i Fàbrega erhalten. Der hatte sie gestern noch angerufen und ihr mitgeteilt, dass die Fingerabdrücke von der „Blue Lady",die angeblich superechten Emil-Weißgerber-Fingerabdrücke, auf denen die Expertise basierte, von einem gewissen Sergi Riba stammten, geboren 1957, wohnhaft im Poble Sec. Riba sei mehrmals wegen kleinerer Drogendelikte verhaftet worden und habe als Beruf Künstler angegeben. „Damit ist ihre Scheiß-Blue-Lady ganz offiziell falsch", hatte sie triumphierend gesagt. „Da kann die liebe Uta noch so schwätzen. Es nützt einfach nichts. Puigs Fälscher hat die Sache sozusagen abgestempelt, und ich bekomm's mit Brief und Siegel.

Leider war ihr keine Zeit mehr geblieben diesem Riba noch einen Besuch abzustatten, aber dazu war immer noch Zeit. „Der läuft uns nicht weg." Und mit „uns" war auch Kike gemeint. Sie hatte keinen Zweifel daran gelassen, dass sie bei dem geplanten Besuch fest auf Kikes tatkräftige Unterstützung zählte. Der Ausflug jetzt war also lediglich eine Art Ruhepause, eine Neuformation der Truppen, bevor mit der letzten Offensive begonnen wurde. Dass er dabei fest eingeplant war, erfüllte ihn mit Stolz.

Während er es sich total stoned auf dem Rücksitz einrichtete, sangen die beiden verrückten Weiber vorne mit Joan Jett um die Wette: *„Roadrunner roadrunner"*. Nina hatte sich um die Musik gekümmert, und sie war der Meinung, dass für's Autofahren genauso wie für's Rollerderby eigentlich nur Post-Punk infrage käme. Da sie außerdem ziemlich auf Sängerinnen festgelegt war, hörten sie vor allem Blondie, Joan Jett, PJ Harvey, Siouxsie Sioux oder die „göttliche" Patti Smith. Kike hoffte nur, dass für den Aufenthalt kein Karaoke-Abend eingeplant war, denn im Vergleich mit den beiden würde er mehr als uralt aussehen.

Irgendwann bogen sie von der Autobahn nach Berga ab und folgten einer rasch schmaler werdenden Landstraße. Die Gegend war wunderschön aber weitgehend menschenleer. Kike sah manchmal ein einzelnes Gehöft, Felder in Talsenken, einmal eine kleine Schafherde. Meistens war das Land aber unbearbeitet, zu steinig und zu trocken. Das Leben musste hart hier sein, dachte er, und wie zur Bestätigung fuhren sie an mehreren verlassenen Häusern vorbei. Schließlich verließen sie auch die Landstraße und folgten einem betonierten Feldweg. Sie kamen durch ein kleines Wäldchen mächtiger Pinien und dann sahen sie vor sich auf der anderen Seite eines kleinen Tals eine große alte Masia mit mehreren Nebengebäuden.

Erst als sie kurz darauf vor der Masia parkten, bemerkte Kike die beiden kleinen Alten, die im Schatten des Eingangs warteten. Da war aber Nina schon aus dem Auto und hatte Manolo mit viel Geschrei, Umarmungen und Küsschen begrüßt, dann begrüßte sie wesentlich ruhiger seine Lebensgefährtin aber auch mit Umarmung und Küsschen. Anschließend machte sie alle miteinander bekannt.

Kike war etwas überrascht. Er hatte sich Manolo als ehemaligen Legionär irgendwie jünger und kräftiger vorgestellt. Stattdessen sah er ein kleines, vertrocknetes altes Männchen. Seine Haut war wie altes Leder, so von der Sonne verbrannt, dass er in Marokko jederzeit als Maultiertreiber durchgegangen wäre. Trotz der dunklen Haut konnte man an seinen Handgelenken und am Hals dunkelblaue Tätowierungen erkennen; Kike nahm deshalb an, dass er zumindest den ganzen Oberkörper tätowiert hatte. Maria, seine Lebensgefährtin, sah wesentlich jünger aus, war aber sonst ungefähr so groß und so gebräunt wie er. Ihre Augen und die breiten Wangenknochen verrieten einen starken indianischen Einschlag, und Kike wunderte sich, wie es jemanden aus Bolivien hierher an den Arsch der Welt oder zumindest den von Catalunya verschlagen hatte.

Nach der Begrüßung brachten sie ihr Gepäck rein. Nina bezog mit Ana ihr altes „Kinderzimmer" im Obergeschoss, während Kike mangels eines Gästezimmers in der „Bibliothek" untergebracht wurde. Die Bezeichnung war sicher übertrieben, denn es gab nur ein großes Regal mit Büchern, einen Schreibtisch und ein breites Sofa, das jetzt als Bett diente. Es handelte sich offensichtlich um das Arbeitszimmer von Ninas Opa. Am beeindruckendsten fand Kike aber den riesigen, dunklen Wohnraum, den man direkt durch die große Eingangstür betrat. Dort befand sich ein langer, schwerer Esstisch, in einer Ecke die Küche und ein großer Kamin in dem Manolo ein großes Feuer entzündet hatte. Offensichtlich wollte er darauf den gewaltigen Berg Fleisch grillen, der auf dem Tisch wartete.

Gegessen wurde dann aber draußen, wo sich neben dem Hauptgebäude eine schattige Pergola mit einem langen Tisch befand. Nach einem ausgedehnten Aperitif gab es dann gegrillte Würste, Lammkoteletts, Steaks, getoastetes Brot, Salate und Wein, Mengen von Wein. Manolo und Maria behandelten alle mit großer Herzlichkeit; der Star war aber zweifelsohne Nina. Für Manolo schien sie eine Art Mischung aus verlorener Tochter aber auch Chefin zu sein. So umsorgte und betätschelte er sie zwar ständig wie einen jungen Hund, erzählte ihr aber auch wie die Geschäfte der Masia liefen, wie viele Schweine er noch hielt und wie viele Hektar Land er noch bearbeitete. Für Maria war Nina dagegen einfach die „Señora", die Herrin, die jederzeit entscheiden konnte, was mit der Masia zu geschehen hatte.

Nach dem Essen präsentierte Manolo stolz sein selbst gezogenes Gras. Er pflanzte es an einer sonnigen, windgeschützten Stelle hinter dem Haus mit Samen, die ihm Nina geschickt hatte, wie er grinsend erklärte. Das Zeug war „ultrabrutale Horrorshow" musste Kike noch anerkennend feststellen, bevor er sich völlig stoned ein schattiges Plätzchen für eine ausgedehnte Siesta suchen musste.

„Good morning, Dr. Silberman." Eine ultracoole Stimme riss ihn irgendwann aus dem Schlaf. „You're terminated, fucker." Er schreckte hoch. Vor ihm stand - schwarzes Tank-Top, Militärhosen, Pump Gun und die unvergleichlichen Matsuda Sunglasses

- Linda Hamilton als Sarah Connor, oder besser gesagt Nina als Linda Hamilton als Sarah Connor.
„Verdammte Scheiße! Ist die echt?" Er stand auf und deutete auf die schwere Schrotflinte.
„Natürlich ist die echt." Nina repetierte mit der gleichen coolen Bewegung wie Linda Hamilton im Showdown von Terminator 2. „Kaliber 12. Damit kannst du einen Zombie in zwei Teile zerlegen. Willst du es mal ausprobieren?"
Was für eine Frage. Natürlich wollte er. Nina führte ihn zum „Schießplatz" ein paar hundert Meter hinter dem Haus. Dort schossen sie eine Weile auf alte rostige Blechdosen. Schließlich kam auch noch Manolo mit einem Pickup und brachte noch eine Schrotflinte, einen Karabiner mit Zielfernrohr, eine selbst gebastelte Wurfmaschine und einen Karton Tontauben. Während Nina und Manolo, die in die Luft geschleuderten Tontauben, anscheinend ohne Mühe und mit viel Spaß zerschossen, traf Kike keine einzige, was ihn schon ein wenig frustrierte.
Um ihn etwas zu trösten, schlug ihm Nina eine Scharfschützensession vor. Den Karabiner, einen K98, habe ihr Opa aus Russland mitgebracht. Das Zielfernrohr sei zwar später drauf gekommen, aber sonst sei alles echt. Obwohl sie nach Ninas Aussage wie „echte Profis" auf gut 500 Meter schossen, hatte Kike bald gute Resultate, nachdem ihm Nina gezeigt hatte, worauf es ankam.
Schließlich brachten sie Kike mit schmerzender Schulter dafür aber stolz und glücklich zur Masia zurück. Da sich Nina noch mit Manolo in Ruhe verschiedene Dinge ansehen wollte, beschloss Kike mit Ana schon ein wenig den Photo Shoot vorzubereiten. Er fand sie in der Küche, wo sie sich angeregt mit Maria unterhielt. Sie war aber sofort bereit mit Kike eine erste Anprobe durchzugehen.
Sie schleppten den ganzen Kram in die Bibliothek, da sie dort ausreichend Platz hatten und sich ungestört fühlten. Obwohl Ana viele eigene Sachen mitgebracht hatte und weitgehend auf

Gothic und Steampunk eingeschworen war, brach sie in regelrechte Schreie der Begeisterung aus, als sie einige von Kikes Arbeiten anprobierte. Er hatte ein Baroness-Kostüm in ihren Maßen mitgebracht. Klar man musste das Bustier noch ein bisschen auspolstern, das war aber absolut kein Problem, da es bis hoch zum Hals geschlossen war. Wahrscheinlich hatte er noch nie in seinem Leben so viel Anerkennung bekommen, ganz sicher nicht für seine Kostüme. Zudem erwies sich Ana als ausgesprochen sachkundig. Sie folgte einigen der Cosplay-Legenden auf Facebook und Twitter. Daran, dass sie persönlich eher Gothic Models wie Ophelia Overdose oder Amelia Arsenic bevorzugte, hatte Kike absolut nichts auszusetzen. Ganz im Gegenteil. Nachdem sie ihm einige beeindruckende Bilder auf ihrem iPhone gezeigt hatte, entwickelte er sofort einige Ideen, was er selbst in der Richtung machen könnte. Als er schnell ein paar Sachen auf einen Zettel skizziert hatte, fragte sie ihn, ob er Interesse hätte, im Lagerraum ihres Ladens einen Arbeitsplatz einzurichten. Dort sei ausreichend Platz, außerdem könne er - natürlich nur, wenn er wolle - manches vielleicht gleich im Laden verkaufen.

Auf diese Weise waren sie immer noch beschäftigt, als Nina mit Manolo zurückkam. Es war inzwischen schon dunkel, also versammelten sich sie wieder alle draußen unter der Pergola zum Abendessen. Die Hitze des Tages hatte nachgelassen und abgesehen von den Grillen herrschte völlige Ruhe. Kike und Ana berichteten begeistert von ihrer äußerst fruchtbaren Zusammenarbeit und möglichen Plänen für die Zukunft. Anschließend erzählte Kike dann Ana von seinen ersten Erlebnissen als Scharfschütze. Manolo musste die Gewehre holen und ihm in aller Ruhe zeigen, wie man sie lud, zerlegte und wieder zusammen setzte.

Alle waren sich einig, dass die Masia im Falle einer Zombie Apocalypse der ideale Rückzugspunkt sei. Dicke Mauern, kleine Fenster, alles in allem ideal zu verteidigen. Eine Armbrust wäre nicht schlecht, um Munition zu sparen, fügte Kike an, und fragte Manolo, ob er eine Armbrust oder einen Bogen habe. Als Manolo verneinte, versprach Kike beim nächsten Besuch eine Armbrust mitzubringen. Man könne ja nie wissen. So saßen sie noch lange, rauchten Manolos Gras, tranken Ninas Whisky, philosophierten und hatten tiefe Einsichten in den Lauf der Welt.

Deshalb kamen sie am nächsten Tag nicht ganz so schnell in die Gänge wie geplant. Schließlich schafften sie es aber doch noch, am späten Vormittag aufzubrechen. Sie fuhren wieder zurück zum Llobregat, wo sie nach einigen Kilometern am Rande eines Dorfes eine große ehemalige Textilfabrik fanden. Einige wenige Gebäude wurden anscheinend noch als Lagerräume benutzt, die meisten standen aber leer und befanden sich in den verschiedensten Stadien des Verfalls. In einem großen Raum standen noch Reste schwerer, verrosteter Maschinen. Bei einem Gebäude war schon vor vielen Jahren nach einem Brand das Dach teilweise eingestürzt, sodass auch innen alles von Efeu überwuchert war.

Es war fantastisch, die ideale postapokalyptische Kulisse. Kike war absolut in seinem Element. Ana und Nina fügten sich willig seinen Regieanweisungen, wechselten Kostüme und Posen. Nach zwei Stunden konnten sie ihn endlich zu einer Mittagspause überreden. In ziviler Kleidung fuhren sie ins Dorf, wo sie in einer Fernfahrerkneipe ein recht anständiges Menü bekamen. Anschließend suchten sie sich ein idyllisches Plätzchen am Llobregat und rauchten etwas von Manolos Gras. Kike nutzte die Gelegenheit, um Nina etwas nach Manolo und den Besitzverhältnissen der Masia zu befragen.

„Ganz theoretisch, gehört alles meiner Mutter. Die will aber nichts davon wissen. Also kümmert sich dieses Anwaltsbüro in Barcelona mehr oder weniger um den Papierkram, Steuer und so, und hier sind Manolo und Maria. Aber das sieht alles nach viel mehr aus, als es ist. Weißt du, man kann das eigentlich nicht verkaufen, zumindest nicht für viel Geld. Die Leute gehen hier weg. Klar für Manolo reicht's gut mit der Pacht und so, aber wenn meine Mutter mir das vererben wollte, was ihr wahrscheinlich am liebsten wäre, könnten wir wahrscheinlich nicht mal die Steuern bezahlen. Aber ganz egal, für mich ist das hier Manolos Haus. Er lebt hier und ich bin nur zu Besuch. Daran würde ich nie was ändern."

„Und wie ist der zu deinem Opa gekommen? Waren die zusammen im Krieg?"

„Dafür ist Manolo doch viel zu jung. Der war erst in der Legion und danach Junkie. Als sie ihn mal wieder verhaftet hatten, hat so ein Polizist diesen Coll i Fàbrega angerufen und wahrscheinlich gesagt. Ich hab da einen guten Mann, Ex-Legionär, aber leider kriminell und so weiter. Coll i Fàbrega war ein Kumpel von meinem Opa. Dann haben sie Manolo ein Jahr Strafarbeit auf einem Landgut - das heißt bei meinem Opa - angeboten, Alternative zu mehreren Jahren Gefängnis. So ging das damals eben noch. Neueintritt in die Legion wäre vielleicht auch eine Möglichkeit gewesen. Und bei meinem Opa gab's dann Disziplin und klare Verhältnisse, genau das, was Manolo gefehlt hatte."

Sie rauchte und sah auf den Fluss. Nach einigen Minuten lachte sie leicht. „Du kannst dir das nicht vorstellen, wie die waren. Sie haben oft Domino gespielt, waren schon Kumpels aber mein Opa war auch absolut der Chef. Wenn Manolo eine Hose gebraucht hat, hat er ihm eine gekauft, manchmal hat er ihm auch Geld gegeben und zum Friseur geschickt. Aber Manolo braucht das. Heute macht das bestimmt Maria. Ich glaube manchmal sind sie sogar zusammen in den Puff gegangen."

„In den Puff? Hat er dir das erzählt?"

„Natürlich nicht. Nie ein Wort. Aber als ich als Kind hier war, haben sie sich ein paar Mal fein gemacht. Manolo mit Krawatte und eine riesige Wolke Rasierwasser, daran erinnere ich mich noch genau. Und dann sind sie weg und erst gegen morgen wieder gekommen. Ich hab natürlich gefragt. Manolo hat dann manchmal gesagt sie seien wie 'Caballeros' ausgegangen. Ich konnte mir darunter absolut nichts vorstellen. Erst viel später hab ich dann gedacht, dass sie da immer in den Puff sind."

„Ich habe ihn mir irgendwie größer, kräftiger vorgestellt", meinte Kike nach einer Weile.

„Täusch dich nicht. Der ist zäh wie altes Leder und gefährlich. Irgendwann in den sechziger Jahren haben sie meinem Opa mal einen Stall angezündet. Man konnte sich schon denken, wer das war, welche Familie. Bei denen ist dann kurz darauf, als mein Opa schön in Barcelona war, eine Handgranate ins Haus geflogen. Es war zwar niemand da, aber trotzdem war viel kaputt. Alle haben gesagt, es war Manolo, aber man konnte nichts beweisen. Ich meine, eine Handgranate, verdammte Scheiße, das war kein Witz. Die haben alle gedacht, er ist ein Psychopath. Da hat natürlich niemals mehr was gebrannt. Weißt du, Manolo hätte für meinen Opa alles gemacht, jemand erschossen oder eine Bank ausgeraubt. Das Gesetz oder der Staat das ist ihm egal."

Kike schwieg beeindruckt. Der kleine Legionär hatte gewaltig an Größe gewonnen. Schließlich fragte er: „Und Maria? Glaubst du, die lieben sich?"

„Manolo schon. Das sieht man, wenn man ihn kennt. Er ist irgendwie glücklich", sagte Nina. Sie dachte eine Weile nach. „Maria. Diese Latinas, Coll i Fàbrega hat eine Peruanerin. Nach Ansicht meiner Mutter würde hier ohne die Latinas alles zusammenbrechen; damit meint sie die Altenpflege und so. Keine Ahnung, ob sie ihn liebt. Aber ich kann mir gut vorstellen, dass sie einfach andere Kriterien hat. Sie hatte sicher kein leichtes Leben, und von einem Dorf im Altiplano bis hierher ist es ein verdammt weiter Weg. Wahrscheinlich schätzt sie es, dass er sie gut behandelt. Außerdem kann er echt witzig sein. Er ist immer ruhig, zumindest so lange er was zu rauchen hat."

„Kein Wunder bei dem Stoff", meinte Kike zustimmend.

21

Die Operation „Early Bird" - frei nach dem Motto: 'Morgenstund hat Gold im Mund' oder eben 'early bird catches the worm' - war für sechs Uhr morgens angesetzt. Das kostete zwar auch Nina eine Menge an Selbstüberwindung, aber genau das war ja der Grund. Zu kleinen Kindern kamen Gespenster und Monster um Mitternacht. Kiffer und Säufer wurden da erst richtig wach, und wenn sie gut stoned waren, konnte man ihnen auch nicht mehr viel anhaben. Der frühe Morgen dagegen war eine hundsgemeine Zeit. Da wurde selbst der schönste Rausch durch Kater und Depressionen verdrängt. Erfahrene Multitoxikomanen versuchten deshalb, das Schlimmste durch extrem langes Ausschlafen zu überbrücken. Was ja auch schlecht und recht funktionierte, wenn man nicht mit aller Gewalt in die grausame Welt zurückgeholt wurde, wie sie das jetzt bei Sergi vorhatten.

Sie hatten Sergi Riba mehrere Tage beobachtet. Er bewohnte ein Bajo, das heißt ein ehemaliges Ladenlokal im Poble Sec. Offensichtlich diente es ihm als Wohnung und als Atelier. Nach dem Gesamteindruck des Gebäudes aber und dem, was man durchs Fenster erkennen konnte, vermutete Nina, dass es sich um eine ziemlich finstere Höhle handelte. Viel Geld schien ihm die Fälscherei also nicht eingebracht zu haben. Sie war sich sicher, dass man bei ihm mit guten Worten nicht viel erreichen würde. Warum auch? Es lag ja auf der Hand, dass er einen Zusammenhang zwischen dem Tod Puigs und den gefälschten Bildern sah. Und selbst wenn er dazu zu blöde war, warum hätte er jemandem freiwillig erzählen sollen, dass er eine Menge Bilder gefälscht hatte. Also hatte sie beschlossen ihm einen Überraschungsbesuch am frühen Morgen zu machen, eben Operation Early Bird.

Jetzt wartete sie um viertel vor sechs bei der U-Bahn-

Haltestelle Poble Sec auf Kike, der vor allem wegen seiner Talente als Türöffner mitmachen sollte, aber seit ihrem Erlebnis am Hafen einen geradezu unstillbaren Hunger nach wilden, illegalen Abenteuern entwickelt hatte. Sie saß auf der Rückenlehne einer Parkbank, rauchte eine Zigarette und war irgendwie mit sich und der Welt zufrieden.

Es dauerte nur wenige Minuten, dann kam Kike mit dem Moto. Er parkte, verstaute seinen Helm und kam verschwörerisch grinsend mit einem kleinen Rucksack auf sie zu. Er setzte sich neben sie und ließ sie einen Blick in den Rucksack machen. „Nur für alle Fälle." Er zeigte ihr einen mittelgroßen Bolzenschneider und ein Brecheisen. „Das Schloss kriege ich ohne Probleme auf, aber falls er eine Kette vorgelegt hat." Er holte einen kleinen Taser raus. Keinen mit Pfeilen, sondern ein Kontaktgerät, wie es die Polizei manchmal gerne zur Ruhigstellung von Häftlingen verwendete. „Falls wir ihn ein wenig tollschocken müssen." Er ließ es kurz ein wenig knistern.

„Das wird echt ultrabrutale Horrorshow", nickte Nina zustimmend.

Ohne sie rauszuholen zeigte er ihr eine täuschend echt aussehende Replica Pistole. „Desert Eagle für Cosplay-Action-Fotos. Jetzt vielleicht für die psychologische Kriegsführung, hab ich gedacht. Und dann noch das legendäre Duct Tape, das spätestens seit Dexter ins Handgepäck jedes Serienmörders gehört." Er zeigte triumphierend eine Rolle silbergraues Isolierband. Es war unschwer zu erkennen, wie viel Spaß ihm die ganze Geschichte machte.

Sie brauchten nicht lange bis zu Sergis Wohnung. Die Eingangstür war etwas zurück versetzt, sozusagen ein idealer Arbeitsplatz für Einbrecher. Allerdings war dies so früh am Morgen gar nicht notwendig, da weit und breit keine Menschenseele zu sehen war. Kike hatte das Schloss in wenigen Minuten offen. Die Tür ließ sich dann aber nur einen kleinen Spalt öffnen, da sie anscheinend noch mit einer Kette gesichert war. Nina hielt aber bereits das Brecheisen bereit, das wunderbar in den Spalt passte. Der Lärm, den das splitternde Holz verursachte, hielt sich sogar in Grenzen. Sie traten rasch ein und schlossen die Tür leise hinter sich. Der ehemalige Geschäftsraum war recht geräumig und wurde ausreichend durch ein Fenster zur Straße hin erhellt. Von weiter hinten signalisierte ein grunzendes Schnarchen, dass Sergi sich nicht hatte stören lassen.

Kike zog sich eine Skimaske über und sie folgten dem Schnarchen ins Innere der Wohnung. Wahrscheinlich hätten sie auch dem Gestank folgen können, der sich im Schlafzimmer dann dem eines Raubtierkäfigs anglich. Es war ziemlich düster aber sie konnten doch eine Gestalt ausmachen, die lediglich mit Boxershorts bekleidet bäuchlings auf einem breiten Bett lag. Nina signalisierte Kike ein Stück Duct Tape abzuschneiden, dann drückte sie Sergi ihr Knie in den Rücken und riss seinen Kopf an den Haaren hoch. Als er gerade völlig verstört nach Luft schnappen wollte, klebte ihm Kike einen Streifen Tape darüber. Ruck zuck hatten sie ihm dann auch noch Hände und Füße mit Tape gefesselt.

Sie drehten ihn auf den Rücken. Kike leuchtete ihm mit einer kräftigen Taschenlampe ins Gesicht und Nina gab ihm zur Einstimmung zwei kräftige Ohrfeigen.

„Hör zu du Nille", sagte sie mit möglichst tödlichem Ernst. „Ihr habt euch mit den falschen Leuten angelegt, die falschen Geschäfte gemacht. Dein Kumpel Puig ist bereits abgekratzt. War kein schneller und kein schöner Tod. Trotzdem mache ich dir jetzt ein einmaliges Angebot. Du erzählst uns restlos alles über deine Fälschungen für Puig. Du gibst es uns sogar schriftlich und verpflichtest dich, später vor Gericht auszusagen. Das hat nämlich für dich den ganz enormen Vorteil, dass wir dich später noch brauchen. Was wiederum bedeutet, dass du dir echte Hoffnungen machen kannst, unsere Begegnung hier halbwegs heil zu überstehen. Wenn nicht..." Sie hielt ihren immer noch verbundenen Zeigefinger hoch. „Mir haben sie vor Kurzem nur so zum Aufwärmen den Finger hier gebrochen. Du, mein Freund bist daran nicht ganz unschuldig. Ich hab also nicht die geringsten Probleme mir deine Finger, einen nach dem anderen vorzunehmen."

Das war allerdings nicht nötig, weder Kikes Desert Eagle noch sein Taser. Sergi schlotterte vor Angst und hatte seine Boxershorts verpisst. Was war aus den spanischen Männern geworden, fragte sich Nina. Eine erbärmliche Bande großmäuliger Weicheier, die es bestenfalls schafften, ihre Frauen und Freundinnen zu verprügeln. Als sie Sergi auch noch eine Zigarette anboten war er praktisch nicht mehr zu bremsen, es sprudelte nur so aus ihm heraus.

Er kannte Oriol Puig seit dem gemeinsamen Kunststudium. Später war es für sie beide dann nicht so besonders gut gelaufen. Oriol war zweifelsohne der schlechtere Maler von ihnen gewesen, hatte sich aber vielleicht gerade deshalb relativ früh in die Politik gemischt und war dort dann langsam vorangekommen. Die Gründung von CAR war ein echter Geniestreich gewesen. Damals hatte es ständig neue Mittel fürs Raval gegeben und Oriol mittendrin. Seinen alten Kumpel Sergi hatte er dabei weitgehend vergessen. Als Funktionär von CAR arbeitete er manchmal mit Anwohnern zusammen organisierte Nachbarschaftstreffen, Kurse und solche Dinge. Dabei hatte ihm dann mal jemand zwei Bilder von Weißgerber gegeben, sozusagen als Spende für CAR. Anscheinend war sogar was von einem deutschen Künstler gesagt worden. Oriol hatte diese Bilder dann dieser Galerie Hofstedter in Köln angeboten, da er im Internet gelesen hatte, dass die die Spezialisten für diese Periode seien. Die hatten ihm ein paar tausend Euro gegeben und damit schien die Sache für ihn erledigt.

„Oriol hatte keine Ahnung, dass die viel wert sind. Er ist erst aufgewacht als dieser Hofstedter persönlich in Barcelona aufgetaucht ist und überall nach Weißgerber Bildern gesucht hat", fuhr Sergi in seiner Erzählung fort. „Oriol hat dann schnell rausgefunden, dass sie ihn mit einem Taschengeld abgespeist hatten. Hofstedter hat sich wiederholt mit ihm getroffen, nur um rauszufinden woher er die Bilder hatte. Das Problem war allerdings, dass ihm das Oriol gar nicht sagen konnte, selbst wenn er gewollt hätte. Er hatte nämlich weder die Bilder noch das Geld dafür bei CAR irgendwie verbucht. Nicht dass er das Geld unterschlagen hätte, das nicht. Oriol war einfach kein Buchhalter-Typ. Er bezahlte ständig irgendwas aus der eigenen Tasche. Nur wenn jetzt plötzlich rausgekommen wäre, dass auf dem internationalen Kunstmarkt zwei Bilder für viel Geld gehandelt würden, die er vorher als Spende erhalten und privat verkauft hatte, hätte das zu einem riesigen Skandal geführt. Und genau die Leute, die er seit Jahren mit Coca und Copas freigehalten hatte, hätten plötzlich am lautesten 'Korruption, Korruption' geschrien."

„Es war ohnehin eine schwierige Zeit für Oriol. Paradoxerweise entstanden die Probleme durch den großen Erfolg von CAR. Je wichtiger CAR wurde, desto mehr Leute hängten sich rein und wollten mitreden. Früher hatten sie immer alles Oriol erledigen lassen, aber plötzlich wollten sie Abrechnungen sehen, wollten sie wissen, wie die Subventionen der Stadt in den letzten Jahren verwendet worden waren. Einfach lächerlich. Wenn man einen wichtigen Künstler mit ein paar Linien Koks zur Mitarbeit motiviert oder einem Politiker ein paar Nutten bezahlt, hat man doch keine Rechnung. Natürlich hatte er auch selbst gut gelebt, schließlich hatte er ja auch den ganzen Laden aufgebaut."

„Auf jeden Fall brauchte Oriol dringend Geld, um die Buchführung bei CAR in Ordnung zu bringen. Er dachte anfangs, dass er selbst noch ein paar Bilder dieses Weißgerber im Raval auftreiben und dieses Mal für echtes Geld an Hofstedter verkaufen könnte. Um Hofstedter von Barcelona abzulenken, erfand er die Geschichte von dem Versteck in den Präpyrenäen. Er habe dort Freunde, die sich ganz im Vertrauen mit ihm in Verbindung gesetzt hätten, um ein paar alte Bilder zu verkaufen. Als er sich aber anschließend selbst in Barcelona nach Weißgerber umhörte, erfuhr er lediglich, dass Hofstedter schon überall gewesen war. Er konnte absolut kein Bild finden. Auch dort, woher er die ersten beiden bekommen hatte, war absolut nichts zu holen. Da hatte nur jemand die Wohnung seiner verstorbenen Oma geräumt."

„Das einzig Konkrete, was er bei seinen Nachforschungen fand, war eben dieser Katalog aus dem Bürgerkrieg, in dem auch ein paar Bilder von diesem Weißgerber waren. In der Zwischenzeit hatte Hofstedter mehrmals nach neuen Bildern aus diesem Dorf in den Präpyrenäen gefragt, regelrecht darum gebettelt, wahrscheinlich auch gut Geld angeboten. Und da muss Oriol die Idee gekommen sein. So zwischen der drohenden Buchprüfung bei CAR auf der einen Seite und dem Scheckbuch von Hofstedter auf der anderen. Jedenfalls ist er kurz darauf bei mir erschienen, da er wusste, dass ich absolut kein Geld habe, aber immer ein viel besserer Maler als er gewesen war. Er hat mir gleich das Bild der Frau mit Hut aus dem alten Katalog gezeigt. Genau das sollte ich exakt nachmalen. 'Das wird unsere Eintrittskarte, unser Echtheitszertifikat', hat Oriol immer wieder gesagt. Außerdem sollte ich ein Zweites malen, eine kreative Neuschöpfung, Barszene mit Soldaten. Bürgerkrieg und Bar. Das war nicht sehr schwierig."

„Anschließend rief Oriol wieder bei Hofstedter an und erzählte von einem sensationellen Fund. Weißgerber hätte sich jahrelang bei einer Familie in den Präpyrenäen versteckt gehalten. Es gäbe dort sicher noch einige Bilder, allerdings seien die Leute sehr misstrauisch - Bergbauern eben - und wollten auf gar keinen Fall auch nur am Rande etwas mit Presse, Behörden oder gar dem Finanzamt zu tun haben. Falls Hofstedter also Interesse habe, seien alle Geschäfte ausschließlich über Oriol und in Cash abzuwickeln."

„Hofstedter protestierte zwar anfangs heftig, wollte viel zu wenig bezahlen und natürlich Kontakt zur Familie, Fotos vom Haus und alle möglichen Sachen. Als ihm aber Oriol Fotos von den beiden Bildern schickte, änderte sich alles schlagartig. Hofstedter zahlte anständig und wollte nur noch mehr. Seine Tochter organisierte eine Ausstellung, so nach dem Motto 'Der gute Deutsche'. Im Zentrum standen das Bild aus dem alten Kämpferkatalog und das wiedergefundene Original. Exil und Bürgerkrieg verkauften sich hervorragend. Sie luden sogar Oriol nach Köln ein und behandelten ihn wie einen Superstar."

„Leider ist von dem Geld bei mir nur wenig angekommen. Oriol argumentierte immer, dass Fälschen an sich ja nicht strafbar ist, nur der Verkauf von gefälschten Bildern. Das hieß, dass er das ganze Risiko tragen müsste, außerdem seien es seine Geschichte und seine Kontakte. Klar habe ich auch etwas erhalten, aber nur Prozente. Immerhin habe ich das Atelier davon kaufen können und auch eine Weile ganz gut gelebt. Aber das ist auch alles, was mir davon geblieben ist. Guckt euch um. Sieht so ein reicher Mann aus?"

„Aber wer weiß, vielleicht ist das gerade gut so. Oriol ist durch das viele Geld nämlich leider völlig durchgedreht. Er hatte sich erstens diese große Wohnung in der Nou de la Rambla gekauft und dann dort eine Menge Geld investiert, Schlafzimmer, Küche, Bad, alles neu und alles vom Feinsten. Aber damit nicht genug. Es war ja mitten im Immobilienboom, wo hier jeder gedacht hat, er ist morgen Millionär, wenn er heute ein wenig investiert. Es war eigentlich gar nicht seine Schuld, aber als die bei der Caixa das viele Geld auf seinem Konto gesehen haben, haben sie ihm keine Ruhe mehr gelassen. Sie haben ihn mit Hochglanzbroschüren zugemüllt, ihm vorgerechnet, wie man aus einer halben Million fünf macht und so weiter. Und der arme Idiot ist darauf reingefallen. Als dann die Krise kam, haben sie ihn erst mal beruhigt und vertröstet bis schließlich alles weg war. Aber es war ja nicht einfach alles weg, er hatte plötzlich auch einen Riesenberg Schulden, auch auf der eigenen Wohnung. Wahrscheinlich hat er da auch wieder etwas Geld von CAR genommen."

„Der saß hier bei mir und hat geheult wie ein kleines Kind, dass er demnächst im Cajero schlafen muss. Ein absolutes Drama. Ja, und da kam dann die zweite Runde Hofstedter. Am Anfang war Oriol vorsichtig gewesen. Er hatte bis 2006 nur sieben gefälschte Bilder verkauft und dann Schluss. Er wollte einfach nicht riskieren, dass sie allzu sehr nach seiner Quelle in den Präpyrenäen suchen. Die Sache schien erledigt. Erst als die Sache mit der Bank brenzlig wurde, begann Oriol wieder an Weißgerber zu denken, eine neue kleine Serie. Natürlich wusste er, dass es komisch klingen würde, wenn er nach so vielen Jahren plötzlich wieder mit einer neuen Lieferung ankäme. Die Lösung war der Fingerabdruck. Es galt nämlich als große Sensation dass ein Gutachter einen Fingerabdruck 'Weißgerbers' auf der Blue Lady entdeckt hatte. Der war dort ganz ohne Absicht beim Aufspannen gelandet. Aber dann war's natürlich eine geniale Idee bei der neuen Lieferung noch einen - nur einen, wir wollten ja nicht übertreiben - zu hinterlassen."

„Es schien funktioniert zu haben. Denn zuerst hatte Hofstedter äußerst kühl auf Oriols neues Angebot reagiert. Ohne die echten Besitzer sei gar nichts zu machen, hatte er ihm erklärt. Als dann aber die zwei Bilder nach Köln kamen, wollte Hofstedter plötzlich doch verhandeln. Das bedeutete wiederum, dass er den Fingerabdruck gefunden haben musste. Aber dann ist die Sache völlig aus dem Ruder gelaufen, und plötzlich war Oriol tot. Ermordet in seiner Wohnung. Ich hatte eine Scheißangst, dass ich jetzt dran bin und bin erst mal ein paar Wochen verschwunden. Aber anscheinend wissen sie nichts von mir."

Ja anscheinend wussten sie nichts von ihm, beruhigte ihn Nina. Während Sergis Generalbeichte waren sie sich alle langsam näher gekommen. Nina hatte Sergis Fesseln durchgeschnitten, der hatte sich was angezogen und Kike hatte für alle einen Joint gedreht. Jetzt saßen sie entspannt in Sergis Atelier rauchten und diskutierten die Situation.

Nina war der Meinung, dass Hofstedters Muskelmann,

dieser Dirty Harry, wahrscheinlich zu blöd für ein anständiges Verhör war, zu ungeduldig oder tatsächlich nur ganz rudimentär Englisch sprach. Das änderte aber nichts an der Tatsache, dass man ihn und Hofstedter für den Mord an Puig zur Rechenschaft ziehen müsste. Sergi sei als sein alter Freund moralisch verpflichtet, dazu nach besten Kräften beizutragen. Außerdem sei es für ihn auch eine Frage der Notwehr, denn Hofstedter könne immer noch auf ihn kommen. Er müsse ja nur wie sie irgendwann die Fingerabdrücke bei der Polizei abchecken. „Und schon steht dieses Monster, dieser Fingerbrecher bei dir vor der Tür", erklärte sie ihm ernsthaft und hob mahnend ihren verbundenen Zeigefinger.

Sergi erklärte sich zu allem bereit, außer natürlich einer persönlichen Konfrontation. Nina beruhigte ihn und ließ ihn ein kurzes Geständnis schreiben, nachdem sie ihm nochmals versichert hatte, dass er sich ja absolut nicht strafbar gemacht habe. Bilder für einen Kumpel malen und auf Wunsch mit „Wg" zu signieren, sei völlig legal. Er müsse sich aber weiter um gar nichts kümmern. Hofstedter sei ihre Sache, sie habe einen Anwalt, Journalisten, die ganze Palette. Lediglich wenn Hofstedter letzten Endes vor Gericht stehe, müsse er bereit sein auszusagen. Damit konnte Sergi gut leben.

Schließlich verabschiedeten sie sich, wenn auch nicht als dicke Freunde, so doch als Verbündete, Nina mit Sergis Geständnis und dessen Fingerabdrücken in der Tasche und Sergi in dem Bewusstsein kompetente Beschützer gefunden zu haben.

Gegen zehn war Nina wieder in Anas Wohnung und voller Energie. Angeblich sollte man das Eisen ja schmieden so lange es heiß ist, also hieß es am Ball bleiben. Mit Sergis Aussage, seinen Fingerabdrücken und natürlich last not least der „Red" Lady sollten sie mehr als ausreichend Material haben um die ganze Hofstedter Bagage hochgehen zu lassen. Es war an der Zeit, die Hunde von der Leine zu lassen. Entschlossen rief sie Kleinert an und teilte ihm mit, dass sie eine Menge neues Material habe. Er hatte anscheinend auch Neuigkeiten und vereinbarte deshalb mit ihr für 14 Uhr eine längere Skypesitzung, da er dann sein dringendstes Tagwerk erledigt habe.

Obwohl schreiben nicht so ganz ihr Ding war, setzte sie sich an Anas Computer und machte eine längere E-Mail an Kleinert fertig. Als Attachments hatte sie: die Blue und die Red Lady, das Schwarz-Weiß-Foto, Sergis Geständnis und seine Fingerabdrücke, die Expertise, die auf diesen Fingerabdrücken basierte, das Spitzel-Dossier von Blanc mit dessen Abdrücken. In der E-Mail erklärte sie dann kurz, welches Bild woher war und übersetzte die wichtigen Passagen von Sergis Geständnis. Dann stellte sie den Wecker, nahm eine Beruhigungstablette und legte sich eine Weile aufs Ohr.

Kleinert war von ihrem Material mächtig beeindruckt. „Das übertrifft meine kühnsten Erwartungen bei Weitem. Damit ist Hofstedter erledigt. Ich werde noch ein paar abschließende Recherchen machen. Die Sachen einigen wichtigen Redakteuren vorlegen. Und dann müssen wir uns nur noch überlegen, wie wir die Bombe möglichst effektvoll und laut hochgehen lassen. Dieser Trick mit dem Fingerabdruck ist einfach genial. Nachdem Puig erst mal die Blue Lady als zentrales Werk mit dem Abdruck von diesem Sergi platziert hatte, konnte er von dem ausgehend praktisch alles als echt stempeln lassen, so eine Art Autozertifizierer. Genial!"

Er lehnte sich zurück, zündete sich gelassen eine Zigarette an, bevor er nach einer effektvollen Pause fortfuhr: „Ich habe mich hier schon ein wenig um den Background gekümmert. Es ist geradezu unglaublich, was da rauskommt, wenn man nur ein wenig buddelt. Auf dem Kunstmarkt werden jährlich Milliarden umgesetzt. Fachleute sprechen davon, dass die Gewinnmargen - ich zitiere - 'so hoch sind wie sonst nur im Drogen- oder Waffenhandel'. Etwa ein Viertel bis ein Drittel aller gehandelten Bilder sollen Fälschungen sein."

„Wie perfide aber die ganze Geschichte wirklich läuft,

illustriert wohl am besten der Skandal um den Kunstfälscher Wolfgang Beltracchi, der hier in Deutschland 2011 verurteilt wurde. Beltracchi hat zahlreiche Künstler gefälscht, meistens frühes Zwanzigstes Jahrhundert, Expressionisten, Kubisten, Surrealisten wie Campendonk oder Max Ernst. Er war nicht nur ein geschickter, technisch versierter Handwerker, sondern hat sich auch viel Mühe gegeben, eine Provenienz der Bilder zu konstruieren. Das hätte ihm aber alles nichts genützt, wenn ihm nicht die Herren Museumsdirektoren und Fachkoryphäen so hilfreich und ganz nebenbei für richtig gutes Geld unter die Arme gegriffen hätten. So wurde der Direktor des Kunstmuseums Ahlen schließlich wegen Betrug angeklagt. Der angeblich 'legendäre Kunsthistoriker' Werner Spies, die weltweit führende Autorität in Sachen Max Ernst, zeitweilig Direktor am Centre Pompidou hat allein Echtheitszertifikate für sieben gefälschte Max Ernst Bilder ausgestellt. Dafür soll er mindestens 400.000 Euro an Provisionen erhalten haben."

„Passiert ist diesen korrupten Gutachtern aber überhaupt nichts. Die dürfen sogar das Geld behalten. Lediglich Beltracchi, seine Frau und noch ein Helfer wurden ein wenig verurteilt. Ich betone 'ein wenig', da sie nur über Nacht ins Gefängnis mussten und die Geldstrafen noch nicht einmal in die Nähe des Gewinns kommen, den sie über viele Jahre gemacht haben."

„Der richtige Hammer ist aber ein ganz anderer. Ein Betrüger wurde geschnappt und hat gnädige Richter gefunden. Alles nichts Neues. Richtig interessant dagegen ist, dass die Polizei allein 58 Fälschungen identifiziert hat, Fachleute sprechen von hunderten, die Beltracchi im Laufe der Jahre verkauft hat. Bei Gericht wurden aber nur 14 Gemälde genannt, die schon von der Polizei beschlagnahmt worden waren."

Er sah sie triumphierend an.

„Ja und, wo sind die anderen? Hat er die versteckt, wie das Nazigold?"

„Nein, überhaupt nicht versteckt. Ich sage ja, das ist der

eigentliche Witz bei der ganzen Geschichte. Die hängen ganz offiziell in Museen und in Sammlungen."

„Aber wenn sie von Beltracchi sind, wenn sie falsch sind?"

„Das ist wie des Königs neue Kleider. Sie sind nur falsch, wenn offiziell festgestellt wird, dass sie falsch sind. Was wiederum bedeutet, dass sie absolut wertlos sind. Wenn dagegen so ein aufgeblasener, korrupter Lügenbeutel wie dieser Spies eine Echtheitsbescheinigung ausstellt, sind sie echt und Millionen wert; ich wiederhole: Millionen! Macht man sich das erst einmal richtig klar, kann man sich richtig vorstellen, wie hochkarätige Anwälte bei der Staatsanwaltschaft und bei Gericht vorstellig wurden und denen klargemacht haben, dass dieses oder jenes Bild auf gar keinen Fall auf irgendeiner Liste erscheint, denn, wenn es dort erscheint, gibt es gigantische Schadensersatzforderungen."

„Also will gar niemand wissen, was wirklich falsch ist?" fragte Nina verblüfft.

„Ganz genau. Und nicht nur nicht wissen. Du handelst dir echt große Schwierigkeiten ein, wenn du beweist, dass ein Bild falsch ist, weil dann jemand eine Menge Geld verliert. Ich erwähne dies nur, weil das in unserem konkreten Fall bedeutet, dass weder Hofstedter noch seine Kunden Interesse an der Wahrheit haben."

„Und wer hat dann überhaupt Interesse an der Wahrheit?"

„Ganz theoretisch die Justiz. Aber die fürchtet lange Prozesse und teure Schadensersatzklagen. Und außerdem, überleg mal: wer ist der oberste Chef der Staatsanwaltschaft?"

„Was weiß ich. Der Generalbundesanwalt? OK, OK, der Justizminister."

„Genau der Justizminister, der Staat also, darum heißt es ja auch Staatsanwalt. Wer besitzt aber gleichzeitig die größten Kunstsammlungen? Natürlich auch der Staat. Also kann der Staat doch kein Interesse haben, zu beweisen, dass er mit jeder Menge Steuermillionen Trash gekauft hat. Sind natürlich zwei verschiedene Ministerien, aber da ruft der eine beim anderen an."

„Den Staat kannst du also getrost vergessen. Echtes Interesse haben dagegen die Medien, da sie an Kunst nichts und an einem Skandal viel verdienen. Ein absoluter Witz ist der Kunsthandel selbst. Natürlich weiß man dort, dass man mit so viel Betrug auf ganz lange Sicht kein Geschäft machen kann. Deshalb wird immer wieder eine Art Selbstkontrolle gefordert. Fälschungen sollen in einer zentralen Kartei erfasst, eventuell gar gekennzeichnet oder - man glaubt es kaum - vernichtet werden. Wenn man dieses lügnerische Geschrei hört, muss man sich doch fragen, warum das nicht alles längst der Fall ist. Die Antwort folgt auf dem Fuß: Weil es niemand will. Alles nur Show. Es ist dasselbe, wie wenn Banker nach Selbstkontrolle rufen. Da weiß doch auch jeder, dass sie nur weiter ungestört abzocken wollen. Was soll's, wenn morgen alles den Bach runtergeht, Hauptsache wir haben heute noch unsere fetten Prämien kassiert."

Nach diesem Gespräch brauchte Nina erst mal einen Joint und einen guten Whisky. „Perfide" hatte Kleinert gesagt, ihr gefiel das Wort mächtig. Sie hatte gar nicht gewusst, dass es im Deutschen auch existierte. Perfides Schweinepack. Alle steckten unter einer Decke, zockten die große Kohle ab, und wenn die Sache tatsächlich vor Gericht ging, wollte niemand was davon wissen.

Wenn man Kleinert glauben konnte - und warum sollte sie nicht? -, würde Hofstedter die Geschichte gut überstehen. Ein wenig Staub würde der Skandal schon aufwirbeln, aber hinterher würde er sich problemlos die Körnchen vom Maßanzug schnippen und auf ein neues dickes Geschäft anstoßen. Die Reichen und Mächtigen standen schon lange weit über der Justiz, und von Gerechtigkeit war sowieso noch nie die Rede gewesen. Perfide. Aber nicht mit ihr. Diesmal hatten sich diese Schweine gewaltig verrechnet. Sie nahm ihr Handy und rief Hofstedter an.

22

Mann, war der Boss vielleicht sauer gewesen. Dirty Harry war sich sicher, ihn noch nie so sauer erlebt zu haben, obwohl er wirklich oft genug launisch und gereizt war. „Diese impertinente Lesbenschlampe, was denkt sie, wer ich bin?" hatte er Harry angeschrien, als ob das seine Schuld sei. Leider schien der Boss tatsächlich der Meinung zu sein, dass es Harrys Schuld und die seines „feingeistigen und skrupulösen Töchterchens" sei. Wenn sie nämlich nur ihre Arbeit richtig gemacht hätten, würde die Lesbenschlampe im Knast verrotten oder im Industriehafen als Fischfutter dienen. Während aber die Tochter weitgehend ignoriert wurde, da von ihr als „Sensibelchen" ohnehin nicht viel an handfester Aktion zu erwarten war, wurde Hentze zum Prügelknaben, zum Watschenmann. Das intrigante Töchterchen hatte außerdem ganz nebenbei erwähnt, dass die Lesbe von ihrem kleinen schwulen Freund befreit worden sei. Dass er, Dirty Harry Hentze, von einer 50-Kilo-Schwuchtel umgenietet worden war, hätte ihn den Job kosten können, wenn er nicht schon bei tausend anderen Gelegenheiten seinen Wert und eine Loyalität demonstriert hätte. Dass man mit der richtigen Stun Gun selbst einen Dwayne "The Rock" Johnson von den Füßen fegen würde, spielte überhaupt keine Rolle.

Aber er war nicht der Mann den Boss zu kritisieren. Wie ein guter Soldat stand er mit leicht gesenktem Kopf da und ließ das Gewitter über sich hinweg ziehen. „Sorry Boss. Ich mach's wieder gut. Nur eine Chance und ich zahl's der Leckschwester heim." Mächtige Männer mussten einfach manchmal Dampf ablassen, wenn der Druck zu groß wurde. Deshalb war so ein Anschiss genau betrachtet ja auch ein Vertrauensbeweis. Wenn der Boss sich Luft machen musste, war die Tochter trotz ihrer Intrigen nie gefragt.

Der Unterschied zeigte sich besonders deutlich, wenn's nach solchen Wutausbrüchen an die Planung einer Strategie ging. Der Boss war ja schließlich nicht der Typ, vor wem auch immer den Schwanz einzukneifen und vor so einer Leckschwester schon gar nicht. Da konnte sie in der Hand haben, was sie wollte. Sie hatte eine satte halbe Million für ihr gesamtes Material, darunter das gesuchte Weißgerber-Original, verlangt. Der Boss hatte zugesagt aber vorgeschoben, dass er einige Tage brauche, um so viel Cash aufzutreiben. Das war natürlich nur um Zeit für die Planung zu gewinnen; er hätte der Schlampe noch nicht mal das Schwarze unterm Fingernagel gegeben. „Ich will sie tot sehen", hatte er zu Hentze gesagt.

Angeblich hatte sie das Bild an einem sicheren Ort außerhalb von Barcelona. Der Boss sollte mit dem Flugzeug alleine kommen und ihr den Flug mitteilen. Sie würde ihn überwachen lassen, um sicher zu sein, dass er alleine käme. Am Flughafen sollte er sich dann ein Auto mieten und ab da würde sie ihm weitere Informationen per Telefon mitteilen. Nachdem der Boss seine Tochter ein wenig ins Gebet genommen hatte, war die damit rausgerückt, dass die Lesbe außerhalb von Barcelona eine alte Masia besitze, die sie seit Jahren als Ferienhaus benutze.

Damit war alles wieder ins Lot gekommen. Mehr noch; seit sich die Sache immer deutlicher abzeichnete, war der Boss so glänzender Laune wie schon lange nicht mehr. Der Plan war simpel und genial. Der Boss würde schön brav runterfliegen mit einem Koffer nur eben ohne die Kohle. Harry, dagegen würde mit einem „sauberen" Auto - das hieß mit Nummernschildern und Papieren, die keine Beziehung zum Kunsthaus Hofstedter hatten - ein paar Knarren und was man sonst noch so brauchte via Autobahn runter schaffen. Später würden sie sich treffen und der Lesbe gemeinsam einen Besuch abstatten. Wenn sie etwas Glück hatten, war die kleine Schwuchtel vielleicht auch dort, aber Harry befürchtete, dass der wohl die Überwachung am Flugplatz übernehmen musste.

Kurz vor seiner Abfahrt hatten sie sich noch mal in ihrem Schützenverein getroffen. Dort hatten sie sich vor Jahren kennengelernt. Als einer der wichtigsten Honoratioren des Vereins und großzügiger Spender, konnte sich der Boss dort ganz wie zu Hause bewegen. Sie hatten sich mit mehreren Durchgängen IPSC-Schießens - echtes Combat-Schießen war ja in Deutschland leider verboten - auf ihren Ausflug vorbereitet. Anschließend hatten sie im Smokers-Room mit zwei echten Cuba Zigarren - dieselben, die Schwarzenegger rauchte - und einem edlen Cognac, den der Wirt speziell für den Boss vorrätig hielt, den geplanten „Jagdausflug" zelebriert.

Ob diese Lesbenschlampe wirklich so hart im Nehmen sei, hatte der Boss mit diesem gewissen Glitzern in den Augen gefragt.

„Ich glaube, die ist pervers. So maso vielleicht. Die hat nur dumm gegrinst, als ich sie mit der Zigarette gebrannt habe. Ich glaube, die ist geil davon geworden."

Der Boss hatte lange nachgedacht, geraucht, dann zufrieden genickt. „Das wollte ich schon immer mal haben. Weißt du Harry, Grenzen erforschen, möglicherweise überschreiten. Im Schmerz liegt so viel Wahrheit, Elementares. Wir werden dort Erfahrungen machen, die man nirgendwo für Geld kaufen kann. Nirgendwo! Weißt du, was Hemingway mal gesagt hat? 'Es gibt keine vergleichbare Jagd wie die auf Menschen. Für diejenigen, die das mal gemacht haben, hat danach nichts mehr Bedeutung.'"

Harry machte sich wirklich nichts aus Büchern, aber in solchen Momenten, nahm er sich immer wieder vor, mal was Richtiges zu lesen, was für die Bildung. Faust vielleicht, Nietzsche oder eben Hemingway. Aber darum hatte der Boss eben Klasse. Er wusste selbst für den abgefahrenen Kram, den sie manchmal durchzogen, ein literarisches Zitat.

Das war vor zwei Tagen gewesen. Jetzt rollte er in einem dezenten Audi über die Autobahn durch Frankreich. Im Kofferraum hinter dem Reserverad hatte er seine „Maggie", eine 357

Magnum mit nicht ganz legaler Hohlspitzmunition, die Luger vom Boss und zwei SIG Kaliber 22. Er musste zugeben, dass die Magnum und die Luger eher als Liebhaberobjekte mitfuhren oder für den unwahrscheinlichen Fall, dass sie auf echten Widerstand treffen sollten. Um jemanden leicht zu verletzen, kampfunfähig zu machen, würde man die 22er nehmen müssen. „Die großen Kaliber sind nur für den Extremfall, denn eigentlich machen wir ja Gefangene", hatte ihm der Boss schmunzelnd erklärt.

Obwohl er der „Jagd für echte Jäger" natürlich fast so entgegenfieberte wie der Boss, beunruhigte Harry doch eine Kleinigkeit. Der Boss hatte ihn noch angewiesen „für die Unterhaltung mit der Lesbenschlampe ein wenig schweres Gerät" einzupacken. Was war „schweres Gerät"? Er hatte keine Ahnung und sich auch nicht getraut zu fragen. Eine Kettensäge? Ein Schraubstock? Er hatte mal einen Schraubstock mitgenommen, mehrere Handschellen und Fesseln, Elektroden und ein paar Makrodildos, die er persönlich am geilsten fand. Schließlich hatte er mit der Leckschwester noch so eine Art persönliche Rechnung offen. Sie würde die großen Töne schon noch bereuen.

Manchmal dachte er sich, dass er einfach zu normal war. Klar so eine dumme Schlampe anständig hernehmen, vielleicht ein paar aufs Maul, wenn sie darum bettelte. Manche waren einfach nicht anders zu beruhigen. Aber der ganze Schmerz- und Blutdreck war nicht so ganz sein Ding. Der Boss war da anders, der suchte den Kick. Vielleicht kam das durch die Intelligenz, die Bildung, vielleicht machte das diabolisch. Natürlich hatte er prinzipiell nichts gegen Folter. Wenn man Resultate brauchte, waren sie einfach eine Notwendigkeit. Er war jahrelang Polizist gewesen und konnte ein Lied davon singen. Der Wahrheitsfindung war nicht gedient, wenn man jeden Drecksack mit Samthandschuhen anfassen musste. Aber er konnte nicht sagen, dass es ihn besonders aufgeilte.

Der Boss konnte dagegen richtig ausrasten. Bei ihren gelegentlichen Exkursionen ins Kölner Nachtleben hatte Harry bereits mehrmals alle Beziehungen benötigt, die er zu Ex-Kollegen von der Sitte und zum Milieu hatte - und das waren nicht wenige -, um Anzeigen wegen schwerer Körperverletzung aus der Welt zu schaffen, die ganze Angelegenheit zivil mit Schmerzensgeld, Abfindung und so weiter zu regeln. Natürlich wollte er über niemanden urteilen, schon gar nicht den Boss kritisieren. Bei der Kripo hatten sie ihm nach 14 (!) Dienstjahren den Laufpass gegeben, weil er mit einer Prostituierten - einer ehemaligen! - zusammengelebt hatte und man ihm ein „Koksproblem" angehängt hatte. Diese Sesselfurzer hatten doch gar keine Ahnung. Wie sollte man denn bei der Sitte in Kontakt mit dem Milieu kommen? Wenn man sich mit ein paar wichtigen Figuren angefreundet hatte, konnte man nicht plötzlich eine Linie Koks vom Tisch fegen und die Nutte wegscheuchen, die einem unter demselben einen blasen wollte, nur um sauber zu bleiben. Man musste manchmal schon mit den Wölfen heulen. Und irgendwann drehen einem so biedere Karrierebeamte einen Strick draus.

    Nein, er würde den Boss nie kritisieren. Der hatte ihm schließlich als Vereinskameraden gleich einen guten Job verschafft. Dass er mit einer Ex-Nutte lebte, schon mal Koks nahm, war das etwa ein Problem? Natürlich nicht, im Gegenteil, das hatte „Flair". Der Boss war eben keine kleinkarierte Beamtenseele, kein Sesselfurzer. Wie viele kultivierte Menschen aus guter Familie, wie viele Künstler zog ihn die Halbwelt aus Huren und Stenzen an, faszinierte ihn. Dabei ging es ihm kaum ums Ficken, aber mit Zuhältern und Nutten saufen, sich ein paar Linien reinziehen, das ganze Ambiente, das machte ihn total an.

    Sollte der Boss also seinen Spaß haben! Außerdem hatte sie sich alles selbst zuzuschreiben. Hätte sie sich nur etwas kooperativer gezeigt, ihm das Bild gegeben und sich mit der Situation abgefunden. Aber sie wollte ja unbedingt die harte Tour haben, groß das Maul aufreißen. Jetzt bekam sie die superharte, jetzt kam der Boss persönlich.

Wahrscheinlich würde er sie ordentlich durchficken müssen. Der Boss stand auf so was, aufs Zusehen. Dabei war sie gar nicht sein Typ. Ihr fehlte das Laszive, keine richtigen Titten, vielleicht war sie auch noch haarig. Wenn er da an seine Elvira dachte, die war ein echtes Kunstwerk. Sie hatte eine Möse wie eine Jungfrau - er lachte leicht vor sich hin - und zwei pralle Silikontitten. Ein richtiger Mann konnte heutzutage schon erwarten, dass sich Frauen ästhetisch ein wenig verbesserten. Er arbeitete ja auch mehrere Stunden täglich an sich. Bodyshaping! Und er war depiliert von oben bis unten. Da war kein Sackhaar mehr dran. Von wegen Päderast, nur weil man auf rasierte Mösen stand. Das war einfach eine Frage der Ästhetik. Außerdem war's nicht gerade appetitlich, wenn man Schamhaare im Mund hatte. Und was er an Anabolika zu sich nahm. War auch nicht ganz gesund, aber man musste eben an einem Ideal arbeiten. Die „kleinen Weißen" machten zwar einen dicken Arm, gingen aber auf die Pumpe und hatten zu starkem Haarausfall geführt. Für einen Haufen Geld und unter höllischen Schmerzen hatte er sich letztes Jahr im Nacken Haarinseln ausstechen und oben wieder einsetzen lassen.

Er hätte absolut kein Problem damit, sich auch noch den Schwanz vergrößern zu lassen. War aber zum Glück nicht notwendig, er war mit einem echten „Gemächt" gesegnet, wie ein abgeschossener Soldatenarm. War's da zu viel verlangt, wenn man erwartete, dass sich eine die Titten etwas in Form bringen ließ, möglicherweise noch die Schamlippen anpassen. Mann, er hatte schon Dinger gesehen. Wirklich obszön.

Die Gedanken an Elvira machten ihn so scharf, dass er den nächsten Rastplatz ansteuern musste, um sich in aller Ruhe zwei Mal den Hasen abzuziehen. Echte Kerle wie er, richtige Powerrammler, holen sich am besten gleich mehrmals einen runter. Außerdem konnte er ja nicht alle hundert Kilometer eine Wichspause einlegen. Auf diese Weise käme er nie pünktlich nach Spanien. Praktischerweise fand er auf dem Rastplatz auch ein Restaurant, wo er mehrere Hamburger, allerdings weitgehend ohne Brotbeilage, und eine größere Ration Kaffee zu sich nahm. Erleichtert und gleichermaßen gestärkt setzte er seine Mission gut gelaunt fort. Er schaffte einige hundert Kilometer bevor seine Gedanken anfingen sich selbständig zu machen und um die junge Hofstedter zu kreisen. Er versuchte sich abzulenken, indem er sich auf Elvira oder die anderen geilen Schlampen im Bodystudio konzentrierte. Schließlich war sie die Tochter vom Boss und der mochte es garantiert nicht, wenn man seine Tochter bimberte. Außerdem fehlten ihr auch die Titten. Andererseits, so zierlich wie die war, mit einem anständigen Boob Job das wäre schon was völlig anderes. Aber am meisten geilte ihn an ihr auf, dass sie immer so arrogant distanziert war, so etepetete. Stur blieb sie bei „Herr Hentze" obwohl er sie schon mehrmals superfreundlich dazu aufgefordert hatte ihn doch bitte ganz einfach „Harry" zu nennen. Aber Mademoiselle fürchtete sicher, die notwendige Distanz zu einem ihrer Domestiquen zu verlieren. Tat immer so, als könne sie kein Wässerchen trüben. Dabei hatte es die kleine Votze garantiert faustdick hinter den Ohren. Er könnte wetten, dass sie es mit dieser SM-Lesbe getrieben hatte. Wahrscheinlich hatte sie es gerne ein wenig derb. Dafür könnte er schon sorgen. Er war schon wieder scharf wie ein frisch abgezogenes Rasiermesser und weit und breit kein Rastplatz in Sicht.

Aber warum sollte er sich keine Hoffnungen machen können? Der Boss war da völlig unsentimental. Der hatte das arrogante Schneckchen mindestens schon zwei Großkunden, sozusagen als besonders intensive Betreuung des Hauses Hofstedter, aufs Zimmer geschickt. Harry hatte leider absolut keine Ahnung wie er sie dazu gebracht hatte. Ein neues Auto geschenkt, oder gesagt „alles für Hofstedter"; war ja schließlich ein Familienunternehmen. Eine Nutte war sie trotzdem.

Wenn er also eine wirklich essentielle, sozusagen lebenswichtige Aufgabe erledigte, seine absolute Loyalität unter Beweis stellte, war es nicht möglich, irgendwie sogar gerecht, dafür die wirklich angemessene Belohnung zu erhalten? Wie früher vielleicht mancher Herrscher seinem treuesten Vasallen die Tochter zur Frau gab? Natürlich schien das heute etwas überholt, aber der Boss lebte ja wie er selbst in anderen Zeiten, solchen mit einem klassischen Wertesystem. Und Fräulein Hochnäsig würde sich fügen müssen, würde die Beine breit machen müssen, aber richtig breit, wenn er ihr sein Gemächt reinrammen würde.

Auf diese Weise mit äußerst angenehmen Gedanken beschäftigt durchquerte er Frankreich. Vor sich sah er eine rosige oder gar goldene Zukunft, was seine Beziehungen zum Haus Hofstedter anging. Ihm imponierte die Bezeichnung 'Haus' ganz besonders; sie hörte sich so nach Adel, nach Noblesse an. Am späten Abend überquerte er die Grenze und suchte sich ein Fernfahrerhotel, wo er mit Cash bezahlen konnte und keinen Ausweis vorzeigen musste. Er genehmigte sich noch ein großes blutiges Steak - Nahrung für Raubtiere - und schlief dann den Schlaf der Gerechten.

Am nächsten Morgen ließ er sich wie abgesprochen Zeit, frühstückte ausgiebig und tuckerte dann gemütlich Richtung Barcelona. Kurz nach zehn rief ihn der Boss an. Etwas aufgeregt, was so gar nicht seine Art war, aber hochzufrieden teilte er Harry mit, dass das Treffen tatsächlich wie erwartet in dieser Masia in der Nähe von Berga stattfinden sollte. Harry brauchte deshalb nicht bis Barcelona zu fahren, sondern über Vic zur E-9, dort sollte er ihn nördlich von Manresa gegen 14 Uhr in einem kleinen Ort treffen. Er gab ihm noch die genauen Daten für den Navigator und verabschiedete sich heiter mit einem „Waidmanns Heil".

Bevor Harry passend mit „Waidmanns Dank" antworten konnte, hatte der Boss schon aufgelegt. Aber Harry wusste trotzdem genau, was er zu tun hatte. Er drückte jetzt etwas auf die Tube, bis er endlich den nächsten Rastplatz erreichte. Dort fuhr er raus und machte sich sofort über seine Reisetasche her. In der Außentasche fand er schnell die Kopfhörer, die dort meistens unbenutzt mitreisen. Aufgeregt stöpselte er sie in sein iPhone und suchte Rammstein. Einfach genial, wie hatte er es nur vergessen können. Der Boss hatte es ihm mal nach der Jagd vorgespielt und gesagt: „Rammstein, Harry, das ist Wagner im 21. Jahrhundert. Natürlich viel primitiver, aber wir gehen ja auch finsteren, barbarischen Zeiten entgegen. Das ist es, was Wagner kommen sah. Götterdämmerung. Windzeit, Wolfszeit, bis die Welt vergeht. Deshalb ist Rammstein, Entschuldigung, natürlich nicht Wagner im 21. Jahrhundert, sondern viel mehr dessen logische Konsequenz." Harry hatte sich zwar sofort die CDs von Rammstein und ein paar von Wagner besorgt, aber er war genau genommen nicht so der musikalische Typ. Also war die Sache wieder etwas in Vergessenheit geraten. Zum Glück gab es aber iPhones, für Hofstedter Leute geradezu obligatorisch.

Kurz darauf war er wieder auf der Autobahn und grölte mit Rammstein im Ohr Waidmanns heil:

Ich bin in Hitze schon seit Tagen
So werd ich mir ein Kahlwild jagen
Und bis zum Morgen sitz' ich an
Damit ich Blattschuss geben kann
Auf dem Lande, auf dem Meer,
lauert das Verderben
Die Kreatur muss sterben! Sterben!

Seine Bewunderung für den Boss stieg noch einmal gewaltig. Der konnte Kunst einfach in Bezug zur Realität bringen, zur harten Realität versteht sich, nicht diesen abgewichsten, blutleeren Scheiß auf den Vernissagen. Hemingway, Wagner, Rammstein, das hatte Stil. Schließlich war er ja nicht blöd. *„Ich bin in Hitze schon seit Tagen"* oder *„Ich fege mir den Bast vom Horn"*, worum ging es denn da? Doch nur um sein dickes Rohr, das schon wieder in der Hose drückte. Wahrscheinlich sollte er das in sein festes Repertoire aufnehmen. Wenn einer im Bodystudio dumm fragte, „Ey, was hasste so lange getrieben?", einfach cool: „Ich hab mir den Bast vom Horn gefegt." Bei Rammstein ging's weiter mit Ich tu' dir weh.

Da gab es absolut keinen Zweifel. Das war der Boss-Song.

Klar prophetisch, sah Harry die Sache auf sich zukommen. Der Boss, er und die Leckschwester dort in der Masia. *Hör wie es schreit!* Er war wie gesagt nicht so ganz der Blut-Fan. Nicht dass es ihn störte, aber es ging ihm nicht unbedingt einer dabei ab. Aber er verstand jetzt ganz genau, was der Boss wollte, er hörte es in seinem Kopf. Und echte Männerfreundschaften, Bruderschaften wurden ja schließlich mit Blut geschlossen. „Blut ist ein ganz besondrer Saft", sagte der Boss immer. Goethe war das. Und wer könnte ihm nach so einem einzigartigen Ritual die Tochter verweigern? Unmöglich, sie wäre ganz genau der Preis.

Geradezu besoffen von der geilen Musik, seinem eigenen Gegröle und den fantastischen Aussichten für die Zukunft fuhr er seinem Ziel entgegen. Er hielt nur einmal auf einem abgelegenen Parkplatz, um sich den Bast vom Horn zu fegen. Trotzdem erreichte er den vereinbarten Treffpunkt über eine Stunde vor der vereinbarten Zeit. Aber das war eben deutsche Pünktlichkeit, davon hatten sie hier wahrscheinlich keine Ahnung. Dem Spanier ging ja seine Siesta über alles. Er suchte schon mal einen unauffälligen Parkplatz, wo er den Wagen für die nächsten 24 Stunden stehen lassen konnte.

Schließlich kam der Boss mit einem schwarzen Audi Q5, der absolut passende Wagen für so einen Einsatz. Sie begrüßten sich kurz und sachlich und luden dann Harrys Gepäck und Mitbringsel um. Da ihr Plan vorsah mit der Dämmerung bei der Masia einzutreffen, gingen sie erst mal geruhsam etwas essen, anschließend fuhren sie gemächlich weiter. Nachdem sie die Autobahn verlassen hatten, fuhr der Boss über einen Feldweg auf einen Hügel, von dem man eine gute Aussicht hatte. Hier legten sie noch mal eine Pause ein.

Der Boss holte zwei große Havannas raus und entzündete sie ganz langsam und stilvoll. Dann zückte er seinen silbernen Flachmann. Er füllte den Becher und reichte ihn Harry, während er selbst die Flasche behielt. „1967er Armagnac, hat mich einige hundert Euro gekostet, die Flasche. Für besondere Anlässe hab ich gedacht. Also Kamerad, auf gute Jagd. Waidmanns Heil."

Harry antwortete mit „Waidmanns Dank" und stieß mit dem Boss an. Er fühlte sich unglaublich stolz. Es war das erste Mal, dass ihn der Boss „Kamerad" genannt hatte.

Sie rauchten gemächlich und beobachteten, wie sich der Himmel im Westen langsam rötete. „Das Land hier hat viel Blut getrunken" sagte schließlich der Boss. „Die Westgoten sind hier untergegangen. Weit weg von der Heimat und schon dekadent. Später die Reconquista, Männer wie der Cid. Und schließlich die Legion Condor. Die haben hier die Roten gejagt wie die Hasen. Da wäre ich gerne dabei gewesen Harry."

Dann machten sie sich für den Einsatz fertig. Der Boss verstaute die 22er in einem Knöchelholster und die Luger in dem Aktenkoffer, in dem sich angeblich das Geld befand. Allerdings handelte es sich nur um Papierbündel mit jeweils einem Geldschein obendrauf. Schließlich befestigte er sich noch mit Klebeband ein Klappmesser am Unterarm, wobei er Harry verschwörerisch zuzwinkerte. Da sich Harry durchs Gelände von hinten an die Masia heranarbeiten sollte, zog er komplett Combat-Kleidung an, dazu eine Skimaske, seine Maggie als Reserve unter der Jacke in einem Schulterholster und die 22er im Gürtel zum Einsatz bereit. Dazu ein kleines Brecheisen, falls eine Tür nicht gleich aufgehen wollte. Man konnte damit aber auch immer jemandem auf die Finger klopfen.

Wie echte Söldner, die sich für ein Kommandounternehmen fertig machen, dachte Hentze. Es gab einfach keine bessere Droge als eine gute Ration echtes Adrenalin, das nun angenehm unter seiner Kopfhaut kribbelte. Ein letzter Blick auf die Karte, Uhrenvergleich und sie fuhren los. Nachdem sie die Masia vor sich in einer Entfernung von circa zwei Kilometern ausgemacht hatten, stoppte der Boss kurz neben einigen Büschen und Harry rollte sich gekonnt aus dem Wagen, kam sofort wieder auf die Beine und lief geduckt weiter.

Während der Boss langsam weiter auf die Masia zufuhr,

schlug Harry einen Bogen durch die Talsenke, wobei er sich stets geschickt hinter Büschen und kleineren Bäumen hielt, so dass er von der Masia aus nicht zu sehen wäre. Der Boss würde eine Weile im Wagen sitzen bleiben, dann mal hupen, vielleicht kam die Leckschwester ja sogar raus. Auf jeden Fall würde er genügend Zeit schinden und die Aufmerksamkeit auf sich ziehen, so dass Harry ungestört die Hinterseite erreichen konnte.

Die 22er in der Hand lief er geduckt den Hügel zur Masia hoch, als er den Boss hupen hörte. Fast hätte er gelacht, als er sich vorstellte, wie sie nun aus dem Fenster starrte und nicht richtig wusste, was tun. Dabei kam er von hinten, durch die kalte Küche. Er erreichte eine kleine Tür und versuchte sie vorsichtig zu öffnen. Nicht abgeschlossen. Durch die Tür betrat er einen großen, düsteren Raum mit schweren dunklen Möbeln. Durch eine offene Tür an der gegenüberliegenden Seite fiel ausreichend Licht. Er ging langsam darauf zu, rechts die 22er links das Brecheisen.

Als er den Raum halb durchquert hatte, hörte er schräg hinter sich einen kurzen Pfiff, der ihm einen eiskalten Schauer den Nacken runterjagte. Er könnte sich fallen lassen und sofort schießen - combatmäßig - aber der Pfiff deutete darauf hin, dass die Schlampe bewaffnet war. Also erst mal die Lage sondieren, Nerven bewahren und Zeit gewinnen. Schließlich musste der Boss langsam von vorne kommen. Also ließ er die Arme entspannt hängen und drehte ganz langsam den Kopf. Da neben einem hohen Schrank stand ein kleiner Typ und grinste. Er war zwar ungefähr von der gleichen Größe wie die Schwuchtel aber so ungefähr 100 Jahre älter. Was ihn aber zu einem echten Problem machte, war die doppelläufige Schrotflinte, die er ganz entspannt mit beiden Händen hielt. Kaliber zwölf konnte Harry gerade noch mit Kennerblick feststellen, bevor beide Läufe Feuer spien.

23

Blödmänner sterben einfach nicht aus, dachte Nina, als sie sah wie sich Dirty Harry aus dem Audi warf und dann durchs Gebüsch hetzte. Sie erinnerte sich noch gut daran, wie sie als Kind manchmal mit Manolo Western im Fernsehen gesehen hatte. Manolo hatte es immer als absoluten Schwachsinn bezeichnet, wenn Cowboys mit Revolvern auf Indianer schossen, eigentlich fast immer wenn sie zum Showdown irgendwo mit Revolvern anrückten. Er hatte immer gesagt: „OK, für eine Schießerei in einer Bar, zur Not, aber in den Kampf geht man immer mit einem Gewehr." Ihr Opa hatte überhaupt nichts gesagt. Für den waren solche Filme so real wie Micky Mouse oder Donald Duck, und ob die nun mit Gewehren oder Pistolen um sich ballerten war da wirklich egal. Aber das war wohl der Unterschied. Manche zogen wie Idioten in den Kampf, wie Donald Duck eben oder Hofstedters Special Agent.

Eigentlich hatte sie mit mehr gerechnet. Drei, vier Mann mit Gewehren, die sich langsam an die Masia heranarbeiten würden. Uta hatte mal erwähnt, dass ihr Vater auf die Jagd ginge. Aber was kam? Zwei arrogante Vollidioten, die sich aufführten als gehöre die Welt ihnen. Sie lag hervorragend getarnt auf dem kleinen Hügel vor der Masia, nicht weit von dem Grab ihres Opas. Obwohl sie eigentlich für übersinnliche Dinge wie Seelen, Geister, ein Leben nach dem Tod wenig übrig hatte - abgesehen von guten Horrorfilmen natürlich -, fühlte sie sich hier trotzdem auf eine seltsame Art geborgen. Falls, nur falls, es also tatsächlich irgendetwas wie Geister geben sollte, wären die hier auf ihrer Seite, und mit ihrem Opa war schon zu Lebzeiten nicht zu spaßen. Aber von all diesem Quatsch mal abgesehen, war das hier ihr Land. Sie gehörte hierher, Manolo gehörte hierher, und die beiden Idioten da unten waren einfach Fremdkörper.

Aber sie lag ja nicht hier oben, weil sie ihren Opa als Schutzpatron um sich haben wollte. Genau genommen lagen sie beide aus demselben Grund hier, nämlich wegen der wunderbaren Aussicht über das ganze Tal und natürlich auf die Masia. Es waren ziemlich genau 630 Meter bis zum Eingang. Das war immer noch eine gute Entfernung für den K98, vielleicht nicht mit jedem Schuss eine Coladose, aber dennoch mehr als ausreichend. Zur Beobachtung benutzte sie ein starkes Fernglas mit Restlichtverstärkung, wie zur Wildbeobachtung. Sie hatte gleich vermutet, dass Hofstedter mit seinen Truppen erst zur Dämmerung eintreffen würde. Manolo hatte ihr sogar eine Handgranate aufgedrängt. Er war irgendwie ein Fan von Handgranaten. Sie wollte das Ding zwar nicht haben, er meinte aber, wenn es wirklich brenzlig werde, wäre so eine Handgranate eine kaum zu überbietende Überraschung.

Hofstedter hatte seinen protzigen Audi circa 50 Meter vor dem Eingang geparkt und wartete. Anscheinend hoffte er, dass sie rauskäme, und dann wollte er natürlich Zeit gewinnen, dass sich sein Kumpan im Combatdress von hinten ans Gebäude ranmachen konnte. Nach zehn Minuten hupte er, etwas später nochmal. Schließlich stieg er aus, blieb aber neben dem Wagen stehen, schwenkte mit dem einen Arm einen Aktenkoffer und rief laut: „Hallo Frau Rossbacher, ich habe hier das Geld. Sind sie da?"

Die beiden Fenster zur Sala hin waren erleuchtet, sonst gab es aber kein Lebenszeichen. Hofstedter rief noch mal und ging dann ganz langsam auf das Haus zu. Er hatte es fast erreicht, als man das Krachen der Schrotflinte hörte. Der Schuss wurde zwar vom Haus gedämpft, war aber dennoch mehr als deutlich zu vernehmen. Und für jeden, der nur ein wenig mit Schusswaffen zu tun hatte, war deutlich erkennbar, dass der Schuss nicht von einer Pistole stammte. Hofstedter musste also so langsam dämmern, dass etwas schiefgelaufen war. Er drückte sich nun neben der Tür an die Hauswand und hielt in der einen Hand eine Pistole, während er mit der anderen sein Handy rausholte.

Wahrscheinlich versuchte er Dirty Harry zu erreichen.

Dagegen war eigentlich nichts einzuwenden. Ein wenig aufkommende Panik, wenn man merkt, dass man verspielt hat, war nicht gerade hilfreich, wenn es darum ging einen kühlen Kopf zu bewahren. Andererseits, solche Wichser wie der brachten es doch glatt fertig und riefen die Polizei, sobald sie merkten, dass es brenzlig wurde. Das kannte man doch von den Bankern. Polizei, staatliche Kontrolle und so weiter, gab ja nichts Schlimmeres. Freier Selbstbedienungsladen für alle ab einer Million Jahresgehalt. Als sie aber in ihrer grenzenlosen Gier die Karre so richtig in den Dreck gefahren hatten, riefen sie nach Vater Staat und appellierten ans Gemeinwohl, wahrscheinlich hatten sie das Wort vorher irgendwo nachschlagen müssen. Soweit würde es hier nicht kommen.

Sie visierte Hofstedter ganz ruhig an. Ein Mann im dunklen Boss-Anzug an eine helle Hauswand gepresst, eine bessere Zielscheibe gab's kaum. Ehrlich gesagt konnte sie sich kaum eine vorstellen, die ihr lieber gewesen wäre. Er hielt das Handy ans Ohr und wartete. Nina drückte ab und Hofstedter wurde gegen die Hauswand geschleudert. Kurz darauf rappelte er sich auf. Er drückte die Hand mit der Pistole an seine verletzte Schulter und sah sich panisch um. Allzu viele Möglichkeiten, von wo aus ein Scharfschütze gutes Schussfeld hatte, gab es ja nicht. Und so fiel sein Blick bald auf den Hügel, allerdings ohne die geringste Chance von Nina etwas zu entdecken. Um Deckung zu finden lief er nach links, wo sich ein großer Brennholzstapel türmte. Dort war er zwar weder vom Hügel aus zu sehen, noch von den Fenstern der Masia, wenn aber Manolo von hinten um das Gebäude herum käme, hätte er ihn voll auf dem Präsentierteller.

Nina nahm ihr Handy und rief Manolo an.

„Alles OK?" meldete er sich sofort nach dem ersten Rufton.

„Hier ist alles unter Kontrolle. Der Typ sitzt verletzt hinter dem Holzstapel. Dort kommt er nicht mehr weg. Und bei dir?"

„Der andere ist tot. Er hatte zwei Pistolen und nichts im

Kopf. Soll ich mir den hinter dem Holzstapel schnappen?"
„Aber nicht erschießen. Nur erschrecken. Wir nehmen ihn in die Zange."

Sie nahm den Karabiner und ging langsam den Hügel runter. Das war einfach das Gute, oder auch das Dumme an Pistolen, je nachdem, wie man es sah. Auf mehr als 50 Meter war damit nichts zu machen und bei dem Licht schon gar nichts. Unten angekommen, richtete sie sich hinter dem Audi ein. Dann rief sie: „Ey Hofstedter, dein Kumpan ist tot und die Kavallerie macht heute Urlaub. Also keine Hilfe zu erwarten. Am besten du kommst einfach da mit erhobenen Händen raus."

„Und dann knallen sie mich einfach so ab, wie den armen Harry?"

„Na ja, er hat mal selbst zu mir gesagt, man könne alles auf die leichte, oder auf die harte Tour machen, er sei aber ein Fan der harten Tour. Man muss den Leuten einfach ihren Willen lassen", rief Nina und wartete.

Hinter der Masia fielen zwei Schüsse aus einer schweren Handfeuerwaffe. Die Kugeln schlugen auf Hofstedters Seite in den Holstapel. Kurz darauf kam er dahinter vor, eine Hand erhoben, die andere hing schlaff herab.

Nina kam hinter dem Audi vor und sagte ihm er solle sich auf den Bauch legen, was er nach kurzem Protest auch machte. Sie blieb vor ihm stehen und zielte mit dem Karabiner auf seinen Kopf. Hinter ihm erschien Manolo mit einer schweren Magnum in der Hand. Er stellte sich neben Hofstedter und begann ihn sorgfältig mit der Linken zu durchsuchen. Dabei entdeckte er schnell die 22er im Knöchelholster und das Klappmesser im Ärmel. Sie legte den Karabiner weg und nahm dafür die Magnum, auf kurze Distanz sicher besser. Als sie kurz den Revolver inspizierte, zählte sie noch vier Patronen, alles illegale Hohlspitzmunition. Sie pfiff anerkennend durch die Zähne und erlaubte Hofstedter dann sich aufzusetzen.

Nachdem er sich unter großem Gestöhne an den Holzstapel

gelehnt hatte, kam er anscheinend langsam zu der Einsicht, dass sein Leben nicht mehr direkt bedroht war. „Hören sie, ich muss dringend ins Hospital. Wir sollten nicht mehr viel Zeit verlieren. Einen Toten gibt es bereits, von ihrem Freund da erschossen. Das heißt wir müssen handeln, zu einer Übereinkunft kommen. Wir müssen die Behörden informieren. Es wird eine große Untersuchung geben. Aber ich könnte für sie aussagen. Wir könnten sicher das Meiste auf Hentze schieben. Möglicherweise kann man sogar Beweise finden, dass er Puig ermordet hat."

Manolo hatte sich einen Joint angesteckt und sich auf den Hacken niedergelassen. Gut für die Nerven. Sie zündete sich eine Zigarette an und rauchte nachdenklich. Zombies musste man immer direkt in den Kopf schießen. Aber irgendwie hatte sie so eine unbändige Lust noch ein paar Sachen loszuwerden. Wenn man jemanden in den Kopf schießt, blieben ihm vielleicht ein, zwei hundertstel Sekunden, oder gar nur tausendstel, um das Ende kommen zu sehen, um über sein beschissenes Leben nachzudenken. Das war eindeutig zu wenig. Andererseits hatte Kike ja völlig recht. Das endlose Gelabere vor dem Todesschuss war ja ein Standardfehler. Man musste wissen, dass es definitiv vorbei war, aber trotzdem Zeit für ein paar coole Sprüche haben.

Sie hob die Magnum leicht an und schoss Hofstedter ins Bein. Der schrie vor Schreck und Schmerzen. Das Hohlspitzprojektil hatte ein ziemlich großes Loch gerissen, aus dem mit jedem Herzschlag Blut spritzte. Hofstedter griff mit einer Hand an den Schenkel und versuchte die Blutung zu stoppen, mit äußerst mäßigem Erfolg.

„Na du Arschloch, merkst du was? Es gibt kein Happy End, zumindest nicht für dich. Mit dieser Wunde bist du spätestens in einer halben Stunde tot. Du läufst einfach aus. Und siehst du uns 112 anrufen, werden wir etwa hektisch? Nein, es kommt keine Kavallerie. Du wirst hier einfach ganz banal und anonym abkratzen. Und das mit anonym mein ich absolut ernst. Manolo hat die Schweine nicht mehr gefüttert seit wir mit deiner Anreise rechnen konnten. In ein, zwei Tagen ist von euch beiden absolut nichts mehr übrig. Da gibt's kein Staatsbegräbnis, mit Lobreden von verlogenen Politikern und Honoratioren und dem Bundesverdienstkreuz auf dem Sarg. Kein Mausoleum, kein protziger Grabstein, noch nicht mal eine simple Plakette, es bleibt nur ein Haufen Schweinescheiße, und auf einem Misthaufen blühen nun mal keine Rosen."

„Sie sind ja wahnsinnig, absolut wahnsinnig", stöhnte Hofstedter.

„Wahnsinnig?" Nina zuckte die Schultern. „Ich hab einfach zu viel 'mala leche'. Hab sie von meiner Mutter, die hat sie von ihrem Vater. Es gibt einfach auf der ganzen Welt zu viel, weil sie von solchen Drecksäcken wie dir verseucht wird."

„Sie können mich hier nicht wie ein Tier verrecken lassen. Ich unterschreib ihnen alles, ein Geständnis, alles, was sie wollen. Aber haben sie bitte ein Einsehen und rufen sie bitte einen Krankenwagen. Wollen Sie Geld? Ich habe viel Geld. Wir können uns über alles einigen."

„Er sagt, er hat Geld", sagte Nina zu Manolo auf Spanisch. Der zuckte nur die Achseln. Sie wandte sich wieder auf Deutsch an Hofstedter: „Mann hast du Glück. Ich mein, nicht jeder kann kurz vor seinem Tod noch eine wirklich ganz wichtige Erfahrung machen, sozusagen zu einer fundamentalen Erkenntnis gelangen. Tja, mein Glücklicher. Geld ist eben nicht alles, und es gibt tatsächlich Dinge, die man nicht kaufen kann. Hättest du nie gedacht? Mir schon klar. Solche Wichser wie du kaufen ja immer alles. Aber jetzt 5 vor 12 lernst du noch was."

„Aber weißt du was, ich will nicht übertreiben." Nina hatte beschlossen zur Feier des Tages noch einen draufzulegen und ausnahmsweise die Wahrheit noch ein wenig aufzuhübschen. „Mit Geld kannst du mich wirklich nicht locken, da ich für den ganzen Stress, dafür dass du nie mehr gesehen wirst, schon von deiner liebenden Tochter Uta bezahlt werde. Die hat so einiges angehäuft im Lauf der Jahre. Wäre sogar gerne dabei gewesen, aber sie braucht leider ein hieb- und stichfestes Alibi, da sie ja die Galerie mit allem drum und dran übernehmen möchte. Aber sie hat mir in allen möglichen süßen kleinen Details unser nächstes sehr, sehr intimes Wochenende ausgemalt. Wie wir feiern werden, wenn die Sache erst mal glatt über die Bühne gegangen ist."

Sie sah an seinem Entsetzen, dass er ihr glaubte. Er kannte eben sein sauberes Töchterlein, die Evil Queen. Vaya familia! Jetzt hast du was zu Beißen, für die lange dunkle Reise.

„Ihr habt sie aber nicht an die Schweine verfüttert?" fragte Kike aufgeregt, als ihm Nina ein paar Tage später in einem ruhigen Straßencafe die ganze Geschichte erzählte.

„Nein, natürlich nicht. Wir haben brav die Polizei gerufen."

„Und die haben alles so geglaubt?"

„Ein klein wenig modifiziert haben wir die Sache schon, aber viel war nicht nötig. Hofstedter wollte von mir ein paar Unterlagen kaufen, ganz wichtig. Von dem Bild hab ich natürlich nichts gesagt. Das beschlagnahmen die sonst nur als Beweismittel, und dann ist es erst mal weg. Also nur relativ vage was erzählt von Unterlagen, aber für ihn so wichtig, dass er sogar nach Spanien fliegt und mit dem Auto in die Masia kommt. Ich warte also mit Manolo, ein wenig misstrauisch schon, da wir ja der Meinung sind, dass Hofstedter Puig wegen derselben Geschichte hat umbringen lassen. Als wir dann plötzlich zwei Typen im Auto kommen sehen, schnappt sich Manolo die Schrotflinte und ich setze mich mit dem Karabiner durch die Hintertür ab. Manolo kann dann den einen erschießen, als er schon im Haus ist. Glatte Notwehr. Ich verwunde aus großer Distanz Hofstedter, als er an die Vordertür will. Er verkriecht sich daraufhin hinter dem Holzstapel. Es folgt eine längere Schießerei, bei der Manolo den Revolver des Toten benutzt. Hofstedter wird anscheinend davon getroffen und verblutet sehr schnell wegen der illegalen Hohlspitzmunition. Wir haben es erst bemerkt, als er schon tot war."

„Klingt gut." Kike nickte zustimmend. „Aber haben sie euch nicht gefragt, warum ihr nicht sofort die Polizei gerufen habt?"

„Ja schon. Aber erstens, hast du ja nicht gerade einen kühlen Kopf, wenn zwei schwer bewaffnete Typen auf dein Haus zu laufen. Zweitens waren Manolo und mein Opa für die Polizei immer die Faschos - ich mein zumindest die letzten 20 Jahre. Die Polizei hat sich wegen denen noch nie beeilt. Und drittens, haben sie mich wegen einem Mord eingesperrt, den wahrscheinlich Hofstedters Muskelmonster begangen hat. Wir hatten wenig Grund, auf die Polizei zu warten."

„Aber sie haben es euch abgekauft? Alles erledigt?"

„Klar, es wird immer noch ein wenig ermittelt. Aber sie können nichts machen. Die Beweise sind zu erdrückend. Weißt du: die waren schwer bewaffnet; alles illegal in einem anderen Wagen über die Grenze geschmuggelt. Hofstedter hatte einen Koffer mit Geldbündeln aus Zeitungspapier dabei, was bedeutet, dass er mich betrügen wollte. Und das Allerbeste, da haben sie das Auto noch voll mit Folterkram."

„Folterkram?"

„Stell dir vor: einen Schraubstock, Handschellen, Elektrofolterkram, Gigantdildos. Den Bullen ist fast schlecht geworden. Das haben die noch gar nicht an die Presse gegeben, aber Manolo ist für die Zeitungen trotzdem der ganz große Held. Fünfundsiebzigjähriger Ex-Legionär hat zwei schwer bewaffnete deutsche Kriminelle erschossen, die sein Patenkind entführen und ermorden wollten. Dazu Fotos von seinem vertrockneten, zahnlosen Gesicht."

„Und Maria, war sie auch dabei? Bei der Schießerei?"

„Nein, die hat Manolo vorher zu einer Cousine nach Barcelona geschickt."

„Du hättest mich aber ruhig mitnehmen können", maulte Kike. „Du weißt, als Scharfschütze bin ich gar nicht so schlecht. Ich hätte vor diesen Typen auch keine Angst gehabt."

„Schon klar, aber weißt du, wenn wir dort zu dritt oder so gewartet hätten, alle gut bewaffnet, dann hätte das doch echt nach Hinterhalt ausgesehen. Wir mussten echt die Schwächeren sein." Nina lächelte und tätschelte zärtlich seine Hand. Dabei dachte sie, dass Hofstedter auch mit vier Leuten hätte kommen können, mit Gewehren. Dann hätten sie die Handgranaten gebraucht und vielleicht auch Verluste gehabt. Sie hätte sich nie verzeihen können, wenn sie Kike in so eine Scheiße mit reingezogen hätte.

„Das mit den Schweinen hast du aus Deadwood?" fragte Kike nach einer Weile.

„Kann sein. Ich fand's aber vor allem eine gute Idee, damit er noch was zu kauen hat. Weißt du diese Leute wollen immer einen großen Grabstein, viele schöne Reden, ganzseitige Todesanzeigen und so weiter."

„Aber das bekommt er jetzt?"

„Kann schon sein. Ist aber scheißegal. Meiner Meinung nach, ist das Einzige, was zählt, das, was du vor dem Tod denkst. Hinterher bist du einfach tot."

„Das mit der Tochter hast du dir auch alles ausgedacht?"

„Klar. Aber weißt du, was das Beste war?"

„Was?"

„Er hat's tatsächlich geglaubt. Weißt du, ich hab's gesehen. Er hat's echt geglaubt. War ja nur so eine Idee, kam mir spontan wegen dem Geld. Das muss echt ein Schlangennest von Familie sein. Ich mein, meine Mutter hat meinen Opa wahrscheinlich schon irgendwie gehasst. Aber er war trotzdem Familie, sie hätt ihn vielleicht angespuckt aber nie verkauft. Dann meine Mutter und ich, da war auch nicht immer so viel Liebe, eher im Gegenteil. Also kaputte Familie, das ist mein Leben. Aber diese Hofstedters, einfach unglaublich. Vielleicht muss man dazu wirklich richtig reich sein; nur dann kommt man in die Champions League der Familienintrige mit Mord und Totschlag."

„Ich würde jedenfalls keine Träne vergießen, wenn morgen mein Bruder abkratzen würde", meinte Kike trotzig.

„OK. Meine Mutter hat vielleicht auch eine Flasche Champagner aufgemacht, als mein Opa gestorben ist; übertrieben gesagt. Aber würdest du deinen Bruder verkaufen, oder jemanden bezahlen, damit er ihn umlegt, einfach umlegt?"

„Natürlich nicht. Es würde mir einfach reichen, wenn ich ihn nie wieder sehe. Aber die Tochter, willst du da noch was machen, oder ist die Sache jetzt für dich erledigt?"

„Ein Scheiß ist erledigt! OK, der Alte war ein guter Anfang, aber Uta hat doch fast genauso viel Dreck am Stecken. Die hat mich doch hier wie eine Idiotin an der Nase rumgeführt und dann bei Puig ins offene Messer laufen lassen. Und als das alles nichts geholfen hat, hat sie mir was in den Drink gegeben, damit Dirty Harry in aller Ruhe seinen Spaß mit mir haben kann. Meinst du, das vergesse ich?"

„Nein, natürlich nicht", meinte Kike beschwichtigend, da sich Nina regelrecht in Wut geredet hatte. „Ich wollte eigentlich nur wissen, wie's weitergeht."

„Wie's weitergeht? Eigentlich ganz logisch. Der alte Hofstedter, war ein brutaler Machtmensch, also ist er durch das Schwert umgekommen. Hat genau bekommen, was er haben wollte. Uta dagegen...." Sie dachte etwas nach. „Uta ist eitel, will unbedingt in der Kunstwelt die ganz große Dame sein, Frau Oberwichtig. Die Kunst ist dabei das Allerwichtigste, sagt sie zwar immer wieder, ist aber gelogen. Weil sie ja inzwischen weiß, dass bei Weißgerber zumindest einiges falsch ist. Aber scheiß auf Weißgerber, Hauptsache ihr Ruf wird gerettet. Darum kreist das Denken in ihrem kleinen, verlogenen Kopf. Ihr Ruf als Frau Doktor, als DIE Spezialistin für was auch immer. Und genau dort werd ich sie packen. Ich werde sie als Kunsthistorikerin erledigen. Dieser ganze Weißgerberbeschiss muss solche Wellen schlagen, dass sie nicht nur ihre Doktorarbeit vergessen kann, nein, absolut jeden Job im Museum, es sei denn, sie will dort die Toiletten sauber machen."

24

Unter den Dingen, die Nina nicht leiden konnte, nahmen Moralpredigten - ganz besonders begründete Moralpredigten - eine ziemliche Spitzenposition ein. Hauptsächlich aus diesem Grund hatte sie alle Anrufe und Nachrichten ihrer Mutter unbeantwortet gelassen. Anfangs hatte sie den Kontakt gemieden, um ungestört ihre Pläne verfolgen zu können. Ein paar Mal mit „ja, ja" geantwortet, mit „alles klar", „läuft bestens" und solchen Phrasen, die im Klartext mehr so was wie „lass mich in Frieden" bedeuten. Jetzt, nachdem die Sache mal wieder in der Presse erschienen war, war da leider nichts mehr zu machen. Isabel war ja auch nicht gerade naiv, und zwei Tote in der Masia ließen sich auch schlecht aus der Welt diskutieren. Außerdem benötigte sie mal wieder Isabels Kooperation und war bereit, dafür die eine oder andere Kröte zu schlucken.

Sie legte also eine mehr oder weniger komplette Beichte über Skype ab. „Weniger" hieß dabei nur, dass sie einige Kleinigkeiten etwas frisierte. So erzählte sie, sie habe Uta angerufen, um ihr eine letzte Chance zu geben. Von der „Unterhaltung" mit Dirty Harry im Bus am Hafen, strich sie auch einige Details. Allerdings erwähnte sie ihren gebrochenen Finger, das war erstens ein entscheidender Grund um Hofstedter anzurufen; zweitens stellte es die Verbindung zum Mord an Puig her. Bei der Schießerei hielt sie sich weitgehend an die offizielle Variante, dass Manolo schließlich auch Hofstedter erschossen habe.

„Du übertriffst wirklich meine schlimmsten Albträume", erwiderte Isabel verärgert. „Ich hatte zwar von Anfang an vermutet, dass du irgendeine Dummheit planst, weil's dich irgendwie in den Fingern juckt. Aber Entführung, Folter und als krönender Abschluss eine Schießerei mit zwei Toten. In Igorr, der willigen Kreatur des Alten, hast dann auch noch den richtigen

Spießgesellen gefunden. Das Traurige ist, dass ihr absolut nichts dazulernt, es scheint einfach so weiterzugehen. Lediglich dass du gleich auf internationalem Niveau und mit einigen Leichen mehr angefangen hast als der Alte damals. Aber weißt du, was das Schlimmste ist?"

Nina grummelte so eine Art Nein.

„Dass es dir total egal ist, was dabei zerstört wird, wie's mir dabei geht. Für eine Mutter ist es sicher das Allerschlimmste, wenn sie ihr eigenes Kind beerdigen muss. Ein Drama, furchtbar. Ein Verkehrsunfall, eine dumme Krankheit, so was kann passieren, und es ist immer noch furchtbar. Aber du hättest mir zugemutet, dass ich nach Berga ins Leichenschauhaus zitiert werde und mir dort angucke, was zwei Perverse mit meiner Tochter angestellt haben. Selbst Igorr, der ist alt aber er hat doch ein wenig ein Anrecht auf eine Art ziviles Leben. Er hat so eine Latina. Aber wen kümmert's, lass sie betteln gehen. Wie der Alte bist du auf deinem ganz privaten Kreuzzug und wer dabei alles vor die Hunde geht, das ist dir vollkommen gleich."

„Es ist mir nicht gleich, und es tut mir wirklich, wirklich leid. Ich wollte wirklich niemanden da mit reinziehen. Dich schon gar nicht. Aber was hätt ich denn machen sollen? Anzeige erstatten? Das hätte den Hofstedter ein wenig geärgert aber noch nicht mal viel Geld gekostet. Ich hab mich erkundigt; bei diesen Kunstskandalen kommt nur wenig raus. Außerdem, der Mord an Puig, dafür wär niemand drangekommen."

„Der Mord an Puig?" Isabel lachte hysterisch. „Du müsstest dich mal selbst hören. Dieser Puig war doch deiner ureigenen Aussage nach auch ein riesiger Drecksack. Und außerdem, was geht's dich an? Was geht dich Hofstedter an? Kunstskandale! Ist das dein Bier? Hab ich die Jungfrau von Orleans groß gezogen? Willst du mir jetzt erzählen, dass du alles Unrecht der Welt in Ordnung bringen willst?"

„Nein, natürlich nicht. Aber du darfst nicht ganz vergessen, dass mich dieser Hofstedter von vornherein als Sündenbock eingestellt hat. Ich sollte für deren Mord ins Gefängnis gehen. Das hab ich mir nicht ausgesucht. Ich habe mich nur verteidigt."

„Das hast du dir also nicht ausgesucht? Du warst nur groß vorne auf der Bild als Kampfsport-Lesbe mit superkurzer Zündschnur. Das war doch so eine Art Stellengesuch als Sündenbock und alle möglichen anderen Vollidiotenjobs."

„Das ist doch nicht dein Ernst? Dieser Hinterzartner wollte mich vergewaltigen. Wenn ich da nicht willig mitmache, bin ich an allem selbst schuld, was folgt, an seiner gebrochenen Nase, an der Bild-Zeitung, an Hofstedter? Ich hab mir also alles selbst gesucht?"

„Ganz so einfach ist die Sache zwar nicht, aber es geht in die Richtung. Natürlich, sollst du dich verteidigen, wenn dir so ein Typ an die Wäsche geht. Aber du solltest dich vielleicht mal fragen, wie du überhaupt da hingekommen bist. Ich meine, wenn man für einen abgehalfterten, schmierigen Schlagersänger die Reisebegleiterin macht - und komm mir hier nicht mit Bodyguard und so einem Blödsinn -, dann muss man sich doch nicht wundern, wenn der mal im Suff ein wenig aufdringlich wird. Wenn du Türsteher vor einer Disco bist, musst du dich auch nicht über gelegentliche Schlägereien beschweren. Irgendwann fliegt dir so was um die Ohren. Einfach eine Frage der Statistik."

„Du und Papa, ihr habt auch jahrelang nicht gerade besonders vorsichtig gelebt", erwiderte Nina trotzig.

„Das waren andere Zeiten, und dein Papa ist elend auf einer Toilette gestorben. Ich würde sagen, dass das irgendwie zusammenhing. Aber das ist gar nicht das Thema. Das Thema ist, dass meine Tochter mit Mitte Dreißig immer noch solch beschissene Loser-Jobs macht, dass sie es offensichtlich für den Höhepunkt ihrer Karriere hält, wenn sie in eine Schießerei mit Gangstern gerät. Außerdem hat die ganze Geschichte mit Job ja gar nichts mehr zu tun. Denn wenn ich mich richtig an dieses äußerst unerfreuliche Telefonat mit einem gewissen Herrn Wiegand erinnere, möchte man dort absolut nichts mehr mit dir zu tun haben. Zum Teil streiten sie sogar ab, dich jemals gekannt zu haben. Mein Gott Nina, du kannst doch nicht so naiv und dumm sein. Wenn man für solche Typen arbeitet, hat man doch von Anfang an auf jedes Recht verzichtet, sich über anfallende Schwierigkeiten zu beschweren. Dieser Hofstedter hat bei einer Dumpfbacken-Agentur eine Dumpfbacke bestellt, und jetzt beschwerst du dich, dass du nicht ganz so dumm warst, wie das, was dein Chef normalerweise so anbietet."

Es fiel Nina echt schwer, etwas gegen diese Argumentation ins Feld zu führen. Schließlich meinte sie: „Er hat mich entführen lassen und ist dann hierher gekommen um mich zu foltern und umzubringen. Er war ein kriminelles Schwein."

„Das war aber nicht dein Bier. Ich bin mir sicher, wenn du in Berlin in manche Clubs gehst und dort die richtigen Leute bedrohst, sind sie hinter dir her und wollen dich umbringen. Kein Mensch wundert sich da, ruft Skandal, Skandal. Man geht einfach nicht dahin! Und wenn doch, ist man zu gutem Teil selbst schuld."

Sie schwiegen eine ganze Weile. Beide zündeten sich erst mal eine Zigarette an. Dann sagte Nina: „Nur von wegen Loser-Job, Dumpfbacke und so. Ich habe hier eine Menge rausgefunden. OK, ohne Auftrag und ohne Bezahlung. Aber deshalb gehören uns die Bilder, und die sind wahrscheinlich eine ganze Menge Wert. Es war also mehr auf eigene Rechnung, aber es hat sich doch gelohnt."

„Gut, dass du darauf kommst. Die Bilder habe einzig und allein ICH gekauft, weshalb sie ausschließlich MEIN Eigentum sind. Ich habe dir großzügig die Red Lady als Leihgabe überlassen, als Beweismittel in einem geplanten, legalen Rechtsstreit. Das hast du aber einfach ignoriert und sie stattdessen dazu verwendet zwei psychopathische Killer anzulocken. Ich würde also sagen, ich hätte mein Eigentum gerne schnellst möglichst zurück. Am besten UPS, du kannst sie gleich morgen abschicken."

„Das ist eine totale Verdrehung der Tatsachen. Schließlich stammten von MIR die gesamten Informationen, und die Bilder hast du einzig und allein in MEINEM Auftrag gekauft. Ohne mich würdest du Weißgerber heute noch für einen Pfälzer Riesling halten", schimpfte Nina. Aber es war nun alles halb so schlimm. Isabel war Geschäftsfrau und feilschte um ihr Leben gerne. Allein schon die Tatsache, dass sie um die Bilder stritt, zeigte, dass sie deren Wert anerkannte und damit auch irgendwie Ninas Beitrag. Außerdem hatte Geld für Nina noch nie so viel Bedeutung besessen. Es war deshalb für sie viel einfacher hier auf einige - im Moment sowieso noch äußerst hypothetische - Prozente zu verzichten, als sich die moralischen Vorwürfe und das generelle Losergeschwätz reinzuziehen. Sie führte also lediglich eine Art Scheinrückzugsgefecht, um Isabel auf eine ganz andere Geschichte einzustimmen.

Nachdem sie sich schließlich auf 70 zu 30 zu Isabels Gunsten geeinigt hatten, rückte Nina mit ihrem neuen Projekt raus. Sie hatte das Bild nämlich bereits voll konform mit Isabels Absichten verwendet und an eine Galerie in Berlin geschickt - klein aber fein. Dort sei in Zusammenarbeit mit Kleinert eine spektakuläre Ausstellung geplant „Hinter der Blue Lady - die Verstrickungen des Kunsthauses Hofstedter". Sie nannte ihr die Adresse der Webseite versprach ihr einige von Kleinerts Texten zu schicken. Im Moment würden sie das alles noch zurückhalten bis zur Eröffnung am Samstag in einer Woche. Dann aber würde die ganze Geschichte wie eine Bombe einschlagen.

In der deutschen Kunstszene, besonders bei Händlern und Ausstellern würde zur Zeit viel über den Skandal umwitterten Tod von Hofstedter gerätselt, die wahren Hintergründe seien aber immer noch unbekannt. Das heißt jede Menge öffentliches Interesse, der Skandal hing in der Luft, und genau in diesem Ambiente würden sie die Sache hochgehen lassen. Dort als zentrales Werk die Red Lady konfrontiert mit einer Reproduktion der falschen Blue Lady in Originalgröße und dem Schwarz-Weiß-

Druck aus dem Katalog, dazu große Schautafeln mit Dokumenten zu Weißgerber, ein paar alte Fotos vom Raval und so weiter. Kleinert hatte bereits Artikel für zwei wichtige Kunstzeitschriften präpariert und natürlich auch einen langen Text für den Katalog zur Ausstellung geschrieben. Dort werde auch auf die beiden Bilder eingegangen, die Weißgerber später unter dem Namen Blanc gemalt hatte, und deshalb wäre es wirklich super, wenn Isabel die beiden Bilder noch nach Berlin bringen oder schicken könne. Außerdem verstehe sich von selbst, dass Isabel als VIP zur Eröffnung eingeladen sei, ICE, Hotel, alles werde bezahlt. Nina bedauerte, dass sie selbst nicht kommen könne, da sie wegen des immer noch schwebenden Verfahrens nicht ausreisen dürfe. Allerdings werde sie an der Vernissage über eine Videokonferenz mit geladenen Journalisten teilnahmen. Dabei werde sie wie bei einem normalen Interview ihre Ermittlungen zu Weißgerber und die Ereignisse, die zum Tod Hofstedters geführt hatten, erklären.

Isabel nickte nachdenklich, als Nina mit ihren Ausführungen zum Ende gekommen war. „Ich muss zwar sagen, dass ich den Plan, endlich alles publik zu machen, es an die große Glocke zu hängen, hervorragend finde. Das war mehr als überfällig. Dass du aber diesem Kleinert einfach so die Red Lady in die Hand drückst, ist schon etwas mehr als leichtsinnig. Nachher verkauft der das. Und dass ich nach Berlin fahre, das musst du vergessen. Das ist so die Art von VIP, die ich wirklich nicht gebrauchen kann. Am nächsten Tag ist dann noch von mir ein Foto in der Zeitung, so als Mutter der Hofstedter-Killerin, von mir aus auch als Heldin. Ist mir egal, ich bin zwar eitel, aber Medienrummel mit Mord und Totschlag und ich dazwischen, nur in meinen schlimmsten Albträumen."

„Wie du willst. Aber zu Kleinert möchte ich sagen, der hat eine Menge Artikel geschrieben, findest du auch manches im Internet. Das ist ein echter Roter; der hasst die ganze Bagage wie Hofstedter und seinesgleichen. Das ist keine Show. Aber um dich zu beruhigen. Ich habe das Bild gar nicht ihm gegeben, das ging ganz offiziell mit Einschreiben, pi pa po, an diese Galerie. Dort ist es im Tresor. Die wissen, dass es als der echteste Weißgerber so einiges wert sein muss. Aber was hältst du davon, denen noch die beiden anderen Bilder zur Verfügung zu stellen?"

„Davon halte ich ehrlich gesagt gar nichts. Wie gesagt, ich kenne deinen neuen Freund Kleinert nicht und werde ihm kein Bild für Hunderttausend oder mehr einfach so in die Hand drücken."

„Du sollst es ja auch nicht Kleinert geben, sondern ganz offiziell an die Galerie ausleihen. Du musst außerdem bedenken, dass die Provenienz eines Bildes sehr wichtig ist, wenn man es verkaufen möchte. Durch so eine große Ausstellung wird es praktisch offiziell."

„Weißt du Nina, macht ihr erst mal eure Show. Bitte nicht so wie die letzte, das war ja mehr ein Showdown. Wenn ich dann ein paar schöne Artikel irgendwo lese, können wir auch über die Bilder reden. Aber jetzt merk dir bitte eines. Wenn du mit irgendwelchen deiner Freunde, von mir aus auch Feinden redest, sei es die junge Hofstedter, dieser Kleinert, diese tolle Galerie, erwähne mit keinem Wort, dass diese Bilder bei mir sind, wo sie auch tatsächlich nicht sind. Denn ich will nicht, dass hier irgendwelche Folterknechte oder andere finstere Gestalten anrücken. Ist das klar?"

„Aber Mama, ich würde dich da nie reinziehen. Ich hab denen gesagt, dass die Bilder noch in der Masia versteckt sind. Kein Wort von dir. Das mach ich nicht."

„So ein Blödsinn", antwortete Isabel barsch. „Das letzte Mal hast du mir auch alles Mögliche versprochen und dann prompt diese Hofstedters angerufen und scharf gemacht. Ich kenn dich, und darum sag ich's nochmal: kein Wort von mir."

Obwohl Nina noch einige Tricks versuchte, merkte sie doch schnell, dass an Isabels ablehnender Haltung vorerst kaum etwas zu ändern war. Eigentlich war das auch kein Drama. Wenn Isabel durch einige Zeitungsartikel erst mal von dem zivilen und absolut legalen Charakter der aktuellen Operation überzeugt war, würde sie die Bilder schon rausrücken. Kleinert würde sich also ein wenig gedulden müssen. Möglicherweise konnte man ja mit zwei neuen Exponaten ein, zwei Wochen nach der Eröffnung das Thema noch mal richtig in die Presse puschen.

Kleinert war für sie in letzter Zeit immer wichtiger geworden, da er inzwischen der einzige war, mit dem sie regelmäßig ihre Pläne im Fall Hofstedter besprach. Ana und Kike hatten angefangen recht erfolgreich zusammen zu arbeiten. Dagegen hatte Nina zwar nichts einzuwenden, andererseits betrachtete sie das „Versinken im Cosplay-Latex Sumpf", wie sie es für sich nannte mit einem gewissen Unbehagen. Kike hatte inzwischen ein paar verlassene Fabriken im Poble Nou entdeckt und bislang vergeblich versucht Nina zur Teilnahme an einem Photo Shoot dort zu bewegen. Sie hatte für „Nerd-Porn" nur wenig übrig. Ihre Titten waren zwar nicht besonders beeindruckend dafür aber komplett echt und sie weigerte sich, daran mit Plastik-Fantastic etwas zu ändern.

Aber es gab keinen Grund für Vorwürfe. Der Fall musste jetzt nach Deutschland getragen und öffentlich gemacht werden, und dafür war Kleinert genau der richtige Mann. Seit sie von der Masia wieder zurück war, hatte sie fast täglich zumindest kurz mit ihm gesprochen und ihr weiteres Vorgehen gegen Uta Hofstedter geplant. Kleinert war von Anfang an mit Herz und Seele dabei, als er dann diese Galerie in Berlin aufgetan hatte, hatte er eine regelrechte Besessenheit entwickelt. Er erzählte ihr, was er noch über Hofstedters Geschäfte rausgefunden hatte, besprach mit ihr die geplante Ausstellung oder diskutierte einzelne Stellen seiner Artikel. Wenn es nichts Konkretes gab, laberten sie manchmal nur so allgemein über das Betrügersystem des Kunstmarktes oder malten sich aus, wie sie Elend und Schande über das berühmte Kunsthaus Hofstedter bringen würden. Dazu trank jeder einen Whisky vor seiner Webcam, Nina rauchte oft noch einen Joint dazu. Es war fast so gut wie an einer

Bar abzuhängen.

Ein wenig Zuspruch dieser Art war genau das, was sie brauchte, um Isabels moralisches Geschwätz aus den Ohren zu bekommen. Sie rief kurz Kleinert an, und er meinte er müsse zwar noch schnell was fertig machen aber in einer Stunde sei er bereit für eine kleine Skype-Session. Als sie sich dann eine Stunde später via Skype in Verbindung gesetzt hatten, kam er nach einer kurzen Begrüßung sofort zum Kern der Sache.

„Und? Alles klar mit der alten Dame? Schickt sie die beiden Weißgerber nun oder möchte sie sie persönlich vorbeibringen? Wie gesagt, wir holen sie ab, Limousine, erste Klasse Hotel, alles drum und dran."

„Da ist leider etwas falsch gelaufen", räumte Nina zögernd ein. „Sie hat schon vor Tagen eine Nachricht von mir bekommen, dass ich die Bilder möchte. Na ja, und dann hat sie sie nach Spanien geschickt in die Masia."

„So eine Scheiße. Wie kann man auch nur so blöd sein. Dann soll sie halt dieser Manolo morgen direkt per Kurier nach Berlin schicken."

Bilder sind noch gar nicht angekommen, und Manolo ist zurzeit auf einem großen Viehmarkt in Galizien." Nina's Laune verschlechterte sich rapide. Erstens konnte sie es überhaupt nicht leiden, wenn jemand ihre Mutter als 'blöd' bezeichnete. Hier hatte sich Kleinert eindeutig zu viel rausgenommen. Wesentlich ärgerlicher fand sie aber, dass sie konstant zum Lügen genötigt wurde. Erst von Isabel und jetzt von Kleinert.

„Und jetzt? Die Sache muss man doch irgendwie regeln können?"

„Ich werd sehen, was ich tun kann. Ich fahr in den nächsten Tagen da hoch und kümmer mich drum."

„Gut. Wenn du Gas gibst, kannst du es noch vor dem Wochenende abschicken und wir haben es spätestens Montag oder Dienstag. Viel Zeit bleibt nicht mehr."

„Hör zu", sagte Nina gereizt. „Vielleicht denkst du, dass ich hier nur rumliege und Dope rauche. Aber ich hab tatsächlich einiges zu tun. Ich muss meinem Anwalt in den Arsch treten, dass er bei der Staatsanwaltschaft Druck macht und ich vielleicht irgendwann mal wieder reisen darf. Dann hab ich mit Coll i Fàbrega eine Verabredung zum Essen. Der Kontakt kann immer noch wichtig sein, zumindest für mich. Wenn ich das und noch einiges erledigt habe, werd ich da hochfahren, und dort kann ich Manolo nicht einfach so stehen lassen, sondern werd mich ein wenig kümmern müssen. Ich bin ihm schließlich eine Menge schuldig, genauso wie meiner Mutter, selbst wenn du irgendwie zu der Ansicht gekommen ist, dass sie blöd ist."

Kleinert merkte nun, dass er den Bogen überspannt hatte und ruderte emsig zurück. Es tat ihm alles leid, kein schlechtes Wort über ihre Mutter, kein Druck und so weiter. Aber er bekam kein Bein mehr an die Erde. Nina hatte es satt, sich eine schlechte Ausrede nach der anderen auszudenken, und fand es deshalb ganz praktisch, sich etwas missgestimmt von Kleinert zu verabschieden. Mit etwas Glück, müsste das Thema Blanc Bilder damit vorerst vom Tisch sein.

Da es sich bei ihren Verabredungen mit ihrem Anwalt und Coll i Fàbrega auch nur um Ausreden gehandelt hatte, Kike und Ana mit der Produktion von Nerd-Porn ziemlich ausgelastet schienen und sich Kleinert gerade selbst eine Sendepause erbettelt hatte, hatte sie nicht nur so gut wie nichts zu tun, sondern fühlte sich auch etwas überflüssig. Kurz entschlossen rief sie Manolo an - der Viehmarkt war auch pure Fantasie - und fragte an, was er von einem Besuch hielte. Seine Freude war echt und steigerte sich noch etwas, als er mitbekam, dass sie ihre verrückten Freunde in Barcelona lassen wollte. Manolo fand ihre Freunde natürlich nett und sympathisch, aber er rauchte gern seine Canutos in Ruhe und ging dann mit Maria relativ früh zu Bett. Dagegen hatte Nina absolut nichts einzuwenden. Ein paar Tage ruhiges Landleben, frische Luft, mäßiger Drogenkonsum und reichlich Bewegung, war genau, was ihr jetzt fehlte.

Bereits am nächsten Vormittag saß sie im Bus nach Berga. Nina und Kike hatten die Nachricht von ihrem Kurztrip gelassen hingenommen. Kike wollte mit Ana in den leer stehenden Fabriken im Poble Nou in Ruhe eine Serie postapokalyptischer Steampunkfotos machen. Und da inzwischen klar war, dass sich Nina für solche Dinge nur zu seltenen Ausnahmen herablassen würde, hatte auch niemand versucht, sie groß zu überreden. Also waren sie noch gemeinsam durch ein paar Kneipen gezogen, aber jeder war ein wenig mit seinen eigenen Geschichten beschäftigt gewesen.

Sie nahm den Bus nach Berga. Dort wartete bereits Manolo mit dem Auto auf sie und begrüßte sie herzlich. Er war noch nie ein großer Unterhalter gewesen, aber sie kannten sich so lange, dass Nina absolut kein Problem damit hatte, ein paar Stunden schweigsam neben ihm zu sitzen. Teilweise hatte sie sogar genau dann das Gefühl zu Hause zu sein. Trotzdem wollte sie zumindest kurz wissen, wie es Maria ging. Natürlich nicht nur gesundheitlich, sondern mehr, wie sie die ganze Geschichte mit Schießerei, Polizei und Medienrummel aufgenommen hatte, und nicht zuletzt, ob sie ein wenig sauer sei, weil Nina ja schließlich Manolo da mit hineingezogen hatte.

Das seien alles ganz unnütze Gedanken, meinte Manolo. Sie solle sich wegen Maria bloß keine Sorgen machen. Die komme schließlich aus einer Gegend, wo es normal sei, dass die Männer manchmal mit Gewehren das Dorf bewachen mussten. Dort in Bolivien könne man nicht immer die Polizei rufen, die sowieso oft noch schlimmer sei. Außerdem... aber sie werde schon sehen. Manolo hüllte sich etwas wichtigtuerisch in Schweigen, und Nina hatte kein Problem damit. Wenn man ihr sagte, sie solle sich wegen der Geschichte keinen Kopf machen, umso besser. Das schlechte Gewissen hatte ihr ohnehin erst Isabel gemacht.

Einige Kilometer vor der Masia, nahm Manolo eine andere Abzweigung und fuhr Richtung Dorf. Traditionell mieden sie diese Umgebung eher, aber vielleicht hatte er ja etwas in Berga vergessen. Er parkte auf der Plaza und bedeutete Nina mitzukommen. Warum auch nicht, dachte sie, wunderte sich dann aber doch, als er schnurstracks auf die einzige Bar im Ort zuging. Als Kind hatte man ihr strengstens verboten, den Ort oder gar die Bar alleine aufzusuchen. Dort trafen sich ja gewissermaßen die Feinde. In ihrem ganzen Leben hatte sie die Bar nur zwei Mal mit ihrem Opa und Manolo betreten, wahrscheinlich um zu demonstrieren, dass man ein Anrecht darauf hatte. Es konnte ja sein, dass Manolo inzwischen so eine Art Waffenstillstand erreicht hatte und manchmal einen Wein oder einen Kaffee hier trank, immerhin lagen diese alten Geschichten nun wirklich sehr lange zurück und viele im Dorf hatten auch nie etwas damit zu tun gehabt. Aber sie war immerhin eine echte Marull, die Enkelin ihres Opas.

Die Bar war ziemlich groß und zumindest theoretisch auch ein Restaurant. Da es sonst im Dorf nichts gab, diente sie aber vor allem als sozialer Treffpunkt. An einem der Tische neben den großen Frontfenstern spielten drei alte Männer Karten und tranken den billigen Rotwein des Hauses. An der Theke saßen zwei jüngere Männer mit Gummistiefeln und Overall. Sie arbeiteten wie fast alle hier in der Landwirtschaft und leiteten mit einem Bierchen gerade die Mittagspause ein.

Nina hatte die Bar etwas grimmig betreten, bereit feindselige Blicke zu ignorieren und sich mit einem lustlosen Wirt rumzuärgern. Umso größer war ihre Überraschung, als sowohl der Wirt wie auch die beiden Landarbeiter Manolo mit großem Hallo wie ihren allerbesten Freund begrüßten. Auch die Kartenspieler winkten ihm zu. Manolo schüttelte Hände und klopfte Schultern und stellte sie dabei als Nina Marull, sein Patenkind aus Deutschland vor. Daraufhin wurde auch sie von allen sehr herzlich begrüßt, wenn auch mit einer gewissen Zurückhaltung.

Der Wirt überschlug sich geradezu vor Freundlichkeit. Zu den beiden Bier, die sie bestellt hatten, kamen noch Tapitas mit Oliven und Sardellen. Einer der Landarbeiter erkundigte sich, ob sie länger bleiben wollte. Sie erklärte ihm, dass sie nur für ein verlängertes Wochenende aus Barcelona hatte verschwinden wollen. Das fanden alle eine gute Idee. Einer der Alten am Tisch hob sein Rotweinglas und rief „Viva La Muerte", den Kampfruf der Legion. Offensichtlich war Manolo so was wie ein nationaler oder zumindest regionaler Held geworden. Als sich die beiden Landarbeiter später Richtung Familie und Mittagessen verabschiedeten, kam der eine noch zu Nina und sagte: „Wenn ihr Mal wieder Ärger in der Masia habt, nur anrufen. Wir gehen hier alle auf die Jagd, und niemand von uns sieht es gern, wenn sie da aus dem Ausland kommen und unsere Leute umbringen wollen."

So war das also. Sie waren plötzlich zu „unseren Leuten" geworden. Der Wirt weigerte sich dann auch ihr Geld anzunehmen. Manolo hatte gar nicht den Versuch gemacht, zu bezahlen, woraus Nina messerscharf schloss, dass ihm das schon mehrmals passiert war. Im Auto grinste er etwas verlegen.

„Man muss es einfach gesehen haben. Am Telefon hättest du es mir nicht geglaubt. Aber du musst nicht denken, dass ich mir viel darauf einbilde. Es macht nur viele Sachen einfacher. Vor allem eben für Maria. Sie haben sie zwar vorher nie richtig schlecht behandelt, aber sie war hier wie wir alle immer ein Außenseiter. Und die Leute aus Lateinamerika sind nicht so wie diese sturen Katalanen; sie sind viel herzlicher, wärmer. Aber weißt du, jetzt grüßen sie die Leute alle freundlich, reden mit ihr. Sie geht jetzt gern ins Dorf, einkaufen und so."

Später beim Essen in der Masia konnte Nina diesen Unterschied deutlich beobachten. Maria schien tatsächlich viel heiterer und zufriedener. Außerdem verwöhnte sie Manolo praktisch konstant. Er war also auch zu Hause ein Held.

Während Manolo nach dem verspäteten Mittagessen eine Siesta einlegte, bestieg Nina noch einmal den Hügel vor dem Haus. Oben blieb sie kurz vor dem Grabstein ihres Opas stehen. Nach alten Illustrationen hatte er sich noch zu Lebzeiten ein Okzitanisches Kreuz, das alte Symbol der Katharer anfertigen und hier hochbringen lassen. Seiner persönlichen Theorie nach waren die Vorfahren der Marull im 13. Jahrhundert mit den letzten Katharern über die Pyrenäen ins Berguedá geflohen, nachdem die Kreuzritter ihre letzten Burgen in Südfrankreich zerstört hatten. Er hatte einige Bücher zu dem Thema - natürlich nicht zu den Marull - aber zur tragischen Geschichte der Katharer. Auf jeden Fall waren sie eines seiner bevorzugten Argumente, wenn es darum ging, seine tief verwurzelte Aversion gegenüber staatlichen Autoritäten im Allgemeinen und der katholischen Kirche im Besonderen zu untermauern.

Sie machte es sich an den Grabstein gelehnt bequem und drehte sich einen guten Joint mit Manolos Weed. Vor ihr erstreckte sich das Land im sanften Licht des frühen Abends. Es war hart und karg, viel Gestrüpp, Felsen, dazwischen kleinere Gruppen von Pinien und Steineichen. Wieder einmal fragte sie sich, warum der Himmel hier so weit war, irgendwie viel weiter als in Deutschland. Die Erde war ja überall gleich rund. Sie hörte die Grillen, hunderte, wenn nicht tausende und spürte die Sonne auf ihrer Haut, es roch nach Sommer, nach Pinien. Sie fühlte eine Schönheit und einen Frieden, dass es ihr fast die Brust sprengte. Aber nicht unangenehm; sie hatte vielmehr das Gefühl, als ob sich eine Art Seele aus ihrem Körper löste und einfach so über die Landschaft schwebte, sich verlor in der Weite, in der Wärme, in den Farben. Wenn sie hier gestorben wäre, wäre sie einfach heimgegangen, eins geworden mit der Erde, den Pflanzen und dem Land, mit all der Schönheit. Sie musste sich unbedingt eine Notiz machen, später so eine Art Testament zu machen, dass man hier einmal ihre Asche verstreuen sollte, genau hier beim Okzitanischen Kreuz ihres Opas.

Ihr schien, als füge sich alles zusammen. Ja, Isabel hatte ihr gestern schwer zugesetzt: Psycho-Opa, Loser-Job, Dummheit und sinnlose Gewalt, der anscheinend endlose Krieg bei der Masia, der ihre Oma ins Grab gebracht und die ganze Familie zerstört hatte. Sie hatte es verstanden und gewusst, dass Isabel schon irgendwie recht hatte. Aber jetzt hatte sie Manolo mit ins Dorf genommen und sie hatten Frieden gemacht, sie war heimgekehrt. Und der gewaltsame Tod, den sie angeblich provoziert hatte, was wäre er anderes gewesen als eine Heimkehr?

Sie blieb noch vier Tage bei Manolo in der Masia und hatte eine fantastische Zeit. Morgens ging sie mindestens eine Stunde joggen, am Spätnachmittag meistens mit den Hunden spazieren. Ansonsten aß sie gut, rauchte Manolos Weed und schlief ausgiebig. Ein Mal gingen sie auch vor Sonnenaufgang auf die Jagd. Aber sie schossen nichts, sondern saßen nur schweigsam da und beobachteten die Wildschweine. Die ganze Zeit über fasste sie ihr Handy nicht an, benutzte weder Telefon noch Internet, schwebte einfach zufrieden in einer Art Nirgendwo.

Erst als sich ihr Bus am Mittwoch Barcelona näherte, schaltete sie ihr Handy wieder ein. Es gab ein paar vereinzelte Nachrichten von Ana, ihrer Mutter, ihrem Anwalt, noch ein paar anderen Leuten und dann die große Masse von Kleinert, Anrufe, SMS, WhatsApp, E-Mails. Wenn Handys größer wären, hätte er wahrscheinlich auch noch Brieftauben geschickt. Da sie keine große Lust auf seine vorwurfsvolle Art hatte, schrieb sie ihm nur eine kurze Nachricht, dass sie wieder zurück in Barcelona sei, das mit den Bildern aber leider nicht mehr geklappt hätte.

Zu Hause musste sie erst mal bei Ana etwas Schönwetter machen. Die war ein wenig beleidigt, da sie tagelang keine Nachricht erhalten hatte. Allerdings war Ana immer relativ leicht zu versöhnen und so feierten sie recht schnell ihr Wiedersehen. Diese etwas ausgeuferte Feier hatte wiederum zur Folge, dass Nina erst am nächsten Nachmittag langsam auffiel, dass sie von Kleinert immer noch nichts gehört hatte.

So sehr ihr seine ungewohnte Zurückhaltung auch gelegen kam, begann sie sich doch etwas Gedanken zu machen. Als sie ihr Handy überprüfte, stellte sie fest, dass sie die letzte Nachricht von ihm am Montagabend erhalten hatte, seither einfach nichts. Möglicherweise war er ja auch beleidigt, aber sie sah überhaupt nicht ein, warum sie bei so einem Affenzirkus mitspielen sollte. Abends schrieb sie eine E-Mail mit einer Art Entschuldigung, sie hätte lange auf Manolo warten müssen, Ladegerät fürs Handy vergessen und so weiter, aber jetzt müsse man doch noch einmal genauer die Videokonferenz für Samstagabend besprechen.

Als sie am Freitagvormittag immer noch keine Reaktion hatte, bezwang sie ihren Stolz und rief bei ihm an. Nichts. Weder auf dem Festnetz zu Hause, noch auf dem Handy, auch kein Anrufbeantworter oder Mailbox. Beim Festnetz nur das Freizeichen und beim Handy war der Teilnehmer momentan nicht erreichbar. Das war mehr als seltsam. Sie suchte die Nummer der Berliner Galerie raus und rief dort an, und dann kam der Hammer: Der Sekretärin dort war ein gewisser Herr Erich Kleinert, Kunsthistoriker und Journalist, angeblich vollkommen unbekannt. Es kam noch dicker. Von einer geplanten Ausstellung „Hinter der Blue Lady" oder einem Künstler namens Weißgerber hatte sie noch nie etwas gehört. Nina war nun mit ihrer Geduld am Ende und verlangte umgehend mit dem Chef, Besitzer oder was auch immer verbunden zu werden. Daraufhin wurde ihr mitgeteilt, dass Herr Zimmerling erst wieder gegen 20 Uhr im Hause sei.

Nina setzte sich hin und versuchte sich mit aller Kraft zu konzentrieren und vor allen Dingen ruhig zu bleiben. Kleinert hatte sich in Luft aufgelöst. Hatte ihn also Uta in bester Familientradition ermorden lassen? Dann hätte man ihn aber in der Galerie vermissen müssen. Wo war ihr Bild? Sie schaltete den PC ein und suchte die Webseite zur Ausstellungseröffnung morgen. Nichts! Verschwunden, als ob sie nie existiert hätte. Die Website der Galerie war natürlich da wie eh und je. Nur die Subseite zur Ausstellung, einfach weg. Das roch nach Verschwörung. Hatte sie also Kleinert gemeinsam mit der Galerie reingelegt? Das würde viel mehr zu Uta passen, schön im Hintergrund die Strippen ziehen.

Aber da hatte sie sich getäuscht. Von dem Bild gab's Fotos,

Lieferschein und Frachtpapiere bei UPS. Und die echten Dokumente hatte sie nie aus der Hand gegeben. Sie hatte Weißgerbers Spitzelakte, die Fingerabdrücke von Sergi, die ja denen auf der Blue Lady und dem immer wieder zitierten Gutachten entsprachen. Dazu seine Aussage. Vielleicht wäre es einfach zu einfach, zu schön gewesen. Die Ausstellung mit Kleinert, der verlogenen Ratte. Sie konnte immer noch nicht richtig glauben, dass er sie reingelegt hatte. Aber, wie auch immer, selbst wenn Uta die Red Lady in ihren Krallen hatte, dann dauerte es nur ein wenig länger. Journalisten, Anwälte, neidische Kunsthistoriker gab es bestimmt wie Sand am Meer. Sie würde niemanden mehr erschießen, mit Uta würde sie auf die zivile, gemeine Tour fertig werden. Jedem das seine.

Am Abend erreichte sie dann, fast schon wieder Erwarten, diesen Herrn Zimmerling. Ja, er sei von ihrem etwas ungestümen Anruf unterrichtet worden und dieser Sache bereits nachgegangen. Er selbst kenne diesen Kleinert zwar nicht, aber sie hätten da mal eine Praktikantin beschäftigt, eine Isolde Irgendwas; er erinnere den Namen leider nicht mehr ganz. Isolde jedenfalls habe mal diesen Kleinert erwähnt und auch irgendein sehr, sehr fantastisches Projekt, möglicherweise etwas mit Emigration, ja und dem Kunsthaus Hofstedter. Aber er sei ja schließlich Galerist und kein Schmieren- oder Skandaljournalist wie dieser Kleinert. Also habe er dieses Projekt praktisch sofort beerdigt, noch bevor es richtig das Licht der Welt erblickt hatte. Wenn sie tatsächlich ein Bild an seine Galerie geschickt habe, wisse er bislang zwar nichts davon, aber es werde sich sicher finden und dann umgehend an den Absender zurückgehen. Er ließ sich dann noch für alle Fälle ihre Adresse gaben und verabschiedetet sich kühl und professionell.

Um nicht vollständig Frust und Wut zum Opfer zu fallen, drehte sie sich erst mal einen guten Joint und schenkte sich einen großzügigen Whisky ein. Planen konnte sie morgen und übermorgen und die ganze nächste Woche noch, heute musste sie

erst mal wieder abkühlen, normal werden.
 Sie war gerade dabei wieder langsam auf den Teppich zu kommen, als ihr Handy klingelte. Es war Uta. Wollte die elende Schlampe ihren Triumph genießen? „Was soll's", dachte sie. Irgendwie war sie ja doch neugierig und Weed und Whisky hatten sie zumindest so weit entspannt, dass sie nicht gleich hysterisch ins Telefon kreischen würde. Zur Sicherheit inhalierte sie noch mal gut, bevor sie den Anruf entgegennahm.
 „Rufst du an, um Salz in meine Wunden zu reiben? Aber, lass dir gesagt sein, da hat sich schon dein Herr Papa verrechnet. Hochmut kommt immer direkt vor dem Fall, in dem deinem wird's wohl ein krasser Absturz."
 „Hallo Nina. Schön, dass du immerhin noch mit mir sprichst. Natürlich rufe ich nicht an um groß zu triumphieren. Du solltest mich gut genug kennen, um zu wissen, dass das nicht meine Art ist. Wenn, dann triumphiere ich im Stillen, wozu ich im Moment absolut keinen Grund habe."
 „Toll, dass du das einsiehst. Ich seh' mir gerade einen alten Trash-Klassiker an: Ich spuck auf dein Grab. Ganz davon abgesehen, dass die kleine Camille Keaton richtig scharf ist, wird's mir allein bei dem Titel schon richtig warm ums Herz."
 „Das kann ich schon verstehen. Aber ich habe gedacht, bevor es weitere Gräber gibt, unnötige und dumme Verletzungen von beiden Seiten. Sollten wir uns treffen, miteinander sprechen. Ich kann dir vieles erklären, und denke auch, dass ich es dir schuldig bin. Ich bin vor zwei Stunden angekommen und wieder im Barceló. Vielleicht können wir uns morgen um die Mittagszeit zu einem Aperitif treffen."
 Nina hätte sich fast an ihrem Whisky verschluckt. Jetzt hieß es cool bleiben. Die Indizien sprachen eindeutig zu ihren Gunsten. Denn eine siegessichere, triumphierende Uta hätte sich nie die Mühe gemacht, hierher zu fliegen. Sie wollte also verhandeln. Das konnte sie zwar getrost vergessen, aber den Gegner ein wenig beim Palaver auszuhorchen war ja eine alte

Indianertaktik. „Respekt, du bist wirklich schneller als ich dachte", sagte sie vorsichtig nach einer längeren Denkpause. „Wo hast du so schnell einen neuen Fingerbrecher aufgetrieben. Allerdings wird diese Tour mit den KO-Tropfen nicht mehr funktionieren, vielleicht ein Schwamm mit Äther oder Betäubungspfeile."

„Das habe ich zwar verdient, aber ich versichere dir, das waren ausschließlich die Methoden meines Vaters. Ich verwende keine Gewalt. Wenn du meine Erklärungen und meine Angebote nicht akzeptierst, werden wir uns mit unserem Intellekt streiten, möglicherweise mit Anwälten, aber ohne Gewalt. Ich werde alleine oben auf der Terrasse sein. Du kannst einen Beobachter mitbringen, auch zwei oder drei. Du kannst auch gerne einen anderen Treffpunkt vorschlagen. Ich komme alleine, wohin du willst. Ich möchte mich nur ungestört mit dir unterhalten. Du bestimmst die Regeln."

Uta schwieg und wartete. Die Minuten schlichen dahin. Nina versuchte sich zu konzentrieren, den im Köder verborgenen Haken zu entdecken. Schließlich sagte sie: „OK, morgen um 12, La Caseta del Migdia. Das ist hinter dem Castillo de Montjuic. Die Taxifahrer wissen das."

25

Kleinert war viel politischer als Nina, die ja außer einem dumpfen Hass auf alle Reichen und Mächtigen nicht gerade viele Überzeugungen zu verteidigen hatte. Bei Kleinert war das alles theoretisch untermauert; er hatte Massen Bücher gelesen, war Mitglied in verschiedenen Gruppen. Aber alle diese Bücher und Gruppen hatten ihn nicht weitergebracht, näher an die fetten Pfründen, um die er die herrschenden Klassen letzten Endes so beneidete. Uta kannte diesen Typus vom Studium mehr als ausreichend und hatte ihn schon dort nach Möglichkeit ignoriert. Denn falls diese Leute tatsächlich einmal zu einem Problem wurden, konnte man mit ihnen als politischen Menschen immer verhandeln. Politiker konnte man eigentlich immer überzeugen, zur Not auch erpressen oder am besten einfach kaufen.

Je länger sie den Widrigkeiten der Realität ausgesetzt waren, desto mehr waren sie bereit ihren Preis derselben anzupassen. Kleinert war so gesehen ein regelrechtes Sonderangebot gewesen. Wahrscheinlich war er mal gar kein so schlechter Kunsthistoriker gewesen, hatte aber nie einen richtigen Job bekommen und sich statt dessen jahrelang in der Tretmühle des Tagesjournalismus abgerackert, ohne auch nur einen Zentimeter weiter zu kommen. Es musste mit Anfang vierzig schon bitter sein, wenn man am Monatsanfang noch nicht wusste, ob man am Ende das Geld für die Miete zusammengeschrieben haben würde; besonders wenn man eine Menge mediokrer Geister kannte, die inzwischen als Beamte nicht nur ihr Schäfchen schön im Trockenen hatten, sondern auch einer üppigen Pension gelassen entgegen schlummerten.

Als sie von seinen Schnüffeleien unterrichtet worden war, hatte sie ihm also kurz vorgerechnet, was ihm seine paar Artikel über den „Fall Hofstedter" im allerbesten Fall einbringen würden.

Eine Festanstellung war dabei nicht zu erwarten, dafür eine geradezu unabsehbare Menge Schwierigkeiten, die sie als Eigentümerin des nach wie vor mächtigen Kunsthauses ihm als freiem Journalisten in Sachen Kunst machen könnte. Es war eigentlich schon abzusehen, dass er in recht kurzer Zeit praktisch gar keinen Artikel mehr verkaufen könnte. Auf der anderen Seite gab es dort diese Stelle an einem kleinen Museum in Süddeutschland. Der Direktor war ein alter Freund der Familie, ein guter Freund. Nach einer Probezeit von sechs Monaten war sogar eine Verbeamtung vorgesehen.

Viel mehr war gar nicht nötig gewesen. Nachdem er „Verbeamtung" gehört hatte, war Kleinert praktisch sofort mit fliegenden Fahnen übergelaufen. Er hatte sich dann verpflichtet, Nina dazu zu bewegen möglichst alle Unterlagen und Bilder an Zimmerlings Galerie - ein anderer guter alter Freund der Familie - zu schicken. Das hatte zwar nicht perfekt funktioniert, aber das Allerwichtigste war ja die Red Lady, und die war heil angekommen. Ja, mit Kleinert war alles ziemlich reibungslos über die Bühne gegangen und hatte kaum Kosten verursacht. Sie hatte lediglich ein paar Gefälligkeiten eingefordert. Nina war dagegen unglaublich viel komplizierter. Sie war genau betrachtet eine Fundamentalistin. Wie kauft man Fundamentalisten? Die CIA konnte ein Lied davon singen.

Ganz in Gedanken bei den erledigten und den kommenden Problemen hatte Uta überhaupt nicht auf den Weg geachtet. Das Taxi fuhr auf einer Art Bergstraße an Parkanlagen und ausgedehnten Gärten vorbei. Rechts weit im Hintergrund sah sie die Stadt. Sie musste auf Montjuic sein. Außer einem einzelnen Auto war weit und breit keine Menschenseele zu sehen. Schließlich erreichten sie sogar einen Pinienwald, wo der Taxifahrer dann auf einem Parkplatz haltmachte und ihr in äußerst bescheidenem Englisch verdeutlichte, dass das gewünschte Caseta del Migdia vor ihr in diesem Wald liege. „You go", sagte er und machte mit Mittel- und Zeigefinger Gehbewegungen.

Also ging sie in den Wald. Amüsiert fragte sie sich, ob Nina hier ihren Legionär als Scharfschützen versteckt hatte. Aber so psychopathisch war sie auch wieder nicht. Weiter vorne erkannte sie Menschen zwischen den Bäumen, kurz darauf gelbe Stühle, etwas abseits davon ein kleines Häuschen. Da befand sich tatsächlich so eine Art Biergarten mitten im Wald. Als sie näherkam bemerkte sie, dass hinter dem Biergarten der Berg steil abfiel und dahinter das Meer. Die Aussicht war atemberaubend. Direkt unten lag der Industriehafen Barcelonas, Reihen großer Tanks, Container, Kräne und hier oben Natur pur.

An einem schattigen Tisch saß Nina vor sich eine Flasche Bier. Uta ging zu ihr hin und sie begrüßten sich mit der inzwischen üblichen Umarmung, bei der sie sich gründlich abtasteten. Beide schalteten demonstrativ ihre Handys aus und Uta ließ Nina noch ihre Handtasche inspizieren. Dann bestellte sich Uta einen Gin Tonic. Eigentlich hatte sie für die spanische oder auch amerikanische Sitte am späten Vormittag schon Alkohol zu trinken überhaupt kein Verständnis. Aber sie wusste, dass Nina ein schlichtes Wasser als eine Art Vorbereitung zum Kampf interpretieren würde, während sie sich ganz besonders durch Spirituosen eher zum Mittrinken animieren ließ, was die Situation deutlich entspannen würde.

„Ein wirklich fantastischer Ort. Ich hätte nie gedacht, dass es bei dem ganzen Trubel hier so was gibt." Eröffnete Uta das Gespräch.

„Ja, gefällt mir auch. Ein wenig der Arsch der Stadt. Aber ich hab dich eigentlich weniger wegen der netten Aussicht hergebeten, sondern weil ich hier deine Anfahrt überwachen lassen kann. Darum können wir uns auch das ganze nette Geschwätz schenken und gleich zur Sache kommen. Ich möchte möglichst umgehend mein Bild zurück; diesen verlogenen Schleimbeutel Kleinert kannst du dagegen gerne behalten."

„Das dürfte kein Problem sein. Ich denke Zimmerling hat es inzwischen irgendwo gefunden, und da es sich eindeutig um eine

Fälschung handelt, umgehend an die von dir angegebene Adresse geschickt."

„So hast du dir das also gedacht. Ihr lasst schnell eine schlampige Fälschung von der Red Lady machen und die geht dann an mich zurück."

„So schlampig ist sie gar nicht, aber bei einer chemischen Analyse würde man feststellen, dass sie nicht besonders alt sein kann."

Man konnte Nina den Ärger ansehen. Aber dann lehnte sie sich zurück und zündete sich eine Zigarette an: „Das hast du geschickt eingefädelt. Du bist einfach schon eine raffinierte Schlampe. Das muss man dir lassen. Uta the Evil Queen. Aber wenn du denkst, dass das reicht, hast du dich gewaltig getäuscht. Ich habe immer noch mehr als genug um dich, deine gefakte Doktorarbeit und euer ganzes betrügerisches Kunsthaus so in die Luft zu jagen, dass nur kleine bunte Fitzelchen übrigbleiben. Weißt du, die schweben dann so runter wie Konfetti." Sie lachte und nahm einen tiefen Schluck Bier.

Uta schüttelte den Kopf. „Du täuschst dich. Die Red Lady war dein Trumpf Ass, und ich räume neidlos ein, dass die Beweisführung mit den falschen Farben wirklich vom Feinsten war. Respekt, Respekt. Wirklich schade drum. Sonst bleibt allerdings nicht viel. Natürlich kannst du uns ein wenig Ärger machen. Geschichten erzählen, möglicherweise ein paar Journalisten verrückt machen. Aber da ist nichts dabei, was standhält, was man mit ein paar Anwälten und einem Scheckbuch nicht aus der Welt schaffen könnte."

„Und noch was. Falls du tatsächlich vor Gericht ziehen möchtest oder lediglich die Medien mobilisieren, du wirst Gutachten brauchen. Leider, leider, für dich meine ich, bin ich sozusagen die ganz große Koryphäe zum Thema Weißgerber." sie lachte leicht. „Also gut, ich muss zugeben, wenn du wirklich gegen Hofstedter prozessierst, könnte ich ja schlecht für dich als Gutachter..., ich meine, das wäre ja, rein in den Zeugenstand, raus

aus dem Zeugenstand. Lass mich mal nachdenken." sie massierte mit dem Mittelfinger ihre Stirn. „Es gäbe da natürlich noch die zweite Liga sozusagen. Mir fielen da vielleicht 3, 4 Personen ein, die zur Not, was zu Weißgerber sagen könnten. Ich meine, mit ein wenig Fachkenntnis dahinter. Der beste von denen ist sogar, wenn ich mich nicht völlig täusche, stolzer Besitzer eines Weißgerber. Stell dir vor, es würde sich herausstellen, dass dieses Werk aus Sergis Pinsel geflossen ist. Ts, ts, unser Freund wäre plötzlich einige hunderttausend Euro ärmer."

„Zum Glück gibt's noch andere, alles Beamte, zuverlässig, aufrichtig. Du kennst ja deutsche Beamte. Alle fest in Lohn und Brot bei Vater Staat, an staatlichen Institutionen, wo sie hier und da eine Ausstellung organisieren. Ein schöner Katalog, Sekt und schöne Reden bei der Eröffnung. Wirklich kein allzu hartes Leben. Die Bilder für ihre Ausstellungen meistens zu Themen wie Neue Sachlichkeit, Expressionismus, Entartete Kunst - sie sind ja Weißgerber Kenner - leihen sie sich bei anderen Museen und privaten Sammlern, also genau dort, wo sie nun die faulen Eier aufspüren sollen. Um es kurz zu machen, wenn heute jemand Ausstellungen machen oder als Kunstsachverständiger arbeiten möchte, braucht er vor allem Freunde, er kann gar nicht genug davon haben."

„Bist du fertig? Klar, du hast ganze Heerscharen verlogener Beamter. Warum wundert mich das nicht? Aber ich hab immer noch einen echten Weißgerber sogar mit einem ganz guten Fingerabdruck. Der stimmt mit dem Polizeibericht von der Secreta überein. Kleinert hat sich richtig angestrengt mir beides abzuschwätzen. Tja, Pech gehabt."

„Du meinst, du hast eine Kneipenszene von einem Ernesto Blanc, der als Spitzel für die Secreta gearbeitet hat, von dem aber noch nie irgendjemand was gehört hat. Behalt's, es ist ein schönes Stück Zeitgeschichte; vielleicht bekommst du bei eBay auch ein paar hundert Euro dafür, aber viel Wert ist es nicht."

„Ich habe Sergi und ein wunderbares Geständnis von ihm,

wie er den ganzen Kram gefälscht hat, den Puig euch dann für eine Menge Kohle untergejubelt hat."

„Ach Sergi." Uta machte eine wegwerfende Handbewegung. „Der ist doch längst bei uns unter Vertrag. Auch so ein Sonderangebot wie Kleinert. Diese Leute sind so billig Nina, du machst dir keine Vorstellung davon. Und sein Geständnis. Ihr habt ihm nachts die Tür eingetreten, mehr oder weniger gefoltert. Also ich würde es verschwinden lassen, denn dieser Schuss geht sofort nach hinten los."

Nina sah sie lange an und nickte schließlich. „Du denkst tatsächlich, dass du damit durchkommst. Aber anscheinend hast du vergessen, dass Sergi aktenkundig ist. Heißt, seine Abdrücke sind einfach offiziell in zahlreichen Akten, Computern, Datennetzen, was auch immer. Und diese Abdrücke sind dummerweise mit denen auf deinen Weißgerber-Bildern und dem Gutachten identisch. Da kannst du Kleinert kaufen, Sergi kaufen, aber an die spanischen Akten kommst du dann doch nicht ran, ich mein nicht an alle, an die Computer und so weiter. So gute Hacker gibt's nämlich nur im Kino. Der gute Sergi mit seinen Drugs, hat eine richtig breite Dreckspur gezogen."

„Ja, da hättest du mich fast gehabt. Und ich muss zugeben, dass mich das wirklich einiges an Arbeit, hauptsächlich Kopfarbeit, dafür aber praktisch kein Geld, gekostet hat." Räumte Uta ein und machte dann eine effektvolle Pause bevor sie fortfuhr. „Schon richtig, an Sergis Spur in den spanischen Datenbanken konnte ich also wirklich nichts ändern. Da dachte ich, wie ist es mit der anderen Seite. Es gab vier Bilder mit Sergis Abdrücken, zwei davon im Besitz von Hofstedter, ein weiteres im Depot von Hofstedter, da es mit gutem Gewinn erneut auf den Markt soll. Das vierte brauchte ich als die große Spezialistin nur für eine Expertise anzufordern und schon war es auch bei uns. Dann, sagen wir mal, wurden geringfügige Restaurationsarbeiten ausgeführt. So geringfügig, dass sie in keinem Protokoll vermerkt werden mussten. Heute sind nur noch auf den beiden Bildern, die im Gutachten erwähnt werden, Abdrücke erkenntlich, und das sind, wie du sicher schon vermutest, nicht die von Sergi, auch nicht die von Ernesto Blanc, sondern die des verschollenen Künstlers Emil Weißgerber."

Nina brauchte eine Zeit, um diese Informationen zu verarbeiten. „Und den Gutachter, den hast du natürlich dann auch gekauft?"

Uta zuckte die Achseln. „Das war doch gar nicht nötig. Der gute Mann arbeitet oft für uns und will das auch noch weiterhin tun. Außerdem ist er auch Kunstsammler und stolzer Besitzer eines Weißgerber, der im Moment einen ganz beachtlichen Marktwert hat. Kurz und gut, er hätte eine Menge Geld verloren, wenn uns Puig gefälschte Bilder untergeschoben hätte."

„Du willst also den echten Weißgerber einfach vergessen und begraben und stattdessen weiter das Zeug von Sergi verramschen."

„Was heißt hier verramschen? Die Sachen steigen ständig. Nach meinen neuesten Forschungen gibt es übrigens Hinweise, dass es Weißgerber doch über die Grenze nach Südfrankreich geschafft hat und dort in einem Landhaus noch einige Jahre ein recht schöpferisches Leben geführt hat."

„Und du denkst, du kommst einfach so damit durch?"

„Natürlich komme ich damit durch. Die Welt liebt schöne dramatische Geschichten und ich verkaufe sie ihnen. Das ist wie Hollywood. Vorhin erwähntest du Uta the Evil Queen. Übrigens auch eine schöne Recherche. Was ich aber sagen wollte: Wer kennt heute noch die Uta von Naumburg, ich meine außer Kunsthistorikern und Fans von Umberto Eco? Einige wenige. Walt Disneys Evil Queen ist eine Ikone für Millionen, möglicherweise Milliarden. Du hast mir doch mal selbst erzählt, dass du keine realistischen Filme magst. Ich habe Weißgerber unsterblich gemacht, seine Bilder hängen heute in angesehenen Museen, einige der reichsten Sammler reißen sich um ihn, und er wird in jeder neuen Kunstgeschichte ein Kapitel haben. Was will man noch? Also was regst du dich auf? Dass einige reiche Ignoranten Geld für etwas ausgeben, was nicht ganz genau das ist, was es vorgibt? Willst du Weißgerbers Copyright beschützen, für dumme Millionäre Robin Hood spielen? Ich bitte dich. Der ganze Kunsthandel ist ein einziger Betrug. Daran änderst du auch mit einem Skandal nichts. Außerdem werden ja keine Armen oder Hungrigen beraubt. Ich verkaufe keine Ramschhypotheken und bringe damit kleine Leute um ihre Ersparnisse oder ihre Wohnungen. Die Reichen machen ihre Spiele unter sich. Des Königs neue Kleider. Wenn so ein eitler Fatzke nackt an dir vorbeistolziert, was macht es dann, ein wenig Begeisterung zu heucheln, wenn es ihn denn glücklich und dich reich macht?"

Uta machte eine Pause und sah Nina ernst an. „Das Problem ist aber nicht, ob ich Sergi kaufe und damit durchkomme. Ich bin hier um mit dir Frieden zu machen. Und dabei ist es fundamental, was DU willst. Setzen wir mal voraus, dass es dir wirklich egal ist, was sich irgendwelche Millionäre an die Wand hängen. Es müsste dir im Gegenteil sogar Spaß bereiten, wenn sie dabei tüchtig über den Tisch gezogen wurden. Also geht es dir anscheinend primär um Rache. Aber reicht es dir nicht, dass du meinen Vater und seine Kreatur Dirty Harry erschossen hast? Willst du auch unbedingt mich noch vernichten, nur weil du es mal im Zorn geschworen hast? Weißt du Nina, ich mochte dich immer. Ich wollte dich nicht zum Sündenbock machen. Mord und Totschlag ist sowieso nicht meine Art. Ich hätte mich mit Puig schon geeinigt. Aber im Hause Hofstedter wurde alles einzig und allein von meinem Vater entschieden, und ich musste einige Dinge tun, mit denen ich absolut nicht einverstanden war."

„Ach du Arme. Da musstest du so schlimme Dinge tun, wie mir einen Mord anzuhängen, oder mich diesem Monster auszuliefern, damit er mir die Finger einzeln bricht? Merkst du nicht, wie verlogen dein Geschwätz ist?"

„Ich kann es einfach nicht mehr hören", sagte Uta und legte ihre ausgespreizte Hand vor Nina auf den Tisch. „Ich wollte es nicht. Aber, wenn das notwendig ist um quitt zu werden, brech mir einen Finger. Nur zu, bloß keine Hemmungen, ich meine es ernst."

Nina sah sie überrascht und zweifelnd an. Dann beugte sie sich vor und ergriff mit einer Hand fest das Handgelenk und mit der anderen nahm sie den Zeigefinger. Sie strich zärtlich daran entlang, grinste, testete seine Elastizität. Schließlich warf sie die Hand auf den Tisch und lehnte sich wieder zurück. „Für wen hältst du mich? Für Doktor Mengele? Ilsa the She Wolf of the SS?"

„Nein. Aber wenn das nötig ist." Uta zuckte die Achseln und sah auf den Hafen runter.

Sie schwiegen. Schließlich sagte Nina: „Du hast gewusst, dass ich's nicht mache?"

Uta schüttelte den Kopf und lächelte etwas: „Nicht gewusst. Sagen wir mal, ich hatte eine Wette mit mir selbst laufen."

„Und? Wie waren die Quoten?"

„60 zu 40 für nicht."

„Das ist eigentlich nicht besonders gut. Zumindest nicht um seinen Finger zu riskieren."

„Ich sagte ja, wenn das nötig ist. Wenn das der Preis ist, dass du mir ein wenig glaubst."

„Und was soll ich dir glauben? Dass du alles nicht wolltest? Die KO-Tropfen, der Mord an Puig, ich für Jahre im Knast oder zu Tode gefoltert, alles gegen deinen Willen? Nur weil du zu lächerlichen 40% einen gebrochenen Finger riskierst. Was glaubst du, wie viele Knochen ich schon beim Roller Derby gebrochen habe?"

„Hast du dich eigentlich nie gefragt, warum mein Vater und Hentze relativ ahnungslos und schlecht vorbereitet zu dieser Masia gekommen sind? Du kannst sicher sein dass sie ein paar Kollegen mehr mitgebracht hätten, wenn sie gewusst hätten, dass dort ein alter Legionär auf einem ganzen Stapel von Jagdgewehren sitzt. Nicht, dass ihr mit denen nicht auch noch fertig geworden wärt. Irgendwie habe ich daran keine Zweifel, aber es wäre doch etwas schwieriger geworden, hätte vielleicht Verluste gegeben. Aber mein Vater dachte, dass du allein in einer Art Ferienhaus bist."

Nina war sprachlos. Man konnte sehen, wie es in ihrem Kopf arbeitete. „Du behauptest also, du hast deinen Vater ins offene Messer laufen lassen? Und warum solltest du das getan haben?"

„Mein Vater war ein Schwein. Ich hab ihn verabscheut. Er hätte mich dem Präsidenten von Tadjikistan ins Bett gelegt, wenn er dafür Ehrenkonsul geworden wäre. Es gibt da viele alte Geschichten, über die ich im Detail nicht reden möchte. Ich habe deshalb schon viel Geld zu meiner Therapeutin getragen. Um es kurz zusammenzufassen, könnte man sagen, dass ich meinem Vater so einiges schuldig war, was man nicht mit Wasser abwaschen kann, um mich mal deiner etwas drastischeren Ausdrucksweise zu bedienen."

„Ich dachte Rache ist nur für Loser?"

„Ich habe gelogen. Ich lüge oft, gehört zu meinem Geschäft." Uta nippte an ihrem Gin Tonic und sah Nina leicht lächelnd über den Glasrand an.

„Mann! Ich hätte wirklich nie gedacht, dass du noch viel mehr mala leche hast als ich."

„Ich versteh den Begriff zwar nicht ganz, wenn du dich aber auf meine Rachsucht beziehst, würde ich sagen, wir nehmen uns da nicht viel, haben aber ein sehr unterschiedliches Temperament. Du bist viel direkter, ehrlicher und schlägst deshalb bevorzugt sofort zurück. Ich halte mich dagegen lieber an die klassische Regel, dass Rache am besten eiskalt serviert und genossen wird. Man sollte das aber nicht moralisch bewerten; wir bewegen uns lediglich innerhalb unserer Möglichkeiten. Ich bin nicht so kräftig wie du und bei weitem nicht so... wild."

„Und ich hab's ihm noch gesagt." Nina schüttelte den Kopf, als könne sie es immer noch nicht fassen.

„Was hast du ihm gesagt?"
„Na ja, dass du mich bezahlt hast, ihn umzulegen. Nicht, dass ich irgendeine Idee hatte. Hab's nur so frei erfunden, um dem Dreckarsch noch ein Päckchen mitzugeben. Aber weißt du, was das Verrückte war?"
„Nein, natürlich nicht."
„Er hat's geglaubt. Ich hab mir den größten Schwachsinn ausgedacht, und er hat's geglaubt. Aber jetzt ist es gar kein Schwachsinn."
„Die letzten Minuten meines Vaters. Irgendwann musst du mir das alles detailliert erzählen. Es war anscheinend noch besser als ich dachte."
„Erzählst du das deiner Therapeutin auch, jetzt das mit deinem Vater?"
„Ich gehe schon lange nicht mehr hin. Ich habe zu viel auf dem Gewissen, als dass man es einer Therapeutin anvertrauen könnte."
Die Situation hatte sich merklich entspannt. Nina ging zur Bar und kam mit einem großen Glas Whisky zurück. „Du willst mir also wirklich erzählen, dass du das irgendwie geplant hattest, dass ich und Manolo dir deinem Vater und diesen Dirty Harry vom Hals schaffen?"
„Du bist in einigen Dingen sehr transparent, aber auf der anderen Seite auch sehr effektiv. Mein Vater hat dich in seiner Arroganz einfach gewaltig unterschätzt. So etwas konnte er bei Frauen kaum vermeiden. Ich dagegen nicht."
„Und wann ist dir diese Idee angeblich gekommen?"
„Hast du dich nie gefragt, warum du so schnell wieder aus dem Gefängnis gekommen bist?"
„Halt, Halt. Das war der Meineid von Kike, und..."
„Und was?"
„Keine Ahnung, die haben meinen Nietengürtel von der Beweisliste gestrichen."
„Genau. Weil sie deinen Nietengürtel nämlich gar nicht hat-

ten. Mein Vater wollte ein Beweismittel von dir am Tatort lassen. Da habe ich einen sehr ähnlichen Gürtel in der Stadt gekauft und Hentze gegeben. Die Polizei hat ihn dann als deinen identifiziert. Allerdings hat ein paar Tage später ein Zimmermädchen deinen echten Gürtel gefunden und offiziell der Polizei übergeben. Hat mich ein dickes Trinkgeld gekostet, und wenn es mein Vater erfahren hätte, nicht auszudenken."

Wieder benötigte Nina ihre Zeit, um diese Information zu verdauen. Schließlich fragte sie misstrauisch: „Aber dann die KO-Tropfen. Dieses Monster hätte mich umbringen können."

„Da wollte ich schon, dass du richtig böse wirst. Du erinnerst dich vielleicht noch, dass unsere Unterhaltung nicht sehr harmonisch verlaufen ist. Ich habe keinen Kompromiss gesucht, sondern die volle Konfrontation. Mit Hentze, das war sicher ein wenig riskant. Aber ich bin dort mit dem Taxi vorbeigefahren und habe deinen kleinen Freund mit seinem Roller gesehen. Ohne das, hätte ich nach 10, 15 Minuten die Polizei gerufen."

„Genau so die Zeit um ein wenig in Fahrt zu kommen?"

Uta zuckte die Schultern. „Wenn du so willst. Außerdem, so hart dies auch klingen mag, wenn du nicht mit Hentze fertig geworden wärst, hätte ich keine Verwendung für dich gehabt. Das heißt, ich hätte zwar die Polizei gerufen aber alle Pläne, die dich betrafen, vergessen."

„Und was sind das für Pläne? Ich mein, außer dass ich deinen Vater umlegen sollte? Ich lass mir jetzt hier alle Weißgerber-Bilder und -Unterlagen für einen guten Preis abschwatzen, du verbrennst dann alles in Ruhe, und wir vergessen alles, was ich über den echten Weißgerber rausgefunden habe?"

„Nicht unbedingt. Ich habe da so ein paar Ideen, wie man beide Geschichten relativ problemlos zusammenfügen könnte. Die Red Lady muss natürlich verschwinden, sie war blau und bleibt blau, daran hängt schließlich meine Doktorarbeit. Aber wir könnten... das heißt, du hättest herausgefunden, dass Weißgerber von seinem Versteck aus den Präpyrenäen recht bald nach

Barcelona zurückgekehrt ist. Dort ist er als Ernesto Blanc im Raval untergetaucht und hat als Spitzel für die Secreta gearbeitet. Wir haben die Dokumente, die Bilder. Ich sage dir, die Leute lieben solche Geschichten. Du wirst einen sehr guten Preis erzielen. Möglicherweise finden wir im Raval sogar noch einige. Jetzt wo wir wissen, wonach wir suchen müssen. Aber ob wir die beiden Geschichten nun verbinden oder nicht, ist im Moment zweitrangig. Eigentlich wollte ich auf etwas ganz andres raus: ich wollte dir einen Job anbieten."

Sie hob die Hand, als Nina den Mund aufmachte. „Lass mich ausreden. Dank deines privaten Rachefeldzugs ist ja die Stelle des Securitychefs bei Hofstedter vakant geworden, und für mich wärst du so ziemlich die ideale Besetzung dafür. Ich meine, an der Garderobe müsste man noch etwas arbeiten, aber das dürfte bei der hervorragenden Bezahlung kein Problem darstellen."

„Du kannst wirklich nicht ganz dicht sein. Du willst den Mörder des Ex-Firmenchefs und deines Vaters zum Securitychef machen? Und das soll ich dir glauben?"

„Erstens war es ja kein Mord sondern Notwehr. Ich meine, ein Kunsthändler fährt bewaffnet ins Ausland, um da ein Kunstgeschäft mit rauchenden Colts zum Abschluss zu bringen. Was soll das? High Noon? Er muss völlig verrückt geworden sein. Die spanische Gerichtsmedizin hat übrigens starken Kokainkonsum in seinen Haaren nachgewiesen. Außerdem sind einige Dinge an die Öffentlichkeit durchgesickert über zusammengeschlagene Prostituierte. Der Ex-Bulle Hentze hat da anscheinend alle Register gezogen und einiges unter den Teppich gekehrt. In der Fachwelt ist zudem bekannt, dass mein Vater manchmal äußerst dubiose Geschäftspartner hatte. Es ist deshalb dringend notwendig, dass Hofstedter-Art einen echten Neuanfang macht. Du, eines seiner unschuldigen Opfer, wärst ein gutes Zeichen für eben diesen Neuanfang. And last not least, halte ich dich für ausgesprochen kompetent."

„Kompetent?" Nina lachte bissig. „Kompetent, weil ich deinen Alten und Dirty Harry gekillt habe? Oder weil ich dumm genug bin, dass man mir jeden Bären aufbinden kann? Kommt jetzt nach Supermacho Dirty Harry die feministische Variante Bloody Mary? Hab ja gezeigt, was ich kann. Also kann ich in Zukunft ja für dich unliebsame Künstler umlegen, auch mal ein paar Finger brechen. Denkst du, mir macht das Spaß? Wenn man mir nur genug dafür bezahlt, mach ich's eben für dich?"

„Aber Nina, ich bin doch nicht die Mafia. Bei mir wird niemand umgelegt, oder Finger gebrochen. Mein Vater war ein Modell von Vorvorgestern. Ich hasse Gewalt. Denk doch mal nach. Du hast wirklich hervorragende Arbeit geleistet und einige Zeugen mobilisiert. Ist irgendeinem von ihnen etwas Schlimmes zugestoßen? Kleinert hat einen tollen Job in Aussicht; ich möchte sagen, es ist für ihn so eine Art Traumjob. Der Loser Sergi wird bei mir mehr verdienen als er von Puig je erhalten hat. Win win für alle. Ich brauche wie gesagt niemanden, um Leute zu erschießen. Aber du hast gezeigt, dass du ermitteln kannst, dass du zäh bist. Wir haben dich alle gewaltig unterschätzt. Du hast über Weißgerber mehr rausgefunden als alle beteiligten Kunsthistoriker zusammen. Vor allen Dingen aber bist du loyal, geradezu unglaublich loyal."

„Du meinst wie ein treudoofer Schäferhund. Weil ich die ganze Zeit nicht gemerkt habe, wie ihr mich reingelegt habt?"

„Nein das wirklich nicht. Du bist loyal, weil du Freunde hast, die sich für dich zerreißen lassen. Wer hat das heute schon? Dein kleiner Kike da zum Beispiel. Da denkt man doch, dass der bei den ersten ernsten Schwierigkeiten türmt. Nein, er geht auf dieses Monster Hentze los, wahrscheinlich ohne groß nachzudenken. Außerdem schwört er für dich auch noch einfach so einen Meineid. Dann dein alter Legionär, der zieht für dich in den Krieg, wahrscheinlich ohne groß zu fragen. Und dabei bist du nur bedingt in deinem natürlichen Ambiente. Ich will nicht wissen, wen du in Berlin alles mobilisiert hättest."

„Ich brauche manchmal eine Art Bodyguard, und da ist Loyalität fundamental. Der Gedanke an so ein Testosteron geschwängertes Monster wie unseren verblichenen Hentze beunruhigt mich etwas. Eine Frau wäre dagegen perfekt. Ich muss außerdem viel reisen, Europa, USA, auch Lateinamerika. Aber um ganz ehrlich zu sein, das Maximum an kriminellen Tätigkeiten, die auf dich zukommen könnten, wären kleinere Einbrüche, das Abhören von Privatwohnungen - eigentlich ungefähr das, was wir bei Puig gemacht haben - und sicher hier und da Transport und Übergabe nicht versteuerter Gelder."

„Ich meine, was willst du machen. Wieder zu WASP, Gesichtskontrolle vor Diskotheken, als Highlight mit drittklassigen Schlagerstars durch die Provinz tingeln? Wenn wir ein Event organisieren, kannst DU WASP unter Vertrag nehmen und deinem alten Chef in den Arsch treten. Aber was soll's. Bei Hofstedter-Art würdest du wirklich rumkommen, interessante Dinge sehen und machen. Wir könnten eine Menge Spaß haben, Nina. Sag einfach nichts, denk ein paar Tage darüber nach. Was du vom Leben willst, ob dir Moral wirklich so viel bedeutet, oder ob du nur beleidigt bist. Und letzten Endes, um alles auf einen Punkt zu reduzieren, wenn ich wirklich so eine schlechte und verdorbene Kapitalistin bin, die Personifizierung des Bösen an sich. Wie viele Menschen bekommen schon die Chance einen Pakt mit dem Teufel zu schließen? Und wer sagt dann nein? Nur die allergrößten Feiglinge und Langweiler, die sich anschließend hinter der Moral verstecken. Du weißt doch: Gute Mädchen kommen in den Himmel, böse überall hin."

Nina stand langsam auf und grinste breit: „Und der Teufel trägt Prada? Ich hol mal zwei Whisky."